O CORAÇÃO DA PAULICEIA AINDA BATE

O CORAÇÃO DA PAULICEIA AINDA BATE

José de Souza Martins

imprensaoficial
GOVERNO DO ESTADO DE SÃO PAULO

Para Paulo Bomfim,
cuja poesia me ensinou
a conhecer e a amar São Paulo.

UM MESTRE DA SOCIOLOGIA COM OLHOS DE POETA

Comovente o amor que José de Souza
Martins devota à cidade de São Paulo.
Ele próprio com sua vida de lutas e
criatividade é personagem dessa história.
O mestre da Sociologia vê a cidade com olhos
de poeta. Convive com naturalidade com
personagens da saga urbana.
A empatia é o signo da jornada de um livro.
Suas crônicas são passos de identificação com
a paisagem e seus figurantes.
A Pauliceia revive ora palpitante, ora
melancólica, nas andanças evocativas do autor.
Este livro é pedra basilar da saudade que tem
olhos voltados para o futuro.
Abraçando José de Souza Martins estou
abraçando a cidade de São Paulo.

Paulo Bomfim

COMEÇO DE PROSA
A MEMÓRIA E O MEMORÁVEL

NESTE LIVRO, REÚNO CRÔNICAS INÉDITAS e ainda uma boa parte baseada nos artigos que sobre a cidade de São Paulo e a região metropolitana publiquei no caderno *Metrópole* do jornal *O Estado de S. Paulo*, durante nove anos, de 2004 a 2013. Foi a oportunidade que Flávio Pinheiro me deu de traduzir em textos e dar a conhecer quase sessenta anos de observações e garimpagens do flâneur da Pauliceia, que tenho sido desde a adolescência. Essa coleção é completada com um dos artigos que publiquei na *Folha de S. Paulo*, sobre a Revolução de 1924, e com vários inéditos que estavam na gaveta, à espera de oportunidade para vir a lume, como diziam os antigos.

Não sou o transeunte distraído, que se deixa levar pelo acaso de trajetos. Mas faço de conta que me perco para melhor aprender com as ricas e muitas lições do acaso. Não raro tomo notas em pedaços de papel, que vou enfiando nos bolsos, e fotografo o que vejo. Busco depois informações documentais que me permitam aprofundar no tempo as constatações feitas na horizontalidade do espaço. Sempre me interessei pela desordem temporal da aparente ordem espacial. O tempo de São Paulo é uma superposição de idades. Quando percorro a cidade trato de ver o invisível, as anomalias do desenho, as coisas fora do lugar e do tempo. Gosto de ciscar a superfície para adivinhar os subterrâneos simbólicos da cidade. São Paulo tem muito mistério. Aqui o flâneur tem que ter muito de arqueólogo do imaginário e não pode ter pressa.

Em minhas andanças pelas épocas de São Paulo, cujos remanescentes estão por toda parte, posso ouvir os sussurros de Tibiriçá, de Anchieta, do padre Guilherme Pompeu, de Pedro Taques, dos abades de São Bento, de frei Gaspar, do padre Feijó, da marquesa de Santos, de Paulo Eiró, de Álvares de Azevedo, de Veridiana Prado, e de tantos mais. Posso ouvir João Baptista de Campos Aguirra, do Instituto Histórico, já muito idoso, em sua biblioteca-dormitório na Rua Líbero Badaró que, em sábados de meados dos anos 1950, me ouvia com dificuldade, mas pacientemente, e me expunha preciosidades de sua imensa coleção de papéis e de lembranças. Sussurros que ficaram em textos, em monumentos, em sacristias e presbitérios, em capelas, e também nas ruas, nas esquinas, nas praças, nos barulhentos trajetos de hoje e até nos emblemáticos silêncios de cantos e recantos.

Não posso ir da Praça João Mendes ao Largo da Liberdade sem repisar os passos dos condenados em sua última caminhada rumo ao suplício da forca, muitos deles escravos e não raro inocentes. Não posso ir à Praça João Mendes sem ouvir a voz de Castro Alves que ali mesmo, no Largo da Cadeia, bradou os versos de "O navio negreiro": "Auriverde pendão de minha terra, que a brisa do Brasil beija e balança...". Não posso descer a Rua da Tabatinguera sem me lembrar que era por ali que as gentes de Piratininga iam para o mar no século XVI ou dele vinham, engatinhando pela serra. Não posso transitar pela Rua do Padre Feijó sem ouvir murmúrios de sexo incestuoso gerando quem seria um dos maiores brasileiros do século XIX, o liberal regente do Império, um pai da pátria. Não posso ir ao Largo do Arouche sem adivinhar as plantações do chá que Álvares de Azevedo gostava de mandar para a família no Rio de Janeiro, o chá do marechal José Arouche de Toledo Rendon, diretor e docente da Faculdade de Direito, último paulista a usar peruca de rabicho. Não posso visitar a Árvore das Lágrimas sem chorar com os poetas que lhe dedicaram o lirismo de seus versos e de sua saudade. Não posso bater perna pela Ladeira de São Francisco sem ouvir a música de uma banda que ritmou o desfile do primeiro Carnaval de São Paulo, que por ali subiu numa tarde de terça-feira de 1856, puxado por Joaquim Sertório, o organizador da coleção de objetos que daria origem ao Museu Paulista. Não posso caminhar pela Rua Vergueiro sem ouvir os acordes clássicos da *Suíte Brasileira*, de Alexandre Levy, que a compôs aos 25 anos, dois antes de morrer de um ataque cardíaco fulminante num domingo de janeiro, quando jantava com a família, às quatro horas da tarde, na chácara que ali tinham e em que viviam. Não posso atravessar o Viaduto do Chá sem sentir-me acompanhado por um Anatole France de poucas e bem medidas palavras, que o atravessou para visitar Ramos de Azevedo e conhecer o Theatro Municipal inacabado. Não posso tomar um café no jardim da Pinacoteca do Estado sem ter em conta que o secular Jardim da Luz foi campo de concentração de prisioneiros da Revolução de 1924. Não posso passar pela Praça do Patriarca sem nela ver e ouvir Ibrahim Nobre, numa tarde de domingo de 1932, agarrado a um poste, para se elevar acima da multidão, fazendo o discurso da união dos paulistas a poucos dias da Revolução Constitucionalista. Não posso ajoelhar-me na Matriz da Sagrada Família, em São Caetano do Sul, sem ouvir Beniamino Gigli cantando de novo, na missa, o *Panis Angelicus*, de César Franck, quando lá apareceu de surpresa, em 1951, para visitar um dos padres, seu amigo de infância e de aldeia. Não há um canto, nesta cidade e no seu subúrbio, que não tenha alguém do fundo dos tempos à espreita, querendo dizer alguma coisa que não pode ser esquecida.

Aqui, as pessoas não se vão, elas ficam e nos esperam para conversar. São Paulo é um lugar de chegada e de permanência, abrigo, coração, saudade. Daqui ninguém se vai, mesmo indo. Ou se fica ou se volta neste lugar do sempre.

Neste livro digo o que ouvi dessas vozes antigas que nos falam através de tantas e diferentes bocas e diferentes modos. Atendo inúmeras sugestões que recebi de leitores e de amigos para reunir os artigos num livro. Ei-lo, finalmente.

Tento seguir os passos de Antonio Egydio Martins, de Affonso A. de Freitas, de Afonso d'E. Taunay, de Paulo Cursino de Moura, de Nuto Sant'Anna, de Ernani Silva Bruno, de Raimundo de Menezes, de Paulo Bomfim.

É enorme minha gratidão a Flávio Pinheiro pelo desafio de pôr no papel e desprender-me de um tesouro pessoal de histórias contadas a esmo para ouvintes ocasionais, histórias que o vento levaria. Fraya Frehse mais de uma vez me animou a flanar por São Paulo e generosamente compartilhou comigo observações e descobertas de sua paixão pela cidade.

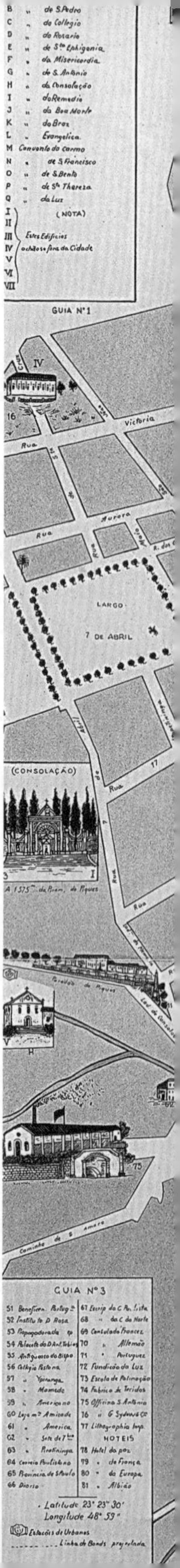

Mapa da capital da província de São Paulo, 1877.
Escala original 1: 3400.

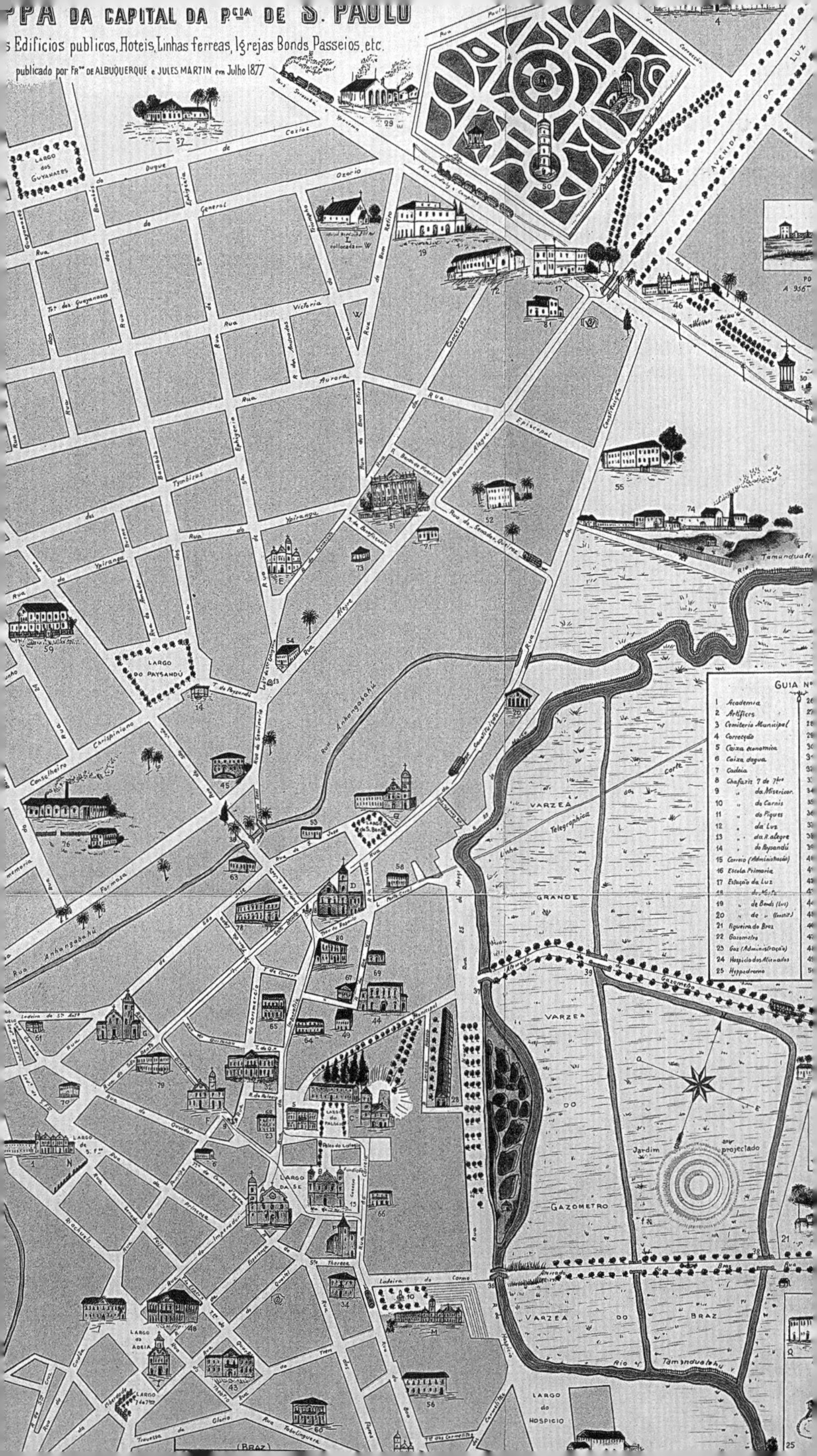

PPA DA CAPITAL DA P.cia DE S. PAULO
s Edificios publicos, Hoteis, Linhas ferreas, Igrejas Bonds Passeios, etc.
publicado por Fr.co DE ALBUQUERQUE e JULES MARTIN em Julho 1877
GUIA N°
1 Academia
2 Artifices
3 Cemiterio Municipal
4 Correcção
5 Caixa economica
6 Caixa dagua
7 Cadeia
8 Chafariz 7 de 7bro
9 " da Misericor.
10 " do Carmo
11 " do Piques
12 " da Luz
13 " da R. alegre
14 " do Paysandú
15 Correio (Administração)
16 Escola Primaria
17 Estação da Luz
20 " de " (Constit.)
21 Figueira do Braz
22 Gazometro
23 Gaz (Administração)
24 Hospicio dos Alienados
25 Hyppodromo
LARGO dos GUAYANAZES
LARGO DO PAYSANDÚ
LARGO de S. Fco
LARGO DA SÉ
LARGO do PALACIO
LARGO DA ABBEIA
LARGO 7 de 7bro
LARGO do HOSPICIO
AVENIDA DA LUZ
Rua Alegre
Rua Aurora
Rua Victoria
Rua Ypiranga
Rua Tymbiras
Rua Conceição
Rua Episcopal
Rua Constituição
Rua do Senador Queiroz
Rua Anhangabahú
Rua Formosa
Rua Conselheiro Crispiniano
Rua do Seminario
Rua Municipal
Rua 25 de Março
Rua do Imperador
Rua da Princeza
Rua do Ouvidor
Rua Riachuelo
Rua Tabatinguera
Rua da Gloria
Ladeira do Carmo
Rua do Hospicio
Rio Tamanduatehy
VARZEA GRANDE
VARZEA DO GAZOMETRO
VARZEA DO BRAZ
Linha Telegraphica
Jardim projectado
GAZOMETRO
(BRAZ)

Venha comigo. Saiba vosmecê que a Piratininga de antanho sobrevive de vários modos na Piratininga de hoje. Caminhemos por esse ontem que é o nosso hoje. Nós a encontramos na Ladeira da Tabatinguera, rua que tem o mesmo nome que tinha no século XVI, a rua mais antiga da cidade. Ou no Largo da Misericórdia que, por ter perdido a igreja que ficava na esquina da Rua Direita, perdeu a graça, mas não perdeu os murmúrios de quando os escravos ali se reuniam para recolher água do chafariz que o Tebas, um cativo, construíra. Iam ficando para prosear e namorar. O sotaque do murmúrio já é outro, mas se murmura do mesmo jeito, ainda que mais se passe do que se fique. O Largo do Rosário já não é do Rosário dos Pretos porque leva hoje o nome de (Praça) Antonio Prado, o homem cujo empenho foi decisivo para acabar com a escravidão no país e cuja lucidez encheu São Paulo e o Brasil de imigrantes europeus para confirmar o trabalho como trabalho livre. Os pretos se foram para sua igreja do Largo do Paiçandu. Mas o Largo do Rosário ainda é o largo dos encontros, do deixar-se ficar para ver o que acontece. Em cada um dos capítulos seguintes, momentos desse tempo antigo, passos desse passeio sem fim.

I
A SÃO PAULO COLONIAL

O ESPÍRITO DE SÃO PAULO

HÁ POUCO MAIS DE CEM ANOS, a cidade de São Paulo começou a ganhar sua feição social e culturalmente pluralista, o que acabou fazendo dela uma das emblemáticas cidades cosmopolitas do mundo. Acolheria não só estrangeiros que aqui se tornariam brasileiros sem perder a poesia de sua origem, mas brasileiros de todos os cantos que aqui se abrasileirariam nos horizontes de um novo Brasil. A humanidade mora aqui, lugar de encontro e diversidade. Tanto há espaço para os que buscam refúgio nos nichos de conservadorismo político e cultural, quanto há espaço para os que buscam o agito colorido das inovações, mesmo as que parecem sem pé nem cabeça. Tudo acaba dando certo na tolerância inevitável de uma metrópole em que a diversidade social e cultural é tão grande que não há como resistir a ela e não há como não aprender com ela.

O povoado de São Paulo do Campo nasceu em 25 de janeiro de 1554 como uma escola, tendo como um dos mestres um dos maiores criadores de cultura da história da invenção do Brasil, que foi o jovem padre, teatrólogo, linguista e poeta José de Anchieta, descendente de judeus pelo lado materno.

Pode-se, pois, falar no espírito da cidade de São Paulo. Esse espírito está naquele Cristo agônico, da Igreja de São Bento, que um morador de São Paulo esculpiu no século XVIII, um Cristo barroco que agoniza convidando à vida, síntese estética das contradições do tempo histórico que são a marca de Piratininga. Está na cripta da despojada Catedral de São Paulo, que plasma a mentalidade tão paulista de d. Duarte Leopoldo e Silva, que nela mandou sepultar, lado a lado, duas figuras emblemáticas de nossa história: o cacique Tibiriçá, que acolheu nas terras de sua aldeia o colégio dos jesuítas; e o padre Diogo Antônio Feijó, paulistano, regente do Império, liberal que quis inovações para a Igreja e recusou a condição de bispo de Mariana (MG). Embora paralítico, esteve à frente da Revolução Liberal de 1842, que teve seus primeiros combates no que é hoje a entrada da

Cidade Universitária. Preso político, seria solto para morrer falsamente livre e não como vítima da prepotência e da intolerância do Estado tendencialmente absolutista.

O espírito de São Paulo está também nesse Anhembi de lirismo bandeirante que é a poesia de Paulo Bomfim, belo caudal de sonhos, de história e de esperança. Está na Rua da Tabatinguera, que conserva o traçado e o nome desde o século XVI, pelo menos. Uma ata da Câmara da Vila de São Paulo, de 1589, e outra, de 1620, dizem que era aquele o "caminho do mar" e "caminho real muito antigo". Lugar de entrada dos que chegavam, rua de anfitrião, vereda de acolhimento.

Mapa confeccionado durante a viagem de d. Luís de Céspedes Xeria (1628) realizada desde Santos, passando por São Paulo, até Ciudad Real, no Paraguai.

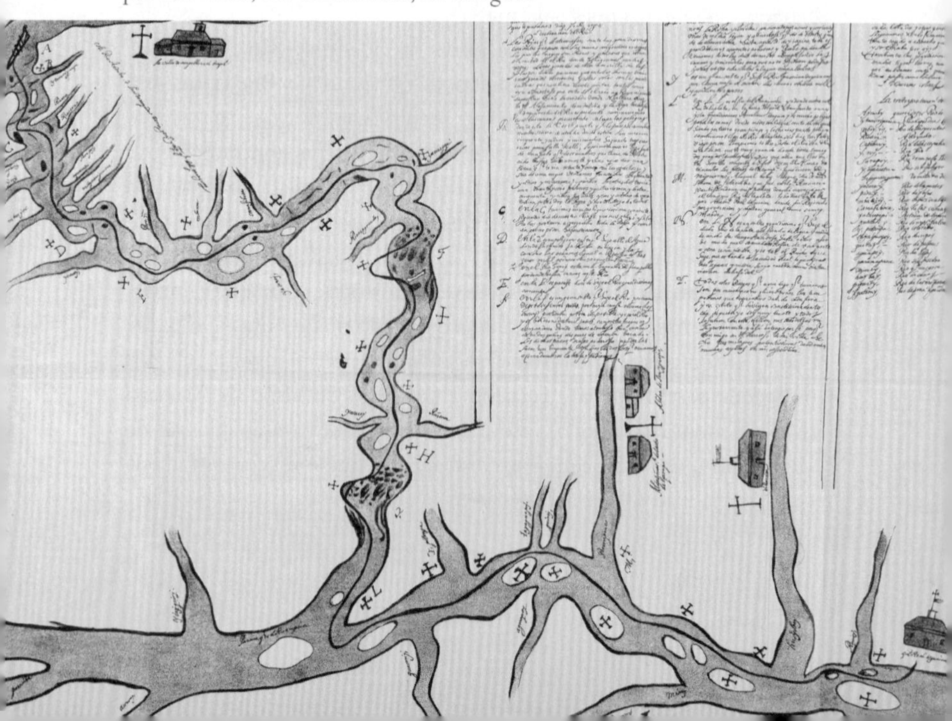

PÁTIO DO COLÉGIO, MEMÓRIA

UM LUGAR QUE, DE ALGUM MODO, condensa a memória histórica de São Paulo é o Pátio do Colégio. Diferentes episódios da nossa história ali se deram, desde a construção do rancho jesuítico em que teve início a catequese dos índios. Lá ficou a aura das coisas acontecidas, das figuras humanas que as protagonizaram. Anchieta e Nóbrega ensinaram e repousaram ali, e ali escreveram alguns dos textos mais antigos da história paulista. O lugar foi escolhido porque muito próximo da aldeia do cacique Tibiriçá (onde é o Largo de São Bento). Também porque lugar à beira de um precipício que de algum modo o isolasse e protegesse. Iniciava-se um período de intermitentes conflitos com os índios, que só terminará em 1602. Tanto, que o governador-geral Mem de Sá, determinou, em 1560, o despejo dos moradores de Santo André da Borda do Campo para o redor do Colégio, para onde transferiu o pelourinho e o predicamento de vila com o nome de São Paulo do Campo.

Ia-se para o mar passando pela Mooca e pelo Tijucuçu, atual São Caetano do Sul, descendo pela Rua da Tabatinguera que, já com esse nome, dizia a Câmara em 1589, era "caminho do mar". Meio de evitar o sul da vila, lugar de ataques dos índios.

Muita coisa aconteceu naquele Pátio. Quando foi restaurada a Capitania de São Paulo, em 1765, os jesuítas já expulsos do reino desde 1759, o governador e capitão-general passou a usar o colégio como palácio do governo. Em 1915, a residência do governador passou para o Palácio dos Campos Elíseos, mas o Governo continuou no Pátio.

Ali no Pátio existiu a Casa da Ópera, onde, na noite de 7 de setembro de 1822, diante da tribuna em que d. Pedro se encontrava, o padre Ildefonso Xavier Ferreira saudou o rei do Brasil gritando "Independência ou morte!", frase que foi depois colocada na boca do jovem príncipe como se tivesse sido dita no Ipiranga, na tarde daquele dia.

No mesmo teatro, Paulo Eiró apresentou sua peça *Sangue limpo*, em 1861, texto abolicionista em que lamenta a incompleta Independência do Brasil, por não ter incluído a liberdade dos escravos. Num dos edifícios do mesmo Pátio, ainda existente, abrigou-se o governador Carlos de Campos por algumas horas, no dia 9 de julho de 1924, quando fugia do bombardeio dos Campos Elíseos pelos militares revoltados, na Revolução iniciada no dia 5. Mas bombas que ali caíram, ferindo e matando, não lhe deixaram senão a alternativa de se retirar para Guaiaúna, entre Penha e Vila Matilde, para aguardar, num carro da Central do Brasil, o fim da Revolução, o que só se deu na manhã de 28 de julho. No centro do Pátio, um monumento ali colocado em 1925, de Amadeu Zani, professor no Liceu de Artes e Ofícios, celebra com majestade a humilde e ao mesmo tempo atrevida fundação de São Paulo e seu legado.

Igreja do Colégio de Piratininga, 1860.

O JARAGUÁ DO OURO QUE ACABOU

ELE PODE SER VISTO de quase todos os pontos da cidade de São Paulo, menos daqueles vedados pela cortina cinzenta e sem graça dos altos edifícios. Perdeu boa parte do seu encanto no dia em que fincaram torres de transmissão de sinais de televisão em seus dois pontos mais elevados e o transformaram em mero pedestal da modernidade. Desrespeitosas colagens de mercador ignaro. Mas o Pico do Jaraguá, hoje assediado pelas bordas deterioradas da cidade, já teve sua nobreza e tem sua história.

Foi ali que o minerador Afonso Sardinha descobriu ouro, em 1590, a primeira mina do desejado metal precioso no Brasil. Documentos da antiga Casa de Fundição que existiu em São Paulo mencionam ouro do Jaraguá sendo fundido e marcado para dele se extrair o quinto pertencente ao rei. O historiador Azevedo Marques contava que, no início, fora tão abundante o ouro daquela mina extraído que o Jaraguá chegara a ser chamado de "o Peru do Brasil". Exagero, pois se assim fosse São Paulo não teria arrastado a existência modesta que teve de vila colonial e caipira até que, no século XIX, a produção e exportação de açúcar e de café criassem as grandes fortunas paulistas e o esplendor do estado e da cidade.

No relato da viagem mineralógica que José Bonifácio de Andrada e Silva e seu irmão Martim Francisco Ribeiro de Andrada fizeram a São Paulo, em 1820, contam que o Jaraguá era constituído de várias minas de ouro, espalhadas na região, extintas algumas e quase extintas outras. Ainda havia ouro, ainda que pouco, em meio a evidências mineralógicas de ferro.

Houve época em que, depois das chuvas, minúsculos grãos de ouro afloravam nas enxurradas da hoje Praça Clóvis Beviláqua. Há poucos anos, um operário braçal que trabalhava na abertura do túnel Ayrton Senna, sob o Ibirapuera, que tivera experiência como garimpeiro no Norte, ao ver as características do terreno, desconfiou que ali havia ouro. Improvisou uma bateia, lavou a argila e encontrou uma ínfima quantidade do metal.

Afonso Sardinha foi, também, descobridor de jazidas de ferro na região de Sorocaba, onde instalou um engenho de ferro com forno de tipo catalão. Foi homem muito rico, financiador de mercadores de escravos de Angola para o Brasil, patrocinador de expedições de caça ao índio, produtor de açúcar nas cabeceiras do Rio Pinheiros, fabricante e exportador de marmelada, importador de lã de Buenos Aires.

Foi, em 1592, nomeado comandante da guerra contra os índios que estavam cercando e atacando a Vila de São Paulo. A lavoura e a criação de gado tinham se tornado impossíveis, bem como o trânsito para o mar e do mar, com os ataques na região da Borda do Campo e do Ipiranga. As fazendas e os sítios de vários pontos da vila estavam abandonados. Não se podia ir à roça. Moradores eram mortos, mulheres e crianças raptadas.

Com medo de morrer, fez testamento em São Paulo nesse ano, nele discorrendo sobre seus bens. Dentre eles, a Fazenda de Embuaçava, extensíssima, na região de Pinheiros e Carapicuíba, nas proximidades do Jaraguá, onde morreria em 1629. Em suas terras criou Jerônimo Leitão o aldeamento de Carapicuíba, para receber os índios descidos do sertão e reduzidos à fé católica. Ali, nos primeiros dias de maio, se realiza até hoje a dança jesuítica e devocional da Santa Cruz, de que ainda participam descendentes dos antigos índios da aldeia, como a família Camargo.

Afonso Sardinha, que tinha um filho jesuíta, deixou seus haveres para a Companhia de Jesus, para ter sepultura, com sua mulher Maria Gonçalves, diante do altar de Nossa Senhora, na Igreja do Colégio dos Jesuítas, no Pátio do Colégio. Desse túmulo resta a pedra com os nomes dos dois doadores em português arcaico. Encontra-se hoje no Museu do Ipiranga. É a mais antiga pedra tumular paulistana que se conhece.

Eram doações pias, de corações cheios de culpa, sobretudo pelo cativeiro imposto ao semelhante. Diz o temeroso cristão: "Primeiro recomendo minha alma a Deus Nosso Senhor, que do nada a fez e com seu sangue precioso a remiu e resgatou na árvore da vera-cruz...". E, de mansinho, prossegue, "para que Ele haja misericórdia, quando desta vida partir, e a Virgem gloriosa Nossa Senhora sua Mãe e a São João Batista, e a São Gabriel Arcanjo e a todos os santos e santas da corte do céu e aos coros angélicos, os quais todos invoco para que sejam em minha ajuda e favor ante o consistório divino". Uma belíssima apoteose barroca para que Deus tivesse dele misericórdia quando o levasse da vida presente.

Quando da expulsão dos jesuítas de Portugal e das colônias, em 1759, e do confisco de seus bens, as terras de Embuaçava passaram para o domínio da Coroa. No que delas restava quase duzentos anos depois, o governo do Estado construiu a Cidade Universitária, nela instalando o maior campus da USP.

São Paulo se manteve como ampla e aberta escola desde então, até o cume desse processo que foi a criação e a expansão da Universidade de São Paulo, respeitada como uma das cem melhores do mundo. E de outras universidades que, de certo modo, dela nasceram, como a Unesp (Universidade Estadual Paulista) e a Unicamp (Universidade Estadual de Campinas), ambas em posições avantajadas nas listas de classificação das universidades mais reputadas.

O ÚLTIMO POUSO DE FERNÃO DIAS

QUEM SAI DO LARGO DE SÃO BENTO pela Rua Florêncio de Abreu pode ver esculpida na parede externa da igreja a efígie de Fernão Dias Paes, a cujo nome por engano se agrega Leme. Na construção da igreja e mosteiro atual, quiseram os monges beneditinos perpetuar sua gratidão ao bandeirante, que foi seu grande benfeitor. Um seu descendente direto serviu de modelo para o alto-relevo.

Representado vivo lá fora, teve seus restos mortais acolhidos lá dentro. Diante do presbitério, onde se encontra o altar-mor, ele repousa das canseiras do sertão, ao lado da mulher. Uma placa tumular de bronze, no chão, nos diz: "Sepultura de Fernão Dias Paes Leme, governador das esmeraldas, nascido em 1608 e fallecido em 1681, e de sua mulher Maria Garcia Betim, fallecida em 1691. Grandes benfeitores desta Abbadia, para este jazigo lhes trasladou os restos mortaes a gratidão benedictina. Agosto 1922".

Em poema conhecido e belo, Olavo Bilac imortalizou-o:

Foi em março, ao findar das chuvas, quase à entrada
de outono, quando a terra, em sede requeimada, [...]
— *Que, em bandeira, buscando esmeraldas e prata,*
à frente dos peões filhos da rude mata,
Fernão Dias Paes Leme entrou pelo sertão.

Engano: foi no inverno e na seca, em 21 de julho de 1674, época propícia às andanças sertanejas. Sempre há de haver embate entre a poesia e a história.

Sete anos vagou Fernão Dias com sua gente pelos sertões de Minas, de pouso em pouso, à procura de pedras e metais preciosos. Encontrou a malária no sertão de Cataguás e ali morreu. Bilac solenizou essa hora derradeira:

Cala-se a estranha voz. Dorme de novo tudo.
Agora, a deslizar pelo arvoredo mudo,

como um choro de prata algente o luar escorre.
E sereno, feliz, no maternal regaço
da terra, sob a paz estrelada do espaço,
Fernão Dias Paes Leme os olhos cerra. E morre.

Como era comum naquele tempo antigo, em que cuidar do irremediável da morte precedia o cuidar do remediável da vida, Fernão Dias providenciara, muitos anos antes da partida, o lugar de seu último pouso, em Piratininga. Em 1650, por contrato, assumira o compromisso de fazer às suas custas novo mosteiro e nova igreja, no lugar das construções antigas e modestas. E os fez. Dos monges receberiam em troca, ele e sua mulher, sepultura perpétua na capela-mor da igreja, para cuja manutenção deixava um legado de oito mil réis anuais. Porém, para assegurar a renda e a decência da capela, comprou da viúva de Manuel Temudo, em leilão, e doou aos beneditinos, em 1671, três anos antes da partida, um sítio no Tijucuçu, às margens do atual Rio dos Meninos, em parte do que é hoje São Caetano do Sul, para renda certa e segura do mosteiro.

Conta o historiador Afonso d'E. Taunay que, na exumação dos corpos, foi encontrada no túmulo uma funda de ferro, usada pelos que tinham hérnia inguinal. Foi quando da derrubada do velho mosteiro e da igreja para construção dos atuais. Pode-se imaginar o tormento imenso da viagem incerta de Fernão Dias pela mata, com semelhante e pesado apetrecho pressionando-lhe protetivamente a virilha. Era costume, e ainda é, nas regiões caipiras, deixar aos mortos objetos de seu pertencimento mais íntimo, como terços e rosários e, eventualmente, algo como essa estranha funda. Era costume de algumas tribos, ainda em décadas recentes, sepultar com o morto seus objetos, até mesmo objetos estranhos à cultura tribal, como máquinas manuais de costura e outros objetos modernos.

Para cumprir a vontade de Fernão Dias e trazer do sertão seus despojos, foi adotado um outro costume indígena. Sepultaram-no seus acompanhantes em cova rasa e sobre ela acenderam fogo, de modo que com o calor as carnes se desprendessem dos ossos. Limpos e lavados, foram trazidos a São Paulo por seu filho Garcia Rodrigues Paes e, então, sepultados na capela-mor da Igreja de São Bento, como ele pedira. Essa é a técnica funerária do duplo sepultamento, praticada por índios, como os Bororo. Traços do índio que já morava na alma mameluca dos paulistas de antanho, meio índios, meio ibéricos.

DA MOOCA PARA EL-REI

UM CERTO MANOEL JOÃO BRANCO, morador da Vila de São Paulo, já velho, decidiu um dia ir a Lisboa beijar a mão de El-rei. Era ele homem abonado. Tinha fazenda no Juqueri e em Pinheiros e moinho de trigo no Ribeirão Anhangabaú. Criava gado no Tijucuçu e na Mooca. O Tijucuçu era bairro antigo, dos tempos de Santo André da Borda do Campo, atravessado pelo atual Rio dos Meninos e pelo Tamanduateí. Eram terras alagadiças, de boas pastagens. Seriam drenadas no século XVIII por meio de canais abertos pelos escravos do Mosteiro de São Bento, que desde 1631 ali se estabelecera com o que acabaria sendo a Fazenda de São Caetano do Tijucuçu. Desses canais existem remanescentes ainda hoje no centro de São Caetano. O Tijucuçu confinava com o Ribeirão da Mooca e era Mooca o território que terminava na Ponte da Tabatinguera, no que é hoje o que melancolicamente resta do abandonado e mutilado Parque D. Pedro II. Do que era essa ponte no século XIX, há belo quadro de Almeida Júnior na Pinacoteca do Estado, quando a Mooca chegava até ali. O latifúndio onde Manoel João criava suas vacas se situava parte em um e parte em outro bairro.

Em 1624, era ele administrador das minas de São Paulo que a partir de 1645, teria Casa da Moeda. O opulento Manoel João fez fortuna não com as vacas da Mooca e do Tijucuçu, mas com o ouro que há tempos já se extraía do Jaraguá e de outras minas. Administrava o ouro em nheengatu, e o gastava em português. Andou doente em 1641 e fez testamento, mas sobreviveu. Foi visitar o rei de Portugal, d. João IV, o Afortunado, não só pelo natural ímpeto de bajulação daqueles tempos, mas talvez para reafirmar a lealdade de família, parente que era de Amador Bueno da Ribeira, em 1641 aclamado rei de São Paulo, uma coroa que recusou, pois nem existia, refugiando-se no Mosteiro de São Bento. Na porta do mosteiro atual uma placa registra a ocorrência. Os paulistanos queriam fazê-lo rei no berro, o que prudentemente recusou. O populacho só se dispersou quando os monges saíram ao terreiro de cruz alçada pedindo que se dispersasse.

Manoel João, que voltaria para morrer em São Paulo, foi à Bahia antes de embarcar para o reino e ali mandou fazer umas bolas e outros objetos de ouro, incluindo um pequeno cacho de bananas, para com eles regalar o monarca. Circulava em Lisboa carregado por índios levados de São Paulo, numa rede paulista, colorida, que levou daqui, feita de algodão e lã. Foi recebido pelo rei, cuja mão beijou, e que o honrou com a aceitação dos presentes que levara. É o que nos conta o historiador Pedro Taques, em livro de 1755, que considerava Manoel João caduco. Disse-lhe o rei que pedisse o que quisesse. O caduco, para não desfeitear a majestade, pediu apenas onze léguas de terra em quadra (66 km) num lugarzinho remoto chamado Guaratinguetá, para estabelecer um morgadio para seu filho Francisco João Leme, um feudo com pretensões de nobreza. Mas o filho se casou com quem ele não queria e o morgadio não saiu do chão nem do ventre da nora.

VOCÊ FALA NHEENGATU?

SE NÃO FALA, vai ter muita dificuldade para viver em São Paulo, transitar ou mesmo conversar. Vá que você coma algo que lhe faça mal às pacueras ou que tenha um parente muquirana que lhe negue uns trocados quando precise. O que fará você quando alguém lhe disser que está com dor nos óio, coceira na orêia, brigado com a muié, palavras portuguesas com pronúncia nheengatu?

Na metrópole, há 34 estações com nome nheengatu, sem contar os nomes de ruas, como Caiuá ou Turiaçu, e os nomes de pessoas, como Iara ou Maíra. Quem não fala nheengatu nem pode tomar os trens, usar o metrô ou utilizar os ônibus da cidade. Como vai dizer aqueles nomes, escritos nessa língua, para comprar um bilhete ou pedir uma informação?

Não poderá transitar pela Rua da Tabatinguera, a mais antiga de São Paulo, de quando a gente de Piratininga fazia fuxico em nheengatu e ia para a beira do Rio Tamanduateí buscar tabatinga para caiar as casas. Não poderá cruzar a ponte para ir à Mooca, não por medo dos tamanduás. Não poderá nem mesmo passear pelo Vale do Anhangabaú, sob o qual passa o ribeirão em que outrora Anhangá assombrava os índios com seus malefícios e sua água envenenada, que, mais tarde se descobriu, continha arsênico. Vade retro! E como morar na Vila Prudente e estudar na Cidade Universitária, tendo que cruzar a Mooca, o Anhangabaú e o Butantã? Só falando nheengatu. E menos ainda passar o domingo com a família no Ibirapuera.

Se viajar de trem e não conseguir relaxar a língua para dizer os nomes nheengatu, não chegará ao Ipiranga, Tamanduateí, Utinga, Capuava, Guapituba, Paranapiacaba ou, no lado oposto, Piqueri, Pirituba, Jaraguá, Caieiras, Jundiaí. Nem sei como d. Pedro foi proclamar a Independência verde e amarela no rio vermelho do Ipiranga, se não falava nheengatu. Ou falava e não sabia?

E coitado de quem tiver que ir a Carapicuíba, Itapecerica ou Embu. Cuidado, é só pedra e cobra! Se for a Mogi das Cruzes por

Itaquaquecetuba, Itaquera, Guaianases, dá no mesmo, pedra e cobra. A cobra de Mogi o esperará nas Cruzes.

Mas, se você consegue falar esses nomes todos e não se perde, saiba que, apesar da proibição da língua nheengatu pelo rei de Portugal, em 1727, você é bilíngue: pensa em português, língua estrangeira, e fala em nheengatu, a língua brasileira. Pena que na escola não nos digam isso. O fantasma do rei de Portugal ainda manda em nossa educação.

CAMA E PODER

EM AGOSTO DE 1620, chegou à vila de São Paulo a notícia de que, no Cubatão, aprestava-se para subir a Serra do Mar, com destino ao planalto, o ouvidor Amâncio Rebelo Coelho. Vinha em visita de correição, como era costume, os juízes de fora verificando e corrigindo as decisões dos juízes ordinários, os juízes de dentro. Era questão de dias para que o magistrado assomasse às portas da vila, deitado em rede e carregado no lombo de índios sujeitos à servidão.

Os oficiais da Câmara ficaram alvoroçados. Como hospedar o visitante? Seria hospedado na Casa da Câmara e Cadeia, casinha jeitosa como se vê num desenho de 1628. Mas não havia cama para o hóspede. Não fazia muito tempo, os índios de Piratininga, avós próximos dos paulistas de 1620, dormiam no chão de terra, em cima de folhas ou de esteiras. Os brancos, quando muito, dormiam em rede ou catre de varas. A única cama decente na vila era a de Gonçalo Pires, carpinteiro e empreiteiro de obras, homem abonado que tinha a seu serviço aprendizes e índios. Mas o carapina nem queria ouvir falar em ceder a cama: não a emprestava nem a alugava. O juiz determinou, então, o seu confisco temporário. Vieram seis índios e homens armados e a carregaram, com colchão, cobertor, lençol de algodão e travesseiro. Passada a visita do ouvidor, mandaram que o dono fosse buscá-la. Ele se recusava. Passaram-se meses e anos e o carpinteiro não recebia a cama de volta nem o aluguel que por ela lhe ofereciam. Queria a cama no estado em que a levaram. Passados seis anos, a pendência continuava. Depois disso não se tem mais notícia nem da cama nem de Gonçalo Pires, autor desse prenúncio de cidadania antes que cidadãos existissem por estas e por outras bandas.

Aqui em São Paulo, os problemas que uma cama pode criar para o governo não terminaram com Gonçalo Pires. Em 1962, quando houve a chamada "guerra da lagosta", os franceses pescando lagosta indevidamente na costa brasileira, os brasileiros reagindo até com samba que falava que a lagosta é nossa, outra cama entrou na história.

Em conversa com o nosso embaixador, ao saber do fato, o presidente Charles de Gaulle comentou que "o Brasil não é um país sério". Não obstante, foi De Gaulle, em 1964, convidado a visitar São Paulo pelo governador do Estado.

Alguém alertou, porém, que o general não caberia nas caminhas convencionais do Palácio dos Campos Elíseos. Corre daqui, pensa de lá, e resolveu o governo encomendar ao competente Liceu de Artes e Ofícios a cama rígida e ampla que poupasse o venerado herói da França da ameaça de Procusto, de ter as pernas amputadas para numa cama caber. Vi essa cama no Palácio do Governo, em Campos do Jordão. Se o Liceu fizera as pesadas e robustas portas da catedral, podia fazer a cama do general. E assim foi. Não só o general imenso e suas pernas longas acomodaram-se bem no leito de Estado, como também o seu imenso nariz.

FEMININO E MASCULINO NA CASA DO BANDEIRANTE

A CASA DO BANDEIRANTE, construída entre os séculos XVII e XVIII, na Praça Monteiro Lobato, no Butantã, é uma casa-documento, apesar de hoje empobrecida por uma concepção museológica que a privou de toda a riqueza simbólica que teve quando foi restaurada e convertida em museu de época. A restauração, orientada por grandes nomes da historiografia paulista, como Afonso d'E. Taunay e Sérgio Buarque de Holanda, foi parte das comemorações do IV Centenário de São Paulo. Móveis e objetos antigos, trazidos de diferentes lugares, do ciclo bandeirista, recompuseram a morada paulista do passado.

Fica no que fora a sesmaria de Afonso Sardinha, o minerador que no século XVI descobriu ouro no Pico do Jaraguá, a primeira mina de ouro do Brasil. Na margem do Rio Pinheiros, teve ele trapiche de açúcar. Produziu ferro em Sorocaba.

Hoje o Rio Pinheiros passa a alguns metros do que foi reconstituído como sendo a frente da casa e que, na verdade, era o fundo. Originalmente, o rio passava pouco adiante do atual fundo da casa, entre ela e a Avenida Waldemar Ferreira, na entrada principal da Cidade Universitária.[1] Em 1954, a casa foi restaurada pelo arquiteto Luís Saia, corretamente reconstituída, material e simbolicamente, embora, para a coerência da relação simbólica com o rio, a frente tenha ficado no que era o fundo e vice-versa, por obra de seu primeiro diretor, Paulo C. Florençano.

Sua frente tem um alpendre de acesso à porta principal. Nesse alpendre, à direita de quem entra, fica a capela, que tem ainda uma porta para dentro da casa. Dali, assistiam missa ou reza as mulheres e os homens da família. Do alpendre, os estranhos e visitantes e, do terreiro, os escravos indígenas. Do outro lado, no mesmo alpendre, o quarto de hóspedes, de modo que o estranho não tivesse acesso ao interior da moradia.

1 Naquela época, o Rio Pinheiros corria pelo lado oposto àquele em que, também retificado, hoje se situa, do outro lado da Casa do Bandeirante. [N. E.]

Na reconstituição, do lado direito da casa, ficava o quarto do casal e o quarto das filhas mulheres. Do lado esquerdo, o quarto dos filhos homens. No meio da casa, voltada para o alpendre de acesso ficava a sala de jantar, na qual as mulheres não tinham assento quando houvesse visita, como observaram, com espanto, vários viajantes dos séculos XVIII e XIX. Na correspondente metade de trás, ficava a sala íntima da família. E no alpendre de trás, dando para o quintal, de um lado a despensa e de outro lado o gineceu, o lugar em que as mulheres fiavam o algodão e teciam o pano. No próprio alpendre se cozinhava. No quintal, as árvores frutíferas, a horta e a farmácia das plantas medicinais, o poejo, a hortelã, a erva-cidreira.

A casa paulista dos tempos coloniais era uma casa hierárquica e mística. Externamente, constituía a fortaleza masculina da família e, internamente, o reduto de certa segregação da mulher. O homem estava voltado para fora e a mulher para dentro, expressão de uma sociedade cujo núcleo mais consistente e sagrado era a intimidade do casal. O lado de dentro simbolicamente protegido em relação ao lado de fora, à curiosidade do estranho e do visitante.

O quarto do casal era, por sua vez, o lugar mais protegido contra a malignidade do olhar do outro. Era ali o lugar da procriação e da vida, naqueles tempos tão marcados por tabus e cercados de proteções contra o invisível.

Mesmo o filho de escravo, ao nascer, recebia um cueiro de baeta vermelha para protegê-lo contra o mau-olhado. A figa, também usada, com o polegar entre dois dedos vizinhos, nada mais é do que a simbolização do pênis penetrando a vagina, isto é, a fecundação e a vida, a exorcização preventiva da morte representada pela malignidade potencial do olhar e da inveja.

As concepções intuitivamente utilizadas na montagem original da Casa do Bandeirante ainda existem no interior do país, sobretudo nas áreas que um dia fizeram parte da Capitania de São Vicente. Em Goiás e no Mato Grosso, encontrei viva e vigente essa mesma concepção simbólica de casa. Como mostrou Câmara Cascudo, uma casa simbolicamente uterina, baseada na pressuposição de que a morada é a figuração do útero. Por isso os mortos são retirados de dentro de casa pela porta da frente, os pés para diante, posição inversa à do nascimento, em que a criança nasce com a cabeça para frente.

As camas no interior da casa nunca estão com os pés voltados para a porta de saída, pois na horizontalidade esta é a direção da morte. Essa porta, aliás, constatei no sertão de Santa Catarina, outra área culturalmente paulista, é voltada para o rio, para indicar à alma o rumo de saída para a eternidade, a ruptura entre a vida e a morte. A típica casa rural paulista é uma casa sem ambiguidades. É historicamente feminina, o avesso da morte. Mais do que uma casa, é um rito permanente.

Casa do Bandeirante, 2014.

O CRISTO AGONIZANTE DE SÃO BENTO

A CABEÇA DE CRISTO CRUCIFICADO pende há mais de duzentos anos da cruz que fica à direita da capela do Santíssimo Sacramento na Igreja de São Bento. Desde que a vi pela primeira vez, há mais de cinquenta anos, sinto-me desafiado a meditar sobre um desencontro que há nessa figuração do suplício e da morte de Jesus. O corpo parece pequeno, inteiramente sem vida. Diferente de outras cabeças de Cristo que representam o mesmo momento da crucificação, este Cristo não convida à pena nem à culpa. Não é um Cristo que pareça estar dizendo "Deus meu, por que me abandonaste?".

É sem dúvida um Cristo abatido pela proximidade da morte, um Cristo agonizante. Mas é um Cristo que já não tem dúvidas nem perguntas sobre quem ele próprio é nem sobre o que o espera, o próprio filho de Deus imolado no sacrifício cruento para redimir o gênero humano de suas faltas. É o Cristo que humaniza os humanos. Nesse sentido, não é o Cristo da morte, mas a antecipação do Cristo da Ressurreição, o Cristo do tenebroso transe que é o Cristo do triunfo sobre a morte. Seus olhos nos dizem isso: não são olhos mortiços e sem vida nem olhos de quem suplica. São olhos de quem vê, voltados para os que possam estar ao pé da sua cruz. Os olhos desse Cristo maravilhoso descrucificam o filho de Deus, desdizem a injustiça de sua pena, propõem-no no âmbito incrucificável da imortalidade dos redimidos por seu sacrifício.

Aquele Cristo é o mais comovente crucificado da cidade de São Paulo. D. Martinho Johnson escreveu que o padre frei Fernando da Madre de Deus, em 1777, o encomendou por devoção a um notável mestre-entalhador, José Pereira Mutas. Na igreja antiga, achava-se no coro monástico superior. Em 1799, um devoto doou uma casa no bairro da Sé ao mosteiro para que de seus rendimentos duas lâmpadas ficassem perpetuamente acesas aos pés do Santo Cristo. Ainda lá estão. Espantosa é a durabilidade da fé e da devoção.

Interroguei a face daquele Cristo muitas vezes, desde menino, como fazem tantas pessoas ainda hoje. A face de uma serena certeza, de um encontro, da vitória da vida no limite da morte. Ele é oficialmente o Cristo agonizante. Mas é muito mais o Cristo da esperança. O escultor devia ser um homem de uma fé imensa. Esculpiu com a alma. Toca-me os sentimentos pensar naquele Cristo sendo venerado por monges e escravos do mosteiro, que conheci na documentação histórica. Foi a época de maior esplendor do mosteiro beneditino de São Paulo: frei Gaspar da Madre de Deus, o historiador paulista do século XVIII, ministrou ali um curso sobre Kant.

Posso pensar nos muitos escravos que desse modo conheci, até bem, ajoelhados ao pé daquele Cristo, contemplando a mesma face. D. Martinho conta que é da tradição oral que as lâmpadas votivas, mesmo quando a Ordem de São Bento foi enfraquecida, nunca deixaram de estar acesas. Tenho quase certeza de que um antigo escravo nascido na Fazenda de São Caetano, Nicolau Tolentino Piratininga, hoje nome de rua na Penha, cuidou disso. Descendia de uma escrava africana aqui chegada em 1700. Até 1971, ao menos algum descendente dela prestou serviços ao mosteiro. Bendito o ventre daquela cativa de tão antigamente, que se libertou também nos descendentes livres e cultos, na demora da história. Conheci um seu descendente, jovem historiador, culto e refinado.

Os beneditinos sempre celebraram uma missa em intenção de seus ex-escravos e ela ainda era celebrada quando d. Estêvão de Souza iniciou sua vida monástica. Hoje a missa pela alma dos antigos escravos continua sendo celebrada como missa diária pelos benfeitores, o que abrange todos os que tenham ajudado o mosteiro algum dia.

Numa sala lateral da entrada da igreja funciona a padaria do mosteiro: a rosca de Páscoa de velhas tradições desta cidade, o inacreditável bolo de Santa Escolástica, sabores de velhas receitas dos monges. O organista ensaia uma peça de Bach. D. Anselmo me leva de um canto a outro e me ensina. Pude rever recantos gravados no meu coração desde quando ali entrei, adolescente, para ler um primeiro documento da densa história desses monges filósofos de São Paulo do Campo de Piratininga. Ali a Páscoa daquele Cristo é sempre.

O VIZINHO QUE ENGANOU O DIABO

TUDO COMEÇARA COM UMA FEBRE maligna que prostrou Antônio (José) da Costa Senra, jovem sapateiro imigrado dos Açores para o Rio de Janeiro e que, de lá, aí por 1775, mudara-se para a cidade de São Paulo como negociante de escravos. Suas afirmações heréticas eram atribuídas ao delírio da febre, pois antes dela ainda cumprira os ritos da desobriga na Quaresma. A febre passou e as heresias ficaram. Aos vizinhos e passantes que com ele conversavam à porta de sua casa, na Rua da Freira, atual Senador Feijó, dizia que a alma perecia com o corpo e que céu, purgatório e inferno eram invenções dos padres. Além do mais, Deus, a quem servira toda a vida, era mau pagador. Retribuíra-lhe com enfermidades e desacertos.

Um vizinho, Miguel João Feijó, denunciou-o à Inquisição. Três religiosos foram, sucessivamente, enviados à sua casa para admoestá-lo e convidá-lo ao arrependimento, um deles o frei Antônio de Santana Galvão, que seria canonizado pelo papa Bento XVI. Foi-lhe dito que, se se arrependesse, Deus misericordioso lhe ofereceria a glória. Mas Deus era também vingativo e aos que a recusavam oferecia o inferno. O delatado reagia com "horrorosas proposições", dizendo que glória conhecia duas: uma ermida no Rio de Janeiro e uma capela dessa invocação no subúrbio de São Paulo, no Cambuci, na chácara do capitão-mor Manoel de Oliveira Cardoso. Igualmente, eram dois os infernos: o dos doentes era a cama de sua prostração; o dos sãos eram os "ferros d'El rei", a cadeia. Nessa altura, ele se mudara para uma casa na Rua da Quitanda Velha, trecho da hoje Rua Álvares Penteado. Acabou preso por ordem do vigário da Sé, em 26 de novembro de 1782. Nas ruas, o vulgo o considerava herege, judeu e louco, três dos estigmas da época. Loucura não era porque governava bem a economia de sua casa e os loucos não fazem isso. A eventual condição de judeu sequer foi examinada. Restou-lhe o crime de herege. Ainda por cima era homem rústico e sem literatura, disseram. Quando visitado pelo cura da Sé, recebeu-o sentado e de chapéu na cabeça. Digamos que não tinha a polidez subserviente dos ínfimos. Desafiava a religião e a hierarquia social.

Foi enviado a Santos e embarcado para o Rio de Janeiro, onde o inquisidor, frei Bernardo de Vasconcelos, concluiu que tinha feito um pacto com o diabo, ao qual o delatado, na intimidade, chamava de Saramago. Caíra nessa desgraça "pela demasiada ambição e desordenados desejos de ser rico". Aproveitando a viagem da fragata-de-guerra "Nossa Senhora de Nazaré" seria remetido para os cárceres do Santo Ofício, em Lisboa.

Antônio Senra usara manha de mau negociante no trato com o diabo: vendera-lhe a alma em que não cria em troca da riqueza que queria. Vendera o que sabia não poder entregar. Só que a Santa Inquisição, que não era tão santa, agarrou-o primeiro.

O CULTO FÁLICO A SÃO GONÇALO

DE PORTUGAL NOS VEIO A DEVOÇÃO das mais emblemáticas tanto da difusão do catolicismo entre nós quanto da religiosidade caipira, a de São Gonçalo de Amarante. Aqui, o santo tornou-se patrono dos violeiros caipiras. Quem quer aprender a tocar a difícil violinha de cinco cordas duplas tem que se agarrar com ele. Ou, alternativamente, como sugeria o violeiro Renato Andrade, tem que fazer um pacto com Satanás, à meia-noite de uma Sexta-feira Santa, em cemitério, sobre túmulo de um violeiro. O dom da viola em troca da alma. Porém, mais segura é a opção pela viola de São Gonçalo, instrumento de devoção, desde muito cedo associada ao catolicismo popular, o catolicismo doméstico e de terreiro.

Nesse sentido é curiosa a evolução diversa da devoção ao santo de Amarante, em Portugal e no Brasil. Aqui, é ele representado com a viola nos braços e é cultuado na dança de São Gonçalo, uma dança que se pratica nas casas e terreiros para pagar promessas, seja das solteironas para arrumarem marido, seja dos velhos em geral para a cura do reumatismo. No estudo que fez sobre a devoção a tal santo no Brasil, Maria Isaura Pereira de Queiroz constatou que ainda no século XVIII a dança era praticada dentro das próprias igrejas. O progressivo banimento das práticas do catolicismo popular de dentro dos templos expulsou-a para os terreiros da roça.

São Gonçalo criou fama como violeiro que, com sua dança, atraía e convertia as prostitutas. Também casava as velhas. Tornou-se particularmente eficaz na cura da esterilidade das mulheres que não conseguem ter filhos. Em Portugal, ainda hoje, é esse o "lado forte" da devoção ao santo. É comum que se veja na capela em que está sepultado, na sua igreja em Amarante, beatas e devotas que rezam com a mão pousada sobre o lugar do membro em sua estátua jacente. São as que, cansadas da espera de uma gravidez, vão pedir ao santo a graça de um filho. No dia de sua festa, no próprio átrio da igreja, os peregrinos encontram à venda bolos e pães doces em formato de falo, de vários tamanhos, conforme o apetite de maternidade das carentes de procriação. Ainda nestes dias, vi na vitrina de uma padaria de Amarante dois falos expostos ao lado da imagem de São Gonçalo, já fora da época de sua festa.

A diferença do culto a São Gonçalo em Portugal e no Brasil deve-se, provavelmente, a que o Brasil foi colonizado na época da difusão do sisudo e depurado catolicismo da Contrarreforma. A devoção a São Gonçalo espalhou-se devidamente filtrada de suas características pagãs. Lá, a imagem de São Gonçalo apresenta-o sem a viola. Aqui, sua imagem é com a viola. Lá, o santo perdeu a viola, mas manteve o falo. Aqui, São Gonçalo manteve a viola, mas perdeu o falo. Nem sempre se pode ter o melhor de dois mundos.

A VIAGEM SEM FIM

ESTA É UMA SOCIEDADE QUE CONDIVIDE, ritualmente, sentimentos relativos ao ser coletivo que somos. A morte é um dos momentos de expressão desse ser inteiro que se esconde no repetitivo do dia a dia, para emergir diante do inesperado que nos fere a todos.

Isso é antigo por aqui. Diz respeito ao imaginário do pertencimento e, nele, à concepção de que mesmo os mortos não se apartam de nós. No mínimo, sobrevivem na memória, lembrados de avô para neto. Pertencer e retornar aos seus está no centro desse imaginário suave e conciliador dos contrários, como a vida e a morte.

Dois episódios antigos da história paulista mostram os meandros desta nossa cultura da eternidade e do retorno. Um é o da morte de Fernão Dias Paes, "o caçador de esmeraldas". Preparando a própria morte, como era comum naqueles tempos, Fernão Dias fez larga doação aos monges de São Bento, em 1650, para que construíssem novo mosteiro e nova igreja. Pedia em troca sepultura para si, sua mulher e seus descendentes ao pé do altar, perto do sacrário, a morada de Deus. Em 1674, partiu em busca de minas de prata e esmeraldas, chefiando grande expedição de brancos, mamelucos e índios. Morreria no sertão, de malária, em 1681. Foi sepultado em cova rasa, sobre a qual acenderam o fogo, que ardeu durante dias. Finalmente, foi exumado, seus ossos separados e limpos, como faziam alguns grupos indígenas, e trazidos para São Paulo, para enterro definitivo. Está lá, com a mulher, sepultado no piso, diante do presbitério, na Igreja de São Bento.

O outro episódio ocorreu durante a expedição comandada pelo sargento-mor Teotônio José Juzarte, em abril de 1769, uma frota de barcos que desceu o Rio Tietê, o Rio Paraná e subiu o Rio Iguatemi. Levava povoadores para ocupar o território de Iguatemi, na fronteira entre a América Portuguesa e a América Espanhola, no limite do que é hoje o Paraguai. A frota partira do porto de Nossa Senhora da Penha de Araritaguaba, hoje Porto Feliz. Naquela rota muitos morriam flechados pelos índios ou vitimados pelas febres. Por isso, antes da partida, foram todos confessados e sacramentados, preparados para a morte.

Na madrugada do dia 21 de maio faleceu a filha solteira de um casal de povoadores. Os pais queriam levar o corpo consigo, para enterrá-lo na barra do Rio Iguatemi, perto do local de povoamento. Encheram de terra um caixão vazio que servira para transportar o toucinho e nele sepultaram a morta, a tumba portátil levada numa das canoas. Mas os viajantes "entraram a tomar agouro" e a causa era a defunta que levavam. Contra a vontade dos pais, foi a morta enterrada numa ilha do Rio Paraná para ter paz e deixar os vivos em paz.

IGREJAS DE PRETOS

A DEVOÇÃO DE SANTOS PRETOS em nossas igrejas nem sempre é devoção de pretos. E nem sempre santos brancos são da devoção de brancos. Santos não querem cotas raciais, coisa de mortais brancos, e os devotos também não, porque a raça do santo é a sua santidade e não a sua cor. Não vá um branco pensar que será favorecido por Santo Antônio ou Santo Expedito por sua brancura. Ou um negro pensar que será favorecido por São Benedito ou Santa Ifigênia por sua negritude.

Nessas devoções, justamente, há sempre duplicidade e inversões, em que a fé se afirma no contrário do que se é. Na cidade de São Paulo, há igrejas de pretos que bem atestam essa orientação: a da Irmandade de Nossa Senhora do Rosário dos Homens Pretos, no centro, que surgiu aí por 1721; a Igreja do Rosário dos Pretos, na Penha, cujo requerimento de construção é de 1802; e a de Santa Ifigênia, cuja irmandade é de 1758, também no centro. A afluência de brancos a essas igrejas chega a ser maior do que a de pretos. A devoção, neste país, não é racial nem pode ser. No entanto, uma enorme e histórica culpa dos brancos em relação aos negros, por tantas e conhecidas injustiças, leva-os a baixarem a cabeça e a porem-se de joelhos diante do altar de santo negro justamente para reconhecer sua própria humana inferioridade e pedir-lhe a graça de uma cura, de um alívio na aflição. Quem quiser conhecer o que são as relações raciais neste país deve visitar as igrejas de santos pretos.

A Igreja de Nossa Senhora do Rosário dos Homens Pretos, há pouco mais de cem anos localizada no Largo do Paiçandu, chegou ali de mudança, pois existira antes no Largo do Rosário, depois Praça Antônio Prado, na cabeceira da Avenida São João, onde a Irmandade tinha seu cemitério. O Rosário dos Pretos foi devoção que se difundiu no século XVIII, sobretudo entre negros bantos, cuja irmandade elegia anualmente seu rei e rainha. Nela acomodavam sincreticamente suas próprias tradições religiosas, como as das danças rituais de 6 de janeiro, uma festa do calendário católico. Dançavam uma coisa festejando outra.

A conversão dos escravos negros ao catolicismo teve sua contrapartida na difusão de traços das religiões africanas na vida cotidiana de brancos e católicos. Ainda se encontra, pelo interior de São Paulo, o costume de nas procissões dar precedência a São Benedito, santo preto, não importando qual o santo da festa de que a procissão é motivo. Uma versão caipira de um rito africano de candomblé, São Benedito no lugar de Exu, que abre os caminhos e é o mensageiro, intermediário com os orixás, antes dos quais recebe as homenagens e deferências dos devotos, como ensina o historiador baiano Édison Carneiro. Atribuo também a presença oculta de Exu no costume, em botecos da periferia, de pedir a cachaça e jogar um gole no chão, para o lado, com o comentário: "para o santo". Ações largamente praticadas por brancos que no geral nem sabem de suas raízes culturais africanas.

No século XVIII, o monge-gastador[2] do Mosteiro de São Bento, aqui da cidade de São Paulo, chegou certo dia a mandar um agrado a um preto velho, um pai de santo, escravo de sua Fazenda de São Bernardo, "por ter tirado o banzo dos escravos". O gesto do monge sugere concepção de psicólogo moderno: os males do espírito, como o banzo, a nostalgia da terra ancestral e dos parentes, tratados no marco cultural forte do imaginário do próprio cativo, o único que podia dar sentido às carências dos que foram arrancados de sua liberdade e de sua extensa família e atados aos grilhões da escravidão nos confins de terra alheia.

2 O monge-gastador do Mosteiro de São Bento, em São Paulo, no século XVIII, era o diácono responsável pelas anotações no chamado Livro da Mordomia, no qual registrava esmolas, doações, obtenção de variados produtos — alimentícios, especiarias, tecidos, dentre outros gêneros que eram utilizados nas casas religiosas. Deveria ser muito diligente provisionando também material necessário aos enfermos, não deixando faltar-lhes nada, como lhes inspirava São Bento. [N. E.]

O III CENTENÁRIO DA CIDADE

QUE A DATA NÃO PASSE EM BRANCO nesta cidade do pedestre desmemoriado, do apressado sem tempo para ver e namorar. A segunda-feira, dia 11 de julho de 2011, será o dia do III Centenário da elevação de São Paulo de vila a cidade, por ato do rei d. João V, que aconteceu num sábado. Nem o rei descansava de seu pesado labor de mandar na metrópole e nas colônias e de assinar papéis num dia que é hoje de descanso geral.

Quem se lembrará de uma dama tão velha, como esta cidade, no descabido desleixo pelos dias de esplendor e charme, que não obstante ainda se mantém jovem e bela no coração dos que a amam? São Paulo é a cidade dos encantos ocultos, da beleza fina e provocante que se esconde nas rugas do tempo, nas dobras de esquina, nos recantos que a guerrilha da memória mantém aqui e ali para serem vistos pelos que sabem ver, os amigos, os que foram perfilhados por essa imensa família que se espreguiça todos os dias entre os limites dos seus rios históricos — o Tamanduateí e o Anhangabaú, o Tietê e o Pinheiros. Depois de 457 anos de fundação e 300 anos de cidade, ainda nos movemos no abrigo dessa fortaleza antiga, que um dia já teve muros de taipa socada, baluartes e sinos de rebate.

Foi só naquele século XVIII que São Paulo começou a chegar ao mundo propriamente urbano. Ainda é possível passear por ela, pelo traçado de ruas que daquele século nos restam. Ainda é possível orar e meditar nos mesmos cenários ou diante dos mesmos altares que plasmaram um barroco residual na vida dos paulistanos. Ainda é possível encontrar os mesmos santos cujos olhos já contemplaram aflitos pecadores daqueles tempos do início da era do ouro, que os paulistas descobriram, mas não levaram: mamelucos de botas pesadas e espada à cinta; índios administrados em vésperas da liberdade fictícia que lhes seria concedida em 1758 para viabilizar a escravidão negra mais lucrativa; escravos negros que vinham chorar seu banzo na escarpada fria de Piratininga para abrir ao mundo a nova economia da cana-de-açúcar que não lhes adoçou a vida e do ouro abundante das Gerais e do Goiás que não lhes dourou a existência.

Vejo esses olhos setecentistas quando visito os olhos do Cristo agônico, de 1777, na Igreja de São Bento, ali ao pé da capela do Santíssimo. Ou os olhos de Santo Antônio, no altar de 1780, em sua igreja da Praça do Patriarca. Ou quando visito a alma de escravos e enforcados, a alma da injustiça, na capelinha dos Aflitos, de 1779, na Rua dos Estudantes, na Liberdade tão tardia.

São Paulo tornou-se cidade a requerimento dos povos, como se dizia em 1711, quando a Câmara paulistana pediu ao rei que o fizesse. Eram os tempos da Guerra dos Emboabas, do nosso nativismo, começo de quando deixávamos de ser os brasis para sermos os brasileiros. Ao partir para combater os reinóis das Gerais, o capitão-mor da tropa de São Paulo, em 1709, Amador Bueno da Veiga, disse à Câmara que marchava "por bem da pátria" e para que "não vexassem os paulistas". Os tempos eram outros.

O LARGO DA MISERICÓRDIA

A RUA ÁLVARES PENTEADO alarga-se um pouco quando encontra a Rua Direita. Com a apertada movimentação dos pedestres, em direção à Praça da Sé e em direção à Praça do Patriarca, já nem dá para notar que aquele é o velho Largo da Misericórdia. O tempo nele apagou os sinais de sua diferença e de suas históricas funções no centro da cidade. Ali houve dois marcos da São Paulo antiga. Na esquina da Rua Direita, com a fachada voltada para o largo, na direção da Sé e ao nascer do sol, existiu a Igreja da Misericórdia, construída em 1716 e demolida em 1886. Pertenceu à Irmandade da Misericórdia, que pratica a caridade através da Santa Casa. O terreno em que houve a igreja ainda lhe pertence. No lugar da igreja demolida foi construído, muito depois, para renda da Misericórdia, o atual Edifício Ouro para São Paulo, com o ouro arrecadado para apoiar a Revolução Constitucionalista de 1932.

Um segundo marco do largo foi o Chafariz da Misericórdia, erguido em 1793, por meio de subscrição pública, quando Bernardo José de Lorena era governador e capitão-general de São Paulo. Foi autor da obra o mestre-pedreiro Joaquim Pinto de Oliveira Tebas, mulato, que dizem ter sido escravo. Na época da construção do chafariz, ganhava ele seiscentos réis por dia, uma vez e meia o salário de um branco. Era uma construção de pedra e foi o primeiro chafariz público de São Paulo, com quatro bicos. O grande historiador da Pauliceia, Nuto Sant'Anna, escreveu que a pedra veio de Santo Amaro. Comigo, no entanto, comentou um dia que, provavelmente, era pedra trazida das proximidades da fazenda beneditina de São Caetano, pelo Rio Tamanduateí, pois fora desembarcada no porto da Tabatinguera.

A água descia das cabeceiras do Anhangabaú, do que é hoje o Paraíso, para o chafariz. Ali faziam fila escravos que vinham buscar água em barricas para as moradias. E também escravas. Várias vezes a Câmara recebeu queixas de moradores das redondezas. Era lugar de namoro e algazarra dos cativos. No canto da igreja, pregavam-se os proclamas da Câmara, coisa de lugar movimentado, não só de escravos. Quando da chegada de bispos e governadores, era o largo um dos lugares adornados com arco votivo de palmas e folhagens, para que sob ele passassem antes do destino final na Sé ou no Palácio, no Pátio do Colégio. Davam uma volta pelos pontos extremos do que era então o centro. Dali pra frente, para os lados do Anhangabaú, já era o arrabalde. O largo era também um dos lugares da barulhenta festa anual de São João.

O chafariz do Tebas foi desmontado em 1886 e transferido para o Largo de Santa Cecília (de onde seria removido em 1903). Já em 1883, certo José Antônio Garcia recebera concessão da Câmara para construção, no Largo da Misericórdia, de um quiosque de venda de café, bebidas e petiscos. O largo da algazarra popular aderia aos novos tempos e se transformava no largo da algazarra lucrativa.

Igreja da Misericórdia e chafariz do Largo da Misericórdia, esculpido em pedra pelo ex-escravo Joaquim Pinto de Oliveira Tebas, 1791.

O PORTO GERAL

DO PORTO GERAL DE SÃO BENTO ficou a ladeira desse nome que, descendo da Rua Boa Vista, vai dar na 25 de Março, por onde passava o Rio Tamanduateí antigamente. Nem a ladeira era onde é hoje. Uma ilustração que o abade enviou ao Mosteiro de Tibães, em Portugal, no século XVIII, mostra que a da época começava no próprio Largo de São Bento. Na entrada da ladeira havia um portal barroco monumental, como em cidades portuguesas de então.

Ao pé da ladeira, ali atracavam as embarcações do mosteiro que vinham das três fazendas beneditinas da cabeceira e da foz do atual Rio dos Meninos, afluente do Tamanduateí. Na cabeceira, as fazendas de Jurubatuba e de São Bernardo. Na foz, atravessada pelo rio, que aí desaguava em delta, várias ilhas no meio, a Fazenda de São Caetano do Tijucuçu. No tempo da seca, os produtos eram transportados em dois barcos pequenos, de meia carga. Na cheia era usado um barco grande, de dez metros de comprimento, tanto no transporte de madeiras, verduras, azeite de amendoim, farinha e feijão quanto no dos produtos da indústria que os monges mantiveram em São Caetano de 1730 até 1871, quando libertaram todos seus escravos, dezessete anos antes da Lei Áurea. A economia da fazenda terminou aí. Era uma grande fábrica de materiais cerâmicos, com três fornos, para a queima de tijolos, telhas, telhões para canaletas de água, e também cerâmica utilitária vidrada, como pratos, alguidares, panelas e potes. No próprio século XVIII, um mestre de cerâmica foi contratado pelos monges para ensinar sua arte aos meninos escravos da fazenda. O mosteiro teve, no Porto Geral, um armazém para os produtos desembarcados. Sua cerâmica era usada na reforma de suas casas de aluguel, da igreja e do próprio mosteiro. Mas boa parte da produção era vendida e era essa sua principal fonte de renda. Telhas da fábrica foram usadas numa reforma no Palácio do Capitão-general, em 1792, no Pátio do Colégio, e no Convento de São Francisco. Há registro de esmola de telhas para o Recolhimento de Santa Teresa, na Sé.

Em 12 de outubro de 1825, o tenente-coronel engenheiro José Antônio Teixeira Cabral embarcou numa canoa, no Porto de São Caetano, rumo à foz do rio, no Tietê, dezenove quilômetros abaixo, para fazer uma verificação geral do leito do Tamanduateí. Descobriu que havia profundidades variáveis de 1,20 m a 4 m. O nível das águas vinha oscilando desde o século XVIII. Ora muita, ora pouca, devido ao desmatamento nas margens, com implicações na navegação, conforme um registro do abade de São Bento. Em 1763, um dos barcos do mosteiro naufragara, levando ao fundo toda a carga de telhas.

Nesse mesmo ano, um barco levou escravos de São Caetano, para pagar promessa na Igreja de Nossa Senhora do Ó, em romaria dirigida pelo mestre Marcos Bueno da Conceição, índio administrado, que era também feitor dos escravos. Na ida e na volta, fizeram parada no Porto Geral para merenda no Mosteiro de São Bento. Promessas para santa tão distante eram justa e compreensível manha para viajar, folgar e atenuar o cativeiro.

LISTAS DE CASAMENTO

AS LISTAS DE PRESENTES DE CASAMENTO têm precedentes antigos entre nós. Constituem sobrevivência de costumes arcaicos relativos ao significado do matrimônio e ao reconhecimento do direito de intromissão da sociedade na constituição de uma nova família. Essa regulação social do casamento se difundiu por aqui através da tradição do dote. Por largo tempo, as moças casadoiras precisaram de dote para ter marido. O costume era antigo e vinha do fato de que os pais de moças precisavam de genros que lhes gerassem netos. Genro quer dizer, justamente, o que gera filhos para outro, nas filhas daquele que, travado pelo tabu do incesto, dele depende para continuar a descendência. Coisas do arquétipo da sociedade patriarcal. O dote da donzela era tributo ao procriador vicário, que fazia um favor ao sogro casando com sua filha e dando-lhe netos. O genro bem-dotado era o donzelo capaz dessa proeza. Era o seu dote. Ainda hoje o dono de falo potente é definido como bem-dotado, expressão que foi ficando, das muitas que constituíam o vocabulário costumeiro das gentes do Brasil em tempos idos, quando tinham o sentido que já não têm.

Com o casamento assumindo tardiamente o caráter de consórcio econômico, também o noivo acabou tendo que entrar com seu dote material. Aconteceu com o rico fazendeiro Paulo Nogueira, que se casou com sua prima Esther, muito rica, a mesma que dá nome ao Edifício Esther, na Praça da República. O fato consta do seu precioso diário de anotações feitas ao longo de mais de meio século. Antes dos papéis do casamento civil, assinaram em cartório um contrato nupcial em que as partes indicaram os preciosos bens que entrariam na formação do cabedal do casal e da nova família que se constituía.

A exigência do dote era um recurso preventivo contra casamentos desiguais, não fosse um homem pobre casar com mulher rica usando o falo como seu único cabedal para assenhorear-se do baú da noiva, o chamado golpe do baú. Baú que não era o baú do dinheiro, mas o baú das alfaias do enxoval da noiva. O amor era puramente residual.

O casamento, como o conhecemos, era uma instituição dos brancos e só eles, portanto, precisavam de dote. As moças bem-nascidas tinham o dote assegurado. Mas as casadoiras brancas e pobres tinham que sair pedindo esmola para constituir o seu. O monge-gastador do Mosteiro de São Bento, em São Paulo, no século XVIII, várias vezes anotou, no chamado Livro da Mordomia, que dera determinada quantia "de esmola para o dote de uma moça pobre". A prática sobrevive, nos dias de hoje, nas listas de presentes de casamento. Uma espécie de "vaquinha" de parentes e amigos para formar o dote do novo casal. A força de seu simbolismo ritual é evidente nas listas dos nubentes que já não precisam dessa ajuda. Ainda na primeira metade do século XX, ao anunciar os esponsórios da fidalguia, os jornais de São Paulo arrolavam minuciosa e nominalmente o que e quem havia dado de presente a quem. Uma versão invertida do *potlatch* das tribos norte-americanas.

Da cultura do dote sobrou e ainda existe por aí o costume do preparo do enxoval das primícias da noiva, laboriosamente bordado pela jovem desde a chegada à puberdade. Era guardado em arca que protegesse as alfaias nupciais do mau-olhado que poderia arruinar um matrimônio, esterilizando o casal, privando-o de filhos. Noivo escolhido, monogramas eram bordados nas peças já guardadas há muito, enlaçando a letra inicial do nome da noiva com a do noivo, para amarrar simbolicamente, na rouparia da intimidade e da troca dos fluidos da fecundação, a união do sangue de duas famílias. Era também um enlace mágico, do tipo das amarrações de amor que hoje em dia são propagandeadas em cartazes nos postes e nas paredes. Os panos do casamento representavam, ainda, o senhorio da mulher sobre o interior da casa em oposição ao senhorio do homem, que era o exterior da casa, o lugar da reprodução biológica contraposto ao lugar da reprodução econômica, um remonte à tradição agrária.

MOSTRANDO A CARA

NUMA DAS FOTOGRAFIAS DE AURÉLIO BECHERINI da São Paulo dos anos 1910, vê-se velhíssima janela protegida por rótula, o chamado muxarabi. As treliças mouriscas sobreviveram até muito tarde nas janelas paulistanas. Elas permitiam que quem estivesse dentro visse os da rua sem ser visto pelos de fora. As principais destinatárias dessa proteção eram as mulheres, devidamente resguardadas contra a invasão visual e o assédio do olhar dos donzelos apaixonados ou não. Permanência de costumes muçulmanos que nos vieram da Península Ibérica e aqui demoraram muito além do tempo que as tradições costumam durar.

As rótulas foram os últimos instrumentos de controle social de velho estilo, do tempo em que supostamente os homens mandavam e as mulheres obedeciam. Na verdade, a tradição paulista e brasileira era muito mais matriarcal do que patriarcal. Nos séculos XVII e XVIII, época em que os homens se demoravam em bandeiras de caça ao índio ou de busca de ouro e pedras preciosas, eram as matriarcas, não raro viúvas de maridos flechados pelos índios no sertão, as guardiãs inflexíveis dos recursos de dominação e proteção da honra. As mulheres se protegiam, faziam da casa o poderoso e inviolável reduto do seu matriarcado e dos seus valores "autodefensivos". Coisa dos antigos.

É num registro de Antonio Egydio Martins que se fica sabendo que, no longínquo 1775, o autoritário capitão-general Martim Lopes Lobo de Saldanha, governador da capitania de São Paulo, quis atacar essa fortaleza. Procedera contra o que definia como bárbaro costume das mulheres paulistas, o de andarem rebuçadas de pano preto, a cara tapada por quase um metro de tecido, a cabeça ainda recoberta por um chapéu desabado. Mal chegado a São Paulo, para os sete longos anos de sua tirania, de prepotente e linguarudo, comunicou ao ministro do rei d. José I que proibira o inculto costume. Aliás, proibido desde 1649, proibição a que as paulistas haviam resistido por 125 anos. Alegava o governador que elas se aproveitavam desse recurso para entrar "até mesmo de dia em casas de homens". Numa sociedade puritana como aquela, difamava as mulheres e até preconizava multa e prisão para as que insistissem nesse item do vestuário.

Martim Lobo era prepotente. Certa vez, mandou prender o escravo que o servia à mesa num jantar que, no mosteiro, lhe fora oferecido pelos monges de São Bento. Também embirrou com o bispo, frei Manuel da Ressurreição. Ainda que contrariados, todos acabavam cedendo. Ele representava o rei. Só as mulheres de São Paulo não cederam. Um seu sucessor, Franca e Horta, em 1810, teve que proibir de novo o uso do rebuço. Mesmo assim, elas o substituíram pela mantilha espanhola, de renda preta, o que agregou sensualidade à ocultação do rosto. O mulherio de São Paulo mostrou aos mandões a cara que o poder não via.

Aquelas velas acesas do Largo da Liberdade não estão lá à toa. É coisa de gente devota e caridosa, que ainda reza por almas do século XIX e também pelas que vieram depois e ficaram no purgatório para pagar a pena temporária que lhes coube pelos pecados da vida. No lugar em que havia a forca há hoje a escadaria da estação do Metrô. Os enforcados estão sepultados ali perto, embaixo dos edifícios que ocuparam o terreno que foi um dia do Cemitério dos Aflitos, que foi também cemitério de escravos. Restou a capela, a santinha rezando por eles. A cidade atravessará quase todo o século XIX refugiada naquela península formada pela confluência do Ribeirão Anhangabaú com o Rio Tamanduateí, nomes nheengatu que ainda falamos e não sabemos. Uma das muitas demoras desse século lento, cheio de saltos e sobressaltos que ficaram pelas ruas e praças de São Paulo: a Independência, o funeral de Luiz Gama, a Abolição da Escravatura, a República, o trem, o bonde, a água encanada, a iluminação a gás, a poesia de Álvares de Azevedo, de Paulo Eiró, de Castro Alves, que por essas ruas cantaram suas estrofes, seus amores e desamores. As irreverências dos estudantes da Academia de Direito.

II
A SÃO PAULO DO SÉCULO DA INDEPENDÊNCIA

A MAIS BELA PRAÇA DA CIDADE

O MAIS ANTIGO MONUMENTO DE SÃO PAULO fica hoje a meio caminho entre o silêncio dos livros da Biblioteca Municipal Mário de Andrade e os sons da música do Theatro Municipal. É a Pirâmide do Piques, no Largo da Memória. Está ali há quase dois séculos. Aquele tem sido lugar de passagem e descanso dos paulistanos sob a rama verde de suas árvores muito antigas. É um obelisco em que mal se lê o ano de seu erguimento: 1814. Seu autor, Daniel Pedro Müller, nele gravou "Ao zelo do bem público", homenagem ao bom governo da época, na República de hoje mais reivindicação do que outra coisa. Naquele canto da cidade, sem querer, o Piques demarcava o último ano do Brasil Colônia, que no ano seguinte se tornaria Reino Unido ao de Portugal e Algarves. Já era o caminho da Independência.

No tempo de antigamente, quando foi levantado, aquilo era um declive em cuja parte de baixo havia um chafariz que saciava a sede dos tropeiros e de suas mulas. Mais delas do que deles, que preferiam a cachaça de infectos botecos das redondezas. Desenhos e gravuras da época mostram o cenário desolado, a pirâmide lá em cima, o chafariz lá embaixo, e mais nada. Ao lado, a Rua da Palha, que é hoje a 7 de Abril, descia em direção ao Anhangabaú. Esse trecho da Rua da Palha virou a calçada do Piques e desapegou-se da rua para ser apenas uma nostálgica via de pedestres. Hoje, com escada rolante, a calçada foi incorporada à infraestrutura do Metrô.

Fotos antigas mostram que o conjunto era um pequeno largo, com casinhas e sobrados distribuídos ao seu redor. Aquilo era o lado de fora da cidade, a periferia. Quem diria! Hoje negociam por ali uns trezentos camelôs. Os passantes e frequentadores do Largo da Memória mal se dão conta de que o paredão do Edifício Santa Mônica, que ocupa o lugar das velhas casas, atenua o desgaste das redondezas com um suave e imenso painel de Tomie Ohtake.

2008: Pirâmide do Piques, 1814, e Largo da Memória, 1919, Victor Dubugras; azulejos de José Wasth Rodrigues.

Com a escada rolante de acesso à Estação Anhangabaú do Metrô, o largo que era o centro daquele espaço se tornou beira, segregado do entorno como terra de ninguém. Só há pouco tempo foi restaurado e, ao menos, ficou livre do fedor de urina de um público que passara a tratá-lo como terreno baldio.

Quando prefeito, Washington Luís, o administrador público que mais se preocupou com a história de São Paulo, encomendou ao arquiteto Victor Dubugras um projeto para o largo. É o que conhecemos hoje. Dubugras nasceu na França, formou-se na Argentina e imigrou para São Paulo em 1891. De 1894 a 1927, foi professor na Escola Politécnica de São Paulo (Poli). Trouxe a ousadia das formas da modernidade para São Paulo. O então Largo do Piques foi inaugurado no Centenário da Independência, em 1922, com o nome de Largo da Memória. A beleza das escadarias e do chafariz sugere movimento e calma, um contraponto estético ao casario da velha arquitetura colonial e caipira. Era lindo! Hoje, o largo está confinado, ensimesmado.

Dubugras trabalhou também na reformulação arquitetônica dos monumentos da abertura, no século XVIII, do mais bonito dos Caminhos do Mar, a Calçada do Lorena. Tanto no Largo da Memória quanto nos monumentos da Serra, Dubugras, apesar de moderno, estabeleceu um diálogo com o passado. No largo, um novo chafariz, agora do lado de cima do obelisco e encostado ao paredão da Rua Xavier de Toledo, é encimado por um dos belos painéis de azulejos do pintor e historiador paulistano José Wasth Rodrigues (1891-1957). Esse painel reconstitui a movimentação dos tropeiros ao redor do chafariz antigo. Também na Serra, Wasth Rodrigues acrescentou a beleza de seus azulejos de rememoração histórica à obra de Dubugras e ao monumento original em homenagem à rainha dona Maria I, que é do século XVIII. Wasth Rodrigues também reinterpretou em aquarelas, para o Museu Paulista, as fotografias da cidade feitas por Militão de Azevedo ao redor de 1860. Deu-lhes cor e vida.

No Largo da Memória, na imitação da azulejaria portuguesa do século XVIII, os azulejos de Wasth Rodrigues dão cor de passado ao passado que estava abandonado, contido ali na Pirâmide do Piques. Uma rara e inteligente combinação do modernismo de Dubugras com o tradicionalismo de Wasth Rodrigues, o passado como nota de rodapé do futuro que se anunciava. É essa harmonia no fluxo dos tempos que faz do Largo da Memória a mais bela praça de São Paulo.

MUDANÇA DA CORTE PARA SÃO PAULO

EM ABRIL DE 1815, Luís Joaquim dos Santos Marrocos, bibliotecário da Real Biblioteca, no Rio de Janeiro, que acompanhara a Família Real na fuga para o Brasil, em 1808, escreve para a irmã, em Portugal. Diz-lhe que os ingleses haviam notificado o príncipe regente e a Corte que a pacificação da Europa estava concluída e Portugal seguro, de modo que a Marinha inglesa se punha à disposição para levá-los de volta a Lisboa. Isso dependeria apenas de Sua Alteza Real. O bibliotecário, desolado, comenta que, no entanto, tudo era protelação: reforma e ampliação no palácio da Quinta da Boa Vista e no palácio de Santa Cruz, antiga fazenda dos jesuítas; preparativos eram feitos para receber a princesa dona Leopoldina, que se casaria com o príncipe herdeiro, d. Pedro de Alcântara. Dizia-se, também, que d. João preferia esperar por aqui que a rainha, dona Maria, a louca, muito doente, falecesse, para então retornar a Lisboa.

Rainha, aliás, menos louca do que se dizia. No momento em que toda a Família Real corria para as embarcações no cais de Belém, em Lisboa, na fuga para o Brasil, em dia de chuva e lama, de novembro de 1807, exclamou: "Não corram! Vão pensar que estamos fugindo!".

Tudo expediente para ir ficando, como se infere desta surpreendente informação:

> *Além disto, já se mandaram examinar os caminhos daqui para a cidade de São Paulo, pois tem havido lembranças de se ir estabelecer a côrte para ali, em razão dos bons ares serem semelhantes aos de Portugal.*[1]

Um documento da Biblioteca Britânica, de 1806, conta que, bem antes da fuga da Família Real, a Inglaterra tinha um plano de remoção do príncipe herdeiro, d. João, para o Brasil, de modo a organizar, com sua participação, a independência da Colônia. D. João parecia engajado no plano.

1 Carta do bibliotecário da Biblioteca Nacional à irmã. [N. E.]

O Rio, em carta de 1813, além do mais, não parecia diferente do que é hoje:

> *Nesta cidade e seus subúrbios temos sido muito insultados de ladrões, acometendo estes e roubando sem vergonha, e logo ao princípio da noite, de sorte que têm horrorizado as muitas e bárbaras mortes que têm feito; em cinco dias contaram-se, em pequeno circuito, 22 assassínios e em uma noite, mesmo defronte de minha porta, fez um ladrão duas mortes e feriu o terceiro gravemente. Tem sido tal o seu descaramento que até avançam a pessoas mais distintas e conhecidas, como foi o próprio chefe de polícia. O chefe de divisão, José Maria Dantas, recebeu por grande favor duas tremendíssimas bofetadas, por cair no erro de trazer pouco dinheiro, depois de lhe roubarem o relógio e etc. Além disto, têm degolado várias mulheres, depois de sofrerem outros insultos, o que tudo tem dado que fazer ao corpo da polícia; não sendo este suficiente para as rondas e patrulhas multiplicadas em todas as ruas, o intendente mandou armar e aprontar todas as justiças de paisanos para ajudarem os da polícia, mas os pobres aguazis até já foram acometidos e insultados pelas grandes quadrilhas de ladrões que lhes têm dado coças.*

Um Brasil independente e com poder próprio já existia no submundo da delinquência. O Brasil da Independência de 1822 terá que conviver com ele e com a realidade *sui generis* dos dois Brasis num só. É o nosso carma.

O pobre bibliotecário teria que esperar, ainda, no purgatório do Rio de Janeiro, que injustamente detestava, outros cinco anos antes de poder voltar para os braços da irmã, em 1820. O que nunca fez. Morreria no Rio de Janeiro em 1838.

O CAMPO DA FORCA

NA PRAÇA DA LIBERDADE, em São Paulo, entre o totem do Metrô e a escadaria que desce para a estação Liberdade, existiu um dia a forca, até a extinção da pena de morte, em 1874. O que é agora a praça era o morro conhecido como Campo da Forca. Várias ruas do centro, que para lá convergiam, ainda têm o mesmo traçado: as hoje Liberdade, a Galvão Bueno, a Carlos Gomes e a Rodrigo Silva, que foi um dia a Rua da Cadeia, na atual Praça João Mendes. Os padecentes eram levados por ela ao patíbulo. Muita gente entregou a vida ao carrasco naquele canto da praça atual.

Até 1612, a forca se localizara na beira do Rio Tamanduateí, na baixada da Tabatinguera. Em 1721, o governador Rodrigo de Menezes mandou reerguê-la no mesmo lugar de antigamente, pois "matar gente era vício mui antigo nos naturais da cidade de São Paulo e seu distrito". Em 1765, já estava na hoje Praça da Liberdade. É lenda que os padecentes, antes do enforcamento, paravam para rezar na Igreja da Boa Morte. Essa igreja, da esquina da Rua da Tabatinguera, só seria construída em 1802. Portanto, já não ficava no caminho da forca.

Os corpos eram sepultados no Cemitério dos Aflitos, na hoje Rua dos Estudantes. Um beco no meio do quarteirão termina na Capelinha de Nossa Senhora dos Aflitos, de 1779, que ficava no meio do cemitério e ainda está lá. Nem sempre a punição se limitava ao enforcamento. Em 1821, a Câmara pagou ao barbeiro 480 réis para afiar o cutelo destinado a decapitar os condenados ali mesmo, ao pé da forca, cujas cabeças eram colocadas em caixões, em meio alqueire de sal. Nos caixotes, levados por capitães do mato, as cabeças peregrinavam pelas vilas do interior, para escarmento dos povos. Em 1835, as mãos e a cabeça de certo Davi foram levadas para Sorocaba e, de lá, para Curitiba. Do mesmo modo que em 1821, as cabeças dos escravos José Crioulo e João Congo haviam sido levadas para Campinas, Itu e Porto Feliz. Uma peregrinação macabra para mostrar às gentes o que era o poder. Quem duvidasse que experimentasse.

Na praça ficaram as marcas do enforcamento dos militares Joaquim Cotindiba e Francisco José das Chagas, na tarde de 20 de setembro de 1821, uma quinta-feira. Eles haviam liderado em Santos uma insurreição por falta de pagamento do soldo durante cinco anos! A corda, de barbante trançado, rebentou na hora da execução do Chaguinhas, sinal do reconhecimento divino de sua inocência. Contra o costume, teimou o juiz e fez enforcar o condenado com um laço de couro cru. O sacrilégio da violação dos sinais divinos, de que os condenados eram inocentes, teve resposta do povo na colocação de uma cruz no local e na instituição do costume de acender ali velas, em sufrágio das almas do purgatório.

À medida que o morro foi sendo aplainado, a cruz foi sendo deslocada até o ponto onde depois se construiria a Igrejinha da Santa Cruz dos Enforcados. Não há segunda-feira em que o povo de São Paulo não acorra ao local para essa prática piedosa, mesmo sem saber que é ela um ato político e religioso que já dura quase duzentos anos.

A SANTA CRUZ DOS ENFORCADOS

TODA BENDITA SEGUNDA-FEIRA TEM GENTE LÁ, no meio da fumaceira, as velas rutilantes alumiando as almas do purgatório. Sobra devoção até mesmo para os outros dias da semana, o povinho rezando pelas almas, lembrando daquelas cujas sanáveis imperfeições as puseram num desvio, a caminho do céu.

Chegarão lá um dia, depois de cumprida a pena que lhes coube, levando na patrona, como intercessoras, os muitos pedidos de misericórdia divina dos que fizeram da Igreja da Santa Cruz dos Enforcados o centro religioso do centro de São Paulo. Em gratidão pelas preces intercessoras, hão de se lembrar de "dona" Teresa, de Guaianases, "seu" Nuto, de Santana, "dona" Cotinha, da Mooca, "seu" Lázaro, do Rio Pequeno, "seu" Zezinho, da Vila Carrão, "dona" Maria de todos os cantos.

É de um barroco postiço o pouso de arrimo dos peregrinos do nosso cotidiano, o templo espremido num terreno insuficiente. Mas é um tesouro paulistano, sem dúvida, porque essa devoção antiga sintetiza e resume velhas crenças, episódios históricos que, transfigurados, permanecem na memória do povo. Não no detalhe do ocorrido, mas como débito coletivo, como memória da culpa, por injustiças que foram ali cometidas.

Aquele fora o lugar da forca. Na praça em frente, o Largo da Liberdade, existia o pelourinho, símbolo da autonomia municipal e da Justiça, destinado ao suplício de escravos condenados ao castigo público. Por isso, o bairro foi conhecido como Quebra-bunda, referência aos cativos que dali saíam descadeirados após a tunda de chibata, do bacalhau de couro cru retorcido. Dizia-se que São Paulo era uma cidade esquisita: a Rua Direita era torta, o cemitério ficava na Consolação e a forca na Liberdade.

A forca já estivera em outros lugares, em tempos bem antigos lá na baixada da Tabatinguera, à beira do Rio Tamanduateí. Tinha sentido. A forca era de preferência colocada à beira dos caminhos principais, como lembrete do poder da Justiça, e aquele era o Caminho do Mar. No século XIX, o Caminho do Mar já era outro, saía por trás da Sé, pela Rua Vergueiro, bem ao lado da atual Igreja de Santa Cruz dos Enforcados. A forca também acabou movida para lá.

Parece que a tradição mandava que o instrumento público de suplício ficasse à beira de um caminho principal, chamado de caminho real, e o principal caminho de São Paulo sempre foi o Caminho do Mar. Caminho que mudou de trajeto várias vezes. Nos tempos mais antigos dava uma volta enorme: saía pela Rua da Tabatinguera, pela Mooca, enveredava pelo Tijucuçu, atual São Caetano, e avançava para a Serra do Mar. Depois, passou a sair por trás da Sé. Pelas bandas do Ipiranga foi Estrada das Lágrimas e, na Serra, Calçada do Lorena, no século XVIII. Foi Estrada do Vergueiro no século XIX; foi Estrada de Santos, na primeira metade do século XX; muito depois foi Via Anchieta e em tempos mais recentes é, também, a Rodovia dos Imigrantes. De modo que a mudança da forca, enquanto a forca foi instituição e durou, teve muito a ver com o deslocamento desse caminho, para que os alcançados pelas Justiças d'El rei e do Estado tivessem o seu suplício exposto em lugar movimentado para exemplo e medo.

Em 1821, houve uma insurreição militar, em Santos, devido a um problema de soldo, luta por salário, num tempo em que esse tipo de luta não cingia a cabeça do rebelde com a coroa do poder, como hoje, mas o seu pescoço com o injusto baraço do castigo. O levante foi atribuído à liderança do alferes Francisco José das Chagas que, com seu colega Cotindiba, foi julgado e condenado à morte na forca. Chaguinhas era tido pelo povo como inocente. Tanto que no momento da execução, rompeu-se a corda ao peso de seu corpo. Nas crenças e tradições de então, era interferência divina, a mais alta instância de qualquer Justiça. Mandava o costume que nesse caso fosse o réu libertado. Fizera a justiça dos homens sua parte, mandando dependurá-lo pelo pescoço. Se não morreu, já não era problema deles, pois a Justiça divina não o quis, recusando-o porque o sabia inocente e injusta a sentença humana. E foi esse o clamor do povaréu. Mas o carrasco, funcionário público exemplar, entendeu que seu serviço estava mal feito. Confiscou o laço de couro cru de um vaqueiro que passava e completou sua tarefa. Os paulistanos de então tinham a mania de chamar pelo diminutivo os que por alguma razão queriam abrigar na mente e no coração. O Chaguinhas ficou na memória e o lugar ficou marcado.

Não foi o único. Na segunda metade do século XVIII, o mulato Caetaninho, o corneteiro do Corpo de Voluntários Reais, Caetano José da Costa, também fora supliciado. Numa briga, em São Bernardo, ferira com uma faca seu amigo de farras, o filho do governador da capitania. Levado a julgamento e absolvido, anulou a sentença o capitão-general, representante da rainha e pai da vítima, e mandou enforcá-lo.

Caetaninho e Chaguinhas ficaram na memória do povo paulistano por largo tempo como vítimas do colonialismo português. Numa de suas visitas a São Paulo, d. Pedro II chegou a ser recebido como monarca de um poder colonial. Os nomes dos dois supliciados foram então lembrados nas manifestações de hostilidade.

Na Igreja de Santa Cruz dos Enforcados, as velas penitenciais da culpa que virou fé são ainda acesas, todos os dias.

O SOLAR DA MARQUESA DE SANTOS

NÃO É PRECISO ANDAR LIGEIRO POR AQUELA RUA. Nem convém. Porque ali o tempo passa devagar. Quem sai da Praça da Sé do século XXI, e vai para aquelas bandas, cai diretamente no século XVIII, atravessando os séculos XIX e XX. Aquilo, sim, é que é uma viagem. Até no nome dividiu-a o tempo. De um lado chama-se ainda Rua do Carmo. De outro, passou a chamar-se Roberto Simonsen. Mas é uma rua só desde a Tabatinguera até o Pátio do Colégio. Do século XXI tem apenas o barulho.

Ainda é desse tempo o Solar da marquesa de Santos. Virou lenda por conta da proprietária e moradora ilustre e famosa, que o comprou em 1834. É construção de taipa de pilão e de pau a pique das mais antigas da cidade, do século XVIII.

Certamente, não tinha então a fachada atual, que é da segunda metade do XIX. Foi um dos dois palacetes de dona Maria Domitila de Castro Canto e Melo, conhecido como Palacete do Carmo. É inútil fantasiar sobre essa casa na paixão que a uniu ao imperador d. Pedro I. Já eram outros os tempos. Não mais aqueles da Corte do Rio de Janeiro, quando ela recebia as cartas em que, ao lado da assinatura, ele timbrava missivas colando nelas chumaços de seus pelos pubianos.

D. Pedro morreria nesse mesmo ano de 1834. Dele se separara ela cinco anos antes, banida da Corte para viabilizar os esponsais do monarca com a segunda imperatriz, dona Amélia. Domitila ficara viúva do primeiro marido, em 1833, de quem se divorciara em 1824, e passara a viver com o coronel Rafael Tobias de Aguiar, amigo e protetor, com quem se casaria formalmente em Sorocaba nos dias da Revolução Liberal de 1842, liderada por ele e pelo padre Feijó. O Palacete do Carmo foi de fato marco de uma virada na vida de dona Domitila.

O outro palacete era o de Tobias, o Palacete do Acu, no que hoje são as redondezas da Rua Brigadeiro Tobias, no outro extremo da cidade. Vivia mais neste do que no do Carmo, usado sobretudo em ocasiões festivas, dias de procissão e de celebração religiosa.

Com a morte da marquesa, aos setenta anos, em 1867, o palacete ficou ainda um tempo na família, mas foi a leilão em 1880, quando a Cúria o comprou e o transformou no Palacete Episcopal de d. Lino Deodato e seus sucessores. Foi pela Mitra vendido à Companhia de Gás em 1909, quando era arcebispo d. Duarte Leopoldo e Silva. Nas paredes da casa há mais incenso e água benta do que os sons dos saraus que a marquesa ali promovia para estudantes e famílias da sociedade paulistana. Saraus havia também no outro palacete.

Dona Domitila de Castro Canto e Melo foi mulher adiante de seu tempo. A cidade de São Paulo lhe deve a doação para a capela do Cemitério da Consolação, quando foram proibidos, por razões de higiene, os sepultamentos no interior das igrejas, os cadáveres empestando os templos com o fedor de carniça. É nele que está sepultada.

Entre o retrato da jovem e bela amante com que é costumeiramente apresentada e uma fotografia pouco difundida da mulher matriarcal abraçada por duas lindíssimas crianças, esta é a imagem que melhor sintetiza e fecha sua biografia. Na verdade, Domitila foi uma mulher que sofreu muito. Teve doze filhos: três com o primeiro marido em Vila Rica; cinco com d. Pedro I, dos quais um nasceu morto e dois morreram muito pequenos; quatro com Rafael Tobias de Aguiar.

Fraya Frehse, uma das melhores conhecedoras da história paulistana, falou-me de uma carta de Álvares de Azevedo, de 1849, em que o poeta menciona o baile que estava sendo preparado no Palacete do Acu, por motivo do batizado de uma neta da marquesa e de d. Pedro.

A criança morreu na mesma manhã do batizado e o que era festa se transformou em pranto, e num solene enterro que se arrastou pela cidade até a Igreja do Carmo. A história dessa mulher é uma história de amor impossível, de filhos mortos antes do tempo, perdas e lágrimas. Nas casas paulistanas era acolhida com grande respeito, em cujos saraus lhe davam sempre o lugar de honra.

Solar da marquesa de Santos, 2013.

O ENJEITADO DA RUA DA FREIRA

A RUA SENADOR FEIJÓ ASSIM SE CHAMA, desde 1865, em memória do padre Diogo Antônio Feijó, nascido em 1784, ali abandonado em casa do padre Fernando Lopes de Camargo, que com sua irmã o batizou na Igreja da Sé. Os padrinhos moravam no fim da rua, então Rua da Freira, na esquina da Rua da Casa Santa, atual Cristóvão Colombo, caminho da senzala do Convento de São Francisco. Naquele canto histórico do centro, onde estão hoje a loja Suelles e o Banco Real, Feijó foi do nascimento à morte, em 1843. Diz o historiador J. J. Ribeiro: "finou-se obscuro, pobre e desconhecido em sua modesta casa da Rua da Freira...".

A geografia política de Feijó, no entanto, deu uma grande volta. Ordenado sacerdote, foi vereador em Itu, deputado às Cortes de Lisboa, em 1822, deputado geral, senador do Império, ministro da Justiça. De 1832 a 1835, morou no Sítio do Capão, no bairro da Água Rasa, onde hoje está localizada a Unicsul (Universidade Cruzeiro do Sul). Foi regente do Império na menoridade de d. Pedro II. Eleito bispo de Mariana (MG), engavetou a nomeação e recusou a mitra.

Cumpriu um curioso destino até depois de morto. Era filho natural de uma irmã do padre Camargo. Em 1856, um contraparente escreveu que era ele "fruto de um grande crime". Provavelmente, Feijó nascera de um incesto. Por aí, teria incomodado pouco. Mas Feijó se tornara um dos grandes do Império, o guardião do trono. Não podia, pois, ser também o mestiço que diziam. Seria exumado três vezes. Em duas ocasiões, para desmentir a mestiçagem, afinal comprovada. A mãe, no entanto, era de "nobilíssima raça", ressalvou um comentador. Um médico sobre ele escreveu, em 1882: "entendo não ser pecha ter entre os avós um pouco de sangue índio, que entendo muito melhor que o africano". Problema, mesmo, era o italiano, cuja imigração já começara, disse ele.

Feijó foi liberal e defendeu o fim do celibato sacerdotal. A ilegitimidade da sua origem e suas ideias foram fatores de seu estigma.

Em Itu, onde iniciou a vida política, o mandão local, Goes e Aranha, considerava-o "homem perigoso e cheio de ideias criminosas de liberdade". O arcebispo da Bahia, na polêmica sobre o celibato, definiu-o como "homem de poucos conhecimentos". Preso pelo barão de Caxias, em Sorocaba, na Revolução Liberal de 1842, foi banido para o Espírito Santo. Caxias o desdenhou: "pelos disparates que diz, estou capacitado de que sofre desarranjo mental". Subversivo, ignorante e louco foi o perfil que do grande e ousado liberal traçaram os poderosos do Império. Mas, em 1918, o grande paulista que foi o arcebispo d. Duarte Leopoldo e Silva deu-lhe túmulo de honra ao lado do cacique Tibiriçá, circundados ambos pelos bispos sepultados na cripta da Catedral de Nossa Senhora da Assunção da cidade de São Paulo do Campo de Piratininga, cuja obra se iniciava.

Casa da Rua da Freira, atual Senador Feijó, onde morreu o padre Diogo Antônio Feijó, regente do Império, demolida em 1922.

A RUA NOVA DE SÃO JOSÉ

A LÍBERO BADARÓ FOI, em 1787, a última rua aberta no centro histórico de São Paulo. Governava a capitania o marechal frei José Raimundo Chichorro da Gama Lobo e por isso chamou-se a ela Rua Nova de São José. Mas o arrabalde continuou como se lá rua não houvesse. Ali por perto escravos despejavam as barricas de fezes e urina das residências. Eram tempos de privadas raras e penicos numerosos, de louça, até luxuosos, de vários tamanhos, conforme as dimensões do traseiro do usuário. É verdade que, na segunda metade do século XVIII, o abade de São Bento mandara fazer adaptações na casa-grande da Fazenda de São Caetano do Tijucuçu, no que era então o subúrbio de São Paulo e é hoje o centro de São Caetano do Sul, para que um cômodo do alpendre fosse transformado em privada, então denominada casa necessária. A primeira de que se tem notícia em São Paulo. Pela mesma época mandou abrir dois canais de drenagem, um dos quais ainda existe, no terreno pantanoso. A água caía no Rio dos Meninos, perto da casa, e nesse local foi construída uma casa de banhos, da qual até os enfermos podiam se servir, comodamente, sentados.

Voltando à Rua Líbero Badaró e fugindo da imundície de épocas mais recuadas, destaco três momentos que fazem de sua história uma singular narrativa do advento da modernidade em São Paulo. Chegara à cidade, em 1828, o médico italiano João Batista Líbero Badaró, que passou a atuar também como jornalista. Editava *O Observador Constitucional*, periódico em que malhava os políticos conservadores. Ainda que de inspiração liberal e constitucional, a Independência recente se defrontava com inclinações retrógradas do imperador. O constitucionalismo de Badaró questionava a opção absolutista de d. Pedro I. O jornalista acabaria sofrendo um atentado perto de sua casa, naquela mesma rua, nas cercanias do que é hoje a Ladeira Dr. Falcão, na noite de 20 de novembro de 1830. Faleceria na manhã seguinte, tendo mencionado antes à autoridade o nome do provável mandante do crime, o ouvidor Cândido Ladislau Japiaçu, que fugiu. A reação ao episódio contribuiria para que d. Pedro I abdicasse no dia 7 de abril de 1831.

Badaró eternizou-se na frase dita no leito de morte: "Morre um liberal, mas não morre a liberdade". Sepultado na Igreja do Carmo, seus restos seriam mais tarde transladados para o Cemitério da Consolação. Com a proclamação da República, a Rua Nova de São José passou a chamar-se Rua Líbero Badaró.

No outro extremo da rua, perto do Largo de São Bento, na casa em que foi morar, o reverendo Alexander Blackford, no dia 5 de março de 1865, instalou nossa primeira Igreja Presbiteriana. De tradição calvinista e republicana, a igreja da Rua Nova de São José foi entre nós uma semente da modernidade, sobretudo no reconhecimento da igualdade cidadã da mulher. Na mesma rua vivia a família do comendador Luís Antônio de Sousa Barros. Uma empregada doméstica de sua casa, Inácia Maria Barbosa, converteu-se ao protestantismo em 1878 e ela, por sua vez, converteu todas as mulheres daquela família. Dentre elas, Maria Paes de Barros, que faria de sua casa um centro de reuniões republicanas.

Um terceiro e definitivo marco da modernidade paulistana foi o Edifício Sampaio Moreira, o primeiro arranha-céu de São Paulo, construído em 1924, nos números 344-350 da Rua Líbero Badaró, projeto de Christiano Stockler das Neves. Estilo eclético, com citações do estilo Luís XVI, é monumento residual da nossa *belle époque*, que nos anos 1920 e 1930 compunha, com o Parque do Anhangabaú e os palacetes do conde Prates, o mais belo recanto da cidade.

O OBELISCO DO PROFESSOR JÚLIO FRANK

A FACULDADE DE DIREITO da Universidade de São Paulo completou 180 anos em 2007. Ofereceu ao país presidentes de província e governadores de estado, deputados, senadores, ministros, presidentes da República, escritores, atores, empresários, juízes e magistrados, e até advogados! Seu lado menos proclamado é o de sua tradição não conformista. Quando os moralistas da cidade passaram dos limites na intolerância em relação à escultura *O idílio*, de (William) Zadig, os estudantes não tiveram dúvida: sequestraram o casal nu e apaixonado e o colocaram na calçada diante da faculdade, sob sua direta proteção e vigilância. Está lá até hoje.

Não era coisa nova. Quando morreu o professor Júlio Frank, não havia onde enterrá-lo, porque protestante. Os defuntos eram sepultados nas igrejas, os jazigos hierarquicamente distribuídos a partir do sacrário do Santíssimo Sacramento. Quanto mais pobre, mais longe dele. Na cidade, não havia cemitérios para os então chamados acatólicos. Havia, para os excluídos, o Cemitério dos Aflitos, onde é hoje o bairro da Liberdade. Bairro que era, então, conhecido como Quebra-bunda, por conta do pelourinho onde os escravos sujeitos a castigo recebiam suas chibatadas de látego de couro cru. Mas o cemitério pertencia a uma irmandade católica e destinava-se aos escravos e aos supliciados na forca, ali perto. Basicamente era um cemitério para a gente sem qualidade, como então se dizia, considerados os ínfimos da sociedade estamental, no limite da condição humana ou aquém dela. Mas, ainda assim, seres residuais da fé católica. Júlio Frank e os outros acatólicos estavam aquém do aquém, considerados hereges e, portanto, limitados de direitos, no civil, ou deles desprovidos, no canônico.

Júlio Frank estava condenado ao limbo de incerteza dos que o carrancismo de então considerava distanciados da condição humana. Menos os estudantes da Faculdade de Direito, que decidiram sepultá-lo na própria escola. Diz a lenda que tinham pelo jovem e erudito mestre alemão especial apreço. Fora ele o inspirador e fundador da "Burschenschaft", que até hoje é conhecida como Bucha, uma sociedade secreta liberal e de tipo maçônico que reunia alunos e ex-alunos da faculdade. A professora Fraya Frehse, docente de Sociologia da mesma Faculdade de Direito, explica-me que esse é o termo alemão para confraria estudantil. Significa, literalmente, confraria de rapazes. "'Bursche', que é 'rapaz', se pronuncia 'buaxe'", com o som do "a" abreviado. Daí a pronúncia "bucha", no dialeto do Largo de São Francisco.

Muito se escreveu sobre Júlio Frank. É o mais famoso professor das Arcadas, embora de fato não tivesse nela lecionado. É, também, um dos mortos mais famosos da cidade, venerado no mesmo panteão imaginário em que a cidade rememora a marquesa de Santos, o São frei Galvão e as almas do purgatório da cruz dos enforcados. Sobre ele escreveram textos referenciais Afonso Schmidt, Brasil Bandecchi, Francisco Teotônio Simões Neto, Ana Luiza Martins e Heloisa Barbuy. Alemão, seu nome era Julius Gottfried Ludwig Frank, nascido em Gotha, em 1808. Vinha de uma família de encadernadores. Tornou-se um erudito, fato comum entre encadernadores e tipógrafos de todas as partes, grandes leitores compulsórios de livros, como ocorreu com Machado de Assis. Deve ter chegado a São Paulo, com vinte anos, no mesmo ano em que a Academia foi inaugurada. Depois de viver um tempo em Sorocaba, onde havia pequena comunidade de alemães vinculados à Fábrica de Ferro de Ipanema, veio para São Paulo em 1834. Foi contratado por dez anos pelo governo liberal da província para ensinar História e Geografia no Curso Anexo ou Preparatório da Academia de Direito. Naturalizou-se brasileiro. Morreria de pneumonia em 1841.

Seu túmulo, no chamado pátio menor da Faculdade de Direito, é quase que certamente o mais antigo monumento funerário da cidade de São Paulo. Antecipou em dezessete anos os cemitérios onde a gente graúda teria que ser sepultada a partir de 1858, com a proibição de enterros nas igrejas. Ergue-se em forma de obelisco sobre a tumba, com alegorias e indicações sumárias sobre o morto. Ali nasceu a moderna cultura funerária paulistana, o jazigo adornado com marcos celebrativos, livrando a memória do morto da horizontalidade dos sepulcros de igreja, pisoteados sem cerimônia pelos vivos nas missas e rezas. É um monumento ao belo não conformismo dos estudantes daqueles começos do Brasil independente, um protesto contra a intolerância erguido com as rochas da liberdade entre as taipas de São Francisco.

Túmulo de Júlio Frank, com os símbolos da coruja e obelisco, na Faculdade de Direito da Universidade de São Paulo, inaugurado em 1842.

O COMBATE DO BUTANTÃ NA REVOLUÇÃO DE 1842

NADA FALTA AOS REVOLUCIONÁRIOS pós-modernos que volta e meia acampam no meio de avenidas da Cidade Universitária em apoio a greves de professores e de funcionários da USP. Coloridas barracas de acampamento garantem-lhes conforto de férias fora de tempo. Até que, vencidos pelo tédio e pela saudade da cama e da mesa da casa paterna, retornam ao lar e, enfim, à sala de aula. Já não se faz mais revolucionários como os de antigamente, os que morriam por uma causa, como os oito ou nove que, em maio de 1842, morreram ali mesmo. Foi na Revolução Liberal.

Designado pelo gabinete conservador, governava São Paulo o baiano José da Costa Carvalho (1796-1860), barão de Monte Alegre, sucessor de Rafael Tobias de Aguiar (1795-1857), do Partido Liberal. Monte Alegre viera para cá como juiz de fora, ocupara a direção da Faculdade de Direito. Fora membro da Regência Trina. Antecipada a maioridade de d. Pedro II, promoveram os conservadores a criação de um Conselho de Estado, de membros vitalícios. Instituía-se uma tutela sobre o jovem monarca. Além disso, reformou o governo o Código de Processo Criminal, suprimindo inovações dos liberais. Criava-se um quadro de dominação reacionária sobre o país. Pela boca dos conservadores, falavam as tendências absolutistas e centralizadoras herdadas de Portugal.

Em Sorocaba, onde vivia sua família, Rafael Tobias de Aguiar, apoiado pela Câmara Municipal, empossou-se presidente provisório da província, no dia 17 de maio. Começava a Revolução Liberal. Convocou voluntários e organizou uma tropa para marchar sobre São Paulo e depor Monte Alegre. O padre Diogo Antônio Feijó (1784-1843) chegou a Sorocaba, vindo de Itu, levando consigo a impressora com que lançaria o jornal da Revolução, *O Paulista*, de que foram publicados quatro números.

A tropa de Sorocaba, comandada por Tobias de Aguiar, fez alto no Morro do Butantã, antes de atravessar o Rio Pinheiros, e ali acampou por duas semanas. Uma tropa auxiliar de cavalarianos, vindos de Itu, desceu o Morro do Jaguaré, onde está a favela desse nome, e juntou-se a ela. Eram oitocentos combatentes no total. Do Rio de Janeiro, via Santos, um exército também de oitocentos soldados, comandados pelo barão de Caxias, acampou na outra margem do Rio Pinheiros e bloqueou a passagem da ponte pelos revoltosos.

O caminho de Sorocaba a São Paulo acompanhava o Ribeirão Pirajuçara que, retificado, passa entre a Academia de Polícia, e a Faculdade de Educação e a Escola de Educação Física da USP. Naquela época, o Pinheiros corria pelo lado oposto àquele em que, também retificado, hoje se situa, do outro lado da Casa do Bandeirante. Portanto, o encontro do Pirajuçara com o Pinheiros ficava nas proximidades de onde é hoje a entrada principal da Cidade Universitária. Caxias e sua tropa acamparam para os lados da atual Praça Panamericana.

No dia 28 de maio livrou-se por ali o primeiro combate entre as tropas confrontantes. Os liberais foram perseguidos e nova luta ocorreu na altura do Ribeirão Bussocaba, o mesmo que, retificado, passa hoje diante da Prefeitura de Osasco. Aguiar seria preso no Sul e levado para o Rio. O padre Feijó, aleijado e dependendo de quem o carregasse para se deslocar, foi dos poucos que ficaram, sendo preso e também levado para o Rio. Poucos dias antes da retirada, Tobias de Aguiar casou-se formalmente, em Sorocaba, com a marquesa de Santos, com quem já vivia desde 1833 e tinha filhos. Uma semana depois, as tropas de Caxias entraram na cidade. Os participantes da Revolução seriam anistiados em 1844. Feijó morreria antes disso.

Ali onde é hoje um dos lugares em que revolução é assunto de bate-papos amenos, a revolução de verdade já vai longe. A história levou consigo a memória do confronto e semeou por lá o esquecimento do episódio sangrento do grande embate ideológico e político, entre conservadores e liberais, que marcou toda a história do Império. Os rebeldes de agora podem devanear em paz. Caxias é só uma inofensiva estátua de bronze perto da Luz.

FUNERAIS DE ANJINHOS

POR MUITO TEMPO, após a inauguração do Cemitério da Consolação, em 1858, os túmulos de crianças foram situados em áreas separadas, classificadas, como se vê em seus registros antigos, em anjos pequenos, anjos médios e anjos grandes. A hierarquização dos anjos obedecia a uma espécie de escala de "angelicalidade": quanto mais perto do nascimento, mais perto do céu. Com o fim da infância, as crianças deixavam de ser anjos porque, no imaginário da época, ao amadurecer entravam no mundo pecaminoso da carnalidade. E aí ganhar o céu dependia de muita confissão, de muito arrependimento e de muita penitência.

Numa dessas covas de anjinhos, em 1863, sem pompa, foi enterrado Emiliano, de três meses, filho do poeta Fagundes Varela, que com a mulher vivia pobremente na casa de uma chácara atrás da Igreja do Bom Jesus do Brás. Muitas vezes, Varela vagou à noite pelo cemitério para ir chorar sua dor sobre o montículo de terra da tumba de seu menino. Expressou sua dor e seu pranto na bela elegia do seu *Cântico do Calvário*:

Como eras lindo! Nas rosadas faces
Tinhas ainda o tépido vestígio
Dos beijos divinais, – nos olhos langues
Brilhava o brando raio que acendera
A bênção do Senhor quando o deixaste!
Sobre teu corpo a chusma dos anjinhos,
Filhos do éter e da luz, voavam,
Riam-se alegres das caçoilas níveas
Celeste aroma te vertendo ao corpo!
E eu dizia comigo: – teu destino
Será mais belo que o cantar das fadas
Que dançam no arrebol, – mais triunfante
Que o sol nascente derribando ao nada
Muralhas de negrume!...

O Consolação teve na marquesa de Santos, mais tarde ali sepultada, uma das benfeitoras. Quando ainda não havia o cemitério, poucos anos antes, um enterro de criança que marcou São Paulo e teve no poeta Álvares de Azevedo um narrador compungido foi, em 1849, o da filha, ainda criancinha, de dona Maria Isabel de Alcântara, condessa de Iguaçu, paulistana. Mãe quase menina, irmã bastarda do Imperador do Brasil, d. Pedro II, e da rainha de Portugal, dona Maria II. A condessa era filha reconhecida de d. Pedro I com a marquesa, de cuja casa, na Rua Alegre, depois Brigadeiro Tobias, saiu o féretro. Era uma segunda-feira, 18 de junho. A pequena neta de imperador e rei morrera de madrugada, de convulsões. Foi um funeral real, de grande pompa. O anjinho teve a testa adornada por uma coroa de flores, roupas cândidas bordadas de ouro. Nas bordas do caixão, cetins bordados de ouro. Via-se as dobras da capa de veludo azul também bordada de ouro. Eram as vestes para o batizado, que fora previsto para o sábado seguinte, dia 23, com um baile.

Muita gente compareceu ao funeral, o enterro percorrendo as ruas lentamente, passando pela ponte do Acu, no Anhangabaú, no que seria depois a Ladeira de São João, até o começo do que é hoje a Avenida Rangel Pestana. O sepultamento seria na Igreja do Carmo. O féretro atravessou a cidade de ponta a ponta, ao som da música fúnebre de bandas. Era noite. Chovia.

NO TEMPO DE ÁLVARES DE AZEVEDO

NASCIDO, EM 1831, num sobrado da esquina da Rua da Freira com a da Cruz Preta, atuais ruas Senador Feijó e Quintino Bocaiúva, no centro de São Paulo, o poeta Álvares de Azevedo viveu na cidade apenas sete de seus breves vinte anos. Após alguns anos no Rio de Janeiro, de onde era a família, retornou a São Paulo, onde seus avós e tios maternos moravam, para fazer o curso jurídico.

Sua relação com a cidade foi ambígua. Numa carta de 1848, mas também em *Macário* (peça teatral), há por ela, por seu perfil no contraste das luzes de um cair de noite, intenso deslumbramento. Descreve-a como uma pintura. Já no cotidiano as menções, nas cartas publicadas por Vicente de Azevedo, são ásperas e depreciativas. O poeta queixa-se de tudo, das casas das repúblicas em que viveu na Rua Boa Vista e na Ladeira de São Francisco, depois Rua do Riachuelo. Numa véspera de Santo Antônio, irritou-se com os sons dos tambores de uma dança de caiapós – dança caipira e dramática – vindos da rua. No entanto, em agosto de 1848, com um tio, lente da Academia, foi a Pirapora para a festa do Bom Jesus e, em outubro de 1849, foi à festa da aldeia de São Miguel, de que outro dos tios era festeiro. Festas muito antigas e caipiras.

Vinha de uma família de aristocratas. Em menino, no Rio, escrevia do colégio interno aos pais em francês e inglês. Em São Paulo, ia aos saraus e bailes da nobreza da terra ou aos jantares da marquesa de Santos e seu marido Rafael Tobias de Aguiar. E dizia: "Na minha terra só há formigas (içás torradas, iguaria local muito apreciada) e caipiras". Incomodava-se com o caipirismo paulista na elite, nos costumes atrasados e na linguagem. Apreciava a beleza das moças, com esta ressalva: "Ir a bailes para dançar com essas bestas minhas patrícias que só abrem a boca para dizer asneiras acho que é tolice". E cita-as, no português de sotaque nheengatu: "Nós não sabe dançá porque... ".

Alberto Martins, em belo livro recente, *Uma noite em cinco atos*,[2] promove um imaginativo encontro entre Álvares de Azevedo, Mário de Andrade e José Paulo Paes, três poetas da Pauliceia. Flanando pelas ruas, José Paulo convida os poetas a concluir sua poesia, a reencontrar a cidade. Há na peça uma sensível alegoria do viver inconcluso, da cidade que perdeu a poesia. A peça é um reencontro com o poeta desencontrado que amava a São Paulo dos cenários e das tradições populares, espacial e estamentalmente distantes; e renegava a rusticidade invasiva nos socialmente próximos.

Álvares de Azevedo morreu em férias no Rio de Janeiro, da infecção causada por cirurgia de um tumor, feita a sangue frio, antes de voltar a São Paulo para cursar o quinto ano de Direito, em 1852. Já antecipara a proximidade da morte, preocupação tão própria dos poetas românticos:

> [...] *Quanta glória pressinto em meu futuro!*
> *Que aurora de porvir e que manhã!*
> *Eu perdera chorando essas coroas*
> *Se eu morresse amanhã!*
> [...]

Em outro poema voltou, emblematicamente, a essa musa sombria do Romantismo:

> *Nos meus quinze anos eu sofria tanto!*
> *Agora enfim meu padecer descansa...*
> *Minh'alma emudeceu, na noite dela*
> *Adormeceu a pálida esperança!*

2 MARTINS, Alberto, *Uma noite em cinco atos*. *Coleção Nova Prosa*. São Paulo: Editora 34, 2009.

LOUCOS DE ANTIGAMENTE

O PRÉDIO DO HOSPÍCIO DE ALIENADOS ainda está lá, no Parque D. Pedro II, erguido em taipa socada, vazio e abandonado, à espera de que num dia destes um temporal o ponha abaixo. Entristece as noites paulistanas como fantasma de outros tempos, assombra nossa consciência e nossa desmemória. Mulheres e homens que ali penaram e morreram ainda sussurram em seus corredores e cômodos os lamentos de sua solidão e de seu abandono, prisioneiros que foram de sua própria mente. Considerados loucos, foram ali confinados até o fim de seus dias.

"De músico, poeta e louco, todos têm um pouco", diz o refrão popular. Mas só há pouco mais de 150 anos é que aqui em São Paulo os loucos passaram a ser considerados propriamente loucos, isto é, doentes. Até então, louco era considerado criminoso e colocado na cadeia, junto com ladrões e assassinos. Antes disso, no século XVIII, loucura era crime contra a religião. Coisa de hereges, de dissidentes e pactários, gente que fizera pacto com o diabo e ficara endemoniada. Um sapateiro e traficante de escravos, Antônio da Costa Senra, imigrado dos Açores, foi aqui preso em 1782 e enviado para a Inquisição, em Lisboa, para eventualmente ser queimado vivo, porque se considerava enganado por Deus, que o fizera pobre em vez de fazê-lo rico. Dizia coisas sem nexo contra a religião. Era suspeito de ter vendido a alma a Satanás em troca de riqueza.

Só em 1851 ganhou corpo a consciência de que loucura é doença e de que os loucos precisavam ser separados dos condenados. Alugou para isso o governo um sobrado na Rua de São João, esquina da Rua Aurora, contratando um médico para tratar dos enfermos. Prédio acanhado e impróprio, foram os loucos transferidos, em 1862, para o casarão ao pé da Rua da Tabatinguera, onde estivera antes o Seminário de Educandos, à beira do Rio Tamanduateí. Com adaptações, é o casarão que lá existe até hoje. Recebia pobres e ricos, escravos e livres, adultos e até crianças consideradas loucas! Muitos, trazidos do interior.

Louco era o demente, isto é, o sem mente, e as consideradas pessoas de "miolo amolecido", diziam os diagnósticos da medicina de então, o "miolo mole", da linguagem popular de ainda hoje.

Ali faleceu o poeta abolicionista Paulo Eiró (Paulo Francisco de Sales Chagas, 1836-1871). Mas ali faleceu, em 1876, também louco, seu irmão, o padre Casimiro Antônio de Matos Sales, que fora coadjutor de Santo Amaro e político liberal. Morreram relativamente moços e foram sepultados no Cemitério da Consolação. Em versos de amor, Paulo Eiró dissera:

Pobre! Não chegará à primavera:
aguarda sem gemidos, sem um grito,
que uma réstia do sol da eterna esfera
te arranque ao sonho aflito.

O Hospício foi transferido para uma fazenda no Juqueri, em 1903, e lá está até hoje.

O HOSPÍCIO DO POETA DA LIBERDADE

UM DIA, JÁ CONHECENDO A HISTÓRIA do casarão, abandonado e guardado por meia dúzia de soldados da PM, bati à sua porta. Pensava percorrer-lhe os cômodos vazios, pressentir solidário no verde do mofo as almas silenciosas dos muitos que ali penaram no cativeiro da loucura. Um em particular, Paulo Eiró. Mas foi-me explicado que não era possível. O madeirame do assoalho estava podre em vários pontos e havia o risco de ceder.

O casarão é da primeira metade do século XIX. Recebeu loucos até meados de 1903, quando os internos foram transferidos para o Hospital construído no Juqueri. A criação do Hospício de Alienados anunciava o reconhecimento da loucura como doença e o advento do primado da razão nas concepções sociais.

Uma peneira que separava quem ficava dentro e quem ficava fora, em liberdade. A razão é um poder. Até então chás, benzimentos e rezas davam conta do recado, pois as perturbações da mente eram aleivosias do coisa-ruim ou encostos de espíritos sem rumo ou perturbações transmitidas pelo olho maligno dos invejosos. Nunca nada da própria pessoa; sempre coisa malfeita dos outros. A instituição do hospício anunciava que a própria pessoa passara a ser responsável por seus descontroles. Era a modernidade chegando com a solidão que lhe é própria.

Não só os pobres podiam ir parar no hospício. Também as pessoas de estirpe, que ninguém queria ter louco em casa. Paulo Eiró, poeta paulista nascido em Santo Amaro, foi um deles. Poeta triste, de velha família paulista, preterido no amor de uma prima, por quem se apaixonara aos dezessete anos de idade. Naquele tempo se enlouquecia de amor e se morria de amor.

Dizem que foi essa a causa de sua loucura. Tornara-se professor primário, como o pai. Depois foi aluno da Faculdade de Direito. Desistiu antes de concluir o curso. Achou então que deveria ser padre e foi para o Seminário da Luz, perto de onde é hoje a estação. Não deu certo.

Os primeiros sinais da loucura levaram o padre-reitor, um reacionário francês, a pedir que a família o levasse e a recomendar que destruísse seus cadernos de poemas. O poder nunca se deu bem com a poesia.

De sua obra salvaram-se apenas 190 poesias e pouca coisa mais, como a peça de teatro *Sangue limpo*, de 1859, que critica uma independência que libertou o país, mas não libertou os escravos e não nos deu uma pátria de homens livres. Foi apresentada na Casa da Ópera de São Paulo em 1861, que ficava no Pátio do Colégio. Paulo Eiró saiu por aí, foi para Santos, foi para o Rio, foi para Minas, perambulou, andou por ceca e meca.

Uma noite voltou, maltrapilho e desleixado. Viu um cortejo que acompanhava uma noiva à Catedral da Sé. Era Querubina, sua amada, que ia se casar com outro. Escreve, então, os versos do soneto "Fatalidade":

> *Que vista! O sangue se afervora e escalda!*
> *Por que impulso fatal fui hoje à Igreja?*
> [...]
> *Unem as mãos; o órgão reboa ledo;*
> *Em alvas espirais, o incenso ondeia...*
> *E eu só, longe do altar, choro em segredo!*

Paulo Eiró foi abolicionista e republicano, um precursor de Castro Alves. Era louco também por isso, com ideias políticas e sociais precoces em Piratininga. Em seu poema "Verdades e mentiras", de 1854, proclama: "Morrer pudera, então, em terra livre,/ Sob um poder que só do povo emana,/ Santo desígnio que as nações editam,/ Elo final da liberdade humana!". Lúcido esse louco poeta.

Em 1866 foi internado no Hospício de Alienados, ali no casarão da baixada da Tabatinguera, com 31 anos, onde faleceria em 1871, de meningite. As paredes do sobrado parecem murmurar ainda a poesia que Eiró guardou na alma nos cinco anos de prisão. A propósito de outro casarão, escreveu aí por 1853 o poema "O sobrado", cuja primeira estrofe antecipa o recinto dos últimos anos de sua vida:

> *Do céu à luz decadente*
> *Contemplai esse sobrado*

Que na face do presente
Lança o escárnio do passado:
Seu vulto negro ali está,
Nas trevas nódoa mais densa
Como sacrílega ofensa
Em alma perdida já.

1904: Antigo Hospício de Alienados, construído em 1842 e desativado em 1903.

O CARNAVAL DE 1856

O PRIMEIRO CARNAVAL propriamente dito de São Paulo foi o de 1856. O do Rio de Janeiro tinha sido em 1855 e os de Campinas e Santos em 1857. Durante toda a segunda metade do século XIX, houve clara distinção entre entrudo e carnaval. O primeiro rejeitado por muitos, temido pelas famílias e proibido e reprimido pela polícia. O segundo corajosa e limitadamente aceito pelas famílias, admitido pelas autoridades e defendido por um grupo crescente de moradores como instrumento social de extravasamento de tensões e de impulsos reprimidos por uma sociedade patriarcal reconhecidamente repressiva e controladora. Havia, de fato, um conflito entre o segundo e o primeiro, ambos disputando o mesmo lugar e as mesmas funções sociais. O entrudo tinha uma cara e o carnaval tinha outra.

É admirável, no debate sobre ambos, o quanto a sociedade da época estava consciente de que manifestações sociais como o entrudo, mesmo indesejáveis, eram necessárias e atendiam impulsos que em outras circunstâncias podiam ser definidos como de loucura. Empregava-se a palavra folia também como sinônimo de loucura, a mesma palavra usada para definir diferentes modalidades de comportamento coletivo, até religiosos, como as folias de Reis e do Divino. Não é estranho que a loucura e o desregramento fossem considerados próprios das multidões e dos ajuntamentos.

Um jornalista, naquele mesmo ano, definia a época do entrudo e do carnaval como "estação de loucura", como as estações do ano, como retorno cíclico de uma carência de comportamento libertador. Nesse sentido, essa loucura coletiva era tolerada, uma mistura de possessão e doença, num momento em que em São Paulo se começava a considerar que a loucura era uma enfermidade, que os loucos não deviam ser recolhidos ao calabouço e sim ao manicômio. É mais ou menos a época em que surge o Hospício de Alienados, os internos sendo cuidados por médicos e enfermeiros e não mais por carcereiros. É nessa perspectiva que o entrudo passará a ser avaliado como loucura antissocial e que o carnaval será considerado como loucura terapêutica e preventiva de males sociais e políticos maiores. O carnaval vai se tornando uma questão de poder porque se entendia, então, que podia e devia ser permitido e também controlado através do que hoje podemos chamar de sua formatação, a definição regulamentada dos canais de sua expressão, um instrumento de controle social. Aliás, é como será acolhido o futebol anos depois, um meio administrado de canalização das tensões sociais.

Os participantes do entrudo eram os membros do populacho, livres e escravos, gente que se considerava particularmente propensa ao desregramento e à insubordinação. Nos três dias da folia as barreiras sociais eram suposta e simbolicamente demolidas, embora a autoridade pública estabelecesse penas bem distintas para os transgressores de um grupo e os de outro. Já em 1852, na onda repressiva contra o entrudo, as Posturas estabeleciam que jogar água ou o que quer que seja em alguém implicava a pena de multa de quatro mil réis para os livres e de 25 açoites para os escravos. Aos brancos se açoitava o bolso e aos que não tinham bolso se açoitavam as ancas.

Eram comuns os chamados limões de cheiro ou laranjinhas de cheiro, bolas de cera recheadas com água de cheiro para serem atiradas nas pessoas na rua ou mesmo nas que estavam à janela e nas sacadas apreciando o movimento. Nem sempre o conteúdo era inofensivo. Havia os agressivos e maliciosos que as enchiam com polvilho, pó, graxa, querosene e, até, urina e outras coisas mais. Havia também as seringas, que os moleques enchiam nas poças d'água ou nas valetas de águas servidas, sujando os que se encontravam na rua. Não é difícil perceber que a relativamente civilizada água de cheiro estava sendo substituída por conteúdos que emporcalhavam as vítimas do que era cada vez mais violência em vez de festa. Sutis conflitos sociais e tensões manifestavam-se através do que era chamado de jogo do entrudo.

O clamor contra o entrudo foi crescendo. Em boa parte porque as rígidas barreiras de separação social eram cada vez mais desrespeitadas nos três dias de relativa liberdade de conduta. O carnaval de Veneza e o de Paris começaram a ser lembrados como equivalentes civilizados da festa rústica e incivilizada dos trópicos. Havia clara consciência de que a sociedade precisava desses três dias para desabafar, para transgredir. A proibição pura e simples do entrudo, dizia um jornal nesse mesmo ano de 1856, poderia "exasperar a população".

O primeiro carnaval paulistano foi tratado pelos comentadores como um teste de nossa competência para nos adaptarmos a regras de civilidade. No entrudo não eram raros os andrajos, seja porque os da farra não tinham outras vestimentas, seja porque houvesse quem preferisse parecer mendigo mesmo mendigo não sendo. Alguém dizia: "não estamos, pois, muito distantes de substituirmos as vestes imundas do entrudo pelos delicados adornos do carnaval".

Aquele primeiro carnaval paulistano, além das fantasias de cupido e pierrô, foi de imitação das festas de corte, na pompa das vestimentas de personagens do Antigo Regime ou da literatura. Ou seja, personagens da ordem estamental, das diferenças sociais rígidas. É claro que nessa opção o carnaval passava a ser um passatempo dos ricos, uma celebração da tradição conservadora e manifestação de um anseio fantasioso pelo esplendor cortesão dos tempos de Luís XV. Surgem nesse momento lojas de venda ou aluguel de trajes para as festividades ou de venda de flores, em substituição aos limões de cheiro, para os combates de rua.

Se o entrudo primava pela desordem e pelo desrespeito, o avesso da rígida sociedade escravista, o carnaval foi proposto como a festa da ordem na desordem, a desordem regulamentada. A primeira sociedade carnavalesca noticiada foi a Sociedade Carnavalesca Piratininga, convocada por Joaquim Sertório em sua casa na Ladeira Dr. Falcão, que assim se chama até hoje e fica entre a Rua Líbero Badaró e o Vale do Anhangabaú, por trás do antigo Edifício Matarazzo, atual sede da Prefeitura. Também tinha ele ali sua loja. A sociedade reuniu mais de 150 membros. Ele não ficaria célebre por esse primeiro carnaval. Ficaria relativamente conhecido por colecionar uma diversidade de objetos que vieram a constituir o Museu Sertório, origem do Museu Paulista ou Museu do Ipiranga.

O carnaval começava, de fato, no domingo, e não no sábado, e terminava na terça-feira à noite e não na Quarta-feira de Cinzas. De manhã, os preparativos do dia, como reunir flores e o que mais se destinasse a atirar nos outros, nas batalhas de rua. De tarde, o desfile dos mascarados, chamados de "máscaras", fantasiados, a cavalo, de carro ou mesmo a pé. O galope era proibido. Naquele carnaval participaram setenta cavaleiros. Os mascarados tinham que pertencer a uma sociedade carnavalesca e até mesmo levavam um cartão de identificação. Quem não o tivesse e se infiltrasse no grupo, se descoberto, era preso. Além disso, o grupo tinha que ser acompanhado por uma banda, além de acompanhado por um grupo de soldados que o protegesse daqueles que não haviam compreendido ainda a diferença entre carnaval e entrudo. Não podiam entrar na casa das pessoas. Era um carnaval de rua. Os máscaras atiravam flores, amêndoas, confeitos ou bilhetes impressos às moças que saíam à janela ou às sacadas para apreciar o movimento. Os cavaleiros levavam lanças nas quais recolhiam coroas de flores que lhes eram oferecidas não só pelas donzelas, mas também por senhoras de alguma idade.

Em 1858, "saiu o congresso da Rua da Glória". Os grupos carnavalescos saíam de diferentes lugares, no centro ou no arrabalde, designação da região ao redor do chamado Triângulo, o centro propriamente histórico da cidade de São Paulo. Tudo que ficasse além da Rua São Bento ou da Praça da Sé já era o arrabalde. Dirigiam-se para pontos de referência que eram os mesmos para todos os grupos: Rua do Comércio (atual Rua Álvares Penteado), Rua do Rosário (atual 15 de Novembro), Rua Direita. Em 1856, "às quatro horas da tarde subia a Ladeira de São Francisco, a mascarada debaixo da direção do sr. capitão Sertório, moço de excelentes qualidades, e animado de um espírito de concórdia admirável". Em 1876, a Sociedade Carnavalesca Panela de Bronze saiu da Rua do Ouvidor pela Rua de São Bento e se dirigiu para as ruas já convencionadas do desfile.

Um dado revelador de que o carnaval era uma festa dos abonados e não dos pobres é que as ruas percorridas no centro da cidade eram propositalmente escolhidas porque ruas de casas assobradadas, de beira e tribeira, e não as ruas das casas sem eira nem beira. Isto é, ruas de casas propícias ao teatro da sociedade de corte. Atirar flores para as moças e as moças atirarem flores aos mascarados era forma ritual de cortejar simbolicamente as donzelas e de elas ritualmente corresponderem. Se a sociedade de corte já começara a aparecer nos saraus das casas senhoriais do patriarcado, ganhava quase que repentinamente, em 1856, um desdobramento nas ruas, ainda que pelo período restrito de três dias, como ritual simbólico do cortejar em oposição ao do agredir.

Alguém saudou o carnaval como pretexto para que finalmente as rótulas das janelas fossem abertas e as moças que habitualmente se escondiam por trás delas se dessem a ver. Esse gesto indicava que o carnaval era uma festa acolhida pelas famílias, ao contrário do entrudo. Mas era, ao mesmo tempo, uma festa civilizadora e anticolonial, "um festejo nacional, uma festa popular", comentou um jornal. A reclusão da mulher era considerada herança do colonialismo português, resquício de um país que de fato não se tornara independente porque não se libertara dos costumes opressivos do reino. O carnaval libertava como o entrudo, mas de outro modo, porque libertava a nação, arrancava-a dos arcaísmos legados pela metrópole.

Os comentários sobre o carnaval de 1856 são muito indicativos de uma aguda consciência de que o embate entre o carnaval e o entrudo era um confronto entre a sociedade da reclusão doméstica e a sociedade da rua, entre a sociedade patriarcal e a sociedade do cidadão. Aguda consciência de que a velha sociedade colonial estava se desagregando na agressividade do entrudo, de que a sociedade estava mudando no sentido da civilização, comentava outro periodista.

O carnaval conservava alguns traços próprios do entrudo, um dos quais era o do combate simbólico no atirar laranjas ou limões de cheiro nos outros, substituído, porém, pelo combate de flores entre os da rua e entre os da rua e "o madamismo das janelas", dizia o *Correio Paulistano*. Mas inovava acrescentando o ato de cortejar as moças das janelas e balcões no galanteio do oferecimento de flores e do recebimento de flores na ponta da lança. A "traição" de pegar de surpresa a vítima das laranjinhas de cera e dos jatos das seringas foi substituída pelo combate frente a frente, encontrando um equivalente na máscara e no anonimato. Fatores comuns ao entrudo e ao carnaval podem ser facilmente identificados, o que confunde o observador, sugerindo que mudou o nome, mas não mudou a comemoração.

As exibições de rua terminavam, nos três dias, em bailes nos salões. Um deles era o chamado Teatrinho, o Teatro da Ópera do Pátio do Colégio, o mesmo em que, na noite de 7 de setembro de 1822, d. Pedro fora aclamado rei do Brasil pelo padre Ildefonso Xavier Ferreira.

Justamente porque as exigências formais fizeram do carnaval uma festa dos ricos, enquanto o entrudo abrangera os pobres, o entrudo procurou infiltrar-se clandestinamente nos festejos carnavalescos, apesar da repressão. A tensão entre os dois festejos se arrastou. Uma original tentativa de acomodação foi a sugestão feita, em 1870, por um grupo de carnavalescos ao superintendente da

São Paulo Railway para que oferecesse abatimento nas passagens de trem nos três dias de carnaval. Desse modo, os que gostassem de entrudo poderiam ir para os lugares em que o entrudo resistia, e os que gostassem de carnaval para os lugares em que o carnaval vingara. D. M. Fox atendeu a sugestão. Em 1876, nos três dias, a ferrovia oferecia passagens nos carros de primeira classe a preço das passagens de carros singelos. O trem partia de Santos com destino a Campinas, parando em São Paulo e Jundiaí. E retornava.

Ainda que houvesse carnavalescos querendo fazer economia com a passagem de trem, os três dias de entrudo ou de carnaval eram dias de muita comilança. Por isso mesmo, eram chamados de "dias gordos" e a terça-feira em particular chamada de "Terça Gorda". Não faz muito tempo, era essa ainda a designação dos dias de carnaval. Em 1877, comerciantes anunciavam a venda, em casas do centro da cidade, de "perus muito gordos para o entrudo". Desde o período colonial, nesses dias, os monges de São Bento melhoravam substancialmente a dieta, conforme os registros do monge-gastador, quase sempre com lombo de porco à mesa. Em compensação, a partir da Quarta-Feira de Cinzas e ao longo de toda a Quaresma entravam num jejum bravo, que se estendia até ao Sábado de Aleluia. Não só eles. O povão também entrava numa dieta sem carne de animal de sangue quente, o que era complicado porque os rios da vila e depois cidade de São Paulo não eram notáveis no fornecimento de peixe, quando muito os lambaris de rabo vermelho para o cuscuz paulista. Era um período de fome ritual e penitencial.

Vinte anos depois do surgimento do carnaval em São Paulo, um cronista lamentava que "ainda são muitos que fogem ao turbilhão da folia". E acrescentava: "o carnaval entre nós ainda não acorda as alegrias e delírios do velho e amaldiçoado entrudo, cheirando mais à procissão de São Jorge que à bacanal".

A FIGUEIRA DOS VIAJANTES

AH, PAULICEIA DESMEMORIADA, mais do que desvairada, que já não verte lágrimas pelos que se vão! Nem pelos que ficam. Já não há prantos de despedida para regar as raízes do que resta da velha figueira de mais de duzentos anos, esquecida à beira de um velho caminho do mar que já não leva ao mar e se afoga nas enchentes da periferia. Teimosa figueira, o velho tronco deformado e carcomido insiste em botar novas folhas ao longo do ano, faceira no seu verdume. Uma juventude demorada e reiterativa brota dessa árvore-testemunha da história paulista, único monumento vivo da cidade, parente pobre das nobres e opulentas figueiras do bem cuidado Jardim da Luz.

Não fosse a caridade dos vizinhos que dela tratam, estaria morta há muito, como tanta coisa que morreu na nossa identidade. O desprezo e a falta de imaginação e memória dos governos privaram-na da assistência de um jardineiro que faça daquele canto da história um lugar celebrativo, que lhe dê e nos dê a alegria perdida e merecida.

Figueira dos viajantes e dos tropeiros caipiras do caminho do mar que, no século XVIII e na primeira metade do século XIX, por ali paravam, para repousar e dar descanso e pasto às mulas de suas tropas. Eram os caipiras, rotulados de bastardos, filhos da mestiçagem de branco e índia, povoadores daquela borda do campo. Bastardo era o filho de ninguém, o sem nome nem qualidade, em contraste com o puro de sangue, o fidalgo, o filho de algo e de alguém, que também descansava por ali. A figueira recobriu com sua sombra democrática a cabeça de todos que sob ela se abrigaram, apesar das enormes separações sociais daquela sociedade colonial dividida em rígidos estamentos e desigualdades.

Depois, vieram também os estudantes da Faculdade de Direito e seus adeuses. Foi o tempo do romantismo nostálgico e das lendas. A figueira ficou conhecida como Árvore das Lágrimas. Por extensão, a velha estrada ficou conhecida como Estrada das Lágrimas. E a árvore tem hoje endereço: Estrada das Lágrimas, ao lado do nº 515.

Mas há mais lágrimas nas lendas do que na história. A figueira tornou-se um marco por outras razões que não chorosas despedidas. Os velhos paulistas eram muito ciosos da importância ritual do acolhimento e das cerimônias no trato de conhecidos e visitantes. Era um modo de manter à distância aqueles com os quais não se tivesse parentesco, modo de distinguir quem era de dentro e quem era de fora da família. Era comum o chefe de família ir esperar fora da cidade o visitante anunciado. A figueira do antigo bairro das Mercês demarcava esse curioso espaço, em que a casa que acolhia se estendia simbolicamente até os limites externos da cidade, os confins do Rocio. Mais comum era acompanhar o hóspede até essa fronteira ritual e simbólica.

A estrada feita por José Vergueiro, em 1844, que tem seu nome até hoje, marginalizou a das Lágrimas. Finalmente, em 1867, a ferrovia tomou-lhes a função e converteu-as em estradas de subúrbio, hoje ruas da periferia. Mas o costume ficou e contaminou a estrada de ferro. Passou a haver gradações nas despedidas e nas esperas devido ao encurtamento das distâncias pela rapidez do trem: quem não fosse muito próximo do viajante esperava-o ou dele se despedia na Estação da Luz. Nas despedidas, até banquetes no salão que ainda existe. Os mais próximos, o esperavam na estação de Ribeirão Pires ou lhe faziam companhia até lá para se despedir. Os muito próximos iam até Paranapiacaba e lá se despediam com comes e bebes no restaurante da estação ou lá o esperavam. Restaurante, aliás, destruído por incêndio provocado por burrice e descaso incandescentes. Os íntimos, com vínculos de sangue ou compadrio, o esperavam em Santos ou acompanhavam o viajante até lá. Ai de quem não observasse a regra: era desfeita a lamentar para sempre.

Esses ritos sumiram. Ficou a árvore, ficaram as estações do trem e o próprio trem já não leva ao mar. Hoje já ninguém se despede de ninguém nem espera quem quer que seja. A força do destino, porém, por ironia, fincou um ponto de ônibus na frente da Árvore das Lágrimas. Os viajantes dos novos tempos continuam parando ali, sob a mesma sombra tão antiga.

ÁRVORE DAS LÁGRIMAS

É MUITO TRISTE VÊ-LA, assim, sozinha e solitária, velhinha, à beira do caminho, sem o afago da brisa do campo nem a mansa ternura da garoa de seus tempos de juventude. Já não há poetas que lhe dediquem versos, nem jovens estudantes que a cortejem. Ou velhos viajantes que a visitem para um dedo de prosa. Ou tropeiros que lhe contemplem a beleza numa tarde de sol. Sobretudo, já não há lágrimas que lhe reguem as raízes. Todos passaram e se foram, todos partiram sem dizer adeus. Foram muitos os anos em que os que vinham de longe, ou para longe iam, ansiavam por vê-la na curva do caminho antigo. Era ali que todos se davam conta de que o passo adiante era possível, o longe era perto, na sacramental sombra da antecipação da chegada e do ir adiante. Lugar de pouso e de repouso. Lugar de espera e de esperança.

Danton Vampré, acadêmico de Direito, poeta e teatrólogo, dedicou-lhe enternecido poema há cem anos, no começo do século XX:

> *Árvore dos prantos, árvore esquecida, tão formosa foste, quão velhinha estás! És como uma branca e solitária ermida, cujos crentes foram-se através da vida, sem voltar os olhos tristes para trás.*

Outros admiradores, muito antes, sobre ela deixaram escritos e afagos, como A. Emílio Zaluar que ali descansou, em 1861, a caminho de Santos:

> *Pouco mais adiante de Ipiranga, encontra-se uma belíssima figueira brava, cujos galhos, bracejando em sanefas de verdura, formam um dossel em toda a largura da estrada. É este o sítio das despedidas saudosas. Aqui vêm abraçar-se e jurar eterna amizade aqueles que se separam, para em opostas direções da estrada seguirem depois, e quantas vezes na vida, um caminho e um destino também diversos.*

Montado numa impolítica mula, afeita às durezas da subida da Serra do Mar, mas roceiramente avessa aos atropelos e pressas da história, sob a galhada da figueira passou o príncipe d. Pedro, para alcançar, pouco adiante, e alguns minutos depois, a guarda de honra que o acompanhara desde Santos e se adiantara. Era a tarde de 7 de setembro de 1822. Nem o príncipe nem a mula estavam preparados para o inesperado do que aconteceria às margens do Ipiranga dali a pouco. Pedro Américo substituiu a mulinha simples e trabalhadeira, em seu quadro celebrativo do acontecimento, *Independência ou morte*, por um majestoso cavalo castanho, próprio para aquele grande ato de nosso destino. A pintura monumental adorna o salão nobre do Museu do Ipiranga. Memória da desmemória. Do mesmo modo como se imaginava o povo, a mula que carregava o príncipe não se prestava para carregar a história.

A velha árvore sobrevive, ao lado de um ponto de ônibus, na Estrada das Lágrimas, vizinha à casa nº 515. Acabou abraçada e sufocada pelo crescimento urbano anômalo, no flanco da favela de Heliópolis, como incômodo vegetal atravancando o trânsito. Em agonia lenta, a vergonhosa agonia de nossa memória histórica.

O PÉ DE CASTRO ALVES

O BAIANO ANTÔNIO DE CASTRO ALVES veio para São Paulo por motivo bem diverso dos motivos que para aqui atraíam a maioria dos estudantes da Faculdade de Direito que eram originários de outras províncias. Veio no rabo da saia da atriz e empresária teatral portuguesa Eugênia Câmara, que conhecera no Recife e de quem se tornara amante em 1866. Vinha enrabichado, como se dizia.

Apesar de jovem, ele já era grande e reconhecido poeta, admirado por José de Alencar e Machado de Assis. Em São Paulo, matriculou-se no terceiro ano da Academia do Largo de São Francisco, em 1868, na mesma turma de Ruy Barbosa, tendo sido aprovado naquele ano.

No ano que passou em São Paulo, teve obras apresentadas várias vezes pela companhia teatral da amante, mesmo depois que dela se separou. Ele próprio subiu ao palco para recitar suas poesias. Tendo chegado à cidade em 12 de março de 1868, em trem da São Paulo Railway, vindo do Rio por Santos, aqui datou um mês depois o poema "O navio negreiro", que se tornaria um épico do abolicionismo:

Tinir de ferros... estalar do açoite...
Legiões de homens negros como a noite
Horrendos a dançar... [...]

Em julho de 1869, Castro Alves já estava reprovado no quarto ano da faculdade por faltas e já havia deixado São Paulo. Estivera doente, preso ao leito, no quarto em que morava, na Rua do Imperador. Para quem desce da Praça João Mendes, é a rua que hoje passa pelo lado esquerdo da catedral e tem continuidade na 15 de Novembro. Fora ferido com tiro acidental da espingarda que levava, recebido no pé, quando em caçada no bairro do Brás foi saltar uma vala. Era a tarde de sábado, dia 14 de novembro de 1868. Foi tiro feio. Permaneceria em São Paulo até maio de 1869, quando a conselho médico foi para o Rio de Janeiro. Lá, seu pé foi aberto e dele ainda extraídos 37 bagos de chumbo. Ossos estavam cariados. Foi decidida a amputação alguns centímetros acima da articulação. A operação foi feita a frio, em dois minutos, sem clorofórmio, a anestesia da época que ele recusara. Ele já estava tuberculoso e morreria em Salvador dois anos depois.

Quando do acidente, o caso com Eugênia Câmara estava terminado, desde agosto. No entanto, a apresentação de *Gonzaga*, sua peça abolicionista e republicana, foi feita no Teatro São José, quatro dias depois do tiro. O teatro ficava onde é hoje a Catedral de São Paulo, voltado para o Largo de São Gonçalo ou Largo da Cadeia, atual Praça João Mendes. Era um pavilhão feio, que, no entanto, foi um dos marcos da conversão do largo em centro cultural e cívico da cidade. Os grandes acontecimentos da São Paulo de então se davam ou no Largo da Sé ou no Pátio do Colégio, vinculados à religião ou ao poder. O Largo de São Gonçalo foi surgindo como espaço alternativo, propriamente laico e civil, das manifestações populares. Hoje em dia, só com muito esforço descobrimos que aquilo é uma praça, que já teve jardim, literalmente convertida em rua, roubada pelos carros, lugar para passar e não mais lugar para ficar, discursar, cantar e declamar poesias.

No mesmo largo, do lado em que ficam hoje o Viaduto Dona Paulina e a Rua Rodrigo Silva, estava a Câmara e a Cadeia. Naquele cenário, Castro Alves viveu grandes momentos de sua curta permanência de um ano em São Paulo. Na noite de 12 de agosto de 1868 foram feitas ali as grandes celebrações da vitória do Exército brasileiro em Humaitá, na Guerra do Paraguai. De Castro Alves foi entusiasticamente cantado o Hino Patriótico, com letra ufanista e música do compositor mineiro radicado em São Paulo, Emílio do Lago, que musicou várias poesias do poeta baiano.

O ROSÁRIO DOS PRETOS

ATRAVESSANDO À NOITE a Praça Antônio Prado, no centro da cidade, depois de anos sem passar por lá, descobri-a diferente. Era tarde, pouca gente por ali. Na esquina da Rua 15 de Novembro, os dois andares de um bar e café no estilo dos cafés que existiram na São Paulo de outros tempos, lugares de conversas sobre os assuntos do dia e do mundo. Tempos em que na mesma praça disputavam a opinião pública e diferentes concepções de república os jornais *O Estado de S. Paulo* e *Correio Paulistano*, que ali tinham suas redações.

Nas mesas da praça, os cansados do dia bebem e conversam. No coreto e pelos cantos, encostados às portas e paredes de bancos e lojas, moradores de rua acomodam-se em seus cafofos. Alguns roncam. Ásperas expressões de injustiças e abandonos. Ali dormem os órfãos do Brasil inteiro. Duas humanidades contrapostas pelas desigualdades sociais. Coexistência dos opostos na falsa paz da noite.

Em calmo silêncio, ali repousam também os injustiçados de outras épocas, os negros da Irmandade de Nossa Senhora do Rosário dos Homens Pretos. Aquele é o antigo Pátio do Rosário. Nele, de fachada voltada para o que é hoje a Rua 15 de Novembro, existiu a igreja da Irmandade, que congregava negros livres e escravos, na maioria da etnia banto. Fora iniciada em 1725, com esmolas recolhidas nas minas de ouro das Gerais. Ali se realizavam as danças de pretos no dia 6 de janeiro, dia dos Santos Reis, conforme documento de 1833.

Diz Miguel Milano, no seu *Os fantasmas da São Paulo Antiga*,[3] que o largo foi inaugurado em 1872, onde houvera antes o cemitério dos pretos do Rosário, anexo à igreja, e algumas casinhas de ex-escravos que, livres, se tornaram repressivos donos de escravas de ganho, vendedoras de guloseimas.

3 MILANO, Miguel, *Os fantasmas da São Paulo antiga: Estudo histórico-literário da cidade de São Paulo*. São Paulo: Editora Unesp: Prefeitura de São Paulo: Imprensa Oficial do Estado de São Paulo, 2012. [N. E.]

Em 1874, a Companhia Cantareira instalou no largo um chafariz, onde os moradores das redondezas iam buscar água gratuitamente. Mas em 1893, conta Ernani Silva Bruno, a Cantareira mandou demolir os chafarizes, para forçar os moradores a instalarem água encanada e paga em suas casas. Rebelaram-se os vizinhos, gente pobre, sendo chamada a polícia para reprimir a revolta. A igreja seria desapropriada em 1903, demolida e substituída por outra, em 1908, a que está agora no Largo do Paiçandu.

A desoras, no velho Pátio do Rosário, há quem suponha ouvir ecos das cantorias dos negros nos sepultamentos noturnos dos membros de sua Irmandade: "Zoio que tanto viu. Zi boca que tanto falô. Zi boca que tanto zi comeu e zi bebeu. Zi corpo que tanto trabaiô. Zi perna que tanto andô. Zi pé que tanto zi pisô". Um rito de desconstrução simbólica dos atributos de cativo no corpo do negro, da cabeça aos pés, para livrá-lo das funções de seu cativeiro e restituí-lo, no tenebroso transe da morte, à condição humana que a escravidão e a chibata lhe arrebataram.

O JURAMENTO DOS CAIFASES

MAL ANOITECERA naquele 25 de agosto de 1882. Cerca de três mil pessoas rodeavam o caixão de Luiz Gama à beira do túmulo, no Cemitério da Consolação. Era o maior acompanhamento de funeral da história de São Paulo. A multidão espalhara-se pelo descampado. O "Juro!" foi a uma só e solene voz: pobres e ricos, negros e brancos, livres e escravos respondiam ao apelo emocionado que lhes acabara de fazer o dr. Clímaco Barbosa, médico baiano radicado em São Paulo, em seu discurso ao pé do túmulo do amigo e companheiro de luta, de empenho pelo fim da escravatura. Com Antônio Bento, formavam o grupo mais ativo do nosso abolicionismo. Aquele "Juro!" unia contra a escravidão os diferentes. Muitas mulheres estavam ali, o que era raro na cena pública.

Ganhava corpo o "movimento dos caifases", o lado clandestino da luta contra a escravidão. Sob a direção de Antônio Bento, católico e conservador, eles se abrigariam na Irmandade de Nossa Senhora dos Remédios, na igreja do mesmo nome, no Largo da Cadeia, hoje João Mendes. Bento morava ali perto, na Rua da Liberdade. Incorporados, os membros da Irmandade aguardaram na Rua do Carmo o enterro que vinha da casa do morto, na Rua do Brás, hoje Rangel Pestana. Luiz Gama renascia simbolicamente ali como a expressão maior de uma ansiada cidadania dos brasileiros de todas as origens. Foi aquele o primeiro encontro do Brasil que estava por vir, o inverso do Brasil que agonizava com a escravidão. Era sexta-feira, 25 de agosto de 1882.

Os caifases se disseminariam pelas regiões de maior concentração de escravos, para sequestrar das senzalas os cativos que quisessem fugir, altas horas da noite, e levá-los para Santos, até com a cumplicidade dos ferroviários, para abrigá-los no Quilombo do Jabaquara.

A história de Luiz Gama era conhecida de todos. Nascera na Bahia, filho de pai branco e de uma negra nagô, liberta. Embora livre, seu pai vendeu-o como escravo quando tinha dez anos de idade.

Foi levado para o Rio, vendido para um fazendeiro de Campinas e acabou numa fazenda de Lorena. Foi alfabetizado por um estudante, hóspede de seu senhor. Fugiu, frequentou como ouvinte o curso da Faculdade de Direito e tornou-se advogado provisionado. Defendia os pobres, sobretudo negros e escravos. Tornou-se membro graduado da maçonaria.

O enterro saíra do Brás às quatro horas da tarde. Às três horas, o comércio já havia fechado as portas em sinal de respeito. Membros da sociedade se revezavam na condução do féretro. Um grupo de negros, na altura da Igreja do Carmo, encarregou-se de levá-lo até o cemitério. A diversidade social dos acompanhantes e dos que seguraram as alças de seu caixão, no cenário de inversões simbólicas que ali nasceu, confirmou os versos que fizera tempos antes: "Faz-se o cetro bordão, andrajo a túnica, Mendigo o rei, o potentado escravo!".

Igreja de Nossa Senhora dos Remédios, no então Largo da Cadeia, atual Praça João Mendes.

MÃE PRETA DE SINHOZINHO BRANCO

O ESCULTOR JÚLIO GUERRA (1912-2001) ficou mais conhecido pela escultura monumental de Borba Gato. Mas sua obra está em vários cantos da cidade de São Paulo. Gosto de sua *Mãe preta*, de 1955, no mesmo Largo do Paiçandu em que está a Igreja de Nossa Senhora do Rosário dos Homens Pretos. Alguém quis juntar no mesmo espaço a igreja da histórica Irmandade dos Pretos com o poderoso símbolo de um afeto real que atravessou, marcou e desconstruiu as iníquas relações da escravidão. Coisas da nossa cultura da conciliação e da suposta mansidão do nosso escravismo.

A Irmandade dos Pretos é muito antiga. Do século XVIII, é o mais provável. É o século da abolição da escravatura indígena e do aumento no número de negros cativos na capitania. Leonardo Arroyo nos diz que já nesse século a irmandade elegia o rei e a rainha do Rosário. Lembra, também, que eram os pretos banto, originários do Congo, que mais se apegavam à devoção do Rosário, que conheceram de missionários ainda na África.

A Igreja ficava antes na hoje Praça Antônio Prado, e é de 1721 o pedido enviado pela Irmandade ao rei de Portugal para construí-la. Ali sepultava seus membros, a cantoria fúnebre se estendendo pela noite. Saiu de lá em 1903, para que a igreja fosse demolida e a nova praça aberta, sobre o que era de fato um cemitério. A nova igreja, no Paiçandu, seria inaugurada em 1906. Não eram pacíficas as relações entre os membros da Irmandade. Conta Ernani Silva Bruno que em 1860 houve uma polêmica entre dois postulantes ao posto de Rei do Congo, como era conhecido o Rei do Rosário. Negros de diversas nações elegeram um rei cuja legitimidade foi contestada por outro candidato. Alegava este que a eleição só cabia quando não houvesse príncipes congos de sangue para receber a coroa.

Bem se vê o quanto era complexa a realidade do negro ainda no regime da escravidão, a memória ancestral mantida, a identidade de nação preservada e as linhagens identificadas, a nobreza negra, ainda que escrava, querelando por seus privilégios, invocando sua própria tradição.

A mãe preta se sobrepunha à grande separação da sociedade escravista. Era a mãe de leite da sinhazinha ou do sinhozinho, deixando nostálgica memória entre os brancos. Esses laços de parentesco simbólico sempre foram muito fortes entre nós, reforçados ainda mais pela imensa sacralidade que tem em nossa cultura popular o leite materno.

Mães de leite foram comuns aqui. Mulheres brancas e ricas casavam cedo, aos 13,14 anos de idade. Eram crianças frágeis. Por isso, uma robusta escrava prenhe tinha sua gravidez emparelhada com a da sinhazinha grávida para que pudesse amamentar-lhe o filho, além de amamentar o seu.

Era o modo de a escrava ter mimos da casa-grande.

Na segunda metade do século XIX as autoridades tentaram instituir o controle médico das mães de leite, para evitar contágios. Agregaram-se a elas as mães brancas de aluguel, geralmente imigrantes italianas, de fartos peitos, examinadas pela Santa Casa.

As brancas ricas e vaidosas queriam agora evitar, também, os seios caídos e preservar a figura para o perfil de mulher da modernidade. Só em 1914 o sutiã chegaria ao mercado para socorrê-las.

Se da mãe branca de aluguel nada ficou, porque pobre aleitadora mercenária, da mãe preta ficou a cálida lembrança não só de sinhozinhos e sinhazinhas agradecidos, mas da sociedade inteira que a elegeu como símbolo de uma idílica convivência racial. Não raro, os negros conscientes viram essa mãe preta como manipulação simbólica do branco. O que não impediu que no coração de muitos brancos ela permanecesse como verdadeira mãe.

SEIOS DE ALUGUEL

NO LARGO DO PAIÇANDU, uma escultura de Júlio Guerra celebra a mãe preta que, por séculos, deu de seu próprio peito o leite de seus filhos para fartar a boca de sinhazinhas e sinhozinhos brancos. Naqueles tempos da escravidão, as sinhás casavam cedo, mal entradas na puberdade, gerando larga prole antes mesmo de chegarem aos trinta anos de idade. Careciam da mãe preta recém-parida, resgatada da senzala para os confortos temporários da casa-grande, para poupar-lhes os seios delicados. Na roça, essas mães de leite criavam fortes vínculos afetivos com seus amamentados, que duravam a vida inteira. E persistiriam após o fim da escravidão no parentesco de filhos de leite e seus negros irmãos de leite.

As amas de leite não eram apenas as escravas ou as negras de seios fartos. Em 1876, ainda na escravidão, em anúncio de jornal, alguém oferecia para alugar uma ama de leite, branca, de dezesseis anos. Ah, o cativeiro oculto de quem não era negro! Com a imigração, estrangeiras também entraram no mercado de amamentação. Havia quem preferisse nutrizes brancas e não negras. Mas havia, também, as mães que preferiam negras e mulatas. Tanto as mães que procuravam amas de leite quanto as amas de leite que se ofereciam indicavam detalhes decisivos no emprego: mãe de primeiro parto era um deles. "Boa e abundante de leite" era outro. "Deseja-se que o leite seja novo", dizia um anúncio de 1876. Em 1878, num sobrado da Rua do Senador Feijó, precisava-se de uma ama de leite "com urgência, sadia, de abundante leite, liberta ou cativa, para casa de tratamento", isto é, de gente fina.

Numa época de alta mortalidade infantil, entre o final do século XIX e a primeira década do século XX, eram frequentes os anúncios de mulheres sem filhos que se ofereciam como amas de leite. Muitas vezes, mães que procuravam essas amas exigiam as que fossem mães sem filhos. O que era uma tragédia pessoal e social, a mortalidade infantil, tornava-se um bem mercantil de bom preço. Pela época do fim da escravidão, quando deixa de existir a ama de leite criada em casa, surge a condição de que a candidata a nutriz se submetesse previamente a exame médico. No lugar da amamentadora cativa e residente, difunde-se a amamentadora de aluguel, geralmente desconhecida.

Aí por 1876, sob o disfarce de um reclame de ama de leite anuncia-se o início do fim dessa profissão, um complemento industrializado para o leite materno escasso: a farinha láctea Nestlé, vendida na loja de instrumentos musicais e partituras de H. Luiz Levy, na Rua da Imperatriz, hoje Rua 15 de Novembro. "A escassez de amas sadias e boas, o seu preço elevado, tem tornado a introdução da farinha láctea Nestlé um verdadeiro benefício para o Brasil", dizia o anúncio. Até por volta de 1910, porém, as amas de leite ainda resistiriam à concorrência do leite industrial.

NHANHÃS

NO FIM DO SÉCULO XIX, um cronista de Campinas transcreveu versos populares em que o poeta anônimo registrava as dores do amor: "Ah, Nhanhã! Mecê não sabe a dô que a sodade tem...". Nhanhã era a designação que se dava, carinhosamente, a mulheres muito amadas, da mãe à namorada, a pessoa de quem se sentia saudade mesmo estando perto.

Paulo de Almeida Nogueira, de abastada família de fazendeiros e produtores de açúcar, de Campinas, que morava em São Paulo, anotou no dia 1º de junho de 1899, no precioso diário que redigiu de 1893 até à véspera da morte, em 1951, que Nhanhã viera de Campinas para São Paulo para ser examinada pelo dr. Mathias Valadão. Mas o médico de família dos Nogueira "não achou nada de mais". No dia 3, ela voltara para Campinas. Porém, no dia 28, Paulo Nogueira foi visitá-la e anotou: "Deixei Nhanhã moribunda, com um cancro no estômago". No dia 1º de julho de 1899, registrou emocionado no diário: "Faleceu Nhanhã, às 5 da manhã, depois de confessada e ungida pelo padre Ribas, com 54 anos, mais ou menos. Foi uma distinta senhora essa distinta negra." No dia 6 de julho, retornou a Campinas para a missa de sétimo dia de Nhanhã, que muito provavelmente fora sua mãe preta aos 29 anos de idade.

Em setembro de 1902, Paulo Nogueira anotou no diário: "Mandei assentar bonito túmulo na sepultura da Nhanhã, por minha conta, do Chico e de dona Paula, partes iguais, tendo o Abelardo Pompeo comprado a sepultura". Todos parentes entre si. Dona Paula era a mãe de Paulo Nogueira, neta da viscondessa de Campinas, que fora introdutora do café naquela região. Nhanhã, nascida ainda no tempo da escravidão, e dona Paula tinham quase a mesma idade. Minha suspeita é a de que Nhanhã fora criada na companhia dos netos da viscondessa e fora mãe de leite de Nogueira, razão desse afeto filial e comovente. Nem à sua mãe ele se referiu algum dia, no diário, nesses mesmos termos. Nhanhã era o tratamento que os escravos davam às suas jovens senhoras brancas. De modo que o tratamento de Nhanhã, de um branco a uma negra nascida no cativeiro, era de fato inversão simbólica da estrutura de dominação própria do escravismo, que sobrevivia residualmente na crua inferioridade social imposta ao negro após a Abolição.

Na própria família branca de Paulo Nogueira havia Nhanhã Doque, casada com seu tio materno, Quim Álvaro, também muito ligado a Nhanhã, a distinta senhora negra a que Paulo Nogueira se refere. A anotação de Paulo Nogueira nos diz que Nhanhã era nome que expressava sentimentos profundos, o imenso afeto que, em certas circunstâncias e para algumas pessoas, atravessara a escravidão, dando-lhe a dimensão de uma trama parental simbólica, aquilo que era propriamente a família patriarcal. A história das nossas escravidões está mutilada por sua redução à violência da exploração econômica, desatenta à sua complexidade social e religiosa.

A RUA DO POCINHO

ERA CHAMADA PELO NOME ANTIGO de Rua do Pocinho. Os mais formais diziam que era a Rua da Santa Cruz do Pocinho ou apenas da Santa Cruz. A Câmara Municipal dava nome às ruas e o povo dava-lhes apelido. É hoje a Avenida Dr. Vieira de Carvalho, uma rua das mais bonitas do centro de São Paulo, que leva da Praça da República ao Largo do Arouche. Conserva a classe de muitas ruas paulistanas dos anos 1940.

Há cem anos, aquele era um arrabalde, um recanto caipira da cidade, longe do centro confinado entre o Anhangabaú e o Tamanduateí. Nas imediações do Largo do Arouche havia quintais que ainda tinham arbustos das velhas plantações de chá do marechal Arouche, primeiro diretor da Faculdade de Direito, último advogado a usar peruca de rabicho por aqui. Na Rua da Santa Cruz, em 1858, morava o único violeiro registrado da cidade, certo José Inácio de França.

A Rua do Pocinho devia seu nome a uma tragédia da primeira metade do século XIX. A meio caminho de quem vai hoje da República para o Arouche, do lado esquerdo, mandara o dono de um terreno limpar o poço de que se servia. Do lado de fora, o ajudante manejava a manivela do eixo de enrolar a corda, cuja ponta enlaçava a cintura do poceiro. A corda, porém, rebentou antes que ele chegasse ao fundo. A tentativa de salvá-lo varou o dia e varou a noite. Poço estreito e fundo, não conseguiram tirá-lo da água. Foi dado como afogado. O poço foi, então, entulhado. A piedade popular colocou sobre a tumba inesperada a costumeira cruz, para assinalar o lugar do tenebroso transe. Depois, ergueu ali a capelinha, que ficou conhecida como capela da Santa Cruz do Pocinho.

A Santa Cruz era devoção paulistana antiga. Ao redor de várias igrejas da cidade, havia três dias de festa, com leilões de prenda e comilança. Culminava no dia 3 de maio com a dança da Santa Cruz, criação litúrgica jesuítica do século XVI. Os índios tinham dificuldade para dizer palavras com consoantes dobradas ou mudas: em vez de dizer cruz diziam cururu; em vez de orelha, oreia. Cururu era sapo em tupi e nome de uma dança ritual indígena. Os padres converteram a dança do cururu na dança da Santa Cruz, em terreiro de igreja ou capela: dança de homens num par de filas, avançando e recuando, coreografia de dança bem indígena. Na frente, o violeiro. Há bela gravação do cântico dessa dança, com Carmem Costa e o Coral da USP, de 1974. Em 1898, era guardião da capela do Pocinho e festeiro Francisco de Paula do Espírito Santo Deus, um negro criado pela família Souza Queiroz, veterano da Guerra do Paraguai.

Embora seja dança religiosa, vi na aldeia de Carapicuíba leigos tentando imitá-la como se fosse carnaval. Parece-me que foi para evitar a gandaia profana que o bispo d. Duarte proibiu a festa do Pocinho em 1909. Pouco depois, foi demolida a capelinha. A religião se recolhia às igrejas. Um arranha-céu se ergueria sobre a antiga sepultura e sepultaria a memória do pocinho.

Antiga Rua do Pocinho, hoje Avenida Dr. Vieira de Carvalho, esquina da Praça da República, 1939.

O IMPERADOR E A CAIXA D'ÁGUA

MUITA GENTE AINDA TOMA ÁGUA potável que vem daquela caixa d'água mais que centenária. Quem da Rua da Consolação, que era então uma rua de terra e esburacada, vai para a Rua Augusta, pela Rua Antônia de Queiroz, logo repara naquele paredão. Podem-se ver as ameias do que parece uma fortaleza. Teve a pedra fundamental lançada por d. Pedro II, em 27 de setembro de 1878, uma sexta-feira, nos terrenos da chácara do major Benedito Antônio da Silva, no então chamado Alto da Consolação, perto do Cemitério Municipal. Havia uma guarda de honra e duas bandas de música presentes. Além do imperador, também compareceram a imperatriz, dona Teresa Cristina; o presidente do Conselho de Ministros, Cansanção de Sinimbu; o presidente da província, Batista Pereira, ministros, alguns barões e muita gente curiosa ostentando os ouropéis daquele fim de era.

Apesar do mau gosto da arquitetura, a caixa d'água e o moderno abastecimento de água já eram de outro tempo, que ganhará sentido dez anos depois com o fim da escravidão e o advento da República. O imperador segurou um dos braços da padiola que continha a pedra fundamental, com dizeres alusivos à obra e à sua presença, e com a ajuda de outras pessoas gradas, levou-a ao ponto em que deveria ficar. Vendo de hoje, tinha um quê de tumular naquela pedra inaugural.

Houve depois "um delicado e profuso lanche". Mas suas majestades retiraram-se "por uma leve indisposição do imperador, que se exigia que se resguardasse ele da temperatura fria e chuvosa daquela tarde", noticiou *A Província de S. Paulo*.

Em 12 de maio de 1881, as obras estavam concluídas e nesse dia a água proveniente da Serra da Cantareira encheu a caixa imensa. Em setembro de 1882 a água começou a jorrar nas torneiras. Foi a primeira grande caixa d'água da cidade de São Paulo, construída pela Companhia Cantareira e Esgotos, uma companhia formada por capitalistas de São Paulo, mas que tinha por trás o dedo dos ingleses. Era presidida por Clemente Falcão de Souza Filho, professor da Faculdade de Direito, e da diretoria faziam parte Joaquim Egídio de Souza Aranha (barão de Três Rios), grande fazendeiro na região de Campinas, e empresário, e Rafael Paes de Barros. A água vinha de longe e encerrava um período histórico de captação e aproveitamento das águas de nascentes próximas ao centro da cidade ou no próprio centro, como uma que havia no quintal do Convento de São Francisco, onde está hoje a Faculdade de Direito, cujas sobras os frades forneciam à cidade.

Essa água da área central ou próxima do centro nunca foi propriamente boa. Não é surpresa que, em 1585, escrevesse numa carta o padre José de Anchieta que a igreja e o convento do Colégio de Piratininga, com quatro padres e dois irmãos, se servissem da boa água de um poço no claustro. Não menciona bicas ou nascentes. A tradição dos indígenas, desde antes da chegada dos portugueses e da fundação do povoado, já dizia que o Anhangabaú era rio da assombração de Anhangá. Daí o seu nome. Séculos depois, as próprias crianças ainda cantavam nas ruas e em brinquedos de roda: "Eu fui passar na ponte, a ponte estremeceu. A água tem veneno, morena, quem bebeu, morreu". A ponte era a chamada Ponte do Acu, na Ladeira de São João, perto de onde foi depois a agência central dos Correios.

Em 1791, no tempo do governo do capitão-general Bernardo José de Lorena, que se preocupou com a insuficiência e a qualidade das águas de que se servia a população de São Paulo, havia doze fontes de abastecimento, que foram examinadas. O químico Bento Sanches d'Orta verificou a qualidade da água tanto para beber quanto para lavar roupa! As águas dos rios Ipiranga e Tamanduateí eram imprestáveis para beber. A do Tamanduateí servia para lavar roupa. De fato, muitos anos depois, na Várzea do Carmo, hoje Parque D. Pedro II, era cotidiana a concentração de lavadeiras valendo-se das águas desse rio e aproveitando o pasto próximo para secar a roupa lavada. Em 1920, várias das fontes consideradas ótimas ou aceitáveis em 1791 já estavam poluídas.

Mas as análises de Sanches d'Orta confirmaram num caso o acerto das intuições da sabedoria popular. Nos exames químicos das águas do Anhangabaú, que nasciam para os lados do Paraíso, descobriu-se que continham pequena quantidade de arsênico. A sabedoria popular acertara, também, quanto à excelência da água da fonte ao pé da Pirâmide do Piques, hoje Largo da Memória, entre a Rua Xavier de Toledo e a Rua Quirino de Andrade. Era ali que os tropeiros acampavam com seus animais.

Em 1858, foi construída uma caixa d'água enterrada na esquina da Rua da Cruz Preta (atual Rua Quintino Bocaiúva), coberta e protegida por um casarão com portas e janelas de arco. Armazenava água vinda das fontes próximas e ainda seria útil por quarenta anos. Justamente nesse período a água começou a escassear, já não era suficiente a captada dentro mesmo da cidade, começou a ser racionada até a água gratuitamente captada nos chafarizes pelos escravos encarregados de levá-la em barrica à casa de seus senhores. Agitações populares começaram a ocorrer junto aos chafarizes. Havia quem supusesse que o racionamento da água era manha da nova companhia particular para forçar os moradores a optarem pela água encanada e paga. O protesto popular não vingou. Quem não tivesse água de poço e quisesse água de torneira tinha mesmo que desembolsar os cobres para pagar pelo corretamente definido como precioso líquido. A água tinha se tornado mercadoria, como outra qualquer.

SÃO JORGE, PRESO E CASSADO

AQUELE SÃO JORGE DÁ MUITA PENA, sobretudo na sua solene armadura, segurando a lança, sem o cavalo, uma cara triste de quem saiu para uma festa e acabou num enterro. Condenado à prisão perpétua, teve sorte de ir parar no Museu de Arte Sacra de São Paulo. Ao menos recebe visitas todos os dias, de gente que, na maioria, acredita em sua inocência. Talvez se divirta, no seu silêncio, olhando as inúmeras caras que desfilam diante do seu nicho, muitas delas tão esquisitas quanto acham que a dele é. Escultura anônima, do século XVIII, de madeira policromada e armadura dourada, parece um cavaleiro andante que se perdeu do cavalo branco e ali permanece, senhorialmente, com as pernas abertas, sobre um cavalete, pronto para montá-lo, se voltar.

Está no Museu porque, dizem, foi condenado por um juiz à prisão perpétua, acusado de homicídio. Aí por 1871 ou 1872, saiu certo dia de sua morada, na antiga Sé Catedral, a cavalo, e cavalo de verdade, como fazia sempre no dia da procissão festiva de Corpus Christi. Mandava decisão de antigo rei português que desfilasse garboso nessa celebração. Numa certa altura, escorregando sobre a cela, caiu sobre um dos membros de sua guarda-de-honra e o matou. Também, pudera: tem 2,20 m de altura e, dizem, pesa muito! Naquele tempo, em que fio de bigode valia por nota promissória, lei era lei. Nem santo escapava. São Jorge foi preso em flagrante e condenado à prisão perpétua! Deram-lhe por menagem a Catedral e, com o tempo, o Museu.

Esdrúxula sentença. Mas não menos esdrúxula do que o fato de Santo Antônio ter sido, na Colônia e no Império, coronel do Exército, recebendo do governo, como de direito, o soldo de sua patente. Esdrúxula sentença, que se compreende naqueles meses próximos da Convenção Republicana de Itu, de bacharéis e sisudos fazendeiros, as ideias subversivas em favor do novo regime sendo difundidas como medicina caseira para doenças políticas estrangeiras. O Brasil havia se tornado independente, em 1822, mas não se livrara nem da dinastia portuguesa, nem de velhas crenças e costumes. No entender de muitos, continuava colônia e colonial nos modos e nas ideias.

O republicanismo incipiente difundiu entre nós uma certa iconoclastia e um certo anticlericalismo, uma aspiração forte ao fim dos privilégios estamentais, da religiosidade exagerada e das demonstrações piedosas um tanto carnavalescas. São Jorge pagou o pato. Era, oficialmente, o Santo Protetor do Império. Ninguém melhor do que ele para dar aos incréus o melhor pretexto que podiam ter para uma desmoralização em regra da religiosidade antiquada e, com ela, do monarquismo esclerosado. E melhor pretexto não havia do que o santo desabar sobre um devoto inocente, entre incenso, rezas, cânticos e louvores, matando-o.

Dá muita pena porque São Jorge, ali fechado, dia e noite, deve ter muita saudade da lua cheia, onde, montado em seu cavalo fogoso, enterra a lança no peito do dragão malvado que vomita fogo para se livrar do destemido santo guerreiro. Brincando na rua, quando rua havia e havia infância, nas noites enluaradas, a criançada via a cena lá longe, no firmamento, e até perdia-se em fantasias sobre a luta entre o bem e o mal. Só não se podia apontar o dedo pra lua, que nele nascia verruga e das feias.

Até que o Papa Paulo VI, em 1969, resolveu tirá-lo do calendário litúrgico e deixar o povo em dúvida sobre sua existência ou não. Em 1969, estávamos apenas poucos meses distanciados do Ato Institucional nº 5, por meio do qual a ditadura militar legitimara o seu direito de cassar mandatos, cassar direitos, cassar liberdades, cassar a esperança e o sonho. Cassou o que pôde e o que não pôde. Mártir nos altares católicos, Oxóssi em terreiros de candomblé, ou Ogum em terreiros de umbanda, ou os dois, em vários cantos, logo se espalhou o boato de que até o santo justiceiro, defensor dos desvalidos, fora também ele cassado.

SÃO JORGE CAIU DO CAVALO

SÃO JORGE AINDA PODE SER VISTO, lá longe, nas noites de lua cheia, montado em seu cavalo, de lança em punho, matando o dragão da maldade. No século XIX, uma vez ao ano, o santo guerreiro fazia-nos a graça de aparecer na procissão de Corpus Christi, aqui mesmo na nossa São Paulo. Exibia-se em procissão alheia. Enquanto o bispo desfilava solenemente sob o pálio, levando erguido o ostensório com a hóstia, símbolo da comunhão e da paz, o santo da Capadócia, símbolo da guerra e do poder, fingia humildade para exibir o que a muitos parecia descabida e vaidosa sensualidade. O São Jorge de que falo é uma escultura do século XVIII, de bigodinho revirado para cima. Ostentava armadura pesada e desfilava em vistoso corcel, esse sim de verdade, pelas ruas ainda coloniais da cidade calmamente caipira e antiga. Acompanhava-o um séquito de homens que, segurando fitas, o mantinham sobre a cela, em posição garbosa. Exibiam-se também. Numa dessas, o pesado santo, de mais de cem quilos, deslizou sobre a montaria e caiu sobre a cabeça de um de seus acólitos, matando-o.

A autoridade policial não teve dúvida: prendeu-o. Foi processado por homicídio, sentenciando-o o juiz ao que era, de fato, prisão perpétua, dando-lhe por menagem a velha Catedral de São Paulo. A lei punha fim à sua figuração pública. Servia de pretexto a sentimentos anticlericais e republicanos que se difundiam na época. É que São Jorge fora patrono da monarquia portuguesa e permanecera entre nós, infiltrado, como patrono da monarquia brasileira que, no fundo, era a mesma. Exibia nas procissões mais do que a santidade que um papa, mais tarde, diria não ter, o lusitanismo que representava. Muitos patriotas achavam que tanto São Jorge quando d. Pedro II nada mais eram do que sobrevivências da dominação portuguesa.

Quem pagou foi o santo. Ao confiná-lo na igreja da Sé, confinavam a Igreja, começando a bani-la das ruas para afirmar que a rua era pública, mas não tanto, e que poder havia um só, o da lei. Santo homicida era tão criminoso quanto qualquer mortal que eventualmente tirasse a vida alheia, mesmo por acidente. Quando a catedral velha foi demolida para alargamento da Praça da Sé e construção da nova catedral, São Jorge, com outros belos objetos de arte sacra, foi removido para a Cúria, onde, nos anos 1950, o conheci, resignado em seu confinamento. Acabou no Museu de Arte Sacra, em boa hora para lá mandado por d. Paulo Evaristo Arns, quando cedeu ao Governo do Estado o precioso acervo de arte das velhas igrejas de São Paulo. Acervo reunido e salvo por d. Duarte Leopoldo e Silva, nosso primeiro arcebispo, alarmado com a iconoclastia dos padres da Romanização, que combatiam o catolicismo culturalmente brasileiro e caipira que nos vinha de tempos antigos.

O preso recebe visitas...

AS FLORES DA RUA JOLY

NUM SÁBADO À TARDE, de novembro de 1884, a condessa d'Eu, com os filhos ainda crianças, foi de bonde puxado a burro conhecer a Chácara das Flores, no Brás. Ficava no Marco da Meia Légua, pouco adiante da Ponte Preta, na Rua do Brás, mais tarde Rua da Intendência e hoje Avenida Celso Garcia. A princesa Isabel não ligou muito para as flores de Jules Joly. Queria era livrar-se do enxame de repórteres. Na volta, pediu um bonde só para ela e os filhos. Deixou os jornalistas a pé, lá nos confins da cidade, no limite do chamado Rocio.

Jules Joly era francês de Grenoble. Chegara a São Paulo, com 27 anos, em 1828, onde, com um patrício, montou uma livraria, animado pela abertura do curso jurídico, atual Faculdade de Direito. Em meados do século, tinha uma loja de miudezas de luxo trazidas da França: joias de verdade e de fantasia, cristais, porcelanas, eventualmente vinhos e até elixires. Todo ano viajava para lá e voltava carregado desses objetos de desejo de uma sociedade caipira que estava ficando rica com a agricultura do café e se afrancesava ao mesmo tempo. Era uma espécie de sacoleiro de luxo. Semanas antes de viajar, fazia leilões dos estoques de sua loja de sobrado na Rua do Rosário, atual 15 de Novembro,[4] de modo a recuperar o capital para renovar estoques.

A Chácara das Flores foi implantada no terreno do Brás, em 1856, depois que Joly, sem êxito, tentou vendê-lo. Com as mercadorias para sua loja, começou a trazer da França, na bagagem, sementes e mudas de flores. A chácara tinha cerca de um hectare, um sobrado, ao qual se chegava por uma alameda ladeada por palmeiras, vários animais, mais de mil árvores frutíferas, parreiras, senzala para os escravos. O terreno era atravessado por um córrego de boa água. Dizia-se ter quatrocentas variedades de camélias e de rosas, além de dálias, rododendros, azaleias. Na Rua da Imperatriz, hoje 15 de Novembro,

4 A Rua do Rosário dava na Igreja do Rosário dos Pretos. Chamou-se, depois, Rua da Imperatriz e, finalmente, Rua 15 de Novembro. [N. A.]

abriu uma floricultura, onde vendia buquês e arranjos florais. Joly colocou as flores na vida cotidiana dos paulistanos, libertando-os da rusticidade que havia até mesmo nos casarões senhoriais.

Em 1886, fez o arruamento da chácara para venda de lotes. A uma das ruas deu seu próprio nome, Rua Joly, que assim se chama até hoje. Em 1893, cego, foi submetido a temerária cirurgia de catarata pelo dr. Carlos Botelho, aqui mesmo, o que lhe permitiu voltar a ler e escrever. Faleceria no ano seguinte, aos 93 anos. Seus filhos se radicaram em Itatiba, como fazendeiros e lojistas. Tinham escravos. Lá foi celebrada sua missa de sétimo dia.

Joly se gabava de ter sido o introdutor do gosto pela jardinagem amadora em São Paulo. Foi quem estimulou entre nós o passatempo masculino do cultivo de rosas, numa época em que o único passatempo dos homens era a caçada. Perfumou aqui o caminho da civilização.

A RUA DA PALHA

QUEM DIRIA que a movimentada Rua 7 de Abril teve um dia nome de manjedoura de presépio, o de Rua da Palha! Era o tempo de gente bruta, como o morador que, em 1865, recebeu de espada na mão o cobrador de uma dívida. Tempo de problemas hoje impensáveis, como, nos dias de chuva, o do lamaçal pisoteado pelas patas dos burros que puxavam os bondes, espirrando lama nos transeuntes e nas paredes. Em 1882, era do que reclamavam seus moradores. O calçamento só seria autorizado em 1895. Aberta no final do século XVIII, era caminho principal para a "cidade nova", quando a São Paulo caipira atravessou o Ribeirão Anhangabaú pela Ponte do Lorena (perto de onde é hoje a estação do Metrô) e alcançou o Morro do Chá.

Saindo do centro, o percurso que se fazia é descrito, em 1881, por um cidadão que perdera seu relógio de prata, com corrente de ouro e platina, indo da Rua do Ouvidor (atual José Bonifácio), descida do Piques (atual Riachuelo), Largo da Memória e Rua da Palha, em cuja casa nº 1 morava (hoje esquina de Xavier de Toledo e 7 de Abril).

Numa ponta, teve a Rua da Palha o Largo da Memória, onde ainda se situa o obelisco de 1814 que lhe dá nome. Em 1873, a reduzida vida comercial do arrabalde se concentrava ali. Foi quando a Câmara mudou o nome da Rua da Palha para Rua 7 de Abril, regozijo 43 anos atrasado pela abdicação de d. Pedro I. Mas para o povo a rua continuou sendo da Palha.

Em 1878, havia quem nela vendesse escravos. Era rua de gente simples, vendas, fabriquetas e cocheiras. Em 1907, tinha um prostíbulo perto da Xavier de Toledo onde se matou um jovem marceneiro. Há notícia de outro para os lados da Praça da República, em 1914. Ainda existiam quando da Revolução de 1924. Famílias alugavam quartos excedentes para pensionistas. Talvez por isso, em 1909, alguém oferecesse uma sala para alugar, advertindo, porém, de que era "para senhora honesta", em "casa de família séria".

Após a abertura do Viaduto do Chá, em 1892, houve nela residências de gente abonada, casas com piano, cristais e móveis franceses, penicos de louça. Os modestos ainda se mesclavam por ali com os bem situados.

Moradora riquíssima, jovem, órfã e solitária, dona de meio quarteirão entre a 7 de Abril, a Xavier de Toledo e a Bráulio Gomes, foi dona Yayá. Carola e generosa nas doações pias, tendo recusado casamento com o filho de um tutor ambicioso, foi vítima de maquinação de que resultou sua declaração como louca em 1919.

Seria confinada por 41 anos em casa-prisão na chácara de sua propriedade, no bairro do Bexiga, até sua morte em 1961. Sem herdeiros, a Justiça mandou entregar o que restava de sua herança de milhões de dólares à Universidade de São Paulo, que em sua memória transformou sua antiga prisão em Casa de Dona Yayá, um centro cultural na Rua Major Diogo, aberto aos moradores, com seu belo e largo jardim.

Ao fundo, Largo do Piques, atual Largo da Memória. A rua que sobe é a Rua da Palha, atual 7 de Abril. Essa área foi chamada Ladeira da Memória, hoje Estação Anhangabau do Metrô.

O VIOLEIRO, DE ALMEIDA JÚNIOR

SUBI A ESCADARIA da Pinacoteca do Estado e fui entrando, arrastado pela curiosidade. Adolescente, era minha primeira vez ali. Andava devagar, olhando atentamente cada quadro. Descobria o Brasil imaginário da arte. Fiquei encantado com os temas caipiras das pinturas do ituano José Ferraz de Almeida Júnior (1850-1899). Alguns de seus quadros permaneceram na minha memória. Um deles é *O violeiro*, de 1899, ano de sua morte.

O quadro pertencera ao pai de Tarsila do Amaral (1886-1973), que o doou à filha em 1906, outra maravilhosa caipira, que pôs a roça em muitas de suas pinturas modernistas. Tanto o caipira de Almeida Júnior quanto os cenários caipiras de Tarsila são a expressão visual da identidade paulista, tema persistente da nossa memória coletiva, atravessando estilos e escolas.

Esse regionalismo visual nasce no fim do século XIX, quando a riqueza do café começa a enviar fazendeiros, escritores e artistas para a Europa, para confirmarem e revitalizarem o nosso europeísmo, para nos libertarmos da sensação de desterro que nos atormentava. Mas deu-se o contrário. Essa gente descobriu o Brasil, saiu à procura de nossa alma interior, encontrou o caipira sufocado em nosso coração pelo falso europeu que éramos.

Os cenários e as pessoas daqueles quadros estavam dentro de mim. Diante das pinturas de Almeida Júnior sentia-me e sinto-me ainda como se tivesse voltado à casa branquinha de pau a pique de meus avós, lá no bairro do Arriá, no Pinhalzinho, adiante de Bragança. Posso até sentir o aroma do café, sempre disponível na chaleira de ferro sobre o fogão de taipa.

A viola daquele quadro soa no meu ouvido todo o tempo. Olho *O violeiro* de Almeida Júnior e, mais do que ver, ouço. Tenho certeza de que a dupla canta uma moda de viola falando de partida, adeus, separação. No colo do caipira, a viola do santinho dançador, São Gonçalo de Amarante, meio santo e meio folião, casamenteiro das velhas e das prostitutas.

Até nos altares ele carrega a violinha de dez cordas. Em Amarante, Portugal, a festa de São Gonçalo é misto de devoção e safadeza, pães de ló em forma de pênis sendo vendidos ao povo, as devotas com o terço numa das mãos e a outra acariciando o sexo do santo na estátua jacente de seu túmulo dentro da igreja. Vi isso quando visitei a igreja do beato à beira do rio Tâmega. Dizem que é um santo da fertilidade, benfeitor de mulheres já sem esperança de maternidade.

A viola veio para o Brasil com os primeiros missionários. A música caipira nasceu dentro da igreja, tudo indica que com a Dança-da-Santa-Cruz, criada pelos jesuítas nos aldeamentos ao redor da vila de São Paulo, nos séculos XVI e XVII, que abrigavam os índios descidos do sertão e reduzidos à fé católica e ao trabalho servil: Carapicuíba, Embu, São Miguel, Nossa Senhora da Escada, Barueri, Pinheiros, Itapecerica.

Na aldeia de Carapicuíba, na festa da Santa Cruz, ainda é dança devota. Inspira-se numa dança indígena, a do sapo, do cururu, que os missionários associaram à cruz, pois os Tupi não conseguiam dizer consoantes sem vogais, como essa. Mesmo o cateretê, dança indígena sagrada, foi vedado às mulheres e virou dança devocional, também entre os caipiras antigos proibida ao sexo feminino. Cateretê, cururu, tornaram-se gênero musical urbano, desde 1929, a chamada música sertaneja, com Cornélio Pires e seguidores.

A tristeza de origem da música caipira vem dessa raiz religiosa e católica da Contrarreforma. Os caipiras do dueto de Almeida Júnior são tristes. Como é triste o caipira, já observara Paulo Prado.

A cultura caipira proclama em suas toadas, nas poucas palavras, nos silêncios, uma certa ausência, uma certa fome, a nostalgia das perdas que o indígena e o caipira sofreram com a Conquista, da mutilação cultural, da proibição da língua, da sofrida cruz do deixar de ser, da identidade inacabada, da mestiçagem que plantou na alma do caipira a dor de um choro contido, que é a moda de viola.

VIOLA CAIPIRA

FOI NO THEATRO PROVISÓRIO, na noite de 13 de outubro de 1887, uma quinta-feira, que a viola caipira saiu dos caminhos de roça e dos vilarejos do interior e subiu pela primeira vez a um palco de teatro na cidade de São Paulo. O teatro ficava na Rua Boa Vista. Seria demolido para no lugar se construir o Teatro Santana, em 1900. O violeiro Pedro Vaz levava nos braços seu "rústico pinho popular", a viola de dez cordas de arame. Tocou cateretês, modinhas, valsas, fandangos e lundus, doze de suas composições para um público culto. Dentre elas, *Saudades do sertão*, um fandango sertanejo, e *Paulistana*, uma valsa dedicada aos paulistanos. Ele se apresentaria de novo, em 1900, no Salão do Grêmio, em Campinas, num "concerto de viola".

Pedro Vaz era fluminense de Resende e primo do poeta Fagundes Varela, que foi aluno da Faculdade de Direito e morou no Brás. Era professor de música. Apresentou-o ao público, em artigo de jornal, o poeta Ezequiel Freire, autor de *Flores do campo*, que aqui vivia, também de Resende. Patrocinou sua vinda e apresentação em São Paulo o dr. Clímaco Barbosa, médico baiano aqui radicado, maçom, abolicionista, que em 1893 participaria da Revolta da Armada contra Floriano Peixoto e seria preso na Fortaleza da Lage, no Rio de Janeiro. A apresentação de Pedro Vaz, no Theatro Provisório, se deu num cenário politicamente conservador e socialmente progressista. Alguns meses depois, os conservadores fariam a abolição da escravatura, não os liberais.

A apresentação de Pedro Vaz no Theatro Provisório foi um verdadeiro episódio de ascensão social da viola caipira. Até então, era ela instrumento musical de pessoas consideradas ínfimas. Não era incomum, no anúncio de escravos fugidos, sobretudo mulatos, a indicação de que se tratava de um violeiro. São vários os indícios de que a viola libertava o espírito dos cativos, o que os impelia à fuga. A viola era o instrumento da liberdade, dos que viviam à margem do mundo criado pela escravidão.

Entre os tropeiros, geralmente mestiços oriundos da escravidão indígena, os verdadeiros caipiras, era frequente a presença de violeiros tangendo a viola nos ranchos de estrada. Uma dessas modas teve a estrofe registrada por um passante: "Ai viola, viola minha, só tu sabes meus segredos...". A subida da viola aos palcos começou a livrá-la do estigma injusto de instrumento musical de gente à toa.

A ascensão social da viola caipira está diretamente ligada ao movimento cultural e político de formação da nacionalidade, associado ao fim da escravidão e à proclamação da República. A viola une a inspiração de duas expressões da identidade brasileira: uma pintura de Almeida Júnior, *O violeiro*, de 1899, foi presente do fazendeiro José Estanislau do Amaral a sua filha, a pintora Tarsila do Amaral. Pode ser admirada na Pinacoteca do Estado.

A VIDA BREVE DE ALEXANDRE LEVY

COM A GRAFIA ERRADA do nome de Alexandre Levi, entre a Rua Silveira da Mota e a Avenida do Estado, no Cambuci, uma rua celebra a memória deste compositor paulistano que morreu jovem, em 1892, com 27 anos. Foi às quatro horas da tarde de um domingo, quando jantava com a família na casa de uma chácara que possuíam na Rua Vergueiro. O ípsilon está entre as letras restauradas na reforma gramatical recente, o que faz justiça aos nomes próprios, sobretudo daqueles que se orgulham do nome que têm. Brigo pelo zê do meu Souza quando o vejo grafado errado, como Sousa. O nome é a única coisa propriamente nossa, como a honra. Já houve tempo, na história humana, em que o nome era sagrado, demarcação do lugar de pertencimento na estrutura da sociedade, cercado de tabus e regras. Ainda é assim em muitas de nossas tribos indígenas. Levy é bíblico e é nome de linhagem, mais do que sobrenome de pessoas.

Alexandre Levy teve um ataque cardíaco fulminante no momento em que tomava uma sopa. Está sepultado no Cemitério da Consolação. Naquela época as pessoas almoçavam às nove horas da manhã e jantavam às quatro horas da tarde. No geral dormiam muito cedo e muito cedo acordavam. As concepções do dia e da noite eram completamente outras, a ideia de tempo totalmente diferente, o dia melhor aproveitado e a noite melhor dormida. O que não impedia que uma pessoa na flor da idade morresse subitamente, antes do tempo, como se dizia naquela época e como se assinalava, simbolizava e lamentava nos cemitérios, com a coluna partida de pedra. A vida injustamente abreviada.

Na São Paulo provinciana de então, a noite começava a ser invadida pelas atividades da cultura e do espírito. As pessoas cultas já não se conformavam com a rústica concepção de que as 24 horas do dia estavam bem divididas entre o tempo do dia para trabalhar e o tempo da noite para dormir. Os saraus de família já abriam uma brecha, no próprio recinto do recolhimento, o da casa de moradia, no tempo do dormir. Famosos foram os saraus da marquesa de Santos e de dona Veridiana Valéria da Silva Prado e, bem mais tarde, os do senador Freitas Vale, que reuniam convidados para ouvir música e poesia e exercitar os ritos da conversação culta. Dona Veridiana teve uma dama de companhia, jovem e negra, a quem mandou ensinar música e francês, que se apresentava em seus saraus. Deixou-lhe substancial legado para que, além de juridicamente livre, fosse também social e culturalmente livre e não dependesse de marido e parente. Cultura e miséria, aliás, nunca combinam.

A grande cultura começava, porém, a libertar-se da casa para abrigar-se nas salas de concertos, nos teatros, mesmo que fossem construções grosseiras como o pavilhão do Largo da Cadeia, hoje Praça João Mendes, onde existiu o primeiro Teatro São José e é agora a catedral. Ali, tempos antes, quando Alexandre Levy era menino, Castro Alves recitou poemas.

Pela época da morte de Levy, São Paulo já era uma cidade culturalmente animada, mesmo que na geografia de ruas estreitas e de casas caipiras de pau a pique ou de taipa. Foram fotografadas no século XIX por Militão de Azevedo e no começo do século XX por Aurélio Becherini. Levy teve um papel nessa mudança como um dos fundadores do Clube Haydn, que promoveu dezenas de concertos. A abundância criada pelo ouro verde, o café, atraiu para cá não só imigrantes para o trabalho duro dos cafezais, mas intelectuais e profissionais para as tarefas da disseminação da cultura erudita. Raramente nos lembramos de que o café civilizou os paulistas.

Henrique Luiz Levy, pai de Alexandre, também músico, foi um desses imigrantes. Tinha dezenove anos. Aqui chegou em 1848, ano do apogeu da crise econômica na Europa e das revoluções sociais. Francês da Alsácia, fez parte da linhagem de judeus cultos que imigraram para São Paulo e aqui contribuíram significativamente para a multiplicação dos efeitos culturais das possibilidades criadas pela riqueza do café. Henrique Luiz era também compositor. Mas começou a vida como mascate, vendendo joias nas fazendas e pequenas localidades do interior. Fixou-se em Campinas e fez amizade com a família de Maneco Gomes, músico e pai de dois filhos músicos, um deles Carlos Gomes. Formou um trio com os dois filhos de Maneco: Juca, na rabeca, Carlos, no piano, e Henrique na clarineta. Apresentaram-se pela primeira vez no Teatro São Carlos, em 1859. Foi Henrique quem estimulou Carlos Gomes a vir para São Paulo e a ir para o Rio de Janeiro, o que lhe abriu o caminho para se tornar o grande compositor que foi.

A forte ligação do pai de Alexandre Levy com a família de Carlos Gomes, e com Carlos Gomes em particular, foi se refletir numa emblemática composição de Alexandre: *Fantasia brilhante Opus 2 – Sobre temas da ópera O Guarani*. Uma obra que assinala o afeto que os une, mas também o estilo que os separa. Aí Levy salta do colorido italiano das composições de Gomes para sua leitura schumanniana das inspirações brasileiras da música erudita que entre nós está nascendo. O nacionalismo musical de Alexandre Levy é mais "filosófico" do que o nacionalismo "teatral" de Carlos Gomes. Sua música é mais para ser ouvida do que para ser mostrada. Convida ao ouvido, mas também à reflexão. O que fica lindamente claro em *Variações sobre um tema popular brasileiro*, inspiradas na popular *Vem cá Bitu*. Esclarecedora obra de sua concepção musical é, provavelmente, *Werther*, inspirada na personagem do poema de Goethe, referência emblemática do Romantismo.

O pai de Alexandre Levy instalou-se em São Paulo, em 1860, na Rua da Imperatriz, atual Rua 15 de Novembro, com loja de produtos importados miúdos e de luxo, como também fizera outro francês e na mesma rua, Jules Joly. Foi essa loja que se tornou a primeira vendedora da farinha láctea Nestlé, anunciada como substituta da ama de leite, as amamentadoras de aluguel, não raro escravas ou ex-escravas. Um salto para a modernidade na alimentação. Com o tempo tornou-se loja de instrumentos musicais e é hoje loja de pianos. Abriga uma espécie de museu das relíquias da família Levy que atestam sua decisiva contribuição para a história da cultura musical na cidade de São Paulo.

Henrique Luiz foi quem ensinou música aos dois filhos, Alexandre e Luiz. Tiveram eles, ainda, dois outros professores, estrangeiros imigrados para São Paulo, o professor russo Louis Maurice e o francês Gabriel Giraudon. Depois disso, Alexandre foi estudar na Europa por um relativamente curto tempo. Os dois irmãos já eram aplaudidos como grandes músicos quando ainda crianças e se apresentavam em concertos na Pauliceia que se alçava sobre os próprios pés e acima do que era ainda uma modesta herança colonial. Época em que à porta dos poucos teatros quitandeiras ainda vendiam cuscuz de lambari e içá torrado, iguarias paulistas, emblemática combinação de tempos nas transições graduais e seguras, tão nossas e tão próprias da nossa prudência caipira.

CONSOLAÇÃO, O REFÚGIO DO AVESSO

A IGREJA DA CONSOLAÇÃO, do começo do século XX, construída no lugar de um templo de 1799 que foi demolido em 1907, é um dos exemplos de que São Paulo é uma cidade de direitos e avessos. Não raro é no refúgio do avesso que se esconde a sua alma. Ainda que a pintura amplamente arruinada da abóbada do presbitério da igreja acrescente melancólica tristeza ao conjunto das obras de arte que fazem daquele templo uma verdadeira pinacoteca.

No lado de fora, a construção que, na ditadura militar, fez da Praça Roosevelt a monstruosidade que conhecemos hoje, acabou transformando a igreja numa inesperada intrusão na feiura pretensamente moderna do amontoado de concreto e aço. Favela não é só o agregado de barracos da periferia. Dá pena. No entanto, lá dentro, vitrais e pinturas convidam para a calma da fé, da oração e da meditação dos que buscam em Nossa Senhora da Consolação dos Aflitos o materno abraço que a tumultuada vida cotidiana da cidade não dá. Já parei por ali muitas vezes.

Dentre as obras de arte, quatro telas de Oscar Pereira da Silva (1867-1939) circundam o altar-mor e nos revelam essa São Paulo de contradições. Do pintor, podemos encontrar ainda belas obras alegóricas no Theatro Municipal, imaginativas telas históricas no Museu do Ipiranga e quadros na Pinacoteca do Estado.

Nascido no interior do Rio de Janeiro, estudou na Academia Imperial de Belas Artes com Victor Meirelles e alguns de seus discípulos, e finalmente foi para a França, onde permaneceu de 1889 a 1896. Lá estudou com Léon Bonnat e Jean-Léon Gérôme.

Bonnat foi professor de Henri de Toulouse-Lautrec e Georges Braque que, com Pablo Picasso, foi um dos fundadores do cubismo. Bonnat andou pela Espanha e Gérôme pelo norte da África. Talvez por isso Pereira da Silva os tenha procurado, pois dominavam as cores humanas e a luz mais próximas das cálidas terras do Brasil.

Ao voltar, veio para São Paulo, onde se radicou e onde morreu. Aqui fundou o Núcleo Artístico, em 1897, e foi professor no Liceu de Artes e Ofícios, uma escola profissional para filhos de operários, celeiro de artistas renomados que marcaram a história da arte na cidade.

Foi caracterizado como um pintor acadêmico, o que muitas vezes tem significado uma ressalva à obra de pintores como ele, uma espécie de atraso estético combinado com grande competência técnica. Numa época em que a modernidade começava a se difundir no Brasil, nos vários âmbitos da sociedade e da cultura, essa interpretação significava de fato uma restrição, num certo sentido injusta. Suas pinturas no Theatro Municipal nos falam de um pintor aberto às solicitações do espírito de seu tempo. Era um artista sensível, com belas incursões impressionistas, como se vê em seu quadro *Feira*.

Mesmo nas quatro telas acadêmicas do presbitério da Consolação parece haver uma pequena surpresa. Das quatro pinturas de temas da história de Jesus, chama a atenção mais do que as outras *O descimento da cruz*, de 1926. Tem traços de inspiração direta de famosa pintura do mesmo nome, de Rubens, de 1612, que se encontra numa das capelas da Catedral de Ambéres, na Bélgica.

Particularmente, aquele Cristo ensanguentado, lívido, sendo segurado pelos homens que se apoiam no topo da cruz e amparado pelas mulheres ao pé da cruz. É o que noto no detalhe do pé esquerdo de Jesus morto apoiado no ombro direito de Maria. E também na figura feminina de vermelho sanguíneo, à direita de quem olha para a tela. Ela compete com Cristo na definição do *punctum* do quadro, o ponto da captura imediata do olhar, numa forte tensão entre morte e vida.

Mas Oscar Pereira da Silva deu a esse quadro um toque seu. A mulher de vermelho tem um corte de cabelo em moda na época da pintura, os cabelos cor de fogo, numa representação que, à primeira vista, parece uma citação de estilo pré-rafaelita. Um convite visual, no meio da missa, a surpreender os tempos modernos invadindo o sagrado e por ele capturados.

O PALACETE PROIBIDO DE DONA VERIDIANA

MUITO BOA A NOTÍCIA de que o palacete em que viveu dona Veridiana Valéria da Silva Prado, na Avenida Higienópolis, seria aberto à visitação pública. Poderemos, então, conferir a impressão que a princesa Isabel teve, quando o visitou em 1884, e registrou em seu diário: "Um dos tetos pintados por Almeida Júnior. e representando o sono, ou antes, um não sei quem cochilando, deixa a desejar como obra dele que deveria ser coisa melhor", como a cita Maria Cecília Naclério Homem, em seu precioso *O palacete paulistano*. Naquele mesmo ano, o grande pintor ituano havia recebido do Império a Ordem da Rosa. Coisas de quem tem poder e que, por tê-lo, se acha no direito de ter opinião sobre o que conhece e o que não conhece.

Aquele é um belo remanescente das antigas residências da aristocracia do café. É um documento arquitetônico do tempo do esplendor dos saraus cultos e da sociabilidade reclusa da elite paulista. Gosto de espiá-lo pelas frestas da cerca que o esconde para adivinhar o que de nossa história àquela casa comparecia e por ela passava. Dona Veridiana, de família influente, foi uma das mulheres mais representativas do Brasil de sua época. Por imposição paterna, o barão de Iguape, casou-se aos treze anos com o próprio tio. Deu ao país uma família que se destacaria na economia, na política e na inovação social e cultural. A atuação de seu filho Antônio Prado foi decisiva para o fim da escravidão e para a política de imigração estrangeira.

Com os filhos já adultos, Veridiana despachou o tio-marido para uma das fazendas da família e dele se separou. Fez construir então o palacete da Vila Buarque. Ali, criou um estilo de vida que celebrava a multiculturalidade brasileira. Sua ama de companhia era uma jovem negra que sabia francês e era pianista. O mordomo era um índio botocudo. Tinha por cocheiro um suíço, que nos fins de tarde a levava a passear de coche pela atual Avenida Higienópolis. Foi o bastante para que ela se tornasse vítima da língua das matronas de São

Paulo. A maledicência chegou aos seus ouvidos. Teria, então, decidido que seu palacete ficaria para um clube masculino, do tipo dos clubes exclusivos ingleses, sendo nele vedado o acesso de mulheres. Isso é pura fantasia. Mas o palacete é um lugar da lenda que a fabulação popular criou para situar e compreender o modo de vida tão peculiar dos que a fortuna distanciara da vida comum dos demais moradores da cidade. O que os olhos não podiam ver, a imaginação inventava.

A maldade da lenda vingativa é forte e persistente. Não faz muito tempo, lá participei, no pavilhão anexo à casa, de um coquetel oferecido pela Editora Paz e Terra ao numeroso grupo de autoras e autores de sua *História da cidade de São Paulo*. Perguntei, então, a conhecido escritor paulista, que lá se encontrava, se a suposta interdição do prédio a mulheres havia caído. Respondeu-me com malicioso sorriso: "É lenda. Mas aqui era a cocheira...".

Palacete de dona Veridiana Valéria da Silva Prado,
na Avenida Higienópolis, 18, Vila Buarque.

A CASA DO PRIMEIRO SONHO

ELES CHEGAVAM NA TERCEIRA CLASSE, não raro de velhos navios empregados há muito no tráfico de pessoas, especialmente da Europa. Eram desembarcados no cais do porto de Santos. De cada navio, cerca de mil pessoas de cada vez, um mês de viagem. Era a imigração subvencionada, a passagem paga pelo governo, gente destinada ao trabalho nas fazendas de café.

Ali mesmo no cais, eram embarcados nos carros da São Paulo Railway rumo a São Paulo. Embarcados e trancados. O trem ia parar numa estranha estação, entre a Mooca e o Brás, que ainda existe. Era a estação da Hospedaria dos Imigrantes. Ali, eram desembarcados sob vigilância, famílias inteiras, com suas tralhas. E levadas para o interior do edifício, onde ficavam alojadas por dois ou três dias, para se recompor da viagem. Durante esse tempo, eram submetidas a exames médicos, recebiam tratamento, se fosse o caso, e esperavam. A hospedaria foi a casa em que os avós e bisavós de milhões de paulistas originários da imigração dormiram sua primeira noite no Brasil.

Eram os chamados colonos de café. Quanto maior a família, melhor. Ninguém escapava ao trabalho: adultos e crianças. Os funcionários reuniam, então, o número de pessoas necessário para formar as levas solicitadas pelos fazendeiros e as colocava nos trens que partiam para o interior. Ninguém sabia qual era o destino. Por isso mesmo, ficava nos registros da hospedaria a destinação de cada um. Era o primeiro endereço.

Ao serem desembarcados, o capitão do navio entregava às autoridades do porto o chamado manifesto, a detalhada lista dos imigrantes, com o nome de cada um, idade, profissão, escolarização, porto de origem e até aldeia de procedência. Na hospedaria o mesmo registro se repetia em livros enormes, indicando-se em vez da origem, o destino: fazenda tal, em tal localidade. A hospedaria era o endereço aonde chegavam as cartas dos que ficaram, em busca dos que partiram. Dali eram reenviadas para o lugar sabido e registrado.

Era o correio da primeira carta dos que na maioria dos casos partiram para sempre.

Esses documentos são hoje fontes de emoções de visitantes. Boa parte da informação está disponível nos terminais eletrônicos de manipulação simples, até por crianças. Costumo concluir lá minhas aulas de rua, um dia inteiro de caminhada desde o centro, atravessando o Brás até ali, na Rua Visconde de Parnaíba, nos limites da Mooca. Sempre peço que meus alunos descendentes de imigrantes levem nomes de avós e bisavós para fazer a busca. Numa das vezes, uma aluna descendente de italianos começou a consulta na minha frente. Digitou o nome da família: dali a pouco tinha diante dos olhos e das lágrimas os nomes dos "bisnonos", da avó e dos tios-avôs, o nome do navio, o dia e a hora do desembarque. Tomou o celular e ligou para a avó no Paraná, que chegara ao Brasil ainda criança. E foi lendo. Ainda com lágrimas, virou-se para mim e disse: "Minha avó está chorando".

A Hospedaria dos Imigrantes, hoje Museu da Imigração do Estado de São Paulo, é de certo modo o altar da pátria dos brasileiros de adoção, a porta do Brasil e da esperança. Gente que veio do mundo. Lugar não só do primeiro sono, mas também do primeiro sonho. Foi projetada e construída para receber a chamada Grande Imigração a partir de 1886, já tendo em vista a abolição próxima da escravatura. Por ali passavam os substitutos da escravidão que acabava. Na parte de trás do enorme edifício ainda há gente que ali se recolhe todas as tardes para um banho, um prato de comida e uma cama limpa. São hoje os intransitivos, os sem destino. Os que um dia inspiraram Judas Isgorogota,[5] alagoano radicado em São Paulo, a dizer: "Vocês não queiram mal aos que vem de longe, cansados e famintos como eu vim. É a vida que nos atira às praias sem fim".

Na parte da frente, há hoje um centro cultural, auditório, salas de exposições. Na estação antiga, a maria-fumaça puxa todos os domingos vários carros antigos, cujos passageiros são os visitantes. Na Rua Visconde de Parnaíba, também nos domingos, voltou a trafegar o bonde, o único da cidade de São Paulo, entre o Memorial e a Estação Bresser do Metrô. Mais do que um lugar de visita, é um lugar de peregrinação. Mais do que um edifício monumental e belo, é um símbolo de São Paulo renovado pelo advento do trabalho livre.

5 Pseudônimo do poeta e jornalista Agnelo Rodrigues de Melo. [N. E]

O PORTÃO

MUITA HISTÓRIA PASSOU POR AQUELE PORTÃO. Portão é lugar de passagem, de entrada e de saída, obra que define o de dentro e o de fora, limiar de dois mundos opostos. A porta e, por extensão, o portão têm um lugar mais importante do que se imagina na cultura brasileira. Há nele o poder simbólico dos limites. Roger Bastide, que foi um dos fundadores da USP, já tratou da porta barroca em artigo primoroso. Trato aqui do portão, que tem em comum com a porta certa sacralidade, bíblica e litúrgica, aliás.

Entre nós os portões foram tardios e diferentes das porteiras, estas voltadas para distinguir o privado do que é público. Aqueles para diferençar o que é devassado do que é íntimo, na extensão das funções mágicas e protetivas da porta. Difundiram-se aqui já no fim do século XIX, quando as novas habitações urbanas eram recuadas para o interior do terreno, abrindo o vestíbulo de um jardim entre a rua e a casa.

Entre nós, os portões tiveram sua glória na arte do ferro, como complemento dos gradis das mansões, dos solares e dos palacetes. A demolição dessas habitações senhoriais, substituídas por edifícios que estão longe do encanto de suas predecessoras, no geral levou para o ferro velho e para a fornalha das fundições verdadeiras obras de arte.

Mas houve gente de bom senso que deles cuidou. Destaco aquele lindíssimo e monumental portão de ferro da Rua D. Luiz Lasagna nº 300, no bairro do Ipiranga. Foi ali colocado em 1896, quando o dr. José Vicente de Azevedo ergueu uma de suas muitas obras pias, o Asilo de Meninas Órfãs Desamparadas Nossa Senhora Auxiliadora. A memória impecável de Manuel Antônio Vicente de Azevedo Franceschini, seu neto, nascido no bairro em 1924, tem o registro desse e de outros fatos relacionados com aquele edifício, em cuja capela foi batizado. O portão adornara antes o Solar do marquês de Três Rios, no bairro da Luz.

Foi forjado na fundição de A. Sydow, no mesmo bairro, de onde saíram tantos adornos da *belle époque* paulista. O solar fora construído, em 1850, no campo em que havia desde o século XVIII o Mosteiro da Luz e o Jardim Botânico, atual Jardim da Luz, que ainda tem árvores dessa época. Cenário da Avenida Tiradentes, que nos começos do século XX seria uma das ruas de palacetes elegantes de São Paulo. O solar fora construído por Fidêncio Nepomuceno Prates, cuja viúva se casaria com Joaquim Egídio de Souza Aranha, o Marquês, grande fazendeiro de café e senhor de escravos, em Campinas. Ali se hospedaram a princesa Isabel e a família, em 1884. Pertenceu à Cia. São Paulo Hotel, de 1891 a 1893, adquirindo-o o governo do Estado de São Paulo, em 1894, para nele instalar a Escola Politécnica. Nessa época, o portão foi comprado e levado para o Ipiranga. Por ele passaram nobres e pobres. Longe das antigas grandezas, continua solene e belo.

Portão de entrada do Asilo de Meninas Órfãs Desamparadas Nossa Senhora Auxiliadora do Ipiranga, de 1896, existente até hoje.

O CONTO DO VIGÁRIO

O CONTO DO VIGÁRIO JÁ ERA COMUM em São Paulo quando o Viaduto do Chá foi inaugurado em 1892. O viaduto veio a calhar para os vigaristas. Fazendeiros e negociantes do interior, que vinham a São Paulo, ficavam deslumbrados com a ponte de metal importado da Alemanha. Uma pinguela daquele tamanhão para passar por cima de um corguinho que nem o Anhangabaú! E ainda se pagava para usá-la: quase um tostão por pessoa. Tinha até porteira! Uma cancela na saída da Rua Direita vedava a passagem a quem não pagasse o pedágio. Mais leve do que colher café!

Se é verdade ou não, só Deus o sabe. Quem foi logrado não contou. Mas as histórias atravessaram o tempo: muito caipira teria comprado o Viaduto do Chá de vigaristas que de sua ingenuidade se aproveitavam. Roceiros que desconfiavam de banco, guardavam dinheiro dentro do colchão de palha de milho e dormiam em cima dele. Chegavam a São Paulo com o maço de notas enroladas e amarradas numa trouxinha de lenço de tabaco, bem guardada na algibeira. Muitas dessas histórias vinham do preconceito contra o caipira, é verdade. Mas o certo é que a vigarice se tornou rapidamente um item cotidiano da criminalidade local, mesmo que sem o exagero de histórias como essa. Os arredores das Estações do Norte e da Luz demarcavam a geografia da malandragem.

O peculiar do conto do vigário é que o vigarista faz da vítima um cúmplice, o esperto que é tonto. Forma comum foi a de dar grande quantia de dinheiro bom em troca de quantia muito maior de dinheiro falso. Depois, o esperto comprador, imaginando que ia ganhar uma fortuna, descobria que recebera um paco! E havia quem, enganado, ainda ia à polícia fazer queixa: acabava preso porque, sem o saber, confessara-se cúmplice de falsário.

O conto do vigário começou a se difundir entre nós pouco antes da abolição da escravatura, com a grande imigração. Não só caipiras eram suas vítimas, brancos e negros, mas também os próprios imigrantes. Muito italiano caiu no logro, praticado por outro italiano. Um preto, mascate em Tietê, em 1894, vindo a São Paulo, para fazer as compras de seu negócio, foi enrolado por um forasteiro, na Praça da República. Quando viu, estava limpo.

No começo, eram chamados de "passadores do conto do vigário". Aos poucos, começou a ser usada a palavra "vigarista" e, bem mais tarde, a palavra "vigarice". O conto do vigário havia se tornado uma profissão. A modernidade chegara a São Paulo. Aliás, uma das primeiras notícias de vigarice na província de São Paulo dava como vítima o vigário de São Carlos, enganado, em 1887, no próprio confessionário, de quem o vigarista tungou nada menos do que doze contos de réis, uma verdadeira fortuna.

UM MONUMENTO AO PAI DO GUARANÁ

JÁ OUVI BRASILEIROS NO EXTERIOR dizendo que tomar guaraná é como o prazer de voltar para casa. Muitos, lá longe, sentem sede de guaraná. Indicação de que o refrigerante adquiriu um grande poder simbólico entre nós. Devemos esse prazer tão brasileiro ao médico, biólogo e filósofo Luiz Pereira Barreto (1840-1923). Foi ele quem desenvolveu um método de processamento do fruto para produção do xarope utilizado na fabricação do refrigerante.

Em São Paulo, ao monumento a esse cientista, responsável por um símbolo tão forte e tão presente em nossa vida, foi imposta a vizinhança da feiura da tranqueira urbana que é o Minhocão. Uma sem-cerimônia que desdiz a escultura e banaliza a solene personagem de sábio em sua beca acadêmica. O monumento foi inaugurado em 1928, na Praça Marechal Deodoro. Conjunto escultórico encimado por sua estátua, tendo de cada lado figuras mitológicas, é obra do escultor italiano Galileo Emendabili (1898-1974), cujo projeto vencera, em 1925, o concurso internacional para edificar o monumento.

Pereira Barreto foi emblemática figura do início da modernidade no Brasil, nas últimas décadas do século XIX. Era filho de um fazendeiro de café de Resende, no Rio de Janeiro. Com um tio, em 1876, organizou famosa caravana de fazendeiros às novas terras roxas da região que viria a ser conhecida como Mogiana com a construção da ferrovia. Atraiu vários fazendeiros de café fluminenses para a futura região de Ribeirão Preto.

Médico formado na Bélgica, ali se familiarizou com o positivismo de Auguste Comte, que o marcaria como pensador e cientista. O método indutivo e a observação empírica eram para ele os recursos por excelência da investigação de causas e fatores de doenças e do conhecimento das plantas. Foi o primeiro presidente da Sociedade de Medicina e Cirurgia de São Paulo, fundada em 1895, lugar de marcantes debates científicos. Envolveu-se na polêmica, no fim do século XIX, sobre as causas da febre amarela, defendendo a tese de que na qualidade da água estava a causa da doença. Não era boa tese, embora ele se baseasse em observações fundamentadas sobre a relação entre as condições da água consumida pela população e os surtos da febre nas respectivas localidades. Na mesma época, pesquisadores descobriam em Cuba que um mosquito transmitia a doença. Seu equívoco, no entanto, serviu para provocar políticas de saneamento urbano.

No monumento de Emendabili há uma alegoria de curiosa significação histórica. À direita da estátua de Pereira Barreto, uma figura feminina com os ombros nus e os seios à mostra segura com a mão direita um cacho de uvas e com a esquerda um ramo de café. Alusões aos dois maiores envolvimentos daquele médico com nossas questões agrícolas. Há quem diga que se trata de Ceres, deusa romana dos cereais e da agricultura. Mas como está sentada, sugere que é Deméter, sua equivalente grega. Emendabili a abrasileirou, colocando-lhe nas mãos símbolos de uma história agrícola local e recente.

É que, além de introdutor do café Bourbon em São Paulo, de maior produtividade, Pereira Barreto promoveu a cultura da uva e a difusão do vinho como bebida popular e cotidiana da população. Nos hábitos do povo, não existia uma bebida para acompanhar as refeições. Bebida era a cachaça, resíduo de má qualidade da aguardente de cana, destinado aos escravos. E começavam a proliferar as fabriquetas de cerveja, bebida que ganhava o gosto do público mais simples. Pereira Barreto, porém, advogava em favor do vinho, por suas virtudes medicinais. A cerveja acabou se impondo. Homem de uma era de transformações sociais, a batalha de Luiz Pereira Barreto em favor do vinho era também a batalha pela introdução da civilidade e do decoro, por meio dessa bebida de mesa, nos ritos alimentares das classes populares. Ficou o lembrete dessa causa no cacho de uvas na mão da figura mítica do monumento.

DO TEMPO DOS ALMANAQUES

A FACHADA DO PRÉDIO SEMPRE CHAMOU A ATENÇÃO dos passantes por seus símbolos enigmáticos. O prédio é de 1925. Ali funcionam a Livraria do Pensamento e o Círculo Esotérico da Comunhão do Pensamento, fundado em 1909 pelo imigrante português Antônio Olívio Rodrigues (1879-1943), chegado ao Brasil em 1890. Era um homem de origem humilde, leitor de livros esotéricos e kardecistas. A comunhão do pensamento de todos resultaria no bem-estar social, pelo poder das forças mentais reunidas, orientadas por valores positivos: harmonia, amor, verdade, justiça.

Os anos 1920 foram aqueles em que a cidade mais se abriu para as formas da modernidade, para a diversidade cultural, para a nova ordem das aparências desencontradas. O transeunte ainda hoje deixa para trás a livraria esotérica, na Rua Rodrigo Silva, nº 85, e pouco adiante, na Praça João Mendes, se depara com a velha Igreja de São Gonçalo Garcia, de outro tempo e outra mentalidade.

Naquela época, já se transitava não só pelas ruas, mas nelas também entre ideias e visões de mundo. A sociedade paulistana assimilava a diferença. Tudo se compunha no cenário de uma urbanização marcada pela colagem de estilos, formas, expressões de mentalidades discrepantes.

Aquele prédio é um documento dessa diversidade e seus símbolos nos falam, ao mesmo tempo, da busca da compreensão da ordem que, não obstante, há no mundo.

Mais velho que o prédio é o *Almanaque do Pensamento*, em seu 103º ano de publicação. Sobrevive de uma era em que os almanaques faziam parte da vida cotidiana das pessoas. Durante o século XIX, os volumosos almanaques traziam para dentro de casa as informações de uso diário e recorrente: calendário, fases da lua, conselhos úteis, profissões, listas dos estabelecimentos de comerciantes e artesãos e dos primeiros industriais, horários de trens.

Neles estava contida a informação útil à rotina da vida. Havia também poesias e crônicas de autores que já eram conhecidos e outros que se tornariam famosos.

Os almanaques atendiam às novas necessidades de informação derivadas das grandes transformações sociais induzidas pela hegemonia europeia. Vulgarizavam as descobertas da ciência e da técnica, punham fim a mistérios insistentes, desencantavam o mundo. Tudo podia ser interrogado. As mudanças advinham, também, do fluxo maior de riqueza produzido pela decisiva economia do café. Mais dinheiro, mais importação de mercadorias e de ideias da Europa, novos costumes, novas carências, novas referências, como a fotografia, a moda, os modos de viver, de morar e de pensar. A colagem era a maneira como nos tornávamos europeus aqui. O eixo do nosso imaginário mudava para Paris. Deixávamos de ser caipiras para nos tornarmos europeus dos trópicos. A história do Jeca Tatu, de Monteiro Lobato, num complemento de almanaque dos anos 1920, decifrava o recado dessas publicações.

Dos almanaques volumosos do século XIX, passamos para os pequenos almanaques distribuídos gratuitamente pelas farmácias no fim do ano. Ficaram famosos os almanaques *Capivarol*, *A Saúde da Mulher*, o *do Biotônico*. Além da propaganda de remédios, faziam chegar às famílias em conta-gotas as novidades do mundo da razão, os quebra-cabeças, as charadas, as cartas enigmáticas, tudo que mobilizasse o raciocínio "desocultador". Concorriam com as crendices populares, invadiam o cotidiano das pessoas simples. A lua regulava o plantio e a colheita, não era Santo Amaro nem São Isidro. Nascia a cultura de almanaque, a sabedoria de bolso ao alcance de todos.

O *Almanaque do Pensamento* é um sobrevivente da transição dos almanaques maçudos do século XIX para os almanaques de farmácia. Lido por gente da roça e da cidade. São seguidas à risca suas instruções sobre a lua própria para semeadura, plantio ou replante de diferentes hortaliças, flores, árvores frutíferas. Já sei que, na passagem da minguante para a lua nova, os dias 29 e 30 de abril deste ano serão propícios para plantar qualquer tipo de flor. Sorte das rosas e dos cravos.

O MEMORIAL PRESBITERIANO DA VILA BUARQUE

POR TRÁS DAS ANTIGAS E BELAS PORTAS e janelas de pinho-de-riga daquele edifício há boas surpresas. Uma delas é a cafeteria onde, na calma interioridade do passado, pode-se saborear um café e esquecer a movimentada atualidade lá de fora. Ou meditar. Muita coisa já se passou diante daquelas janelas.

Naquele edifício, da esquina da Rua Maria Antônia com a Itambé, funciona o Centro Histórico da Universidade Presbiteriana Mackenzie, aberto ao público. É um sóbrio e bem-acabado edifício de tijolos aparentes, inaugurado em 1896 para abrigar a Escola de Engenharia. Os portais e as janelas em arco aliviam a ilusória sisudez da edificação.

Expressão da mentalidade calvinista da instituição, contrastava radicalmente com o luxo ornamental dos edifícios públicos que começavam a ser construídos em São Paulo na mesma época. Seu recato protestante difere ainda hoje da exuberância do palacete francês de dona Veridiana da Silva Prado, ali em frente, do outro lado da rua, de pouco antes. Tem o nome de Edifício Mackenzie. John Theron Mackenzie (1818-1892), um advogado nova-iorquino, leitor de José Bonifácio, e como ele interessado em mineralogia, deixou em testamento o dinheiro para sua construção.

O presbiterianismo começara a difundir-se no Brasil na segunda metade do século XIX. Trazia consigo outra concepção de sociedade, racional e moderna. A escola que viria a ser o Mackenzie pautava-se por esses valores. O caráter republicano e igualitário da Igreja Presbiteriana representou, especialmente para mulheres da elite paulistana, uma religiosidade libertadora, em relação ao patriarcalismo que as mantinha submissas e quase confinadas em casa. Era o caso da própria dona Maria Antônia da Silva Ramos (1815-1902), que dá nome à rua. Sobre esse confinamento, escreveu dona Maria Paes de Barros (1851-1952), já idosa e presbiteriana, uma joia da memorialística brasileira – *No tempo de dantes*.[6] Filha de um barão da cana-de-açúcar e do café, todas as mulheres de sua família foram convertidas por uma empregada doméstica.

A sociedade escravista e patriarcal estava em crise. A sociedade mudava.

Ranços como esses eram identificados com dois ultramontanismos: o religioso, da romanização católica, e o político, da monarquia agônica. Com a romanização, a Igreja Católica bania um catolicismo culturalmente brasileiro. Não por acaso, foram presbiterianos alguns dos nomes emblemáticos do que era, pela mediação religiosa, a resistência cultural à romanização. O nacionalismo cultural, no estudo e compreensão da cultura caipira e da língua portuguesa, teve em presbiterianos alguns de seus grandes nomes. Dentre outros, foi o caso do pastor Otoniel Mota (1878-1951), professor na Faculdade de Filosofia da USP, que recuperou e estimulou a reedição de raríssimo livro do padre Manuel da Fonseca sobre a vida do padre Belchior de Pontes, sacerdote em Embu, Itapecerica, Barueri, aldeamentos indígenas dos arredores de São Paulo. Foi o caso, também, de Cornélio Pires (1884-1958), o cultor da cultura caipira que, em 1910, no ambiente erudito do Mackenzie, fez pioneira conferência sobre o mutirão e a cultura caipira. Ambos eram descendentes de velhos paulistas. O que os estrangeiros padres romanizantes desprezavam e até combatiam, os presbiterianos valorizavam e tentavam compreender. Nessa seara fariam a sua colheita.

No marco simbólico do republicanismo presbiteriano do Mackenzie, é referência Júlio Ribeiro (1845-1890), filólogo, que fora professor na instituição, autor da bandeira paulista e do iconoclástico romance *A carne* (1888). Aliás, autor também de um romance sobre o mesmo padre Belchior de Pontes, que se passa na região entre Pinheiros e Embu. Sua ideia de República não tinha conciliação com o passado. Mas venceria a República protagonizada pelo lado de lá da rua, onde morava dona Veridiana, mãe de Eduardo Prado, autor de *A ilusão americana* (1893). Prado era monarquista porque parlamentarista e avesso ao presidencialismo de modelo americano, o dos sonhos de Júlio Ribeiro. Ainda assim, sua família ajudou a construir a República que prevaleceu, a República da conciliação com a velha

6 Maria Paes de Barros, *No tempo de dantes*. São Paulo: Brasiliense, 1946. [N. E.]

ordem política, diversa da moderna de Júlio Ribeiro. Ali na esquina, os dois edifícios se contemplam em silêncio, lembretes de um decisivo embate de ideias de nossa história. Volto pensativo ao café que fumega sobre a mesa.

A ENCHENTE DA VÁRZEA DO CARMO, EM 1892

UMA ENCHENTE NA CIDADE DE SÃO PAULO, em 1892, serviu de motivo para Benedito Calixto de Jesus (1853-1927) pintar um quadro panorâmico: *A inundação da várzea do Carmo*, hoje no Museu Paulista. O transbordamento do Rio Tamanduateí, no que é hoje o Parque D. Pedro II, serviu para que Calixto produzisse uma notável alegoria das grandes mudanças que estavam ocorrendo na cidade. Nascia a São Paulo moderna. De um lado, as mudanças no próprio rio, que hoje tem pouco a ver com o que, por três séculos, foi o rio emblemático dos paulistanos, muito mais do que o celebrado Tietê. É verdade que o atormentado Fagundes Varela lhe dedicou uns versos, menos ao rio do que ao seu lugar demarcatório: o lado de lá e o lado de cá.

Já no século XVIII, o abade de São Bento alertava para o fato de que as águas do rio minguavam na altura da fazenda beneditina de São Caetano como consequência do desmatamento. E em meados do século XIX, a Câmara Municipal registrava a diminuição do regime das águas do rio na altura da Mooca, em tempos de seca. Aí por 1860, uma primeira canalização do rio inviabilizou a navegação que por mais de duzentos anos trouxera alimentos, madeiras, louças e telhas, do que é hoje a região do ABC, para descarregar ao pé do Outeiro de São Bento, no então chamado Porto Geral. Dele resta a ladeira íngreme que lhe roubou o nome. Quando passo por lá, ainda ouço passos de escravos ofegantes transportando coisas.

Nas décadas finais do século XIX, o governo pensou em transformar o então delta do Rio dos Meninos, na confluência do Tamanduateí, num piscinão que retivesse o excesso de águas que nos tempos de chuva inundavam, mais abaixo, toda a várzea. Pensou, mas não o fez. Esses registros nos falam do progressivo enlouquecimento do rio. Não só o rio enlouquecia. Os paulistanos também: à margem do rio, ao pé da Tabatinguera, abandonado, converte-se em ruína o antigo Hospício de Alienados, do século XIX, onde o poeta abolicionista da Pauliceia, Paulo Eiró, morreu. Histórias que as águas vão levando, levando o rio também.

A inundação é uma pintura insólita e reveladora na obra de Calixto. Ele foi pintor de igrejas e obras sacras e deixou trabalhos em Santa Cecília, Santa Ifigênia, na Consolação e em várias igrejas do interior. Nascido em Itanhaém, foi pintor de marinhas e de cenas históricas, rememorações imaginárias do passado paulista. Morou pouco tempo em São Paulo. Fez pesquisas históricas numa época em que os historiadores estavam preocupados com as mudanças do cenário paulistano. Também ele se inquietou com a transformação na fisionomia da cidade, com o desaparecimento da São Paulo colonial e caipira.

No meu modo de ver, *A inundação* é um misto de documento e ironia. O rio que nos fez, incha, e nos desfaz. Abre um abismo aquático entre a cidade do lado de cá e a cidade do lado de lá. Para pintar o quadro, Calixto se pôs na colina histórica, nos fundos do Colégio de Piratininga, no que era então o Palácio do Governo. Escolheu a propósito não só um lugar, mas um símbolo, um tempo, um marco da memória. Do lado de lá da inundação, Calixto antevê a São Paulo que já não seria a velha cidade. Bem demarcado, o Gasômetro, que ainda está lá. O casario operário, as fábricas, as chaminés, a fumaça. O bairro do Brás.

Um dia me pus diante desse quadro e comecei a tirar fotografias dos detalhes. Tem gente lá! Gente conversando, gente trabalhando, burros puxando o bonde Ladeira General Carneiro acima, uma criança tomando água na torneira do Mercado Caipira. Uma caleça passa leve e ligeira pela Rua 25 de Março, uma rua de terra à beira do rio. Calixto pinta um desencontrado cenário de tempos que se agrupam numa colagem arquitetônica e social evidente. A insurreição do rio é coadjuvante do riso sutilmente irônico de seu pincel: o rio isola a Piratininga mítica e preguiçosa e põe no horizonte a São Paulo republicana e operária. Era bem outra a inundação da pintura.

Páginas seguintes | *A inundação da várzea do Carmo*, de Benedito Calixto, 1892, óleo sobre tela, 125 x 400 cm.

SAINT-SAËNS EM SÃO PAULO

ARTISTAS E ESCRITORES EUROPEUS, entre a última década do século XIX e a crise de 1929, costumavam contratar turnês à América do Sul, geralmente indo a Buenos Aires e, na volta parando eventualmente em Montevidéu, certamente no Rio de Janeiro, às vezes esticando a viagem até São Paulo. Os chamados visitantes ilustres que vieram a São Paulo foram no geral tratados com larga deferência. Havia um exagero de colonizados no comportamento dos anfitriões, nos elogios excessivos aos visitantes, cercando-os de uma bajulação servil que os incomodava.

Essas complicações na visita de Rudyard Kipling, em 1927, ao Rio de Janeiro, aparecem na duplicidade de reações do próprio visitante. Apoiado por engenheiros canadenses da Light, acabou fugindo para São Paulo, indo para uma fazenda do interior, antes de retornar à Inglaterra. No livrinho que escreveu sobre a visita ao Brasil procura corresponder com simpatia aos supostos significados dos ritos dos nativos, em especial os da Academia Brasileira de Letras. Mas na carta que escreveu à filha, desabafa o incômodo que causava o atrevimento de tanta deferência, os anfitriões programando compromissos em seu nome.

Anos antes, em 1909, Anatole France passara por transe igual em São Paulo, padecendo nas reticências das frases convencionais, diplomáticas e de efeito. Os nativos queriam porque queriam mostrar-lhe os marcos de seu adianto, ao mesmo tempo cobrando apreciações. Disse-lhes justamente o que queriam ouvir. Eles acreditando, embevecidos. Já em julho de 1899, quando Camille Saint-Saëns viera a São Paulo para dois concertos na Sala Steinway, teria daqui saído contrariado, à francesa, como assinalou o jornalista Alfredo Camarate, do *Correio Paulistano*. O mesmo que em dias anteriores se esparramara em rapapés grudentos, tratando-o como Deus. Definiu-o como “o maior artista que tem passado nas terras de Santa Cruz”. É possível.

A Sala Steinway ficava na Rua de São João, hoje avenida, no mesmo lugar em que depois se ergueria o prédio do Conservatório Dramático e Musical, que lá ainda está. Não era pequena, embora o fosse para o tamanho do grande pianista e compositor francês. Assim pensavam os daqui. Queixaram-se de que no primeiro concerto a sala não estivesse cheia, apenas setecentas pessoas. Camarate justificou-se pelos nativos com a crise econômica e as dificuldades pelas quais o país passava. Na verdade, o Brasil de Campos Sales estava negociando largo empréstimo com banqueiros europeus, empenhando as rendas da Alfândega do Rio de Janeiro e outras, para pagar juros da dívida e a própria dívida. No segundo concerto, dia 8 de julho, a sala ficou lotada, as damas da sociedade exibindo toaletes caras e requintadas. A crise não chegava a todos os bolsos. A elite local pôs-se em brios. Não fosse o representante da civilizada França pensar que aqui vivíamos de tanga. Para que dúvida não houvesse, até pequenos comentários em francês foram feitos nos jornais sobre as exibições de Saint-Saëns.

Nos dois concertos, o pianista francês foi acompanhado por músicos radicados em São Paulo ou no Rio de Janeiro: Luigi Chiaffarelli, piano; Vincenzo Cernichiaro, violino; Henrique Oswald, piano; Benno Niederberger, violoncelo. Saint-Saëns tocou seu *Scherzo para dois pianos* com Henrique Oswald. Fez par com Chiaffarelli na execução de suas *Variações sobre um tema de Beethoven para dois pianos.* E foi acompanhado por Niederberger na sua *Sonata nº 1 para piano e violoncelo*. Gente de muita categoria. Chiaffarelli seria professor de grandes nomes de nossa música: Guiomar Novaes, Antonieta Rudge e outros mais. Fez escola. Os demais também.

No comentário ao segundo e último concerto, o da noite de 8 de julho, o jornalista do *Correio Paulistano* fez sutis reparos ao desempenho de Saint-Säens: a interpretação de um trecho de Lizt fora pesada e não concordara "com a maneira por que Saint-Saëns tocou Chopin". Pouco menos de uma semana depois, o mesmo jornalista dos elogios exagerados desancava o compositor francês, especialmente no trato aos jornalistas. Estranhara o modo como o compositor "entrou e saiu desta capital, sem respeitar os mais elementares preceitos de cortesia". Por gentes de fora, cultas, "nosso Brasil [...] tido como uma grande e pitoresca floresta, povoada de bugres...". A patriotada foi longe: "eles" nada sabem sobre o Brasil e "nós" tudo sabemos sobre a França. Incultos esses Saint-Saëns da vida.

O compositor francês, hospedado na casa do maestro Chiaffarelli, dera atenção a quem de fato falava sua língua, não só o francês, mas a língua da música. No dia 15 de julho, *O Estado de S. Paulo* publicou uma nota que alguém enviara à redação, narrando o que fora o dia de Saint-Saëns na casa de Chiaffarelli. Vários músicos estavam presentes. Ouviu atentamente o *Quarteto*, de Henrique Oswald. Ouviu de olhos cerrados, no sofá da sala, a *Berceuse*, também de Oswald tocada por Giulio Bastiani. Pediu bis. Depois, quis tocar a *Berceuse* junto com Bastiani. Não economizou elogios ao compositor brasileiro. No fim, foram todos acompanhá-lo à estação do Norte, da Central do Brasil, para a viagem de retorno ao Rio de Janeiro. Para Saint-Saëns era esse o idioma da civilidade.

Concerto na casa do maestro Luigi Chiaffarelli,
em São Paulo, 1917.

A cidade mudou muito depressa, você vai ver. Como viram estudantes que se foram e voltaram um dia, de visita, já senhores e pais de família. Quase não reconheceram a São Paulo a que a dinheirama do café começara a dar cara de metrópole europeia. Da São Paulo caipira restava apenas um canto aqui e outro ali. O espírito desabrochara na poesia, na literatura, no teatro, nas artes, na escultura, na pintura, na estética dos sobrados, das casas e dos edifícios. Até literatura e remédio se misturaram no Biotônico Fontoura com a historinha do Jeca Tatu, de Monteiro Lobato.

Tragédias. O ex-governador que mata a filha e se mata para que ela não casasse com o poeta Batista Capelos, mulato, também seu filho, o que a moça não sabia. Sobrou a poesia como testamento do amor imenso e impossível. O assassinato da bela Nenê Romano, jovem imigrante e trabalhadora prostituída, amante de ricos e poderosos, morta com um tiro na Avenida Angélica pelo namorado poeta que se mataria em seguida.

A preguiçosa sonoridade da viola caipira iria para o fundo do cenário, as ruas tomadas pelas greves, como a de 1917 e seu morto emblemático, o imigrante desempregado José Martinez; repressão, violência, choro e sangue, uma coisa que ninguém vira ainda. Heróis populares saídos da gente simples, da São Paulo que agora falava com sotaque italiano, como o ladrão Meneghetti, audaz, atrevido e anarquista. E em 1924, num julho frio, a cidade tomada pela Revolução, trincheiras, combates, tiros de canhão, bombardeios de aviões, casas destruídas, famílias inteiras mortas de uma só vez, cadáveres espalhados, retirantes fugindo para o interior com a trouxa na cabeça e a incerteza na alma, saqueadores fuzilados em ruas do centro da cidade porque condenados na justiça sumária da lei marcial.

Nas ruas de São Paulo correu sangue e correu poesia.

III
A SÃO PAULO ROMÂNTICA

O ESPÍRITO DAS CASAS

EVIDÊNCIAS DE MUDANÇAS SOCIAIS e de mentalidade na sociedade brasileira, ao longo dos séculos, são encontradas no espírito das casas. Aqui em São Paulo, de um lado, na Casa do Bandeirante, no Butantã, de modelo do século XVII. Na época, o Rio Pinheiros, ainda sinuoso, passava entre a casa e o que é hoje a avenida de acesso à Cidade Universitária. Com a retificação do rio, o que era fundo, na casa, virou frente.

A casa tem duas metades iguais, com os respectivos alpendres. Na reconstituição de 1954, de Luís Saia, uma delas é a parte social e masculina, voltada para "fora", para a "frente" e para o "caminho", que era o rio. A outra é a parte simbolicamente reclusa e feminina, voltada para "dentro" e para os fundos. Era o lugar da cozinha e do trabalho doméstico das mulheres. Era o lado dos quartos das solteiras da família. Constituía grave ofensa um estranho acessar a casa por esse lado. Ainda é assim nos ermos e lonjuras do Brasil.

Na parte da frente, ficava a sala de eventual recepção dos de fora, mas convidados, os estranhos à família, mesmo hóspedes, a cuja presença as mulheres não compareciam. De um lado do alpendre da frente, a capela, aberta aos de fora e aos escravos; lateralmente aberta para o cômodo vizinho, de dentro, de onde as mulheres acompanhavam a reza. No lado oposto, o quarto liminar de hóspedes, sem comunicação com o interior da casa. A Casa do Bandeirante é um documento arquitetônico da sociedade centrada na família, voltada para dentro e oculta ao olhar perigoso dos de fora.

No outro extremo da região metropolitana, na vila de Paranapiacaba, do século XIX, num alto está a casa que foi do chefe dos engenheiros da São Paulo Railway, de onde se tem vista da vila e do pátio de manobras. A vila era lugar de apoio para a descida e subida da Serra pelos trens da ferrovia. As casas operárias foram concebidas segundo os valores da indústria e do trabalho livre e assalariado, os trabalhadores sujeitos a controle e vigilância, não mais os da chibata, mas os do olhar. Eram casas voltadas para fora. As pessoas tinham que ser vistas para serem controladas. Segundo o arquiteto Marco Antonio Perrone Santos, a construção da vila seguiu os princípios do Panopticon, o modelo das prisões europeias a partir do século XVIII. A vigilância era possível pela intensa visualidade do morador. No medo de ser visto em transgressão, cada um internalizava um feitor imaginário e vigiava a si mesmo. Ser visto implicava mais fingir do que obedecer. Uma sociedade moderna, teatral, do fingimento público e da autenticidade privada.

É nessa polarização dos tipos de habitação que se pode compreender o advento da modernidade no Brasil e a radical transformação das mentalidades, no perecimento da família patriarcal e no nascimento social do indivíduo.

PERSONAGEM DE EÇA REPOUSA AQUI

A BEM DIZER, o monumento esculpido por Amadeu Zani, para celebrar a memória de Eduardo da Silva Prado (1860-1901), é bem pouco "jacíntico". Fica no Cemitério da Consolação, quadra 10, terreno 5. Pende, antes, para uma gravidade oposta à do esplendor de fim de século que era marca da casa de Jacinto de Tormes, na Avenida dos Champs-Elysées, 202, em Paris. Distingue-se dos túmulos ao redor pela coluna partida de pedra rósea, que na linguagem simbólica dos cemitérios quer dizer que, para os amigos e parentes daquela pessoa, se tratava de alguém que morreu antes do tempo, alguém que merecia viver muito mais. Poucos reconhecerão no alto-relevo de um medalhão de mármore branco muito solene, delicadamente desenhado pelas sombras, a famosa personagem de Eça de Queiroz (1845-1900). Diziam, no entanto, os que conheceram o livro e o modelo, que o escritor português se inspirara em seu amigo brasileiro para compor o perfil de Jacinto de Tormes, personagem de *A cidade e as serras*, livro publicado postumamente, pouco depois da morte do autor, mas já antecipado no conto "Civilização", publicado em jornal do Rio de Janeiro, anos antes.

Eduardo Prado era filho da lendária dona Veridiana Valéria da Silva Prado, filha do barão de Iguape, com seu tio Martinho da Silva Prado. Riquíssima família paulista de fazendeiros de cana-de-açúcar e, sobretudo, do café, industriais, banqueiros, principais acionistas da Companhia Paulista de Estradas de Ferro e da Vidraria Santa Marina, enfim, empresários capitalistas pioneiros, desde o século XVIII, vivendo como exceção e anomalia numa sociedade escravista, em que o fim da escravidão e a disseminação do trabalho livre, com a imigração, muito deveram a essa família, sobretudo ao irmão de Eduardo, Antônio da Silva Prado (1840-1929). Na visão de Eça, na capital francesa, os nababos da colônia gastavam como se vivessem de rendas, como se não fossem empresários cujo destino tivesse que ser regulado pelo lucro e pela produção e não pela mera e pré-capitalista coleta de rendas de rendeiros pobres, como fazia Jacinto em suas terras de Portugal. Eça fazia ácida crítica a esse parasitismo iníquo. De certo modo, equivocava-se em relação aos Silva Prado.

Eduardo foi um dos fundadores da Academia Brasileira de Letras. Monarquista, como toda a família, foi de todos eles o que menos se adaptou ao fato consumado da proclamação da República, que considerava cópia do modelo americano, postiço em relação à realidade brasileira. República nascida como ditadura, no golpe de Estado do marechal Deodoro, em 1889, combateu-a por meio de seu jornal *O comércio de São Paulo*, que foi empastelado no dia 7 de março de 1897, um domingo, três dias depois da morte do coronel Moreira César, na Guerra de Canudos, no sertão da Bahia, contra os jagunços de Antônio Conselheiro, supostamente monarquistas. Já publicara os livros *Os fastos da ditadura militar no Brasil* (1890) e *A ilusão americana* (1893), uma crítica política ao republicanismo que o Brasil copiara dos Estados Unidos, até na primeira bandeira republicana, que durou poucos dias. Bernardino de Campos, que era governador de São Paulo, mandou a polícia recolher o livro. Tornou-se um dos primeiros perseguidos políticos da República. Teve que fugir, vagando pelo interior de Minas e da Bahia, até poder embarcar para seu exílio na Europa. Em sua última viagem, Eduardo Prado se refugiara em Paris, literalmente como perseguido político no Brasil. Desde 1890, aliás, atacar as instituições republicanas era crime de sedição. Eduardo Prado era um subversivo.

Partiu, orientado por Teodoro Sampaio (1855-1937), com um papel descrevendo o sertão de Minas e da Bahia. Sampaio era baiano, filho de uma escrava, que também nascera escravo, alforriado aos dois anos de idade pelo pai, o padre Sampaio. Era engenheiro. Tornou-se amigo íntimo de Eduardo Prado e frequentador dos serões de sua mãe, dona Veridiana Prado, no palacete da Avenida Higienópolis, aqui em São Paulo. É inacreditável esse roteiro de fuga. O sertão baiano estava convulsionado pela guerra do Exército contra os sertanejos em armas. Quase sugere que Prado de fato acreditasse que havia ali uma insurreição restauradora e monarquista, quando havia de fato apenas uma reação autodefensiva de inspiração religiosa e milenarista contra injustificável agressão armada. Acabaria embarcando a salvo para a Europa.

Retornaria ao Brasil com a esposa, Carolina Prado da Silva Prado, depois da morte de Eça e de acolher em sua casa a viúva e os filhos do escritor enquanto era desmontada a casa em que viviam em Neully. Um ano e alguns dias depois da morte de Eça de Queiroz, morria também ele em São Paulo, de febre amarela. Mais tarde, Amadeu Zani (1887-1944), imigrante italiano de Rovigo, ergueria o monumento de granito e mármore que o celebra. Numa das faces o medalhão que reproduz conhecida fotografia de Eduardo e noutra uma confissão de fé: "Creio... creio... Jesus!". O poderoso símbolo de uma coluna partida ao meio, erguida contra o céu, confirma que Eduardo Paulo da Silva Prado, personagem da história e da ficção, morrera antes do tempo.

UMA TRAGÉDIA PAULISTANA

O PALACETE CHAVANTES, na Rua Benjamin Constant, nº 171, entre a Praça da Sé e o Largo de São Francisco, chama a atenção dos passantes, em primeiro lugar, pelo tímpano da porta monumental. Há nele em relevo uma alegórica colheita de café, como era feita nos anos 1920. O prédio foi projetado e construído, entre 1926 e 1930, por Sampaio e Machado, Engenharia e Construtores, por encomenda de João Baptista de Mello Peixoto Júnior, fazendeiro de café no atual município de Xavantes, divisa com o Paraná. Um dos engenheiros era o paulista Alexandre Ribeiro Marcondes Machado (1892-1933), o famoso escritor Juó Bananére, que escrevia no dialeto ítalo-paulista, falado pela maioria dos paulistanos da época. "Traduziu" para o tal dialeto obras conhecidas, como *A Divina Comédia*, de Dante, que na ironia de sua literatura se tornou *La Divina Increnca*. Ou Gonçalves Dias: *Migna terra tê parmeras,/ Che ganta inzima o sabiá*... Adivinha-se aí o sotaque napolitano, forte no bairro da Mooca.

Melo Jr. era casado com uma filha de Francisco de Assis Peixoto Gomide (1849-1906), que foi presidente do estado de São Paulo, como era designado o governador, em 1897-1898. Mandou construir o prédio no terreno em que existira a casa que fora de seu sogro, na rua que se chamava antigamente Rua da Princesa. Gomide fora um político influente na nova era republicana paulista e por muitos anos membro do Senado estadual de São Paulo. Era seu protegido, cujos estudos apoiara, o poeta parnasiano Manuel Batista Cepelos (1872-1915), mulato, nascido em Cotia, promotor público, que fora também capitão da Força Pública de São Paulo.

Ele e uma das filhas de Gomide, Sofia, tornaram-se muito amigos e muito ligados um ao outro. Gomide não se opôs à amizade dos dois, uma vez que Cepelos frequentava sua casa como se fosse um membro da família. Até um dia de 1906 em que os dois lhe anunciaram a intenção de noivar e casar. O pai da moça se opôs com veemência, oposição que ela recusou. Gomide se trancou com a filha num cômodo da casa e a matou com um tiro no peito, matando-se em seguida com um tiro na cabeça. O poeta Batista Cepelos era também seu filho, de relação que tivera aos 23 anos. Desesperou-se ante a iminência do incesto de um casamento entre irmãos, pelo qual se tornaria responsável.

Batista Cepelos mudou-se para o Rio de Janeiro, tendo sido, ao fim de alguns anos de crise pessoal, nomeado promotor público de Cantagalo. Antes que tomasse posse, foi encontrado morto de uma queda em penhasco no bairro do Catete, não se sabendo se foi assassinato ou suicídio. Aos poucos sua poesia foi sumindo no tempo, vitimada pelos esquecimentos que aprisionam as vidas trágicas:

E, pousando a cabeça em teu seio, que estua,
sinto um sono ligeiro, um sussurro de brisa,
que me suspende ao céu e pelo céu flutua...

O BELENZINHO DE LOBATO

TIDO COMO LOCAL DE NOITADAS da boemia estudantil, de 1902 a 1904, onde viveram ou passaram Godofredo Rangel, Monteiro Lobato e outros que se tornariam célebres, o Minarete, no Belenzinho, não foi mais do que república de estudantes. Moravam longe porque não tinham dinheiro para morar perto do centro. De bonde, o chalé assobradado das Ruas Cesário Alvim e 21 de abril até que ficava perto.

A concepção imaginária do Minarete durou bem mais do que o próprio chalé. Desenraizou-se, virou nome de jornal literário em Pindamonhangaba, perdurou mesmo depois de no sobrado já não haver ninguém do grupo que Lobato chamou dos "vates do Brás".

O chalé, que ainda existe, foi engolido pelo crescimento urbano desordenado, com o amontoamento promíscuo de construções sem estilo e sem graça. Não obstante, recantos do Belenzinho ainda mantêm a simplicidade de bairro antigo, resistindo à degradação visual que tirou da cidade muito da poesia de outros tempos.

Alugou-o o mineiro Godofredo Rangel quando escrivão de polícia no bairro do Brás, aí por 1902, depois transferido para o Belém. Rangel mudou para Campinas, em 1904, onde se tornou professor. Tinha ele propensões literárias, o que acabou atraindo-o para o encontro com outras jovens vocações, como a de Monteiro Lobato, em 1903. Frequentavam o Café Guarany, na Rua 15 de Novembro, nº 52, perto do Largo do Rosário, atual Praça Antônio Prado. Era o lugar nobre do chamado Triângulo, ponto de encontro de estudantes da Faculdade de Direito e da Escola Politécnica, lugar de agitação e de grandes discussões políticas e literárias. E também das primeiras incursões repressivas da polícia e de seus secretas. A diversidade democrática das ideias nascia entre nós sob suspeita e sob porrete.

Foi lá que o pequeno grupo do Belenzinho deu-se o nome de Cenáculo. Alternava encontros entre o Café Guarany e o Minarete para a conversa mole das pretensões literárias. Faziam de conta que eram o que não eram e que estavam onde não estavam, o melhor jeito de criar na arte e na literatura.

No Minarete o grupo morou por dois anos, embora nos escritos e na imaginação de seus membros tenha lá permanecido a vida toda. As lembranças de Lobato são as da pobreza franciscana da casa, do trabalho de Rangel, dos devaneios literários de seus frequentadores, mas também das plantas da chácara, em especial a paineira.

Lobato, que começava como escritor, era fino aquarelista. Do Minarete deixou-nos delicada aquarela. Comparada com uma fotografia da casa, a aquarela acrescenta-lhe fantasias apenas esboçadas em seus escritos. Das janelas de cima do chalé do Belenzinho podiam ver a cidade ainda caipira lá longe como resíduo visual de uma roça europeizada, para eles um jardim inglês. A São Paulo moderna nascia fantasiosa no modo de ver próprio da imaginação dos jovens.

ANATOLE EM SÃO PAULO

CLAUDE LÉVI-STRAUSS (1908-2009), da missão francesa que fundou a Universidade de São Paulo, em 1934, tendo sido seu primeiro professor de Sociologia, recebeu num vilarejo do interior o abraço de um velho, que exclamava, emocionado: "Ah! O senhor é francês! Ah! A França! Anatole, Anatole!". Vestígios de Voltaire e de Anatole France na cultura brasileira e no fundo do sertão, diz ele em *Tristes trópicos*. Lévi-Strauss não era francês, era belga.

É compreensível que esses resíduos da presença cultural de Anatole France (1844-1924) persistissem entre nós como memória de algo que queríamos ser e não éramos, naqueles primeiros anos da República. O escritor francês, que receberia o Prêmio Nobel de Literatura em 1921, ganhara a admiração, sobretudo, dos jovens estudantes da Faculdade de Direito de São Paulo por sua posição em favor dos direitos humanos. Ele apoiara o "Eu acuso!", de Émile Zola, e firmara a petição pela revisão do processo contra o capitão Alfred Dreyfus, caluniado como espião alemão, por ser judeu, degradado e condenado à prisão perpétua na Ilha do diabo, na Guiana Francesa.

Em 1909, Anatole France foi à Argentina para proferir cinco conferências sobre Rabelais. Visitou-o Alfredo Pujol (1865-1930), da Academia Brasileira de Letras, para uma longa conversa. Apesar de restrições no contrato com os argentinos, no retorno à França desceu no Rio e fez uma conferência no Teatro Municipal sobre "O positivismo e a paz do mundo".

Às 5h45 da tarde de 4 de agosto, Anatole France desembarcava triunfalmente na Estação do Norte, no Brás, do rápido que o trouxera do Rio. Vinha acompanhado de Pierre Calmettes, jovem pintor e seu secretário. Bondes especiais levaram os estudantes para recebê-lo. Três milionários puseram à disposição da comissão organizadora da visita seus automóveis e um quarto dispôs de suas frisas no Teatro Santana, na Rua Boa Vista, onde faria sua conferência. Hospedou-se no Grande Hotel da Rotisserie Sportsman, onde é o Edifício Matarazzo, hoje sede da Prefeitura. No dia 5, às duas horas da tarde, atravessou o Viaduto do Chá a pé e foi visitar o Theatro Municipal, em obras, recebido por Ramos de Azevedo. Admirou a fachada e a escadaria de mármore e foi para o terraço, que dá para o Anhangabaú, para ver a cidade, que se perdia no horizonte do arrabalde. A roça ainda era relativamente perto do centro. Na noite de 7 de agosto, fez sua conferência sobre "Pierre Lafitte – Um filósofo de bom humor", uma coletânea amena e anedótica sobre o sucessor de Auguste Comte, pai do positivismo. Foi no Teatro Santana, na Rua Boa Vista.

Nos dias de sua permanência, foi a Rio Claro visitar a Fazenda Santa Gertrudes, do conde Eduardo Prates. Percorreu vários pontos da cidade de São Paulo. Na manhã de domingo, dia 8, um seleto grupo levou-o em trem especial ao Alto da Serra, hoje Paranapiacaba, para um banquete no restaurante da estação que, em 1981, seria destruída por um incêndio. Dela restam só a torre e o relógio. Naquela noite, ele voltaria ao Rio de Janeiro no trem da Central, onde embarcaria para a França. Um quarto de século depois, um fazendeiro do interior ainda se lembraria dele, cheio de admiração.

SACOMÃ, TANTAS HISTÓRIAS

A RUA SECUNDÁRIA, que corre por trás dos prédios do projeto Cingapura, na favela Heliópolis, termina abruptamente na movimentada Avenida Tancredo Neves, a poucos passos da recém-aberta estação Sacomã, na Linha 2-Verde do Metrô. Parece um atalho de uma das alças da Via Anchieta no emaranhado de viadutos, passarelas e do elevado do Expresso Tiradentes. Uma placa de nome de rua diz que aquela é a Estrada das Lágrimas, ali interrompida pelas mutilações do espaço que tantas alterações produziram no terreno. Por aquela rua passou o príncipe d. Pedro, na tarde de 7 de setembro de 1822, minutos antes da proclamação da Independência do Brasil, um pouco adiante, na colina do Ipiranga, onde está o Museu Paulista. Era o chamado Caminho Novo do Mar, no século XVI, que passou a ser das Lágrimas, talvez só no XIX.

Sob a avenida passa o Ribeirão do Moinho Velho, que tinha esse nome em 1668 e, provavelmente, já em 1588, pelo que vejo numa escritura muito antiga. Eram os tempos em que se cultivava trigo em São Paulo e era esse um moinho de mó de pedra, dos vários mencionados em documentos de antanho nos afluentes do Tamanduateí. Datas que sugerem tratar-se de moinho ainda de antigo morador de Santo André da Borda do Campo, vila extinta em 1560, os moradores removidos para o povoado de São Paulo. Aquele foi o principal cenário da guerra dos índios, que então houve, contra os povoadores do campo.

Bem no meio do que é hoje o emaranhado viário, os irmãos Sacoman, vindos da França, estabeleceram, dizem alguns que em 1905, a Cerâmica Sacoman Fréres, fabricante das chamadas telhas francesas, as telhas planas, por contraste com as nossas telhas coloniais, tipo capa e canal. A família Sacoman era tradicional produtora dessas telhas no bairro de Saint-Henri, no porto de Marselha. Especialmente as telhas fabricadas por Antoine Sacoman, nas últimas décadas do século XIX, são ainda encontradas em velhas construções do interior de São Paulo, mas também em escavações arqueológicas na Espanha e na Argentina e mesmo na Inglaterra e na Austrália. Em 1910 repassaram o negócio a um antigo empregado, o imigrante italiano Américo Paschoalino Sammarone, que se tornaria uma das grandes fortunas do Ipiranga. Dos empregados graduados da antiga fábrica, ainda existem boas casas, de mais de setenta anos, ao lado da favela Heliópolis, cercadas de belos e antigos exemplares de jacarandá mimoso, de flores roxas.

Aquele foi o cenário de uma das primeiras batalhas da Revolução de 1924, já nos primeiros dias de julho, e terreno de sangrentos confrontos entre as tropas legalistas, da Marinha e do Exército, aquarteladas em São Caetano, e as tropas revoltosas que vinham pelo Cambuci e pela Vila Mariana. Muita gente morreu por ali e ali mesmo foi sepultada, não só militares, mas também civis.

OPERÁRIAS DA MARIÂNGELA

BATIMENTOS DA HISTÓRIA, batimentos da vida. Francesco Matarazzo, em 1900, apoiado por um banco inglês, que aqui estimulava talentos empresariais como o dele, ergueu no arrabalde do Brás, o imponente Moinho Matarazzo. Ia produzir aqui mesmo a farinha de trigo até então importada. Seu consumo crescia, promovido pelos novos costumes alimentares trazidos pela imigração italiana, como o da pasta e o do pão nosso de cada dia. Farinha pedia sacos de algodão e, em 1904, Matarazzo inaugurava, ali ao lado, a também imponente Tecelagem Mariângela. Os prédios, as rugas dessa história, ainda estão lá.

Em 1917, a greve geral deu o alerta de que as obsoletas e iníquas relações de trabalho passavam dos limites na indústria paulista. Na Rua Monsenhor Andrade, entre a Mariângela e o Moinho, a Força Pública atira contra um piquete. Fere mortalmente o operário espanhol José Martinez, que morrerá na Santa Casa. Morava na Rua Caetano Pinto. A multidão atravessa em silêncio toda a cidade, carregando seu caixão. Na porta do Cemitério do Araçá, uma operária discursa. A cidade se tornava palco de novos personagens e ouvia novas vozes. O Brasil já era outro.

Trabalhavam na Mariângela 1.800 operários, na maioria mulheres, algumas ainda crianças. Moravam por ali mesmo, de famílias originárias de Polignano a Mare, região de Bari, na Itália. Devotas de são Vito Mártir, secretamente cristianizado por Crescência, sua ama de leite, e martirizado pelo imperador Diocleciano, em 304. Perto da fábrica, ergueram os bareses sua igreja, onde celebram, todos os maios, em animada festa de comes e bebes, a memória de seu padroeiro. O tempo passou, as fábricas fecharam. Pelas ruas próximas uma humanidade abandonada se deixa ficar.

Mendigos, moradores de rua, desocupados, famintos, embriagados, esperam. Esperam os operários que não chegam; os patrões que não vêm; o moinho que não mói; a festa que não começa;

a flor que não abre; o apito da fábrica que não soa, que não desperta, que não chama nem reúne. Esperam em vão. A brisa sussurra ainda o gemido do operário ferido na repressão da greve inaugural. Tiro. Pasmo. Sangue. Punhos cerrados dos sem direitos. Ervas que brotam entre as pedras desses começos e fins. Na rua vazia os passos do silêncio atrás do tempo que se foi.

Na porta da Mariângela, as moças já não esperam namorados. Lá dentro, já não se fia o fio, já não se tece o pano nem a veste nem o sonho nem a luta. Lá dentro, já não se fala. Lá dentro, já não se escuta. Ali já não há beijos furtivos, olhares tímidos, disfarçados, roçar de mãos, desejos envergonhados, sussurros de amor no meio do vozerio dos operários. Esperas, esperanças. Portão fechado, teares quietos, operárias mudas. Os pés não entredançam os passos do trabalho. Nem as mãos entretecem no silêncio dos ausentes. Esperanças, esperas.

CASA DA BOIA, A ESTÉTICA DA ASCENSÃO SOCIAL

QUEM VIER, COMO ANTIGAMENTE, da Estação da Luz pela Rua Florêncio de Abreu, no rumo da Rua Direita, passa por lá, com certeza. Pouco antes de chegar à Igreja de São Bento e ao largo desse nome, há de ver uma casa que parece de comércio – e é. Mas que parece, também, palacete de italiano, daqueles de que houve muitos aqui em São Paulo e de que há tantos ainda lá pelos lados do Brás, ao redor da Igreja de São Bom Jesus de Matosinhos.

A casa de que estou falando fica no nº 123. Foi construída, em 1909, no lugar de outra que lá existira com a mesma finalidade: vender objetos de metais não ferrosos: cobre, bronze, alumínio, sifões de chumbo, torneiras, boias de caixa d'água e de caixa de descarga no banheiro, feitas de cobre. E fabricá-los num galpão do fundo. Rizkallah Jorge imigrara em 1895. Vinha de Alepo, de uma família armênia, radicada na Síria há várias gerações. Desde criança trabalhando, aprendera com o pai o artesanato de metais. Ao chegar a São Paulo, empregou-se como faxineiro numa oficina do gênero, que ali havia. Aprendeu a língua portuguesa, foi promovido a gerente e depois a sócio do estabelecimento. Em 1898, comprou-o. E nele colocou o nome de Rizkallah Jorge & Cia. Mas o povo, sabe como é, pôs o nome de Casa da Boia.

A Casa da Boia foi restaurada pela família em 1998 e até um museu histórico foi criado no seu interior, que pode ser visitado também virtualmente: http://www.casadaboia.com.br. É uma casa *art noveau* inteiramente conservada. Tem até uma parreira no fundo do quintal, que sobrou de outros tempos. No andar de baixo funcionava e funciona a loja, ainda de piso de madeira. No andar de cima, onde está o museu, morava a família, um palacete com portas de pinho-de-riga, paredes cuja pintura original foi descoberta e restaurada por especialistas, documentos,

Detalhe da fachada da Casa da Boia, na Rua Florêncio de Abreu.

retratos a óleo, fotografias, móveis de escritório, de fino estilo da época, vidraças com o monograma do empresário e morador.

É a fachada, porém, o tesouro imperdível. Obra de artesão italiano, um talentoso *capomaestro*, que caprichou nos ornamentos, nas figuras míticas, nos recortes e nas colunas, no rendilhado dos detalhes. Um maravilhoso *mascherone* me fascina. A bocarra dá a impressão de que vai falar. Há quase um século sussurra em vão silêncios aos transeuntes da rua barulhenta que, apressados, não o notam lá no alto. Carros buzinam no congestionamento constante, disputa injusta entre o belo e o feio.

Difere do casarão ao lado, em ruínas, no estilo do que restava da nobreza rural, sóbrio do lado de fora, exuberante do lado de dentro. A Casa da Boia é uma casa burguesa, da burguesia paulistana que vinha nascendo nas abundâncias das fortunas criadas pelo café, exuberante também do lado de fora.

Trata-se de uma construção com dupla personalidade. A parte debaixo, onde fica a loja, apesar dos ornamentos, distingue-se da de cima, pela fria dureza de seu caráter comercial. A parte de cima tem a delicadeza das casas de família dos novos ricos do passado. Uma fotografia altamente simbólica, de 1910, que pode ser vista no museu, mostra Rizkallah Jorge à porta da loja e, no andar de cima, na varanda da residência, sua esposa Zakia Rizkallah. Um retrato densamente classificatório e antropológico da São Paulo do início do século XX: as construções sobrepostas – a da dupla casa – a do trabalho e do ganhar e a da família e do gastar, o reino do masculino e o reino do feminino, o público e o privado, a sobriedade do lucro e da acumulação e o rebuscamento e ostensividade do viver.

A Casa da Boia documenta a ostentação da ascensão social, do êxito, a estética do regozijo pelas vitórias do enriquecimento pelo trabalho. Nesse sentido é bem paulistana. Mais de uma vez pedi licença ao dono de uma oficina do pavimento superior do prédio fronteiro, também antigo, só para ver melhor os detalhes desse testemunho da época de ouro de São Paulo, o ouro verde do café.

O POSTE

NÃO SÓ DE LUMINÁRIAS SÃO FEITOS OS POSTES. Em São Paulo, poste sofre, mas não reclama. Cachorro desamparado mija no poste. Marmanjo sem educação, também, atrás do poste. Em que lado do poste fica a frente? Os cansados se escoram no poste. Entende-se porque tantos postes não estão no prumo. Anunciante pobre apregoa novidades e ideias colando cartaz no poste: bailes, mercadorias, mensagens religiosas, propaganda eleitoral, amarrações de amor, anúncios de cachorro perdido, tudo vai para o poste, a mais democrática instituição brasileira.

O que seria de nós sem o poste? Até ditos populares se valem do poste: "Não sou poste pra que você venha se encostar em mim", diz a vítima da preguiça alheia.

Anúncio de poesia também vai pro poste: "Pai Maicknuclear lê poema, amarra prosa, traz seu texto de volta em sete dias", li num poste no bairro do Ibirapuera. O pai do anúncio identifica-se como membro de um movimento de "terrorismo poético". Ainda bem: melhor do que terrorismo impoético, com sangue de inocentes e sem rima.

Da São Paulo romântica, sobrevivem alguns postes. Os mais belos são, sem dúvida, os dois ornamentais que ladeiam a escadaria de acesso à entrada principal do Theatro Municipal. São antigos, centenários. Esses postes têm uma figura feminina como suporte, nas duas faces, em que se apoia a coluna que sustenta as luminárias. Foram entalhados em imbuia do Paraná, em 1910, por Afonso Adinolfi, professor de escultura em madeira e diretor técnico do Liceu de Artes e Ofícios. Era a técnica que se utilizava antes de fundir a obra de arte.

O Theatro foi inaugurado em 1911, pouco depois do término do mandato do conselheiro Antônio da Silva Prado, primeiro prefeito de São Paulo, que o mandara construir. Prado foi patrono de medidas que, no Império, transformaram o Brasil no país que conhecemos e de que gostamos: a abolição da escravatura e a imigração estrangeira para os cafezais do interior. Era filho de dona Veridiana Prado. Morava num palacete na Chácara do Carvalho, lá para os lados da Barra Funda.

Os postes foram fundidos pela firma Lidgerwood Limited, com estabelecimentos em Nova York, na Escócia e em Java. No Brasil, foi seu fundador William Van Vleck Lidgerwood, inicialmente com casa de importação no Rio de Janeiro. Em 1868, abriu um depósito de máquinas agrícolas em Campinas e, em 1884, ali instalou a fundição de onde sairiam os postes do Theatro Municipal de São Paulo.

Já vi mocinhas acariciando o seio de uma das figuras femininas dos postes. Dizem que é para ter sorte no amor, como fazem os apaixonados na escultura da casa de Julieta, em Verona. O problema é se o Romeu que aparecer for um poste.

Cariátide de um dos postes das escadarias do Theatro Municipal de São Paulo, autoria de Adolfo Adinolfi, professor do Liceu de Artes e Ofícios, 1910.

O VIADUTO DE SANTA IFIGÊNIA

HÁ SESSENTA ANOS, ninguém prestava atenção no Viaduto de Santa Ifigênia. Enferrujado, parecia obsoleto, atravancando a paisagem em comparação com o seu concorrente, o Viaduto do Chá, tema de cartões-postais que exibiam a modernidade de São Paulo. Este anunciava o que queríamos ser. Aquele testemunhava o que fora a cidade que já não queríamos ser. Passaria por uma grande reforma em 1950, de que participou como engenheiro auxiliar Paulo Alcides Andrade, o minucioso narrador de sua história. Havia muita coisa enferrujada, caindo aos pedaços, não obstante fosse a ponte por onde transitavam pedestres e veículos, especialmente bondes, entre o Largo de São Bento e o Largo de Santa Ifigênia. Só em 1978, porém, por iniciativa da Emurb,[1] o viaduto recebeu o tratamento apropriado para se dar a ver. Foi restaurado e pintado de amarelo-ocre. Sua cor viva explodiu no meio da tristeza cinzenta daquela parte da cidade. O charme do Santa Ifigênia roubou a cena do Viaduto do Chá. Assumiu proporções de um monumento e recuperou sua identidade de obra de arte. É hoje uma das grandes expressões do espírito de São Paulo.

Ele restitui a cidade à sua história, à diversidade de seus tempos, contra a horizontalidade cinzenta e sem história da especulação imobiliária sem ética nem escrúpulos. O viaduto começou a ser construído no começo do século XX, no mesmo lugar em que, no século XVIII, existira a enfermaria dos escravos do mosteiro, no que fora o Pátio de São Bento. Protelações e resistências fizeram de sua construção um drama. Tem inimigos até hoje, que são os inimigos da cidade. Idealizado em 1890 pela Câmara Municipal, só em 1904 o pai de Oswald de Andrade, que era vereador, formalizou um requerimento de estudos e orçamento para a construção de um viaduto de 300 metros naquele lugar. A municipalidade acabaria se endividando com um empréstimo na Inglaterra para ter os meios necessários.

1 Empresa Municipal de Urbanização de São Paulo. [N. E.]

O viaduto foi fundido na Bélgica, para ser montado no local escolhido. Seria inaugurado pelo prefeito Raymundo Duprat no dia 26 de julho de 1913. Concebido em estilo *art noveau*, sobrepunha-se ao vale muito feio, às suas hortas e casinhas modestas. Era um intruso. Em 1911, seria inaugurado, também do lado de lá, o Theatro Municipal. A barroca, entre os dois lados, começava a ser limpa, o ribeirão canalizado, as casas derrubadas para a implantação do que viria a ser o belo e ajardinado Parque do Anhangabaú. As duas obras de arte impunham-se ao espaço e antecipavam a cidade da *belle époque*. Com razão, Adoniran Barbosa falando à Eugênia, mulher imaginária, sobre o Viaduto de Santa Ifigênia, diz "que um dia que demolissem o Viaduto, que tristeza, você usava luto, arrumava sua mudança e ia embora pro interior". O Santa Ifigênia tornara-se objeto de amor.

2005: Viaduto de Santa Ifigênia, São Paulo, inaugurado em 1913.

UM QUADRO IMIGRANTE NA PINACOTECA

Os emigrantes, pintura de Antônio Rocco (1880-1944), da Pinacoteca do Estado, parece indevidamente secundária na solidão de uma parede exclusiva, como que escondida atrás de pequenas e preciosas esculturas de bronze de vários autores. Essa obra de arte é, provavelmente, a única que imigrou com um imigrante, o salvo-conduto da inserção do autor no país de adoção, enquanto intelectual e artista. Era sua identidade. Já Francesco Matarazzo, quando imigrou, trouxe uma carga de toucinho para vender!

Rocco nasceu em Amalfi, na Itália, região de Salerno, a mesma de Matarazzo. Estudou pintura no Instituto de Belas Artes de Nápoles. Em 1910 pintou *Os emigrantes*. O tema estava ali mesmo, no Porto de Nápoles. Dali, milhares de italianos, desde as últimas décadas do século XIX, emigravam para a América. São Paulo era o principal destino dos que vinham para o Brasil. A maioria dos desembarcados no Porto de Santos tinha passagem paga pelo governo do Estado. Eram ali mesmo embarcados e trancados nos trens da São Paulo Railway rumo à Hospedaria dos Imigrantes, no bairro do Brás. Após dois dias de descanso e exames, os enviavam para as fazendas de café do interior.

Seu quadro golpeia o olhar de quem o vê num aspecto característico e menos comentado da imigração: cada membro da família leva nos ombros a sua carga, como um semovente. O fardo maior sobre os ombros do pai de família dobra-o na direção do chão, priva-o de horizontes, arrastado passivamente pelo cais. O destino da imensa maioria dos emigrantes era decidido por traficantes de mão de obra e, no caso do Brasil, agentes do governo que recrutavam substitutos para os braços da extinta escravidão.

O quadro não trata apenas da partida. O menino do centro nos fala da partida na lógica do fardo de cada um: quem deixa de ser fardo no colo da mãe já carrega precocemente o seu próprio fardo. Na vida dos que nasceram condenados a viver do suor do próprio rosto não existe infância entre os braços da mãe e o chão dos adultos. Ali no porto e no quadro, os olhos daquele homem no chão, como de quase todos, confirma esse destino. O emigrante mudava de país, mas levava nas costas o peso de sua condição social para a incógnita da terra longínqua, em direção à mesma sina. A emigração não o libertava do peso da vida. A tela de Rocco é um grito da consciência no limite entre a terra e o mar, entre a vontade de ficar e a necessidade de partir.

Nela, Rocco mergulha no desalento e na pobreza que arrancava as populações camponesas da terra e da aldeia e as lançava na incerteza do vazio do mar sem fim. Há determinação e resignação nas figuras humanas daquela cena. O pai de família é quem sabe onde pisa, mas não sabe para onde vai. A mulher e mãe segura protetoramente a criança, o apreensivo olhar fixo no marido, como se ele a levasse pelo abismo do cais e levasse todo o grupo. O quadro de Rocco não só nos fala da partida, mas também da permanência nos elos que passos e olhares estabelecem entre os protagonistas do êxodo. O azul sereno da tranquilidade do mar e as cores suaves de várias de suas pinturas cedem à tensão sombria de ocres, pretos e vermelhos, as personagens trazidas para o primeiro plano, embarcando diretamente no inevitável da tela e do navio.

Antônio Rocco, em 1913, também trouxe o seu fardo na longa travessia da incerteza, dois quadros: *Mineiros* e este *Os emigrantes*. Estabeleceu-se em São Paulo, como pintor e professor de pintura. Fez uma primeira exposição de sua obra em 1918, ano em que *Os emigrantes* foi comprado pelo Governo do Estado de São Paulo. Na nova pátria da tela, aquela melancolia da partida se transfigura numa inevitável busca, o sonho de uma terra de esperança lá adiante, ainda que longe da suavidade azul de *Costa Amalfitana*, outra obra de Rocco. A travessia invertera códigos e significados.

A FONTE MONUMENTAL DE NICOLINA DE ASSIS

É uma das mais antigas fontes públicas da cidade de São Paulo. Hoje aprisionada por um gradil que a torna distante, feito para protegê-la contra os vândalos que já a privaram de vários de seus expressivos componentes de bronze. Parece negar-se ao olhar distraído dos transeuntes que passam pela Praça Júlio Mesquita. Porém, permanece antiquadamente bela aos olhos dos que se dão ao trabalho de aproximar-se. Apesar do nome oficial, Fonte Monumental, tem a delicadeza de minúscula joia de adorno do colo da cidade matrona, lembrando a ela, e aos que a vêm, seus tempos de mocidade. Vale o namoro dos que ainda amam o lugar em que vivem.

A delicadeza desse monumento certamente expressa o fato de que tenha sido esculpido por uma mulher, coisa que poucos sabem: Nicolina Vaz de Assis, nome de rua no Butantã. Filha de médico, nasceu em Campinas em 1874, e faleceu no Rio de Janeiro em 1941. Ana Paula Simioni, em seu *Profissão, artista: pintoras e escultoras brasileiras entre 1884 e 1922*, nos ensina que ela se casou, aos 16 anos, em 1890, com o médico Benigno de Assis. Já esculpia quando, em 1897, foi para o Rio de Janeiro estudar na Academia de Belas Artes, com bolsa do Pensionato Artístico do Estado de São Paulo, instituição responsável pelo decisivo apoio a vários talentos artísticos do Estado. No Rio, Nicolina de Assis estudou com grandes nomes das artes: os irmãos Rodolfo e Henrique Bernardelli, Rodolfo Amoedo, Márcio Nery.

Entre 1904 e 1907, estudou na École des Beaux-Arts, em Paris. Ali, em 1905, projetou o que viria a ser o túmulo do General Couto de Magalhães, inspirada no Monumento aos mortos da guerra de 1870, que havia na École, e provavelmente em monumentos parecidos do Cemitério do Pére-Lachaise. Cemitério inspirador de artistas onde, aliás, os positivistas brasileiros mandaram construir o túmulo de Auguste Comte. O belo túmulo do general etnógrafo e linguista, no Cemitério da Consolação, é provavelmente o único túmulo paulistano que contém uma homenagem não só ao autor, mas também a um livro, o seu *O selvagem*, baseado em suas pesquisas e observações sobre as populações indígenas da região do Rio Araguaia.

O projeto de Nicolina Vaz de Assis para a Fonte Monumental, que é de 1913, foi executado em 1923, na então Praça Vitória, atual Praça Júlio Mesquita, formada pela nova Avenida São João, Rua Vitória e Rua Barão de Limeira. Desde as últimas décadas do século XIX, São Paulo vinha abandonando sua face colonial e caipira e se tornava uma cidade de feições e estilos europeus, sobretudo franceses. A elite do café criara o bairro dos Campos Elíseos e ali construíra seus belos e solenes palacetes, dos quais sobrevivem vários. O centro se remodelava, tornava-se um ativo centro cultural com o Theatro Municipal, e também um agitado centro comercial e financeiro no chamado Triângulo, formado pelas Ruas 15 de Novembro, São Bento e Direita. O dinheiro do café não ia todo para a Europa, onde os grandes fazendeiros tinham contas bancárias e casas. Uma boa parte ficava por aqui, nos investimentos, nas mansões, no modo de vida da nova elite.

A praça e a Fonte Monumental de Nicolina Vaz de Assis faziam uma ponte de acesso entre o centro recriado e os Campos Elíseos. Era uma porta visual e simbólica, um preâmbulo do olhar para os refinamentos da arquitetura do bairro chique, lá adiante. Um sinal dos tempos, marca da *belle époque* paulistana. Ainda visualizo esses tempos gloriosos do espírito, da São Paulo de então, quando saio flanando por ali. E me interrogo sobre as lagostas de bronze que se agarram na borda do recinto da água, ao lado de conchas de mármore. E muito mais sobre o pescador mítico, de mármore branco, no centro, seduzido por ninfas, imagens que só existiam na mente europeizada dos ricos de então, no devaneio de fazer de São Paulo uma Paris dos trópicos. De vários modos o fizeram.

O CHAPÉU E A CABEÇA

EM ANTIGAS FOTOGRAFIAS DE RUA DE SÃO PAULO são raros os homens sem chapéu. Com o primeiro chapéu, o adolescente se tornava adulto. Eram os tempos da garoa e da cerração. Em dia de sol forte, quem chegasse em casa, queixando-se de dor de cabeça, logo ouvia: "Pudera! Você saiu sem chapéu!". Ou, se chegasse tossindo: "Tá vendo o que dá deixar o chapéu em casa?". O chapéu era medicinal e não se vendia em farmácia!

Num túmulo do Cemitério do Araçá, uma bengala e um chapéu pousado sobre um banco de jardim expressam a piedade filial por alguém que se foi, mas também a comovente certeza do reencontro na simbolização da ausência temporária. O chapéu era um componente ritual do traje, instrumento de uma linguagem. Servia para ser tirado quando passava um enterro ou uma procissão. Ou para ser tirado ligeiramente no encontro com pessoa a quem se devesse essa deferência. A falta do gesto insultava, mas degradava o desrespeitoso, não o desrespeitado. Disso conscientes, os humildes não só tocavam ligeiramente a aba do chapéu diante de terceiros: tiravam-no, se o encontro envolvesse conversação. O chapéu falava a linguagem das classes sociais, dos que mandavam e dos que obedeciam, dos que tinham e dos que careciam. Até o mendigo precisava de chapéu. O chapéu na mão, de copa para baixo, na porta da igreja ou na saída da estação, poupava ao pobre a humilhação de pedir de viva voz o pão nosso de cada dia.

O chapéu se foi, mas ainda permanece simbolicamente na cabeça de quem já não o usa. Até hoje, arrecadação de fundos para qualquer causa se faz passando o chapéu, como se diz. Ainda se ouve: "É de se tirar o chapéu!", diante de fato admirável ou de pessoa extraordinária. Dos sem caráter, que aproveitam de mérito de outro em benefício próprio, o chapéu diz tudo: "Aquele ali faz cumprimento com chapéu alheio". Criou palavras, difundiu significados em nossa língua. Sob chuva, a aba virava para baixo, desabava. Pessoas e prédios continuam desabando sem terem aba nem chapéu.

Famosos foram entre nós os chapéus da Fábrica Ramenzoni, no Cambuci, de 1894, e os da Fábrica Prada, de Limeira, de 1904. Mas o pai do chapéu moderno entre os paulistanos foi João Adolfo Schritzmeyer (1828-1902), alemão de Hamburgo, aqui chegado em 1848, que abriu sua fábrica no Anhangabaú em 1851, visitada por d. Pedro II, em 1878. Ficava na área da hoje estação do Metrô. Está retratada em antigo medalhão de bronze no mausoléu da Sociedade Beneficente dos Chapeleiros, no Cemitério da Consolação, onde ainda são sepultados os descendentes dos operários da fábrica de Schritzmeyer. A loja era na esquina da Rua Direita com a Rua de São Bento, no quarteirão que foi demolido para abertura da Praça do Patriarca. Durante muito tempo, os chapéus de João Adolfo fizeram a cabeça dos paulistanos.

Mausoléu dos Chapeleiros, no Cemitério da Consolação. Detalhe da reprodução em bronze da fábrica de chapéus de João Adolfo Schritzmeyer.

A TRAGÉDIA DE ORFEU E EURÍDICE NO CONSOLAÇÃO

ORFEU, AJOELHADO, a cabeça reclinada bem próxima do chão e da entrada do mundo dos mortos, tange a lira que seu pai, Apolo, lhe deu. Está ao lado do corpo inerte da esposa, a ninfa Eurídice, picada por uma serpente logo após o casamento celebrado por Himeneu, quando pelo bosque fugia do pastor Aristeu, fascinado por sua beleza, que a vira nua nadando num lago e quis possuí-la.

Naquele ano de 1920, o atrito metálico das rodas dos bondes tocava os trilhos da Rua da Consolação, ferindo com sua dissonância urbana o canto dos pássaros que então, como ainda hoje, viviam por ali. O eco se perdia entre os túmulos. Perturbava com a modernidade paulistana a música de Orfeu, que acalmara feras e tranquilizara o mar na viagem dos argonautas. Tentava ele abrir o coração do barqueiro Caronte, o condutor das almas, para que o levasse vivo pelo Rio Estige até Hades, no vale da sombra da morte, a quem imploraria a restituição de Eurídice à vida.

O corpo de Eurídice repousa diante da dor de Orfeu, suas formas sensuais cobrindo de poesia o sepulcro da família Trevisioli. Ela era jovem, fora arrastada pela morte antes do tempo. A ternura da música de Orfeu comove os entes do reino dos mortos. Perséfone pede ao marido que atenda o pedido. Hades o faz, com a condição de que Orfeu não olhe para Eurídice antes de chegar à luz da superfície. Mas, no caminho, temendo que Eurídice não conseguisse acompanhá-lo, volta-se para ela e a perde para o reino sombrio. Ainda espera por vários dias a possibilidade de recuperá-la. Ao fim, retorna sozinho. E entra na angústia da ausência da mulher amada. Amargo e solitário, Orfeu é morto e despedaçado pelas Mênades que desejavam o seu amor e não suportaram sua indiferença. Sepultado no Monte Olimpo pelas ninfas, Orfeu reencontrará Eurídice no mundo dos mortos e a amará para sempre.

Nicola Rollo enxuga o suor da testa com o dorso da mão e o punho do guarda-pó. Descansa o martelo e o cinzel. Já pode fundir em bronze as duas figuras apaixonadas, separadas pela morte. Solidário, acompanhara Orfeu até o limiar do mundo dos vivos e dos mortos, até o limite da dor e da esperança, até o início do tenebroso transe. Expressara com emoção o começo da tragédia. Propusera o sentido do amor no primeiro monumento funerário profano de São Paulo, o amor sem os grilhões da culpa, do medo e do castigo, o amor como busca sem limites, nem mesmo o limite da morte. Ali se abre a porta das profundezas e o âmbito do mito. Caronte, daqui em diante, conduzirá Orfeu e a imaginação dos que amam e por ali passam.

Rollo nasceu em Bari, Itália, em 1889, e faleceu em São Paulo, em 1970, para onde viera em 1913, com 24 anos. Naquela época os bareses concentravam-se no bairro do Brás. Eram trabalhadores. Estudou no Liceu de Artes e Ofícios, onde seria professor mais tarde. Foi aluno de Adolfo Adinolfi e professor de Raphael Galvez, que com ele trabalhou nas esculturas do Palácio das Indústrias, no Parque D. Pedro II. Algumas de suas obras estão em vários pontos da cidade. Sua obra mais grandiosa não foi construída: o Monumento à Independência, no Ipiranga. Uma comissão decidiu pelo projeto de Ettore Ximenes, embora a opinião pública se manifestasse pelo projeto de Rollo.

O amor de Orfeu e Eurídice, celebrado por Rollo, desvenda a revolução que nos anos 1920 se processava na mentalidade do paulistano, a revolução silenciosa que atravessava as relações sociais, que libertava as mentes e os corações. O monumento de Nicola Rollo é antes de tudo um discurso visual sobre a eternidade e a certeza do amor naqueles anos de grandes mudanças e incertezas, na *belle époque* de São Paulo. Eram os anos felizes do pós-guerra que antecediam a crise do café, os anos da criatividade paulistana. Ali no Consolação, o amor de Orfeu e Eurídice anuncia o fim de uma época e a inauguração do tempo da nossa modernidade, o tempo liminar das transições, em que só o amor permanece.

DONA YAYÁ, OPRESSÃO E LOUCURA

DURANTE QUARENTA ANOS Yayá foi prisioneira daquele casarão da Rua Major Diogo, nº 353. É uma longa e sofrida história. Ela ficou rica e só, antes do tempo. Em dezembro de 1900, com a diferença de apenas dois dias, entre um e outro, seus pais morreram. Sebastiana de Melo Freire tinha treze anos. Cinco anos depois, a escotilha aberta de um camarote de navio, em que viajava seu irmão de Buenos Aires a Santos, sugeriu o suicídio de seu único parente próximo.

Sebastiana de Melo Freire, conhecida como dona Yayá, foi interna do Colégio Sion, católico, que dava a suas alunas uma educação francesa e as preparava para os refinamentos de moças da elite. Depois voltou a viver no palacete da família na Rua 7 de Abril. Naquele tempo do ultramontanismo religioso, mandava celebrar a missa ali mesmo em sua capela particular.

Foi uma das primeiras fotógrafas de São Paulo. Tinha em casa seu próprio laboratório. Diferente dos fotógrafos paulistanos da época, que se dedicavam à fotografia de cenas de rua, as fotografias de Yayá são fotos de interiores, de sua própria casa, ou fotos de imagens de santos. Seu imaginário introspectivo e religioso parece centrar-se numa busca uterina, num decifrar-se por dentro e nas coisas que constituíam, já antes de sua doença, a arquitetura de sua interioridade, de um fechamento sobre si mesma.

Seu pai designara em testamento, como tutor de Yayá, o político Albuquerque Lins, que seria depois governador do Estado. Lins tentou casá-la com seu filho, modo de incorporar ao patrimônio próprio o largo patrimônio da órfã. Mas Yayá recusou.

Ela estava numa situação anômala em relação às outras moças de sua idade. Não tinha uma rede de parentesco disponível, nem tinha, portanto, os mediadores de acesso ao elenco potencial de moços casadoiros. Também não tinha quem a patrocinasse nas tratativas matrimoniais do dote da noiva e do noivo. O casamento dos ricos era um negócio. Yayá estava em abandono, sem apadrinhamento na rede legítima de trocas matrimoniais instituída pelo costume. O noivo oferecido vinha da imposição e não da negociação nem da tradição. A desculpa da religião era a alternativa da mulher para escapar dessa trama. Saía de uma e caía noutra. Yayá se apegou aos santos.

Teve gripe espanhola em 1918 e em 1919 apareceram os primeiros sinais de loucura. Aparentemente, por iniciativa de Albuquerque Lins, segundo Marly Rodrigues, autora do mais completo estudo sobre dona Yayá, uma junta médica declarou-a louca e incapaz de gerir seus bens. O não ter-se casado entrou como indício de predisposição para a doença mental. Foi a forma de o tutor, não tendo conseguido casá-la com o filho, tolher-lhe a maioridade e manter a tutela de sua fortuna.

Tinha um rosto bonito, daquelas feições femininas paulistas da época da inauguração do século, ligeiramente triste, sério sem ser sisudo, próprio daquelas mulheres desde muito cedo conformadas com a vocação quase inevitável do matriarcado. Tão conformadas que Yayá, no auge da loucura, imaginava-se ameaçada de estupro e clamava por um filho imaginário que lhe teriam tomado.

Uma casa de chácara da família, do século XIX, foi adaptada e em 1920 teve início a sua reclusão. No frontão, 1902 assinala o ano de uma das reformas. Dentro da casa, sua circulação foi limitada a cômodos gradeados e protegidos. Era visitada por pouquíssimas e fiéis amigas e cuidada pela criadagem. A morte a libertaria da prisão em 1961. Fora dona de 75 imóveis, a maioria no centro de São Paulo, além de outros bens, uma fortuna de quase dois bilhões e meio de cruzeiros. Foi, provavelmente, a última prisioneira de uma concepção cruel de subalternidade da mulher na cidade de São Paulo. Se há fantasmas na Casa de dona Yayá, são os fantasmas das formas perversas de sujeição da mulher naqueles tempos ainda tão próximos.

O PRANTO DE EUTERPE PELO MAESTRO CHIAFFARELLI

NO DESPOJAMENTO DE UMA NUDEZ que torna mais intenso o sentido da dor e do pranto, Euterpe debruça-se sobre o túmulo do maestro Luigi Chiaffarelli (1856-1923), as mãos cobrindo o rosto, as tranças pendentes. Morreu ele cedo, aos 67 anos, em São Paulo, e está sepultado no Cemitério da Consolação. No silêncio da tardinha de outono, ouve-se a música dos pássaros que se recolhem na copa das árvores ao redor. Euterpe, musa grega da flauta e, por extensão, da música, saiu das mãos de outro italiano, Nicola Rollo, nascido em 1889 e falecido em São Paulo em 1970, para onde viera em 1913. Seus monumentos funerários são obras de um artista profundamente tocado pelos sentimentos que nos alcançam nesse irremediável momento de separação, que é a morte. Aqui, é como se a dor fosse só sua e Chiaffarelli fosse seu irmão. E o era: o maestro insistia com seus alunos para que se familiarizassem também com as outras formas de arte, as linguagens que se entrecruzam no firmamento do belo.

Tinha Chiaffarelli 27 anos quando um casal de fazendeiros de Rio Claro o convidou a vir para São Paulo e aqui ensinar música às filhas, pagando-lhe a viagem. Era italiano e ensinava música na Suíça. Dentre as manias dos mais ricos fazendeiros de São Paulo, na viagem anual à Europa, estava a de fazer uma visita a médicos e sanatórios suíços e tomar banhos terapêuticos em águas recomendadas pela ciência. Tomavam também banhos de cultura, indo às exposições, à ópera e aos concertos. Voltavam sabidos, esnobando com críticas provincianas alguns nomes consagrados.

Luigi Chiaffarelli estabeleceu-se em São Paulo em 1881. Vinha ensinar música, em particular piano, não só às donzelas que motivaram o convite, mas a outros potenciais interessados. Desde quando as primeiras ondas de dinheiro do café permitiram esses luxos, começaram a aparecer os pianos nas salas das casas-grandes das fazendas e nos sobrados da cidade. Casas de música surgiram por aqui nessa época. Vendiam as partituras importadas, lidas e executadas nos concertos domésticos e nos fechados saraus de família. Essas reuniões sociais inauguraram um modo mais moderno e civilizado de aproximação entre moças e rapazes em idade de tomar estado, como era definido o casamento naqueles tempos. Só que a última palavra ainda era do pai da noiva. Porém, já era um progresso em relação aos casamentos arranjados e contratados entre famílias, em que a noiva, muito jovem, ficava sabendo de supetão e, por último, com quem subiria ao altar e passaria o resto da vida.

O maestro, no entanto, tinha outras motivações, que não apenas a de acrescentar o adorno da música aos talentos das donzelas casadoiras da Pauliceia. Tinha, também, a do compromisso pleno com a arte. Com sua competência e os musicistas que formou, deixou marcas fundas nos melhores e mais esplendorosos anos da história paulistana, os da *belle époque* de São Paulo. Além de ter sido um dos fundadores do Conservatório Dramático e Musical, sua casa era também lugar de encontro de seus alunos com grandes músicos que visitaram São Paulo desde fins do século XIX. Foi marcante o encontro que em sua casa promoveu entre Camille Saint-Saëns e Henrique Oswald, em julho de 1899. Teve alunos que se notabilizaram internacionalmente como músicos e compositores, especialmente pianistas: Antonieta Rudge (1885-1974), Guiomar Novaes (1896-1979), Francisco Mignone (1897-1985), João de Souza Lima (1898-1982). Magda Tagliaferro (1894-1986) também teve contatos com Chiaffarelli. Por meio de seus alunos e dos alunos de seus alunos, o talento do maestro multiplicou-se e chega aos nossos ouvidos até hoje.

Euterpe não chora só em nome dos talentosos herdeiros de Luigi Chiaffarelli. Ele não se devotou apenas à formação musical dos filhos da elite. Uma de suas primeiras iniciativas em São Paulo, em 1883, foi a de criar a Lira da Lapa, a localidade que se transformou em bairro operário com a instalação das oficinas da São Paulo Railway. É a atual Corporação Musical Operária da Lapa. Chiaffarelli foi apóstolo da universalidade da música. Ensinou-a não só aos filhos diletos da riqueza criada pelo café. Ensinou-a, também, a talentosos filhos da classe obreira que nascia nos bairros. Não só Euterpe chora. Choramos também nós de vergonha pelo injusto desapreço de um ato de vandalismo que mutilou a escultura de Nicola Rollo: uma das tranças lhe foi arrancada pelos mortos da civilidade.

O INCÊNDIO DO AUDITÓRIO DAS CLASSES LABORIOSAS

NAS ÚLTIMAS DÉCADAS, um curioso e invisível embate se travou num prédio secular do centro histórico de São Paulo, na Rua Roberto Simonsen, o prédio da Associação Auxiliadora das Classes Laboriosas. O embate foi entre a tradição do mútuo socorro e a novidade da empresa de seguro-saúde. Fundada em 1891 como Associação Auxiliadora dos Carpinteiros e Pedreiros, cumpriu por quase um século a função mutualista que lhe propuseram os trabalhadores que a fundaram. Até ser desafiada por sua conversão em empresa de seguro-saúde, que parecia atender melhor as demandas modernas da compra de serviços nessa área.

As associações de mútuo socorro proliferaram no Brasil inteiro, seguindo a moda europeia da época. Foi o modo como os artesãos enfrentaram os efeitos socialmente destrutivos da expansão do capitalismo industrial, na competição que lhes movia a indústria e que os mergulhou numa longa agonia econômica que, em toda a região metropolitana de São Paulo, arrastou-se até os anos 60 do século XX. Os artesãos que, de vários modos, estiveram presentes na vida de toda a população, do pedreiro e do carpinteiro ao funileiro e ao alfaiate, viram suas profissões absorvidas pela grande indústria e dentro dela fragmentadas e diluídas em processos de trabalho dominados pela máquina. O que ocorreu com os alfaiates diante dos nossos olhos é bem significativo dessas mudanças profundas.

O mútuo socorro de certo modo fazia parte da mesma cultura das corporações de ofício, também de origem europeia, extintas no Brasil na época da Independência. Permaneceram, porém, como cultura profissional corporativa, até mesmo na profissão como herança de família, de que ainda há resquícios espalhados por vários cantos da metrópole. Os mutualistas tinham quase sempre uma identidade de referência, ou profissional, como neste caso das Classes Laboriosas, ou de origem nacional, como italianos, alemães, espanhóis, portugueses. No caso das Classes Laboriosas, era o modo de alargar a base de contribuintes. Esses fundos destinavam-se a pagar consultas médicas, caras para os trabalhadores, e também a pagar diárias ao sócio que, por doença, ficasse impedido de trabalhar, até o limite de certo número de dias. Havia associações em que os sócios se revezavam como enfermeiros na cabeceira do doente, em casa. Havia multas para quem não fosse ao enterro de um associado. Uma resistência à desagregação social e moral da velha ordem que a nova e avassaladora economia disseminava.

O mútuo socorro das Classes Laboriosas decorria da solidariedade profissional e moral dos artesãos. O seguro-saúde das Classes Laboriosas já corresponde a outra coisa, à relação de compra e venda e à associação de interesses econômicos. O belo Auditório Celso Garcia, homenagem ao tribuno e jornalista que foi dos primeiros a defender os trabalhadores em São Paulo, permaneceu como testemunho de uma época e de uma mentalidade comunitária no edifício construído em 1907. Obra dos próprios artesãos, tinha sua beleza simples no palco, no mezanino e em seus balaústres envernizados, nos vitrais alegóricos e singelos que celebravam a arte que nele teria acolhida por longo tempo. Aquele foi um dos primeiros recintos do teatro operário em São Paulo, lugar de apresentação do drama, da poesia e da música, frequentado por trabalhadores lúcidos que ainda viam a cultura como um meio de sua emancipação social e de sua afirmação política e não como passatempo do inimigo de classe.

Ali foi local de assembleias memoráveis da classe operária, como as que prepararam a grande greve de 1953. Era o local a que as agremiações políticas recorriam para os debates nacionalistas dos anos 1960, antes do golpe militar.

De certa maneira, o embate entre o mutualismo comunitário e o comércio de serviços de seguro-saúde terminou na madrugada de domingo, dia 4 de fevereiro de 2008. A memória virou cinza. Um incêndio destruiu o Auditório Celso Garcia da Associação Auxiliadora das Classes Laboriosas.

NA RUA DO BUCOLISMO

EM JULHO DE 1917, o sangue regou o começo da Rua Flórida, hoje Rua do Bucolismo. Porque cargas d'água foram dar tal nome a essa rua de um canto perdido do bairro do Brás, só Deus sabe.

Na esquina, na Rua Monsenhor Andrade, Francesco Matarazzo construíra sua primeira grande empresa, em 1901, o Moinho Matarazzo, e, pouco depois, a Tecelagem Mariângela, que empregaria grande número de operárias, de famílias originárias da região de Bari, devotas de são Vito Mártir.

Transcorria a greve operária contra a carestia e contra as más condições de trabalho, especialmente de mulheres e crianças. No dia 9, um sábado, um piquete de grevistas deslocou-se da Mooca, onde estava o foco principal do movimento, na Tecelagem Crespi, para a Mariângela, no Brás, para convencer suas operárias a aderirem à greve. A passagem entre os dois bairros era pela Rua Caetano Pinto, em cujo nº 91, havia uma pensão. Ali morava o sapateiro José Iniquez Martinez, espanhol, de 21 anos, chegado da Argentina há um mês, à procura de emprego. O piquete foi arrastando curiosos e simpatizantes. Martinez foi com eles.

Na porta da Mariângela a polícia atacou os operários, houve tiros, e três manifestantes foram feridos: um alemão, um italiano e um espanhol. Este último era Martinez. Levado para a Santa Casa de Misericórdia, faleceria no dia 10 de julho. A bala lhe perfurara o fígado, o estômago e os intestinos. Seu enterro sairia da pensão em que morava na manhã de 11 de julho, quarta-feira. À porta, mais de duas mil pessoas esperavam e havia muitas mulheres. O funeral atravessou a cidade lentamente. Subiu a Ladeira do Carmo, foi em direção à Praça da Sé, cruzou o Viaduto do Chá, subiu a Consolação, tomou a Avenida Municipal, hoje Dr. Arnaldo, até o portão do Cemitério do Araçá. A multidão foi engrossando. Na esquina da Avenida Paulista esperava-a uma tropa de cem soldados, de armas embaladas. Na esquina da Rua Teodoro Sampaio, mais vinte soldados armados estavam de prontidão. O caixão foi levado para a capela. Oradores se revezaram. Uma jovem operária tomou a palavra. Terminou o discurso em pranto convulsivo.

Às três da tarde foi feita a autópsia diante de testemunhas: operários, dois estudantes de medicina, jornalistas. Uma bala de fabricação francesa extinguira a vida do desempregado. A multidão se dirigiu, então, à Praça da Sé para um comício. Piquetes se deslocaram para o Brás e a Mooca, paralisando as pequenas fábricas que resistiam à greve. O movimento cresceu. Pela primeira vez, direitos trabalhistas seriam reconhecidos.

Na Rua do Bucolismo, a brisa sussurra ainda o gemido do operário ferido na repressão à greve. Tiros. Pasmo. Sangue. Punhos cerrados dos sem direitos. Ervas que brotam entre as pedras desses começos e fins. Na rua vazia, os passos do silêncio atrás da vida que se foi.

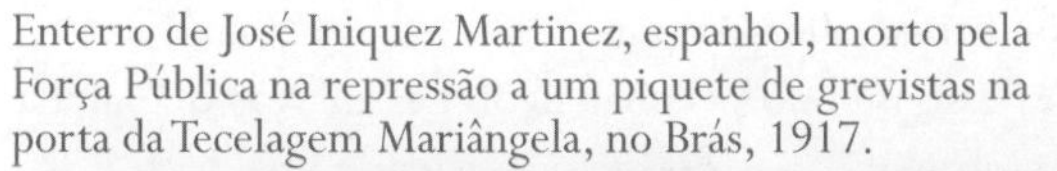
Enterro de José Iniquez Martinez, espanhol, morto pela Força Pública na repressão a um piquete de grevistas na porta da Tecelagem Mariângela, no Brás, 1917.

AH, O BRÁS DO "ROMÃO PUIGGARI"

O GRUPO ESCOLAR ROMÃO PUIGGARI, de 1898, na hoje Avenida Rangel Pestana, tinha a missão de desitalianizar os italianinhos do Brás e do subúrbio fabril dele tributário. "Italianinho" era a designação depreciativa que os brasileiros ricos usavam para discriminar os filhos de imigrantes italianos. Crianças ouvem com o coração. Entendiam o insulto e muitas guardaram para sempre a dor dessa compreensão.

As professoras sofriam com aquele sotaque cantado, com o falar alto, com aqueles costumes. Páscoa era no domingo. E não é que as crianças faltavam às aulas na segunda-feira de Páscoa para comemorar a pascoela? Mal saíam das aulas, ouviam dos conhecidos na rua: "*Ciao, bello! Sta meglio la nonna?*". E lá se ia a última flor do Lácio, inculta e bela, pelo ralo da conversação de rua. Nas calçadas, à noite, as famílias traziam cadeiras para fora para bater papo, no sotaque cantado do Brás. As crianças aprendendo na informalidade da escola da vida a falar um português também cantado com sotaque napolitano, vêneto, calabrês ou barese. *Mamma mia*!

O passado desse mundo peculiar ficou nas marcas que ainda podem ser vistas, sobrevivências do que esta cidade um dia foi. Há velhos moradores do Brás e da Mooca cujos olhos lacrimejam quando ouvem imaginariamente no gramofone da memória as vozes de Carlo Butti, de Caruso, de Schipa ou de Beniamino Gigli que, numa manhã de domingo, de 1951, apareceu na Matriz de São Caetano e cantou na missa: era amigo de infância e de aldeia do vigário. Ficou para almoçar na casa de uma família na Rua Santo Antônio.

A cultura daquela pequena sociedade ia da ópera à política. No Largo da Concórdia existiu o Teatro Colombo, onde, em 3 agosto de 1911, Pietro Mascagni regeu sua ópera *Amica*. Era o que dizia uma placa comemorativa que vi na única vez em que tive o privilégio de ouvir ali uma apresentação musical. O espaço do teatro, destruído por um incêndio, tornou-se um amontoado de pontos de ônibus e barracas de camelôs, redimido por um jardim que tenta civilizar os mercenários parasitas dos espaços públicos.

Da política ficaram curiosas evidências. Na Rua do Gasômetro, não faz tempo, uma placa ali esquecida lembrava o local da Cantina Balila, a loba amamentando Remo e Rômulo – a cantina celebrava a Opera Nazionale Balila, que reunia as crianças de Mussolini, obra de formação da juventude fascista na Itália. Um industrial do Brás, o conde Matarazzo, chegou ao coração do Duce ao doar uma fortuna a essa organização política.

Na Rua Visconde de Parnaíba, um prédio dos fins dos anos 1930 ainda tinha na fachada, até há pouco tempo, o nome em relevo, no reboco característico da época: "Padaria Estado Novo". Tinha, porque um desses politicoides da vigilância ideológica aterrorizou o dono que, prudente, mandou recobrir com argamassa a memória daquele nome. Ali já não se faz pão e o Estado Novo envelheceu e morreu, mas o estabelecimento persiste: hoje é um desses bares antigos de bairro.

A historiografia ideologizada amputou o fascismo da história social do Brás e superdimensionou o anarquismo e o comunismo que foram ali pouco expressivos. É que o anarquismo ganhara visibilidade na multidão que compareceu ao enterro do operário espanhol Martinez, morador recente da Rua Caetano Pinto, morto pela polícia na greve geral de 1917. Mas a imensa maioria era católica e muito em breve manifestaria sua simpatia pelo fascismo. Do anarquismo praticamente nada ficou na Mooca e no Brás. Mas ficaram as alegres e barulhentas festas de San Gennaro, da Madonna di Casaluce, de são Vito Mártir, suportes de uma remota identidade que não veio pronta da Itália, mas foi construída aqui, nos velhos bairros italianos.

Afonso Schmidt, em sua novela *Mirita e o ladrão*, de 1960,[2] nos fala da construção afetiva da sociabilidade de bairro do Brás, cenário de adventícios em busca do destino. Os embates ideológicos se perdem no cotidiano das ruas, na dramaturgia da luta pela sobrevivência. Mas antes dele, Paulo Lício Rizzo, jovem seminarista presbiteriano que dirigia uma congregação religiosa na região já percebera, em seu romance *Pedro Maneta*, de 1942,[3] que, entre os trabalhadores espanhóis da Mooca e os italianos do Brás, a força do destino deixava na

2 Editora Clube do Livro, São Paulo. [N. E.]
3 Editora Imprensa Nacional, Rio de Janeiro. [N. E.]

penumbra as polarizações ideológicas. Viva era a centralidade ética do trabalho e da família e o conformismo político da nova ordem da era Vargas. Não por acaso, sua personagem Manoela murmura no final do livro: "Como me sinto feliz!".

Nas paredes do "Romão Puiggari" a história sussurra confusas esperanças, *capisce*?

O GRANDE LADRÃO

NUMA CASA AO LADO da Livraria da Vila, na Rua Fradique Coutinho, nº 915, e hoje a ela incorporada, uma placa informa: "Nesta casa, em 14 de junho de 1970, foi preso pela última vez o grande ladrão Gino Amleto Meneghetti". Ele tinha 92 anos. A placa registra como fato histórico uma ocorrência policial e qualifica como grande a figura daquele que, em outros e passados tempos, seria classificado apenas como ladrão. Mas o ancião há muito entrara no imaginário da população paulistana como herói popular, população que torcia por ele e não pela polícia.

Ele nascera em 1878, em Pisa, na Itália, e faleceria, em São Paulo, em 1976, seis anos depois dessa última prisão, com quase cem anos. Era filho de um operário. Seus primeiros delitos foram praticados na adolescência, devido aos quais fugiu para a França, de onde, anos depois, foi deportado para cá. Era mais comum do que se pensa a suposição de que mandar alguém para o Brasil constituía castigo duro.

Chegara aqui com 35 anos. Desembarcou em Santos, em 1913, vindo morar com uma tia em São Paulo. Ao chegar, já era conhecido da polícia, informada previamente pela polícia italiana de seus delitos por lá. Menos de um ano após sua chegada foi preso por roubo e condenado a oito anos de prisão. Daí em diante, sua vida será uma sucessão de prisões, fugas, escapadas espetaculares por muros altos e telhados, mudança de cidades, manipulação de recursos teatrais para mudar de cara e de aparência, de modo a não ser reconhecido. Tinha um fôlego impressionante e escapava da polícia com facilidade. Era admirado nas conversas de calçada dos bairros operários.

Ficou famoso e popular não só por isso, mas também porque só roubava dos ricos. Sua fama deveu-se, ainda, às notícias sobre maus-tratos recebidos na cadeia, frequentemente castigado e recolhido à solitária. Tinha medo de ser envenenado na prisão, o que o levava, em sua cela, a lavar a comida na água da privada, antes de comê-la.

O povo reconhecia nele um dos seus e via em sua história de vítima da polícia sua própria história. Ficara profundamente gravada na memória social a repressão violenta à greve geral de 1917, quatro anos depois da chegada de Meneghetti. Naqueles tempos, o tratamento repressivo às chamadas classes perigosas não fazia propriamente distinção entre delinquentes e proletários. Do mesmo modo que um ladrão como Meneghetti não só agia em nome do que era, no fundo, a luta de classes, como invocava em sua vida símbolos dessa luta.

Raptara, aqui em São Paulo, Concetta Tovani e com ela casara. Dos cinco filhos que tiveram, sobreviveram dois: Espártaco e Lenine, dois nomes altamente simbólicos da luta de classes, nomes que comunistas gostavam de dar a seus filhos. Eram os tempos da consciência social difusa.

Gino Amleto Meneghetti, famoso ladrão, admirado como herói popular, em foto da polícia, 1926.

RAPAZIADA DO BRÁS

RAPAZIADA DO BRÁS ERA O NOME de um conjunto musical que nos cinemas do bairro acompanhava os filmes do cinema mudo. Do grupo fazia parte Alberto Marino, filho de imigrantes calabreses, nascido no próprio Brás em 1902. Aos 15 anos, compôs a valsa *Rapaziada do Brás*, que ainda não tinha letra e seria gravada apenas em 1927.

A valsa nasceu no tumultuado ano da grande greve de 1917, que começou na Mooca, mas ganhou força no Brás. Marino morava ali perto, na Rua do Gasômetro. Seu pai tinha um armazém de secos e molhados, próximo ao Cine Glória.

Em algumas regiões da Itália, o Brás era mais conhecido que São Paulo. Não era incomum que chegassem cartas a São Paulo, procedentes da Itália, dirigidas a determinada pessoa, em tal endereço, "Brás, América del Sud" e a carta chegava ao destino. O bairro se orgulhava de seus cinemas, de sua estação ferroviária com a famosa porteira do "abre quando fecha". Quando a porteira abria para o trem fechava para os bondes e carros. E vice-versa. Após o jantar, no começo da noite, as famílias colocavam cadeiras na calçada para bater papo com os vizinhos, comentar a própria vida e a alheia. O Grupo Escolar Romão Puiggari, em frente à Igreja do Bom Jesus de Matosinhos do José Brás, foi frequentado por crianças que se tornariam adultos famosos. O Brás teve até seu teatro de ópera, o Teatro Colombo, no Largo da Concórdia. Numa das paredes internas uma placa dizia que Pietro Mascagni ali regera sua ópera *Amica*.

Em 1960, o cantor Carlos Galhardo pediu a Marino que pusesse letra em *Rapaziada do Brás*, pois queria gravar a valsa famosa. O compositor sugeriu que seu filho, Alberto Marino Júnior, escrevesse o poema. Em uma semana, o homem que seria o corajoso promotor público do caso do Esquadrão da Morte e se tornaria desembargador tinha os versos prontos: "Lembrar, deixem-me lembrar, meus tempos de rapaz no Brás/ As noites de serestas, casais enamorados/ E as cordas de um violão cantando em tom plangente/ Aqueles ternos madrigais".

Aquele pedaço do Brás de Alberto Marino de certo modo ainda vive. A Cantina Castelões, de 1924 – o ano da Revolução e dos bombardeios que mataram muita gente no bairro –, mantém aquele jeitão das velhas cantinas italianas. Um aviso, no banheiro dos homens, ainda pede em dialeto para que os usuários evitem urinar no chão: "Por favor, chegue mais perto. 'Ele' não é tão grande quanto você pensa...".

O Brás tinha e tem ainda sua própria língua, o dialeto ítalo-paulistano, que Juó Bananére, pseudônimo do engenheiro Alexandre Marcondes Machado, consagrou em suas paródias. Numa viela próxima à Casa das Retortas, quando eu, há poucos meses, fotografava as casinhas bem cuidadas, uma senhora idosa, de cabelinhos brancos, saiu à janela e puxou conversa no sotaque local. Contou-me histórias do bairro. Depois, antes de voltar para dentro, despediu-se:

– *Ciao, bello!*

AVIÕEZINHOS DE ANTANHO

NOS COMEÇOS DA AVIAÇÃO, foi nos amplos terrenos baldios de São Paulo que se improvisaram campos de decolagem e de pouso. Voar parecia fácil. Mimados e abonados da Pauliceia voavam, correndo riscos. Avião se chamava aeroplano, pouco mais do que um brinquedo. Aviões eram montados em barracões de fundo do quintal. Havia passado a era romântica dos poetas que morriam de tuberculose, um triste verso final coroando métricas e rimas. O romantismo, agora, ia para os ares. Para os poetas do firmamento, morrer era parte da aventura da vida, a busca da morte um passatempo. Eles teatralizavam os riscos, despertavam a admiração das mocinhas e a inveja dos marmanjos. Em pouco tempo, havia aviõezinhos nos parques de diversões, quase do mesmo tamanho das latas voadoras.

Era desse tipo o aeroplano utilizado pelo tenente Eduardo Gomes, na Revolução de 1924, para ir do Campo de Marte ao Rio de Janeiro jogar panfletos sobre a cidade, contra o governo, e uma bomba sobre o Palácio do Catete. O aparelho caiu num brejo em Cunha por falta d'água no radiador!

Um desses aviõezinhos caiu na Estrada da Boiada, hoje Avenida Diógenes Ribeiro de Lima, em Pinheiros. O piloto se salvou. Por aquela época, aeroplanos voavam por perto de onde é hoje a Cidade Universitária. Pousavam numa pista onde seria depois a Raia Olímpica e a Marginal Pinheiros. O IPT – Instituto de Pesquisas Tecnológicas fazia pesquisas sobre madeiras brasileiras para fabricação de hélices. Ali começou a nascer o Paulistinha, célebre aeroplano de treinamento que acabaria fabricado em Utinga, na Laminação Nacional de Metais, de Baby Pignatari. Nos anos 1940, ainda era comum ouvir seu zumbido de mamangava, nos domingos, sobrevoando romanticamente o subúrbio e os arrabaldes.

Pousos e decolagens de jovens pilotos, na segunda década do século XX, eram realizados ou no Parque Antarctica ou no Hipódromo da Mooca para audiências nervosas, com direito a gritinhos e aplausos.

Foi um desses jovens, o francês Dimitri Sandaud de Lavaud, que fez em Osasco, no dia 7 de janeiro de 1910, o primeiro voo de um aparelho mais pesado que o ar na América do Sul. Lavaud e a família moravam no chalé que fora do banqueiro Giovanni Bricola, hoje museu. Ali tinha o pai uma fábrica de manilhas, em cuja oficina mecânica Lavaud ia montando seu aeroplano. Construiu uma rampa de madeira no campo que ia do chalé em direção à Estação de Osasco, onde fez naquele dia um voo de 103 metros, oscilando entre uma altura de dois e quatro metros, até cair e quebrar a hélice. Por uma foto se vê que era uma gaiola de arame com um motor. E voava!

Como voou e caiu, nos campos do Ipiranga, o planador fabricado pelo engenheiro Guido Aliberti e seu irmão Aldo. Eram donos de uma fábrica de botões em São Caetano. Na queda, em setembro de 1930, Guido se feriu, foi para o hospital e morreu de infecção. Assunto de página esportiva dos jornais. Aviação era mais ou menos como futebol de várzea, ambos praticados em terrenos baldios.

O CENTENÁRIO DO BIOTÔNICO

CÂNDIDO FONTOURA SILVEIRA (1885-1974) era farmacêutico em Bragança Paulista quando, aos 25 anos, em 1910, criou o Biotônico Fontoura, um fortificante e antianêmico, rico em ferro. Quase todo farmacêutico do interior tinha um medicamento de sua invenção. No mais das vezes, era um purgante. Eventualmente, um fortificante. O ideal de saúde era, então, o da pessoa gorda, inclusive o da criança gorda. Num romance ambientado nos anos 1920, da sra. Leandro Dupré, *Éramos seis*, que em boa parte se passa numa casa da Avenida Angélica, volta e meia dona Lola, a personagem, se refere apreciativamente à robustez de crianças e jovens. Magreza era doença. Um remédio que abria o apetite tinha tudo para dar certo. Eram comuns, sobretudo na roça, as verminoses, que corroíam a saúde dos roceiros que andavam descalços, os parasitas penetrando pela planta dos pés, causa de magrezas que marcaram a imagem do caipira.

Fontoura era amigo de Monteiro Lobato (1882-1948) que, em 1914, publica em *O Estado de S. Paulo*, o artigo "Velha praga", no qual define pela primeira vez o perfil do Jeca preguiçoso. Por aquela época era comum a edição de almanaques distribuídos nas farmácias, com o calendário, as fases da lua, as épocas de plantio dos diferentes cultivos, anedotas e conselhos práticos. Lobato se tornara editor do *Almanaque Fontoura*, que ao longo dos anos teve milhões de exemplares de tiragem.

Em 1924, Fontoura passa a oferecer como brinde, na compra de cada vidro do Biotônico, um exemplar do livreto de Lobato, *Jeca Tatuzinho*. A obra, ilustrada, conta a história de um Jeca magro, doente, preguiçoso, malnutrido. Na passagem de um médico de roça por seu rancho, o caipira fica sabendo que estava na verdade doente, com amarelão. O médico recomenda-lhe o remédio para a doença e, de reforço, o Biotônico para abrir-lhe o apetite, além de recomendar botinas rangedeiras para a proteção dos pés. O Jeca logo se torna um verdadeiro touro, chega a agarrar uma onça pelos bigodes, manda pôr botinas até em porcos e galinhas. Ao opor-se ao caipira do estereótipo, o Biotônico serviu, entre nós, para difundir a ideologia da modernidade urbana. O livrinho de Lobato teve a edição de mais de 100 milhões de exemplares.

O sucesso do fortificante fez a fortuna de Cândido Fontoura. Mas conta a lenda que um dos fatores dessa fortuna foi também o fato de que ele teria começado a exportar seu remédio para os Estados Unidos, onde vigorava a Lei Seca. O Biotônico tinha, originalmente, 9,5% de álcool etílico, o que o tornava um inocente aperitivo. Vendido em farmácia, na América puritana, podia ser comprado como artigo medicinal, sendo, portanto, bebida não pecaminosa. Algo parecido acontecera com a Coca-Cola, uma bebida estimulante, do século XX, originalmente vendida em farmácia.

VIRADO À PAULISTA

NUMA FOTOGRAFIA PAULISTANA dos anos 1920 vê-se um restaurante que anuncia: "Hoje, virado à paulista". Ele é, ainda, prato obrigatório das segundas-feiras nos restaurantes populares da cidade. Há uma variante que o torna diferente do virado habitual de feijão com farinha de milho, couve picada e refogada, arroz e bisteca de porco. Nela se acrescenta o ovo, a banana, a linguiça fritos e os torresmos.

Tudo sugere que o famoso virado foi uma criação urbana para imitar a comida rural no período em que na cidade floresceu o apreço pelas tradições caipiras depois de séculos de desapreço pelo paulista da roça. A valorização simbólica do caipira cresceu com a República e a busca de uma identidade coletiva que nos remetesse a tradições propriamente nossas em oposição à ideia de que a monarquia prolongara no Brasil o estrangeirismo do status colonial. O índio de literatura, no Brasil inteiro, já se tornara referência dessa busca de identidade e em São Paulo foi-o seu mestiço com branco, o caipira, que falava um resquício de língua geral, de sotaque nheengatu, e mantinha ainda um vocabulário cheio de palavras tupi. Na pintura, na música, na literatura, o caipira ganhou lugar e apreço como o paulista autenticamente brasileiro.

Não é estranho que também na culinária tenha havido uma reação nativista que nos afastasse de novidades estrangeiras em face do que éramos. Por exemplo, na fazenda em que morava Tarsila do Amaral, uma das 22 que possuía, havia o hábito estranho, no jantar, da sopa liofilizada importada da França, como quase tudo que os grandes fazendeiros usavam e consumiam.

O virado dos hábitos alimentares da roça, porém, que se servia nas casas de pau a pique, paredes brancas de tabatinga, chão de terra batida, fogão de taipa, dos bairros rurais, era bem outro: virado de feijão com muito caldo, temperado com alho, gordura de porco e sal, e a bem paulista farinha de milho. No domingo, de mistura, o arroz mole, descascado no pilão.

Em prato de ágata, não raro duas pessoas dele comiam ao mesmo tempo, com diferentes colheres. O virado caipira que minha tia, nhá Mariquinha, levava para a roça tinha refinamentos. Na viração do feijão com a farinha, acrescentava ela um ovo e cebola fritos, eventualmente torresmos, que tudo misturado fazia o milagre de multiplicar os efeitos culinários de um único ovo para a meia dúzia de pessoas da família que desse almoço se alimentava nos dias de plantio ou de carpa do milho ou do feijão. O milho socado no monjolo do ribeirão e a massa torrada no tacho resultavam no beiju do virado, o pão da terra, ainda dos velhos tempos de Piratininga.

A MULHER DO TELEGRAFISTA

EM 1909, FRANCISCA JÚLIA DA SILVA, com 38 anos, nascida em Xiririca, hoje Eldorado Paulista, casou-se na capela do Lajeado com Filadelfo Edmundo Munster, telegrafista da Estrada de Ferro Central do Brasil. Lajeado era o que veio a ser Guaianases, um lugarejo que devia o nome à imensa pedreira de onde era retirada a brita para forrar os dormentes da ferrovia. Francisca Júlia fora para o Lajeado quando sua mãe, professora primária, em outubro de 1908, recebeu transferência de Cabreúva para lá. Foi padrinho da noiva o poeta Vicente de Carvalho. Noiva que em Cabreúva fora professora de piano e que tivera como aluno Erotides de Campos, então com dez anos. Ele viria a ser o prodigioso autor de composições como a lindíssima *Ave Maria*. Da desilusão de um frustrado noivado em Cabreúva, Francisca Júlia carregou até quase o fim da vida o alcoolismo.

Pouco tempo antes do casamento com o telegrafista, ela fora convidada a ingressar na Academia Paulista de Letras, que se formava. Recusou. Alguns anos depois, seria homenageada com um busto na Academia Brasileira de Letras. Quem era, afinal, a mulher do telegrafista do Lajeado? Francisca Júlia era a maior poeta do parnasianismo brasileiro, reconhecida e aplaudida por escritores como Olavo Bilac. Publicara seus primeiros poemas em jornais de São Paulo. Em diferentes momentos recolheu-se à vida doméstica, coisa que fez também depois do casamento. Era uma mulher bonita, de viso triste, reflexiva. Sua poesia é densa de competência linguística. Trabalhava com maestria a língua portuguesa. Em seus versos é claro o empenho em fazer de nossa língua instrumento de elaborada criação estética.

Com a descoberta, em 1916, de que o marido estava tuberculoso, tornou-se depressiva e mística. Filadelfo morreu em 31 de outubro de 1920. Ainda no velório, declarou ela que não pretendia vestir o véu de viúva. Após o enterro, Francisca Júlia tomou uma overdose de narcóticos e morreu na manhã do dia seguinte. Seria sepultada no Cemitério do Araçá, no Dia das Almas. Ao seu funeral compareceu a fina flor da intelectualidade, como Guilherme de Almeida, Paulo Setúbal, Mário de Andrade, Oswald de Andrade, Di Cavalcanti...

São os intelectuais de São Paulo que decidem propor ao Governo do Estado a feitura do túmulo da poeta, que tramita no Legislativo por iniciativa do senador estadual José de Freitas Vale, patrono das tertúlias da famosa Vila Kyrial, na Rua Domingos de Morais, lugar de encontro de artistas e escritores e da cultura do Simbolismo. Freitas Vale teria sido seu amante, diziam os maledicentes. Sobre a campa erguia-se a intrigante escultura em mármore, de Victor Brecheret (1894-1955), uma das primeiras, ainda distante das formas definitivas de seu estilo. Mas a cabeça de musa impassível, alusão a um poema de Francisca Júlia, sugere formas que logo se cristalizariam na obra do escultor. A obra, *Musa impassível*, para ser protegida da corrosão, está hoje na Pinacoteca do Estado, restaurada.

Uma réplica substituiu-a no túmulo do Araçá, como a murmurar: "Em teus olhos não quero a lágrima; não quero em tua boca o suave e idílico descante".

Musa impassível, 1923, Victor Brecheret, em mármore de Carrara, encomendada pelo Governo de São Paulo para o túmulo de Francisca Júlia da Silva, hoje na Pinacoteca do Estado.

AS TRÊS LETRAS QUE RESTAM

O SILÊNCIO DA TARDE FICA MAIOR na solidão daquelas três letras que restaram do nome de Francisca Júlia da Silva. É como se, ao roubarem as letras de bronze de seu túmulo, roubassem também os ladrões a memória dessa mulher notável. Não só eles. Dois anos depois de sua morte, na Semana de Arte Moderna, Mário de Andrade fez restrições à sua poesia. Seu lirismo era o indesejável passado daqueles passadistas disfarçados que, ao rebuscarem as raízes de nossa identidade, na áspera linguagem do futuro, perdiam-se nas formas sem encontrar o presente.

Deixo-me ficar, pensativo, naquele canto sem pompa, o olhar preso na obra de arte. "Tinha ela os seios assim pontudos?" – pergunta um dos meus alunos. "Que importa?" – penso comigo mesmo. "Provavelmente, Brecheret quis destacar alegoricamente a beleza da pessoa e da alma de Francisca Júlia" – esclareço sem esclarecer.

Tento decifrar aquela obra de Brecheret, a postura sensual da mulher cheia de vida e ardor, mais expressão das convicções estéticas simbolistas do patrono do túmulo, Freitas Vale, do que do rigor da forma e das palavras na poesia parnasiana da poeta. Naquele tempo de duplicidades e transições, o estético e o vivencial contrapunham seus enigmas. Não é assim ainda hoje? Medito sobre os femininos versos de *Rústica*, tão isso e tão ela: "Pegando da costura à luz da claraboia,/Põe na ponta do dedo em feitio de adorno,/O seu lindo dedal com pretensão de joia."

Noite, abandono e silêncio sobre a terra fria do Araçá. Mas na poesia o quase testamento: "Em noite assim, de repouso e de calma,/ É que a alma vive e a dor exulta, ambas unidas,/ A alma cheia de dor, a dor cheia de alma.../ É que a alma se abandona ao sabor dos enganos,/Antegozando já quimeras pressentidas/ Que mais tarde hão de vir com o decorrer dos anos".

NO ANHANGABAÚ, VERDI E A LIBERDADE

FOI A BUSCA DE GERMAN LORCA, um dos melhores fotógrafos brasileiros do preto e branco, que me levou a reencontrar Giuseppe Verdi (1813-1901) no Anhangabaú. Lorca está fotografando os mesmos lugares da cidade que fotografara na época do IV Centenário. Telefonou-me, preocupado, porque haviam mudado Verdi de lugar. De fato, o compositor parece solitário ali. Mas Amadeu Zani provavelmente não lamentaria o deslocamento de sua melhor escultura, como a definia. Até há pouco havia um jardim só para ela junto à escadaria que desce da Rua Líbero Badaró. Em 2012, estava prevista sua mudança definitiva para a Praça das Artes, na parte voltada para o Vale do Anhangabaú.

O *Giuseppe Verdi* de Zani tem numa das mãos as folhas do pentagrama das inspirações da alma. É um monumento ao talento criador do mais popular dos grandes compositores italianos. Protegido e distraído sob as asas imensas da inspiração musical, nem se dá conta dos passos dos transeuntes que descem e sobem a bela e solene escadaria ali ao lado.

Foi com essa escultura que a colônia italiana o quis na cidade adotiva, vinte anos depois de sua morte, em 1921. Do outro lado do vale, no Theatro Municipal, o coro já cantou tantas vezes "*Vá, pensiero, sull'ali dorate*". Nas asas douradas da lembrança voa o pensamento dos que deixaram lá longe aldeia e família, pátria e povo. "*Oh mia Patria, sì bella e perduta!*", chora a saudade sem alívio dos *oriundi*.

O coro profético dos hebreus escravizados na Assíria, na ópera *Nabucodonosor*, de Verdi, no belo libreto de Temistocle Solera, canta a nostalgia da terra nativa. Os italianos o interpretaram e cantaram, naqueles anos de nascimento da Itália moderna, no século XIX, como o hino cifrado da liberdade em face da dominação do Império Austro-Húngaro. Passou a ser afirmação de identidade, de uma pátria italiana, um sonho:

Vai, pensamento, em asas douradas,
vai, pousa sobre as colinas e os montes
onde a brisa livre sopra
as doces e suaves fragrâncias da terra natal!
[...] / Oh, pátria minha tão bela e perdida!
Oh, lembrança tão querida e fatal!

Em 1921, uma parte imensa da população de origem italiana de São Paulo sonhava e amava em dialeto. A maioria se tornava italiana no Brasil. Ali no Anhangabaú, *Verdi* simbolizava o nascimento da Itália unificada. Aquele monumento propunha a italianidade ao imigrante como ponto de partida, como lembrança da história mítica, como utopia. Nesta cidade de imigrantes e migrantes, Verdi nos lembra o sentido da origem e o sentido da esperança na terra de adoção. Aquele é o *Verdi* de Nabuco. Na terra adotiva do monumento canta essa mensagem universal.

No Brás, no Belenzinho, na Mooca, no Bixiga, no Bom Retiro, o primeiro balbuciar das crianças era em variantes dialetais da língua de Dante ou em dialetos outros, que vem de antigas línguas. Esses sotaques permanecem na cultura e na memória de milhares de brasileiros desta cidade, nascidos da imigração. No coração, uma Itália imaginária. Em muitos paulistanos o português cantado que falam é o que na alma resta de aldeias perdidas numa encosta de montanha do Vêneto ou da Calábria. Já vi lágrimas nos olhos de meus alunos, brasileiros de quinta geração, no Museu da Imigração, diante dos papéis do registro de desembarque dos *bisnonnos* que não conheceram. Soluço da memória e do coração. Nem a então garoa paulistana dissolveu marcas e dilaceramentos da travessia.

Amadeu Zani, que espalhou suas obras por São Paulo, a começar do monumento à fundação da cidade, no Pátio do Colégio, pôs por inteiro o coração na homenagem a Verdi. Aquelas asas imensas protegendo a serenidade pensativa do compositor fazem da escultura uma manifestação terna e comovente. Zani era italiano, de Rovigo, nascido em 1869, lugar de origem de muitos imigrantes que vieram para o Brasil, trabalhar nesta cidade e nos cafezais do interior. Imigrou para São Paulo em 1887 e faleceu em Niterói, em 1944. Foi auxiliar do arquiteto Gaudencio Bezzi na construção do edifício do Museu Paulista e se tornou professor do Liceu de Artes e Ofícios, a grande escola de talentos de São Paulo. Beato seja.

ANGÉLICA, ESQUINA DA SERGIPE

QUASE DIANTE DO PORTÃO dos fundos do Cemitério da Consolação, belo nu feminino em granito, de Francisco Leopoldo e Silva, interroga o motivo da morte de Moacyr de Toledo Piza, advogado, poeta, boêmio dos anos 1920. O escultor era irmão do arcebispo, d. Duarte, em cuja casa morava e esculpia. Ficava onde é hoje a Biblioteca Municipal.

Na noite de 25 de outubro de 1923, uma quinta-feira, Moacyr Piza foi à procura de Nenê Romano, jovem prostituta de luxo, lindíssima, amante de políticos e ricaços. Diziam que era amante do governador. Uma semana antes, depois de dois anos de romance, ela rompera seu caso com Piza.

Num corso de Carnaval, na Avenida Paulista, em 1918, um amante atirara-lhe um bilhetinho, o que foi visto pela noiva, Maria Eugênia. O incidente desencadeou a trama que acabaria em tragédia. A moça era filha de rica e severa fazendeira de Ribeirão Preto, já acusada e presa antes como mandante do assassinato do marido francês de outra filha, porque mais interessado na herança do que na esposa. Dois capangas foram mandados a São Paulo. Não conseguiram matar Nenê Romano, mas desfiguraram-lhe o rosto a navalhada. Era o que, no tempo da escravidão, sinhás ciumentas mandavam fazer com as escravas bonitas quando descobriam que eram amantes do marido. Os criminosos foram presos, mas a mandante não. Nenê Romano entrou, então, com ação de indenização pela lesão sofrida. O processo se arrastava, porque contra gente poderosa, o que a levou a contratar Moacyr Piza como seu advogado, antigo delegado de Bragança e Cruzeiro, para desemperrar o processo.

Ele, porém, se apaixonou por ela, a italianinha deslumbrante, que chegara ao Brasil em 1899, com dois anos de idade. Muito jovem se tornaria costureira no bairro do Brás e, depois, camareira do Hotel Bela Vista, na Rua Boa Vista. Ali se prostituiu com fazendeiros e políticos, gente rica e poderosa. Foi amante de seu advogado por dois anos, quando decidiu deixá-lo. Ele tentou reatar. Mandou-lhe no aniversário o estranho presente, para amantes, de um faqueiro e um buquê de flores, que ela recusou. Foi, então, à sua casa, na Rua Timbiras, nº 18-A, perto da Luz. Havia um carro de praça parado à porta; estava de saída. Porque tinha pressa, mandou-o entrar no carro, para conversar. Quando subiam a Avenida Angélica em direção à Avenida Paulista, na altura da Rua Sergipe, ele deu-lhe vários tiros. Em seguida, matou-se, caindo-lhe por cima.

Foi assim que ela voltou ao Brás, para ser sepultada no Cemitério da Quarta Parada. Sobre seu caixão, as amigas colocaram as flores que Moacyr lhe enviara com o presente de aniversário. Dele, ficaram os versos da paixão desesperada: "O amor de uma mulher, que é o meu Destino/ E cuja boca é a taça do veneno / Que faz de um homem justo – um assassino."

NA DOR DE MÃE, UM MONUMENTO À MÚSICA

NUM CANTO DOS FUNDOS do Cemitério da Consolação, num túmulo diferente e antigo, uma mãe gravou para sempre a poesia de sua dor pela perda da filha, ainda jovem, falecida no Primeiro de Maio de 1922, um domingo. Luisa Crema Marzorati nascera em 1896, em Novi Liguri, no Piemonte, Itália. Tinha então 25 anos. Era musicista, pelo que se vê nos símbolos de uma placa de metal que acompanham o texto de sua mãe, provavelmente pianista. Fazia parte da multidão de imigrantes, sobretudo italianos, que escolheram São Paulo como destino a partir do final da década de 70 do século XIX. Não só os que vinham para o trabalho pesado e duro, mas também os que vinham para as suaves funções da inteligência, as delicadezas da arte.

A São Paulo de 1922 era literalmente uma cidade italiana. O italiano e os dialetos italianos eram a língua falada na cidade, sobretudo nos bairros operários, como o Brás, a Mooca, o Belenzinho, a Bela Vista, a Lapa. Só em 1930 uma nova geração de descendentes de italianos iria exigir que nas reuniões da Società di Mutuo Soccorso "Príncipe di Napoli", de São Caetano, em cujas atas se escrevia San Gaetano, a língua portuguesa se tornasse obrigatória nas reuniões e nos documentos.

Também nos cemitérios de São Paulo a língua da dor e do luto era frequentemente a língua italiana. Como neste túmulo, em que o lamento da mãe pela filha morta está escrito em italiano e num italiano característico, com variações em relação à grafia corrente:

Lungi alla carezza materna
piegasti qual pallido giacinto
ed or piú non dici ai mortali
le noturne armonie di Chopin.
Ma quella musica invisibile
ancor raccoglie e vive l'amore
che alla vita ti diede/e alla vita oggi a te chiama.
Tua madre

Darly Nicolanna Scornaiencchi, professora aposentada de Língua e Literatura Italiana da Faculdade de Filosofia da Universidade de São Paulo, traduz o texto:

Distante da carícia materna
pendeste qual pálido jacinto
e agora não dizes mais aos mortais
as noturnas harmonias de Chopin.
Mas aquela música invisível
ainda conserva e vive o amor
que à vida te deu / e à vida hoje te chama.
Tua mãe

Uma ninfa, gravada na mesma peça de bronze, a cabeça reclinada, as vestes transparentes, com os seios desnudos, segura uma lira.

Darly me explica que se trata de um texto decadentista. De fato, uma inversão aristocrática do sentido corrente e vulgar da morte, uma celebração da vida que há na imortalidade da arte.

Não só essas palavras de mãe nos falam de uma concepção de morte bem diversa da que acompanha os símbolos dos túmulos adjacentes. Sobre o túmulo ergue-se em mármore branco o corpo contorcido, em êxtase sensual, de lindíssima mulher jovem, vestida com traje fino e transparente, delicadamente esculpido na brancura da pedra, expondo sua erótica rebelião contra a morte.

É comovente o sentido que essa mãe órfã quis dar à morte da filha, como se ela renascesse da terra úmida ao som do dedilhar de um piano. Nas tardes suaves daquele cemitério, sob a sombra das árvores antigas que cercam aquele túmulo, tenho a impressão de que os acordes do *Noturno nº 2*, de Chopin, descem suavemente por entre as folhas e atravessam a veste diáfana da alegoria da jovem pianista para tocar-lhe o corpo e a vida.

Aquele túmulo celebra, mais do qualquer outro monumento dedicado às mães na Pauliceia, o sentido poético da maternidade, o pacto de vida entre mãe e filha, que na beleza da música e da poesia estabeleceram os liames de uma eternidade intocável, de uma ternura imensa e transcendente. Não sei o nome dessa mãe nem preciso saber. É a filha celebrada quem me diz quem ela é.

CADÊ O BALEIRO?

O BAIRRO DO BRÁS MUDOU MUITO QUANDO, em 1899, Francesco Matarazzo ergueu o seu Moinho à beira da São Paulo Railway, edifício imenso que ainda lá está. Quase ao lado, ergueu a Tecelagem Mariângela para produzir o tecido da sacaria de algodão da farinha de trigo. O nome de Matarazzo crescia. Também porque os trabalhadores dos bairros e do interior compravam os sacos usados para transformá-los em camisas e cuecas, sem o saber pós-modernas, com a marca Matarazzo estampada na frente e atrás. Isso muito antes de surgirem roupas com a etiqueta de grife costurada do lado de fora.

As duas fábricas davam emprego para muita gente das redondezas. Era um bairro movimentado: armazéns de secos e molhados, padarias, cantinas animadas, das quais resta a Castelões. O esplendor do velho Brás permanece no testemunho silencioso das fachadas da Rua do Gasômetro, o ano de construção sussurrando idade no frontispício.

O antigo bairro caipira, ao redor da Igreja de São Bom Jesus de Matosinhos do José Brás, rapidamente se tornou um bairro operário e italiano. Em 1898, do outro lado da rua, defronte à igreja, era criado o Grupo Escolar, que veio a ser o "Romão Puiggari", onde muitos filhos de italianos se tornaram orgulhosamente brasileiros. Bairro proletário, mas culto: já em 1908, no Largo da Concórdia teve o seu teatro de ópera, o Teatro Colombo. Ali, em 1911, o próprio Pietro Mascagni regeu sua ópera *Amica*.

A Rua do Brás, futura Rangel Pestana, separava as "duas Itálias" do bairro. Na Rua Caetano Pinto, concentravam-se na Igreja da Madonna di Casaluce os napolitanos, com sua ainda hoje bela festa de rua. Na Rua Polignano, na Igreja de são Vito Mártir, concentravam-se os bareses de Polignano a Mare, com sua movimentada festa anual de salão.

No Cine Piratininga, do lado napolitano, era onde se viam os filmes de Tom Mix, de Buster Keaton, de Carlitos. Mesmos filmes vistos, do lado barese, no Cine Glória, que se chamou antes Cine Theatro Ísis, de 1912, e que nasceu num barracão de fundo de quintal, na Rua do Gasômetro. Era dos irmãos Taddeo, um deles também dono do Piratininga. O Ísis foi reconstruído e ampliado em 1926 pela Cia. Construtora de Santos, de Roberto Simonsen. Ainda está lá, no nº 235, escondido numa loja de portas e janelas da Madel, que mantém a fachada original *art déco.* No interior do prédio, ainda se veem o palco, o balcão com o piso original de madeira, o corrimão das escadarias, uma arandela típica dos cinemas antigos, restos do piso original de ladrilho hidráulico no *hall* de entrada. Mas já não há ali o suspiro dos namorados de mãos dadas, a algazarra das crianças nas cenas esperadas, a música da orquestra que dava vida ao cinema mudo. O próprio baleiro se foi, levando consigo a doçura tão própria desses antigos cinemas de bairro.

Cine Piratininga, o lado napolitano do Brás, década de 1970.

OS VERDES JARDINS DA INDEPENDÊNCIA

NO MEIO DO CAMINHO HÁ UM JARDIM, o jardim monumental que liga o palácio ocupado pelo Museu Paulista ao Monumento à Independência, construído à beira do Riacho do Ipiranga. Havia um caminho onde está o jardim. O Caminho do Mar, também conhecido como Estrada das Lágrimas.

Foi por esse caminho que veio de Santos, adoentado, o príncipe regente, d. Pedro, na tarde de 7 de setembro de 1822. No bairro dos Meninos, hoje Rudge Ramos, em São Bernardo, ordenou que a tropa o esperasse mais adiante. Estava mal, com diarreia, como anotou um de seus acompanhantes. A guarda de honra e os demais membros do grupo apearam numa venda de beira de estrada, próxima da aguada. Quando o príncipe despontou na colina, montaram e cavalgaram em sua direção. Ali recebeu ele as cartas de José Bonifácio e da princesa Leopoldina, que anunciavam a decisão de Portugal de levá-lo de volta. Foi o motivo de sua opção pela Independência ali mesmo.

No local em que ela foi proclamada, no alto da colina, se construiu, a partir de 1884, o palácio que seria inaugurado em 1890 e que seria depois o museu. Mas aquele era um lugar ermo e feio, como mostram fotografias da época. Só em 1907 o governo contratou o paisagista belga Arsenius Puttemans para ajardinar a frente do museu. O paisagismo belga florescera, na segunda metade do século XIX, no Romantismo tão próprio da literatura e das artes naqueles tempos de nostalgia e de ânsia de futuro simultâneos. Calhava: o complexo do Ipiranga seria em boa parte um discurso visual do nosso Romantismo político.

Os jardins foram ampliados na obra de ajardinamento e de construção do monumento, tendo em vista as celebrações do centenário da Independência, em 1922. Mas o conjunto só ficou pronto em 1926. É o mais belo jardim público de São Paulo. Os outros chamados jardins eram parques, mais para o florestal do que para o floral, como o da Luz. Os verdadeiros jardins europeus, sobretudo os franceses, libertaram as flores e arbustos das plantas maiores, das frutas e das verduras comestíveis, segregando-os em espaços de contemplação estética e prazer odorífico. Foi o que deu mais plasticidade ao desenho e permitiu fazer do jardim uma verdadeira obra de arte, como uma pintura ou uma escultura, livre das couves. Os do nosso museu também traziam essa marca de liberdade.

É comum ouvir-se que esses jardins foram inspirados nos do Palácio de Versalhes. Talvez. Mas os de Versalhes estão povoados de esculturas de entes míticos, lagos, salas, enigmas antigos, como o do labirinto, numa imensa construção simbólica que tem nas plantas os materiais principais. No Ipiranga, ao contrário, os jardins não contêm nenhum sistema próprio de significados. São meros adornos do museu, de Tommaso Bezzi, e do conjunto escultórico, de Ettore Ximenes.

No desenho desses jardins há um código claramente importado. Visto de lugares altos, faz a quem o vê um discurso paisagístico de uma identidade muito clara, francesa. É, no entanto, uma bela forma vazia, como toda forma que se preza, exercício de esteticismo paisagístico. O mesmo acontecia com o palácio da colina, antes de se tornar museu, construído sem finalidade clara. E o mesmo veio a acontecer com o monumento à beira do riacho. As alegorias relativas ao processo da Independência lhe foram agregadas devido ao clamor que se ergueu diante de uma escultura que podia ser levantada tanto aqui quanto na China e significaria a mesma coisa: nada. Os escultores que vinham para cá tinham concepções formais estereotipadas. O que celebravam tendia a ser alheio ao celebrado.

A exacerbação das formas e a pobreza de conteúdo em obras como essas expressam maravilhosamente o quanto a sociedade brasileira ainda não havia produzido os seus próprios conteúdos e a sua identidade. De certo modo, nossa história social tem sido, em boa parte, a história do nosso esforço para preencher esses vazios, para nos construirmos através dessas formas que nos encantam e nos atormentam ao mesmo tempo.

O BEIJO ETERNO E OS ESTUDANTES DAS ARCADAS

TÃO COMPLICADAS ERAM AS COISAS que nem beijar em paz se podia. Foram parar os dois, ali, na porta da Faculdade de Direito, no Largo de São Francisco, sequestrados pelos estudantes já cansados de tanta intolerância. A escultura ficou mais famosa pelo repúdio do que pela arte. Ganhou dois nomes, O *idílio* ou *O beijo eterno*. Eterno porque, afinal, empurrada de cá pra lá, seus dois jovens amantes não desgrudaram um do outro.

Eram parte de um conjunto escultórico, monumental, em homenagem a Olavo Bilac, antigo aluno da então Academia, em 1887-1888, cujo curso não chegou a completar. Os próprios estudantes quiseram homenageá-lo, quatro anos depois de morto, no dia do centenário da Independência, em 1922. Encomendaram a obra a William Zadig, escultor sueco, nascido em 1884, que viveu em São Paulo de 1912 a 1920 e aqui casou com a paulista Maria da Glória Capote Valente. Voltaria à Europa, onde morreria em 1952.

Zadig se inspirou numa escultura de mármore de Auguste Rodin, *O beijo*, por sua vez inspirada na história de Francesca e Paolo, que viveram na Idade Média. Francesca fora dada em casamento a Gianciotto Malatesta, senhor de Rimini, que a entregou à guarda de seu irmão Paolo. Gianciotto os surpreende no primeiro beijo e os mata. Dante os situa no inferno, entre os que cometeram o pecado da carne. Rodin já havia celebrado esse amor impossível na sua *Porta do inferno*, o beijo como expressão da consciência do amor.

O Paolo de Zadig é bem mais atual do que o de Rodin. E Francesca se converteu numa formosa indígena. O escultor situou sua obra no imaginário nacionalista do tempo. A pintura, a escultura, a música, a literatura celebravam em nossas raízes indígenas a nossa brasilidade, nossa mestiçagem de origem. Celebração um tanto hipócrita numa época de expansão territorial violenta e genocida da fronteira econômica sobre terras indígenas usurpadas.

Aquela escultura é uma proclamação nacionalista para celebrar a memória do poeta Olavo Bilac. O mesmo Bilac que um dia escreveu para as crianças brasileiras: "Criança! não verás país nenhum como este: Imita na grandeza a terra em que nasceste!".

Fundido na Dinamarca, o monumento a Bilac foi instalado na Praça dos Expedicionários, na Avenida Paulista, esquina da Rua Minas Gerais. Ficou ali até 1936, objeto de protestos e de manifestações antagônicas. Foi, então, desmontado e levado para o Viveiro Manequinho Lopes, da Prefeitura.

No mesmo ano da Semana de Arte Moderna, o monumento fora localizado no meio de bairros ricos, de gente que não raro passava temporadas em Paris. Mas aquela celebração da transgressão carnal bem ali, embaixo de suas janelas, perturbava. Perturbava também quem não ia a Paris, mas ia à Avenida Paulista de bonde.

Aquele mal-estar em relação a *O beijo eterno*, de Zadig, nos fala da dupla personalidade do brasileiro de elite daqueles tempos. O que era aceito e admirado por eles na Europa era intolerável aqui. Essa duplicidade é um traço bem nosso. Lá o progresso, aqui a ordem.

A sensualidade é boa para a filha dos outros. Admitíamos lá o beijo sensual e belo e aqui as mulheres mal haviam saído detrás das rótulas das janelas, escondidas do olhar dos estranhos.

Jânio Quadros, prefeito, nos anos 1950, anistiou os amantes de Zadig e mandou-os para uma praça do Cambuci. Mas havia uma escola por perto e os pais acharam que a nudez e o beijo dos dois adolescentes não eram educativos. Em menos de 24 horas voltaram os dois jovens apaixonados a beijar-se no escurinho do depósito municipal.

Até que o prefeito Faria Lima, em 1966, libertou-os do mofo e do pó e mandou-os para a entrada do túnel Nove de Julho, novamente entre protestos. Foi a conta. Os estudantes da Faculdade de Direito não tiveram dúvida. Numa madrugada, resgataram os dois namorados e os colocaram sob sua proteção na calçada fronteira da escola, que é parte do território livre das Arcadas.

Que se beijem à vontade, dia e noite. Fizeram, assim, *data venia*, a bela proclamação de que o amor é também um direito, o maior de todos, aliás.

O ENIGMA DE PAIM VIEIRA

É UM TÚMULO SIMPLES, de tijolo, com reboco rústico, sem pintura, no Cemitério da Consolação. Não fossem as alegorias do céu, pintadas sobre azulejos por Antônio Paim Vieira (1895-1988), ali sepultado, e seria considerado um esquecido túmulo de gente pobre. Não é. A família do pintor foi dona do imenso terreno que vai da Rua Frei Caneca até a Avenida Brigadeiro Luís Antônio e da Avenida Paulista até a Rua Dona Antônia de Queiroz, uma das áreas mais valorizadas da cidade de São Paulo. Os Paim se aparentaram com os Vieira, os Pamplona, os Coelho, todos originários dos Açores, hoje nomes de ruas em São Paulo, para onde migraram depois de emigrarem para o Rio de Janeiro. Eram pessoas simples, que acabaram fazendo fortuna na compra e revenda de terrenos e fornecimento de macadame para calçamento de ruas.

Já li, em algum lugar, que os anjos alegóricos de Antônio Paim Vieira eram "diabinhos". Sacrilégio! Uma pomba do Espírito Santo, de porcelana, na cabeceira do túmulo, contém a chave do mistério daqueles anjos alegres, brincalhões e sorridentes, descabidamente esvoaçando naquele cenário de morte. São anjos alegóricos da utopia joaquimita, expressões da festa da Era do Espírito Santo, que abre na história o tempo da esperança, da alegria, da fartura e da justiça.

É coisa muito antiga, que nos vem da Calábria, onde viveu Gioacchino da Fiore (1130-1202), um monge cisterciense que concluiu haver na Bíblia três Testamentos e não dois. O primeiro, do Tempo do Pai, que terminaria em água, com o dilúvio, o tempo do Velho Testamento. O segundo, do Tempo do Filho, que terminaria em sangue na cruz, o tempo do Novo Testamento. O terceiro, do Tempo do Espírito Santo, que terminaria em fogo, o tempo do Novíssimo Testamento. A Era do Espírito seria a antecipação utópica do reino da plenitude do homem na história, o tempo da sua libertação, o tempo do nascimento histórico dos contrários, em que o bem nasceria das ruínas do mal.

A utopia de Joaquim se disseminou pelo mundo católico, chegou ao norte da Europa e à Península Ibérica. Em Portugal, tornou-se devota e seguidora do culto do Espírito Santo a rainha dona Isabel, depois, santa, esposa do rei d. Dinis, o Lavrador. Plasmou-se a utopia nas Festas do Divino e nas Santas Casas de Misericórdia, chegadas ao Brasil com o descobrimento. As Folias do Divino celebram a esperança joaquimita ainda hoje, em todo o país, anunciando a festa comunitária da misericórdia. Pagam promessas com a peregrinação, carregando a bandeira vermelha do Divino, a pombinha branca no meio. Percorrem as casas da roça pedindo pouso em cantorias lindíssimas e comoventes para angariar prendas para a Festa do Divino, festa da fartura e da partilha, que se cumpre após a colheita, fora do calendário litúrgico.

Ivan Lins, em *Bandeira do Divino*, canta o profetismo dessa crença popular:

> *A bandeira acredita que a semente seja tanta,*
> *que essa mesa seja farta,*
> *que essa casa seja santa,*
> *que o perdão seja sagrado,*
> *que a fé seja infinita,*
> *que o homem seja livre,*
> *que a justiça sobreviva.*
> [...] *No estandarte vai escrito que Ele voltará de novo e o rei será bendito*
> *– Ele nascerá do povo.*

A utopia joaquimita chegou, também, ao pensamento erudito, influenciando Auguste Comte, que o cita, e sua concepção de ordem e progresso. Influenciou, ainda, Karl Marx, através de Hegel, na concepção triádica do processo histórico, uma era saindo das ruínas de outra.

A família Paim Vieira doou o terreno, ainda no século XIX, para a construção da capela do Divino, na Rua Frei Caneca, onde seria construída a igreja dessa devoção no começo do século XX. Nessa rua viveu Antônio Paim Vieira, que deixou sua arte espalhada por vários lugares, especialmente na cidade de São Paulo, como na Igreja de Nossa Senhora do Brasil. Era professor de desenho e arte no Instituto de Educação Caetano de Campos. Participou da Semana de Arte Moderna. Foi ilustrador da famosa revista *Fon-Fon*. Demarcou seu lugar na eternidade com símbolos da utopia do Divino.

A NAU DOS SÍRIOS E LIBANESES NA 25 DE MARÇO

POR ONDE UM DIA FLUIU, plácido, o Rio Tamanduateí, deslocado uns tantos metros adiante para dar lugar ao Parque D. Pedro II, em São Paulo, existem hoje a Praça Ragueb Chohfi e a Rua 25 de Março. Ali, ao pé de onde é a Ladeira Porto Geral, existiu em tempos idos o Porto Geral de São Bento, onde atracavam, remadas por escravos, as canoas com produtos das fazendas dos monges em São Caetano e São Bernardo. Um dia atracou ali, quando o rio já mudara de curso, uma nau fenícia sob a forma de monumento para celebrar a amizade sírio-libanesa. Era encomenda dos libaneses e sírios de São Paulo ao escultor italiano Ettore Ximenes (1855-1926), em 1922, para celebrar também o centenário da Independência do Brasil.

Segundo o próprio Ettore Ximenes, citado em notícia de *O Estado de S. Paulo*, em 1928, quando da inauguração, três lados do monumento contêm relevos representando as contribuições sírio-libanesas no mundo da cultura: os fenícios como pioneiros da navegação, a descoberta das Ilhas Canárias por Haitam I e o ensino do alfabeto. Um quarto lado celebra a penetração árabe no Brasil, representando o comércio que leva à prosperidade. No topo do monumento, três figuras humanas em tamanho natural: uma figura feminina representando a República brasileira, voltada para uma donzela síria que faz uma oferenda a um irmão brasileiro, um guerreiro indígena. Duas placas que continham em português e árabe um poema de Ilyas Farhat, poeta imigrado para o Brasil em 1910, foram roubadas. Segundo o historiador Jeffrey Lesser, há um monumento com alegorias parecidas em Tucumán, Argentina.

A decisão de mandar erguer o monumento foi política. Em 1922, havia no Brasil uma onda nacionalista e um clima adverso para os muitos estrangeiros que aqui viviam. Foi época em que filhos de imigrantes de várias nacionalidades começaram eles próprios a abandonar a língua e a cultura dos pais e a exacerbar uma brasilidade adaptativa e autoprotetiva. A comunidade sírio-libanesa paulista decidiu erguer um monumento que fosse, também, a celebração de seu acolhimento pelos brasileiros. De propósito, encomendaram a obra a Ettore Ximenes, autor do emblemático *Monumento à Independência*, no Ipiranga. Era o modo de situar-se positivamente no ideário nacionalista da época. A inauguração teve até parada de dois mil soldados diante de imensa multidão.

O siciliano Ettore Ximenes, que viveu uns tempos na Vila Prudente, morreu na Itália dois anos antes da inauguração do monumento. Viera para o Brasil em 1919 para trabalhar. Perambulou pelo mundo construindo monumentos: na própria Itália, na Rússia, nos Estados Unidos, na Argentina. Foi um escultor das epopeias. Em São Paulo, no Liceu de Artes e Ofícios, montou uma oficina de bronze, formando vários artistas. O monumento à amizade sírio-libanesa, construído com contribuições de sírios e libaneses, ricos e pobres, foi, talvez, sua última obra. Essa obra proclama a identidade de cada um desses povos na terra que os acolheu como "turcos", que não eram.

Num momento em que os cedros do Líbano derramam o pranto de seu orvalho sobre uma terra de dor, lembro-me do primeiro libanês que conheci. Eu tinha uns cinco ou seis anos. Foi na casinha branca, de pau a pique, bem caipira, de meus avós imigrantes, no bairro do Arriá, na serra entre Bragança e Socorro. Ninguém lhe sabia o nome. Era conhecido como Compadre Turco, verdadeira lenda. Era quem trazia notícias sempre boas, de como andava o mundo. Falava, também, de coisas espantosas, ainda não sabidas. O Compadre Turco era tido como um sábio. Antes de abrir sua pesada mala de mascate, de couro cru, cheia de preciosidades, verdadeira loja carregada nas costas, passava longo tempo proseando. Ficava para almoçar em prato de ágata o feijão com farinha de milho de minha avó e tomar em tigelinha de louça, sem asa, o café cheiroso, que não faltava. De tanto andar por aquelas serras, e de tantos compadres que arrumou, foi se tornando caipira e brasileiro.

O MAIS ANTIGO ARRANHA-CÉU DE SÃO PAULO

O MAIS ANTIGO ARRANHA-CÉU DE SÃO PAULO, de 1924, fica diante do arvoredo do pequeno jardim que liga a Rua Líbero Badaró ao Vale do Anhangabaú, entre dois altos edifícios modernos, expressões da árida linha reta na paisagem do centro. É o prédio Sampaio Moreira, nº 344-350 daquela rua. Projetado por Christiano Stockler das Neves, foi construído pelo escritório técnico de seu pai, o agrônomo Samuel das Neves, do qual era sócio desde 1911, quando se formou em arquitetura pela Universidade da Pensilvânia, nos Estados Unidos.

Edifício de escritórios, o Sampaio Moreira foi o primeiro arranha-céu da cidade, com treze andares, mais um terraço, batido poucos anos depois pelo Edifício Martinelli, ali perto. Mas tem a delicada beleza que o maçudo Martinelli não tem. Quebrou na cidade a influência europeia, sobretudo francesa. Inaugurou aqui a verticalidade dos edifícios nova-iorquinos, à qual o arquiteto brasileiro agregou belas intromissões de estilo Luís XVI na fachada. É um marco do nosso nascente ecletismo arquitetônico e do nosso hibridismo no gosto. Originalmente, para quem olhasse dos jardins do Anhangabaú, o Sampaio Moreira se compunha visualmente com os dois pavilhões que Samuel das Neves projetara para o conde Prates, grande fazendeiro de café. O Sampaio Moreira é uma joia referencial da *belle époque* paulistana, que conserva as características originais, do vermelho elevador sueco, aos pisos, aos metais e à luminária do hall.

O projeto foi feito para o negociante José de Sampaio Moreira (1866-1943), brasileiro de São Paulo, conforme me esclarece seu neto. Era filho de Francisco de Sampaio Moreira, imigrante português, vindo para São Paulo no século XIX, chamado por um irmão, dono de uma loja de ferragens na Rua da Quitanda. Prosperou nos negócios, ficou rico, teve chácara e residência no Brás. Embora fosse sobretudo comerciante, foi também industrial, teve tecelagem e uma fábrica de anilinas para tecidos, foi sócio da empresa Leite Vigor, teve casa bancária. Foi credor de empresas e pessoas. Na crise do café, recebeu em pagamento de dívidas o palacete de dona Sebastiana da Cunha Bueno, na Avenida Paulista, com tudo que havia dentro, para onde se mudou. Parte dos móveis dessa casa está hoje na Fazenda Santa Cecília, em Cajuru, remanescente da Fazenda Carlota, de café, que tinha cerca de 7 mil hectares de terra quando fundada, em 1899.

José de Sampaio Moreira foi irmão protetor da Santa Casa de Misericórdia, beneficiando-a com largas doações. Conta seu neto que uma vez um grupo de benemerência foi pedir dinheiro a Francisco, o pai. À vista da quantia dada, reclamaram dizendo que seu filho José havia feito contribuição maior. Replicou, dizendo: "Ele pode: tem pai rico". Na casa bancária, certa vez, um cliente tomou emprestada uma quantia, amarrotou o dinheiro e o enfiou no bolso. José pediu-lhe o dinheiro de volta e cancelou o empréstimo, explicando: "Dinheiro tem que ser tratado com carinho". Apesar de muito rico, andava de bonde.

Dono de um grande número de imóveis em São Paulo, no início do século XX foi cliente de Ramos de Azevedo, a quem encomendou vários projetos. Mas tornou-se cliente de Christiano Stockler das Neves, que fez para ele um grande número de projetos. Foi quem lhe projetou o Edifício Mesão Frio, em estilo art déco, construído em 1940, na Rua Barão de Itapetininga, com galeria para a Rua Marconi. Mesão Frio é o nome do burgo de origem da família Sampaio Moreira, no norte de Portugal, perto da fronteira com a Espanha. Vem daí a incrível vocação comercial de pai e filho. É historicamente lugar de comerciantes e artesãos e da feira franca que ali se realiza anualmente, desde a Idade Média, a famosa Feira de Santo André. É o que parece explicar o pré-capitalismo rentista de uma biografia singular na história do empresariado de São Paulo. Pré-capitalismo, porém, que não o impedia de encomendar obras oníricas e avançadas aos primeiros arquitetos paulistanos.

RUA VAUTIER, Nº 27, A CONSPIRAÇÃO

OS RAPAZES ALUGARAM A PARTE DE CIMA do sobrado nº 27 da rua, hoje avenida, Vautier, por onde passava o bonde, uma travessa da Rua João Teodoro, no Pari, perto da Luz. Na parte debaixo havia uma casa comercial. Custódio de Oliveira era tenente do Exército, do 2º Grupo Independente de Artilharia Pesada, de Quitaúna, em Osasco. Joaquim Távora era engenheiro civil e capitão do Exército. Havia comandado o levante militar no Mato Grosso em 1922. Fora preso, ao ser libertado pelo Superior Tribunal Militar, em decorrência de um *habeas corpus*, desertou em 1923 e envolveu-se na conspiração para depor o presidente Artur Bernardes.

O quarto da Rua Vautier era uma república frequentada por Miguel Costa, major e comandante da Cavalaria da Força Pública de São Paulo. Frequentavam-na, também, Cabral Velho, major de Infantaria do Exército em Caçapava; Newton Estilac Leal, capitão do Exército, encarregado do material bélico na 2ª Região Militar; tenente Asdrúbal Gwyer de Azevedo, tenente Luiz Cordeiro de Castro Afilhado, ambos do 4º Batalhão de Caçadores, no bairro de Santana, onde hoje é o CPOR (Centro de Preparação de Oficiais de Reserva). Outros tenentes andavam por lá, como Eduardo Gomes. A república de moços era, na verdade um aparelho de militares insurgentes que conspiravam contra o governo do presidente Artur Bernardes. Havia outro aparelho na Travessa da Fábrica nº 6. Instalaram-se perto dos quartéis da Força Pública, ao lado da Luz, que pretendiam tomar antes de se deslocarem de trem para o Rio de Janeiro para depor Bernardes.

Toda a inocência da Rua Vautier estava por um fio nos dias de junho de 1924. Naquele sobrado corria solta a conspiração. O nome da rua, antiga travessa do Pari, é homenagem ao dr. Emílio Vautier, conceituado médico cirurgião e dentista francês, nascido em 1814, radicado em São Paulo já antes de 1841, aqui falecido em 16 de setembro de 1889, com 75 anos. Tinha ali uma chácara no que era, então, o Pari de Baixo, na travessa que partia da Rua Dr. João Theodoro Xavier. No alinhamento feito pela Câmara em 1892, a rua ficou com 16 m e 20 cm de largura. O dr. Emílio Vautier, que fora senhor de escravos, tinha consultório na Rua do Rosário, nº 56, atual Rua 15 de Novembro, no centro, onde residia. Atendia os pobres gratuitamente, todos os dias, das 7h às 8h da manhã. Foram seus filhos Emília, Eugênio, Eduardo e Artur Vautier. Herdou-lhe a profissão e a clientela o filho, dr. Eugênio Vautier. Era proprietário de vários imóveis no centro da cidade e no arrabalde. Antes de 1876, vendera seu sítio da Lapa, que compreendia boa parte do atual bairro desse nome, com casa e senzala.

O sobrado da república dos militares conspiradores ficava onde estão hoje os imóveis de nº 29 e nº 33. Ali se desenvolveu boa parte da conspiração tenentista que culminaria na Revolução de 5 de julho de 1924. Das quatro semanas de combates nas ruas de São Paulo, resultaria uma cidade arruinada, casas e fábricas bombardeadas e incendiadas, centenas de mortos, feridos e refugiados. As fotos feitas no sobrado pela polícia, após a retirada, mostram que viviam e se reuniam num quarto modestíssimo, umas poucas malas empilhadas, um verdadeiro acampamento.

Joaquim Távora seria gravemente ferido alguns dias depois numa emboscada em combate na Rua Vergueiro e faleceria.

Os revoltosos retiraram-se para o interior na madrugada de 28 de julho, na coluna liderada pelo major Miguel Costa, indo encontrar no Sul os insurretos liderados pelo capitão Luís Carlos Prestes. Da junção das duas colunas, surgiria a Coluna Miguel Costa-Prestes, depois conhecida apenas como Coluna Prestes. Derrotados, alguns se refugiariam em outros países, outros seriam presos, todos seriam processados. O processo abrange 171 volumes e mais de 15 mil páginas de documentos.

Miguel Costa voltaria como general e comandante militar da Revolução de Outubro de 1930, liderada pelo civil Getúlio Vargas. Os moradores e frequentadores do sobrado, com a vitória da Revolução, se tornariam personagens da República, vários seriam ministros, decidiriam os rumos do país. Juarez Távora, irmão de Joaquim, se tornaria o poderoso “vice-rei do Norte”, seria general, ministro e candidato à presidência da República. Eduardo Gomes seria brigadeiro, ministro e também candidato a presidente. Estilac Leal seria general e ministro da Guerra. Gwyer de Azeredo seria o brilhante polemista dos combates verbais no Clube Militar que expuseram os vícios e defeitos da oficialidade da República Velha, em especial a do ministro da Guerra, Setembrino de Carvalho.

As ideias dos conspiradores da Rua Vautier, contidas em anotações encontradas no sobrado pela polícia, destruiriam o Antigo Regime, transformariam o Brasil agrícola no Brasil industrial, poriam fim à república oligárquica e, também, em nome da democracia, abririam caminho para a ditadura. Era o tortuoso caminho do Brasil para chegar ao mundo moderno.

Sobrado da Rua Vautier, n° 27, no Pari, onde residiu o tenente Custódio de Oliveira, que lutou na Revolução de 1924.

Secretaria da Justiça e da Segurança Publica do Estado de São Paulo

GABINETE DE INVESTIGAÇÃO E CAPTURAS

SECÇÃO DE IDENTIFICAÇÃO

Phot. vendo-se o sobrado nº 27 da Avenida Vautier, onde residia o tenente Custodio de Oliveira.

Secção de Identificação do Estado de S. Paulo (Capital), 6 de Agosto de 1924.

VISTO, O Ch[illegible] da Secção [signature]

A REVOLUÇÃO DE 1924

CINCO DE JULHO DE 1924 FOI UM SÁBADO. Naquele tempo, sábado era um dia de trabalho como outro qualquer. Quem tomava o café da manhã no bar e restaurante da Estação da Luz às 6h não notou nada. Quem tentou tomar o trem às 8h30 na mesma estação descobriu que não havia trens e que a estação fora ocupada por uma tropa da Força Pública comandada por um sujeito magrela, um tal de tenente João Cabanas, que ficaria famoso. Mandou fuzilar saqueadores no centro da cidade.

Nessa mesma hora, já estavam presos os comandantes da Força Pública e da 2ª Região Militar, do Exército. Este ainda vestia farda de gala, de uma festa no Hotel Esplanada, atrás do Theatro Municipal. Fora acordado de madrugada por um ajudante de ordens que lhe deu a notícia de que a festa era outra: uma revolta de oficiais do Exército e da Força Pública para depor o presidente da República, Artur Bernardes. Poucos dias depois o governador Carlos de Campos abandonava o Palácio dos Campos Elíseos para se refugiar na Estação de Guaiaúna, na Penha, na Estrada de Ferro Central do Brasil, sob tutela das forças legais do Exército. O ministro da Guerra e os generais mandaram bombardear a cidade para desalojar os revoltosos. Dia e noite os tiros podiam ser ouvidos em todos os cantos.

Da Avenida Paulista ao Brás, ao Belenzinho, à Vila Mariana, à Mooca, às Perdizes, ao Ipiranga, à Vila Prudente, trincheiras foram abertas nas ruas da cidade. Um tiro de canhão despejou uma bomba no Liceu Coração de Jesus e feriu algumas crianças. A Igreja da Glória, no Lavapés, foi praticamente destruída pelos bombardeios. Famílias inteiras morreram dentro de casas bombardeadas. Mortos foram sepultados em terrenos baldios e quintais. Mais de um terço da população da cidade fugiu para o interior. Um grande número de adultos e crianças foi recolhido a um acampamento de refugiados da Cruz Vermelha, na Zona Leste. Aquele foi um dos invernos mais frios de São Paulo.

A cidade foi bombardeada durante 22 dias. Artur Bernardes e seu ministro da Guerra mandaram dizer, aos que pediam misericórdia para o povo de São Paulo, que o Estado de São Paulo era rico e não teria problemas para reconstruir a bela cidade se ela fosse destruída. Os revoltosos a abandonariam só na madrugada do dia 28 de julho, quando se retiraram de trem para o interior, bombardeando pontes no caminho. Deixaram para trás mais de quinhentos mortos, a maioria civis, um grande número de feridos e mutilados, fábricas, residências e armazéns destruídos pelos bombardeios e pelos incêndios. São Paulo foi a primeira cidade brasileira a sofrer bombardeio aéreo.

Não há um único monumento que celebre a memória das vítimas. O único foi feito à bala: a chaminé de uma usina termoelétrica na Rua João Teodoro, em que, 85 anos depois, ainda se podem ver os buracos dos tiros de canhão.

O AEROPLANO DE EDUARDO GOMES

O CAMPO DE MARTE VOLTA a cair na boca do povo com a notícia de que serão ali a estação e o pátio ferroviário da nova linha do trem-bala que ligará Campinas, São Paulo e Rio de Janeiro. Ele tem muita história, um capítulo da qual é o de seu uso durante a Revolução de 1924 pelos revoltosos. Estes tinham no tenente Eduardo Gomes (1896-1981) o seu entendido em aviação. Os mais velhos se lembrarão dele como candidato derrotado à presidência da República em 1945, para o general Eurico Gaspar Dutra, e em 1950, para o ex-presidente Getúlio Vargas, que o fizera brigadeiro em 1941. Foi ministro da Aeronáutica em duas ocasiões e organizou a Força Aérea Brasileira, da qual é patrono.

A história mais recuada do brigadeiro é menos conhecida. Participou da Revolta dos 18 do Forte, em 1922, a insurgência dos oficiais do Forte de Copacabana que deu origem ao Movimento Tenentista, o qual culminaria na Revolução de Outubro de 1930, a derrubada da República Velha e a ascensão de Getúlio Vargas ao poder. Na Revolução de Julho de 1924, Eduardo Gomes veio para São Paulo para participar. Bloqueado o movimento dos revoltosos no interior da cidade, decidiram enviar ao Rio de Janeiro um avião com panfletos políticos para serem jogados sobre a cidade e uma bomba para ser jogada sobre o Palácio do Catete, onde morava e despachava o presidente da República, o mineiro Artur Bernardes, que os revoltosos queriam depor.

Mas os aviõezinhos disponíveis não tinham autonomia de voo para ir até o Rio e voltar para pousar em segurança no Campo de Marte. Não havia como pousar no Rio de Janeiro sem que os ocupantes fossem capturados. Num desses pequenos aviões, Eduardo Gomes fez adaptações, agregou um tanque adicional de combustível que lhe permitisse o voo de ida e volta sem escalas. Tudo pronto, com o avião pilotado por um alemão que não falava a língua portuguesa, embarcou o tenente com a bomba e os panfletos rumo ao Catete.

O avião cairia num brejo em Cunha, na Serra do Quebra-Cangalha, muito antes do objetivo. Eduardo Gomes conseguiu fugir para Santa Catarina. Acabaria preso e processado junto com outros revolucionários capturados com o fim da Revolução, em 28 de julho daquele ano. O piloto alemão, com a perna quebrada, foi capturado pelo delegado de polícia num bairro rural de Cunha e enviado preso, junto com o avião, para Guaratinguetá. No inquérito policial-militar da revolução, há uma fotografia do avião guardado por um soldado: era pouco mais do que um aviãozinho de parque de diversões. Caiu porque o cuidadoso Eduardo Gomes esquecera que o motor era refrigerado a água, como o dos automóveis da época. O emblemático avião do futuro brigadeiro caiu não por falta de combustível, mas por falta d'água no radiador!

TATU SUBIU NO PAU

GUERRA É GUERRA. Fazia uma semana que a Revolução de 1924 começara, uma insurgência de jovens oficiais do Exército, aliados a oficiais da Força Pública de São Paulo. O plano de um deslocamento ferroviário rápido, já no dia 5 de julho, um sábado, em direção ao Rio de Janeiro, para tomar a capital federal e depor o presidente da República, Artur Bernardes, não dera certo. Tropas legalistas do Exército e da Marinha foram mais rápidas, chegaram a São Paulo em poucas horas e ergueram uma barreira que confinou os revoltosos no interior da cidade. Eles a abandonariam de trem no dia 28, para o interior e o Sul, única saída que ficara aberta. Era o começo do fim da República Velha. Com a Revolução de Outubro de 1930, de que participariam os tenentes da revolta de São Paulo, começaria no Brasil uma nova era política.

Revoltosos, sob o comando do tenente João Cabanas, da Força Pública de São Paulo, estavam há dois dias imobilizados na Fábrica Maria Zélia, no Belenzinho, com uma metralhadora na torre, mirando, sobretudo o Instituto Disciplinar, mais tarde Febem. Havia o risco de que ali se entrincheirassem os legalistas, vindos pela várzea do Tietê. Os revoltosos de Cabanas haviam descido da Avenida Celso Garcia pela Rua da Intendência, uma rua residencial, hoje bloqueada pelos portões de uma fábrica Matarazzo desativada, e tinham ocupado a fábrica têxtil de Jorge Street, que mais tarde seria prisão política. A Vila Maria Zélia ainda lá se encontra, testemunho das ideias sociais do industrial e médico e dos acontecimentos históricos que ali tiveram lugar.

Cabanas ganhara notoriedade, logo nos primeiros dias da revolução, ao mandar fuzilar, em pleno centro de São Paulo, na vigência da lei marcial, dois saqueadores dos muitos que invadiam, para roubar, bancos, lojas e casas abandonadas pelos moradores que fugiram para o interior ou para o campo de refugiados da Cruz Vermelha na Zona Leste. Nas ruas, Cabanas era logo reconhecido, queriam conversar com ele. Tornou-se popular. Sua primeira missão fora a de ocupar a Estação da Luz.

Combateu nas ruas a seu modo. Na noite fria de 12 de julho, para animar a tropa e intimidar os inimigos, deles debochando, na Maria Zélia, usou uma arma insólita. Lá no meio da escuridão, mandou que seus soldados cantassem a marchinha *Tatu subiu no pau*, de Eduardo Souto, sucesso do Carnaval de 1923:

Tatu subiu no pau, é mentira de mecê;
lagarto ou lagartixa isso sim é que pode sê.

Ou, então, a polca chula, de 1906, de Armides de Oliveira, Vem cá, mulata:

Vem cá, mulata.
Não vou lá não.
[...]
O povo gosta da nossa dança
e de nos ver nunca se cansa...

Na terceira noite, uma bala atravessou o antebraço esquerdo de Cabanas, que foi recolhido ao Hospital do Brás por algumas horas. Pouco depois comandava a retirada de sua tropa.

Cinco aviões estacionados em Mogi das Cruzes, utilizados pelo Exército para jogar panfletos legalistas sobre a cidade de São Paulo e bombardeá-la, em 1924.

JOAQUIM TÁVORA

ENQUANTO O COMANDANTE da Revolução de 1924, general Isidoro Dias Lopes, jantava no restaurante da Estação da Luz, na noite daquela quinta-feira, 14 de julho, um pelotão de revoltosos, sob o comando do capitão de Exército Joaquim Távora, atacava o quartel do 5º Batalhão da Força Pública, na Rua Vergueiro, hoje nº 363. Aquele era um dos pouquíssimos nichos de resistência legalista, pois as forças leais ao governo já haviam abandonado a cidade em direção a São Caetano e à Penha.

No meio do tiroteio, alguém do lado legalista levantou a bandeira branca, sinal de rendição ou de disposição para parlamentar. Távora se ergueu na trincheira e recebeu vários tiros. Faleceria no Hospital Militar no dia 19 de julho, nove dias antes do término dos combates na cidade de São Paulo e da retirada das tropas rebeldes para o interior. Centenas de mortos sepultados no Cemitério do Araçá e em terrenos baldios da Mooca, do Ipiranga e do Lavapés, centenas de feridos, milhares de desabrigados, inúmeras fábricas e residências bombardeadas e destruídas ficariam para trás, enquanto os trens partiam levando soldados e canhões.

O atestado de óbito de Joaquim Távora descreve que fora atingido gravemente pelas balas inimigas em vários órgãos e na coluna vertebral. Se tivesse sobrevivido, teria ficado tetraplégico. Era oficial do Exército e engenheiro civil, nascido no Ceará. Tornara-se oficial no Rio Grande do Sul. Em 1922, liderara a rebelião do Exército em Corumbá, no Mato Grosso, em apoio ao levante do Forte de Copacabana, que dera início ao ciclo das revoltas tenentistas.

Joaquim Távora foi sepultado no ponto mais alto do Cemitério do Chora Menino, no bairro de Santana, a cabeceira de seu túmulo voltada para o então quartel do Exército, hoje quartel do CPOR, ali perto, onde tivera início a Revolução na fria madrugada de 5 de julho. Dali saíram os revoltosos para tomar os quartéis da Força Pública na Avenida Tiradentes, na Luz. Num deles, ainda naquela manhã, Joaquim Távora deu voz de prisão ao general Abílio Noronha, comandante da 2ª Região Militar, que, em traje de gala, ordenava o fim da revolta.

No gesto e no episódio estava todo o sentido da Revolução, que pretendia restituir a República ao republicanismo, livrá-la do oligarquismo, do clientelismo, do voto de cabresto, da corrupção político-eleitoral. Livrá-la de um presidencialismo em que o presidente da República descaradamente fazia o sucessor, usando os recursos do governo, no claro propósito de anular as oposições, circunscrever as liberdades democráticas e reduzir o Exército à função de pau-mandado do governante. Até promoções militares eram decididas pelos políticos em função de seus interesses eleitorais.

5 de julho de 1924, primeiro dia da Revolução,
escritório bombardeado no bairro da Mooca.

DA MOOCA PARA O CANGAÇO

JÁ SE PASSARA UMA SEMANA desde que jovens oficiais do Exército e da Força Pública de São Paulo haviam se sublevado, tomado a capital e posto o governador do Estado em fuga. Aquela insurgência de 5 de julho de 1924 retomava o levante militar de 1922, no Rio de Janeiro, e se estenderia até a Revolução de 3 de outubro de 1930. Os revoltosos não conseguiram, porém, deslocar-se em tempo para o Rio e depor o presidente Artur Bernardes. Tampouco conseguiram as tropas legalistas penetrar na cidade. O cerco se arrastava.

No Ministério da Guerra, o general Tertuliano Potiguara bravateava. Designado para vir a São Paulo, no comando da chamada Brigada Potiguara, desembarcou com sua tropa na Estação de Guaiaúna, depois Carlos de Campos, na Central do Brasil, onde se refugiara o governador do Estado, e pôs-se em marcha. Atravessou o Belenzinho e entrou pelo Alto da Mooca para encontrar as tropas legalistas que atacavam no Cambuci. A batalha da Mooca durou quinze dias. Dos altos da Fábrica Crespi e do prédio da Antarctica, edifícios que ainda existem, os revoltosos atacavam os legalistas de Potiguara, cujos soldados avançavam de casa em casa, de esquina em esquina, no frio e sob a garoa. Eram muitos os mortos, militares e civis. Cemitérios foram improvisados em terrenos do bairro. Um deles, entre a Rua da Mooca e a Rua Cuiabá. Cadáveres foram deixados no triângulo formado pelas Ruas da Mooca, Juvenal Parada e Oratório.

Na tragédia, havia também comédia. Na Rua Orville Derby, esquina com o Largo São Rafael, o vigia português de uma fábrica de cobertores, em mangas de camisa e de tamancos, bateu o portão na cara do oficial legalista que lhe fazia perguntas e ainda lhe disse uns palavrões. Alguns soldados lhe disseram, então, que seria fuzilado ou degolado. Retirou-se e voltou depois, vestindo terno novo, sapatos, lenço de seda no pescoço e boné. Explicou que se trajara para morrer direito e pediu para ser fuzilado e não degolado. Pouparam-no...

Combateu na Mooca, num dos regimentos da Brigada Potiguara, um certo José Leite de Santana, nascido em Buíque, Pernambuco, alistado em 1921. Depois da revolução, desligou-se do Exército e retornou ao sertão. Entrou para o cangaço em 1926, com o nome de guerra de Jararaca. Era um negro bonito, muito moço. Participaria do ataque de Lampião a Mossoró, no Rio Grande do Norte, em 1927. Ferido, foi aprisionado quando tentava escapar. Alguns dias depois, a pretexto de que seria transferido da cadeia local para Natal, foi levado à noite para o cemitério, onde já estava aberta uma cova. Levou uma coronhada e foi degolado, sendo sepultado ainda vivo. A morte injusta e cruel acarretou-lhe fama de santidade. Seu túmulo tem sido lugar de romaria e devoção. Meio herói, meio bandido, meio santo.

1924, O SILÊNCIO

NA MADRUGADA DE 5 DE JULHO DE 1924, tropas rebeladas do Exército se deslocaram dos quartéis de Quitaúna, em Osasco, e de Santana, em direção ao quartel da Força Pública no bairro da Luz, em São Paulo, que foi ocupado. Ali os rebeldes instalaram o Estado-Maior das forças sob comando do general Isidoro Dias Lopes, que incluíam oficiais e soldados da Força Pública de São Paulo. Começava naquela manhã de um dia de trabalho a Revolução de 1924, sangrento episódio das revoltas tenentistas que culminariam com a Revolução de Outubro de 1930, chefiada por Getúlio Vargas (cuja tropa teria como capelão o padre Vicente Scherer, futuro arcebispo de Porto Alegre e cardeal da Igreja).

Ato contínuo, a Estação da Luz foi tomada. O diretor inglês foi colocado sob ordens e notificado de que nenhuma composição ferroviária se moveria sem motivo e autorização militares. Pediu ele licença, retirou-se por instantes, recolheu-se a um cômodo secreto da estação construída em 1900 e dali, por telefone, chamou o chefe da Estação de Santos, que já se encontrava sob controle das tropas federais. Comunicou-lhe que, quando desligasse o telefone, já não seria o diretor da ferrovia, pois estava preso. Mesmo que voltasse a lhe telefonar, não deveria ser obedecido. Dali em diante o chefe da Estação de Santos seria o diretor.

Cabia-lhe informar o fato à empresa em Londres, pelo telégrafo submarino. A ferrovia já não podia operar normalmente. Em poucas horas, a São Paulo Railway apresentava ao governo brasileiro um pedido de compensação pelos danos e pela cessação de lucros. Quando construíram a estação, os ingleses já previram que um dia estes nativos ainda iam aprontar alguma coisa que não coincidia com os interesses deles. É fascinante que no pacote de implantação de uma empresa estrangeira já viesse embutido o contraveneno para as agitações sociais e políticas.

Em poucas horas, tropas federais deslocadas de navio para o Porto de Santos tomaram a estrada de ferro, a antiga São Paulo Railway, e conseguiram chegar até a Estação de São Caetano, pequena localidade de população predominantemente de origem italiana e operária. De noite, um primeiro entrevero entre rebeldes e legalistas ocorreu na Estação do Ipiranga. Combates ocorriam em vários pontos da cidade entre rebeldes e forças leais ao governo federal. O próprio Palácio dos Campos Elíseos, sede do governo do Estado, cujo presidente era Carlos de Campos, foi objeto de disputa armada. Era um alvo político e simbólico.

Durante 23 dias de um inverno particularmente duro, a cidade de São Paulo e o seu subúrbio sofreriam a tragédia da guerra civil. De uma população de uns 700 mil habitantes, 200 mil fugiram para o interior de São Paulo, lotando os escassos trens disponíveis. Os que não puderam escapar, ou porque não tinham meios ou porque não tinham parentes no interior, ou ainda porque não tiveram tempo, tentaram alcançar o subúrbio controlado pelas tropas legalistas do Exército e da Marinha. A Cruz Vermelha organizou um grande campo de refugiados na Zona Leste, não longe da Estação de Santo André, abrigando um enorme número de famílias em barracas de lona, oferecendo-lhes a precária alimentação disponível. Numerosos moradores da cidade, impossibilitados de alcançar a Estação da Luz, tentavam escapar para as saídas da cidade. A prefeitura chegou a distribuir quase 35 mil refeições diárias para os que ficaram. Em pouco tempo, a população, em pânico e faminta, começou a saquear armazéns de empresas. Mais de cem empresas foram saqueadas. Cinquenta anos depois da revolução, o balanço anual do grupo Matarazzo ainda registrava um haver pelos danos sofridos, especialmente nos saques de farinha de trigo no moinho do Brás.

O presidente de São Paulo, que seria hoje o governador, Carlos de Campos, com os secretários de Estado, aos quatro dias da revolta abandonou o Palácio dos Campos Elíseos e fugiu da cidade. Foi para a Estação de Guaiaúna, nos lados da Penha, na Estrada de Ferro Central do Brasil. Instalou o governo num carro ferroviário, pronto para partir, na perspectiva de ter que se refugiar na capital federal. Dali, as tropas federais do general Eduardo Sócrates bombardeavam o centro da cidade e especialmente os bairros operários, como o Brás, a Mooca, o Belenzinho, o Cambuci, o Ipiranga. Os documentos do inquérito mostram que o objetivo era aterrorizar as famílias de trabalhadores para que se insurgissem contra os rebeldes. Bombas caíram em edifícios governamentais do Pátio do Colégio. Aquarteladas em São Caetano, as tropas do general Carlos Arlindo lutavam no Ipiranga, Cambuci e Vila Mariana.

Foram muitos os mortos, não só do Exército, da Marinha e da Força Pública, mas também da população civil. No balanço final da situação da cidade após a revolta, o prefeito Firminiano Pinto menciona quinhentos mortos nos bombardeios, que ocorriam sobretudo à noite. Mas Everardo Dias, o cronista da história operária de São Paulo, exagera e menciona também centenas de trabalhadores executados pelas forças militares em confronto, condenados em decisão sumária. Estava em vigor a lei marcial. Suspeita era toda a população civil. Operários do que é hoje o ABC percorriam a pé, à noite, os trilhos da São Paulo Railway na desesperada tentativa de chegar a seus locais de trabalho na capital, atravessando a linha de frente no Ipiranga. Esforço inútil, porque as fábricas já não funcionavam. Não raro eram surpreendidos por uma das forças militares em confronto, presos, muitas vezes torturados para confessar que estavam espionando e a serviço do inimigo. Encontrei no arquivo de uma congregação católica, em Roma, documento do vigário de São Caetano, localidade que ficara em território legalista, padre Giovanni Battista Pelanda, narrando sua visita ao general Eduardo Sócrates, em Guaiaúna, para apelar pela vida de operários, seus paroquianos, que iam ser executados por ações fúteis na tentativa de sobreviver. O próprio visitador dos padres salesianos, padre Pietro Rota, foi preso, considerado perigoso espião. Fala-se, também, de militares capturados pelas forças legalistas e fuzilados.

Em 1974, fiz uma pesquisa nos bairros do Brás, da Mooca e do Belenzinho com moradores que, já adolescentes ou adultos na época da revolução, viveram e sofreram diretamente suas consequências. São detalhadas as narrativas dolorosas dos sofrimentos e da tragédia. No Brás, casas explodiam com famílias inteiras lá dentro, destroçadas pelas bombas que caíam. Naquela época, muitas casas dos bairros operários tinham porões altos, que foram utilizados como refúgio pelos moradores e vizinhos. O refúgio não bastava. Era preciso conseguir comida e água, expor-se ao risco de um balaço dos atiradores que estavam por toda parte. E não foram poucos os pais de família que morreram rastejando até um poço ou até o que restava de uma despensa em busca de água e alimentos para a família.

Mortos foram sepultados, em situação de grave risco para os sobreviventes, nos terrenos baldios das áreas atacadas. Um verdadeiro cemitério existiu nos terrenos vazios do Ipiranga que ficavam atrás do museu. Mortos nos ataques e nos combates do Cambuci, do Ipiranga. Era impossível levar os mortos até o Cemitério da Vila Mariana. Depois da guerra, grupos perambulavam por esses cemitérios improvisados para exumar os mortos em decomposição e levá-los para sepulturas definitivas nos cemitérios da cidade. Em não poucas casas em que parte da família foi morta, crianças ficaram órfãs. Há alguns anos ainda se encontravam vítimas mutiladas pelas bombas e tiros. Em São Caetano, uma família guardou enormes cápsulas dos morteiros que foram encontradas nos morros do Sacomã, zona de combate e frente de batalha. Durante muito tempo, a Escola Matoso, na Mooca, ostentava a fachada picotada de tiros.

No dia 22 de julho, a menos de uma semana do fim da ocupação da cidade pelas tropas revoltosas, aviões bombardearam a cidade. São Paulo é, provavelmente, a única cidade brasileira, em toda a história do Brasil, que sofreu bombardeio aéreo. O intuito das forças federais era claro e já havia sido indicado em manifestação do Ministério da Guerra uma semana depois do início da revolução: a destruição da cidade, se preciso, para desalojar e derrotar os rebeldes. A riqueza de São Paulo e o povo laborioso se encarregariam de reconstruí-la, foi o argumento. Panfletos foram lançados de avião conclamando os moradores a deixarem a cidade para que a aniquilação das forças rebeladas pudesse ser consumada com facilidade. Mesmo sem a desocupação da cidade (pouco mais da metade da população nela permaneceu), os ataques foram praticados como se a cidade estivesse vazia.

Hospitais e enfermarias foram improvisados, do lado rebelde no Mosteiro de São Bento, do lado legalista no Cinema Central, de São Caetano. Outros vários se espalharam pela cidade.

O abandono da capital pelo governo do Estado deixou a cidade no desamparo. Foi preciso improvisar uma polícia, de que se encarregou o jornalista e futuro escritor Paulo Duarte, reunindo estudantes, especialmente da Faculdade de Direito. Mas foi preciso também improvisar governo, embora existisse um prefeito que permanecera na função. O presidente da Associação Comercial, que naquela época reunia industriais e comerciantes, Macedo Soares, teve que assumir funções governativas, determinar ordens, comandar decisões, tentar o armistício, propor negociações entre as partes, tentar evitar o caos. Seria processado depois por isso.

Nesse tempo, os operários estavam mal e precariamente organizados. Hoje se mitificam as lutas operárias da cidade, se exagera na eficácia de suas organizações de esquerda. Em 1917, a greve espontânea e espetacular só não foi um desastre porque o minúsculo grupo de anarquistas acabou atuando como canal de organização e expressão. Mas os trabalhadores da cidade não eram anarquistas, senão em pequeno número. Alguns outros eram socialistas e em 1924 uns poucos comunistas ainda não tinham nenhuma presença significativa no meio operário. Os dirigentes desses grupos eram na prática uma elite obreira, esclarecida e lutadora, mas sem massa para dirigir.

Além disso, a população operária se dividia indistintamente entre esquerda e direita. A mitificação de esquerda da história operária omite a existência de ativas organizações de direita, que também começavam a surgir, como os núcleos do Fascio e as Societá Dopolavoro, sem contar as organizações católicas. Na precária organização do povo, pesava muito mais do que a política a origem nacional e a religião. Nessa época, convém não esquecer, no Brás, no Belenzinho, na Mooca, em São Caetano, no Cambuci, falava-se cotidianamente italiano, na verdade dialetos, como o vêneto e o napolitano. Eventualmente, em alguns cantos da Mooca, o espanhol. A maioria da população da cidade não falava português no dia a dia. Essas eram as línguas das fábricas. Era por aí que as identificações e as solidariedades se estabeleciam.

Os poucos grupos operários que foram procurar o general Isidoro no Quartel da Luz, para aderirem à revolução, nem sequer foram por ele recebidos, embora o general recebesse facilmente os representantes da Associação Comercial. No entanto, nos bairros operários, nos primeiros dias da revolução, trabalhadores esperançosos gritavam da janela de suas casas para seus vizinhos, naqueles tempos em que o principal rádio era o berro: "Isidoro é arrivato!", como ouvi de um velho morador da Vila Alpina que me narrava a história. Inútil esperança messiânica que se materializaria somente com Getúlio, seis anos depois. Numa rua do Brás, para lembrar um dos momentos da Revolução de 1930, ainda existe, em alto-relevo na fachada de um bar, o simbólico nome do estabelecimento: "Padaria Estado Novo".

Na estrutura de classes da sociedade brasileira de então, a opção dos revolucionários era clara. Não se tratava de nenhuma "revolução russa" nem havia sovietes para exigir ou impor coisa nenhuma. Na Revolução de 1924, a classe operária mal entendeu o que estava acontecendo. Apenas sofreu as cruentas consequências de uma revolução que não era a sua. Tampouco os militares sabiam exatamente o que queriam. Sabiam apenas, como também a elite dirigente, que não queriam a bolchevização da revolução.

Só depois de vários dias conseguiram produzir um tosco documento em que anunciavam o objetivo de sua luta: renúncia do presidente Artur Bernardes, sua substituição por um governo provisório, convocação de uma Constituinte, redução do número de Estados, voto secreto, separação de Estado e Igreja (o que já estava na Constituição republicana), mas reconhecimento dos católicos como maioria da população, princípios que indicavam a objeção militar ao federalismo, o que se consumará depois no Estado Novo, de 1937. Não havia nada que dissesse respeito à condição operária, a algumas reivindicações básicas, como o salário e a jornada de trabalho, os chamados direitos sociais.

Diante do morticínio, da fome, do grande número de feridos, dos mortos insepultos ou sepultados às pressas, uma proposta de armistício foi levada por Paulo Duarte, no dia 27, ao general Eduardo Sócrates em Guaiaúna, comandante em chefe das forças federais, com quem se encontrava o governador Carlos de Campos. Foi recusada, com desdém. Só aceitavam uma rendição incondicional. No dia 28 de julho a cidade amanheceu finalmente desocupada pelas forças rebeldes. Isidoro e os oficiais que o acompanhavam entenderam que a cidade seria destruída se não o fizessem. Os revolucionários deslocaram-se com tropas e equipamentos, por ferrovia, para o interior e para o Sul. Encontrariam os rebeldes gaúchos, e a eles se juntariam, de que resultaria a Coluna Prestes.

São Paulo estava arruinada. Mais de trezentas trincheiras haviam sido abertas nas ruas da cidade, mediante descalçamento e amontoamento de macadames. Um grande número de fábricas havia sido incendiado nos bombardeios. Casas haviam sido destruídas nos bairros pobres. Famílias estavam dispersas e separadas. Era necessário reuni-las novamente, abrigá-las, retomar o trabalho.

Em poucos dias a repressão injusta se abateria sobre a cidade. Seus moradores foram considerados suspeitos de colaboração com o inimigo. Afinal, inimigo de quem? De operários ao presidente da Associação Comercial, um sem-número de pessoas foi submetido ao inquérito policial militar. No silêncio de uma prateleira, os 171 volumes do inquérito guardam as vozes do passado, os depoimentos e documentos capturados com os presos ou nas casas que ocupavam, incluindo manuscritos e notas dos próprios oficiais revoltosos. Documentação que quase se perdeu quando o arquivo do Tribunal de Justiça, na Vila Leopoldina, foi invadido pelas águas podres do Rio Pinheiros, numa de suas inundações.

Todos os volumes ficaram submersos. Dentre eles, um grosso volume de fotografias invocadas como provas: ficaram coladas uma nas outras. Esperam o milagre de uma tecnologia que permita separá-las e recuperá-las. Veremos, então, uma São Paulo diversa de todas as que conhecemos, destruída, as faces do pesadelo e do terror, a expressão do pouco-caso pela vida e pela pessoa.

Um pastor presbiteriano, Paulo Lício Rizzo, escreveria no início dos anos 1940 um dos raros romances operários de São Paulo, *Pedro Maneta*, provavelmente o único a resgatar numa obra de ficção o drama de um operário mutilado do Brás e da Mooca da revolução. Nesta cidade sem memória ficou apenas um monumento para nos lembrar daqueles dias de sofrimento, dor e morte, construído involuntariamente por um balaço: uma marca de bala na chaminé que resta do que foi uma usina elétrica, perto da Estação da Luz, ao lado do quartel da Rota.[4] É o único e desconhecido monumento dessa tragédia, o monumento da nossa desmemória.

4 Rondas Ostensivas Tobias Aguiar. [N. E.]

A CRUZ DE D. DUARTE

BEM ATRÁS DA BIBLIOTECA MUNICIPAL Mário de Andrade, cuja frente dá para a Rua Xavier de Toledo, há uma cruz de granito cinza, no meio do jardim, que assinala o lugar em que d. Duarte Leopoldo e Silva, bispo e primeiro arcebispo de São Paulo, costumava fazer suas orações vespertinas. Naquela quadra do terreno ficava o palácio episcopal, que dava para a Rua São Luís. Nos jardins da casa havia o canto silencioso em que d. Duarte orava as ave-marias, num tempo em que bem-te-vis e sabiás, no centro da cidade, ainda concelebravam atos devocionais como aquele.

Ali morava d. Duarte quando houve a Revolução de 1924, a cidade bombardeada por tropas do Exército e da Marinha, os militares revoltosos, do Exército e da Força Pública, atual Polícia Militar, espalhados por ali, bem perto da casa do arcebispo. Até porque o quartel-general do Exército, tomado pelos insurgentes, ficava na Rua Conselheiro Crispiniano, num antigo palacete do fazendeiro José Paulino Nogueira, onde é hoje a recém-inaugurada Praça das Artes. Trincheiras foram abertas nas ruas do centro, civis e combatentes tombavam, atingidos pelas balas dos inimigos em confronto.

Aquele canto da cidade era um canto idílico. A Rua São Luís tinha palacetes de uma ponta à outra. Cheguei a conhecer o que ficava em frente ao do arcebispo, na esquina da Rua da Consolação, quando ali já funcionava, no prédio deformado, a Rádio América. Marreteiros vendiam quinquilharias na calçada. Na mesma rua existia o palacete de Macedo Soares, presidente da Associação Comercial, governador civil de fato durante a Revolução de 1924, em cuja casa realizaram-se reuniões de entendimento entre o comandante dos revoltosos, general Isidoro Dias Lopes, e os cidadãos que assumiram a administração da cidade, em face da fuga do governador Carlos de Campos para a Estação de Guaiaúna, no bairro da Penha.

Na Rua Bráulio Gomes (antiga travessa da Rua da Palha), ocupando o terreno abrangido por essa rua, a Rua Xavier de Toledo (Rua do Paredão) e a Rua 7 de Abril (Rua da Palha), ficava o palacete de dona Yayá, Sebastiana de Melo Freire, mulher riquíssima, de família de Mogi das Cruzes. Nesse mesmo quarteirão em que Yayá teve o palacete, existiu, de 1891 a 1938, a capela de São Miguel Arcanjo, erguida em pagamento de promessa pelo imigrante italiano Miguel Aliano, desapropriada e demolida. Foi transferida para a Mooca, onde se tornou paróquia. Ali existira, também, um cortiço habitado por imigrantes italianos, quase esquina da atual Rua Xavier de Toledo. Segundo Miguel Milano, durante muito tempo, gente que por ali passava fora de hora via, no meio da escuridão, à porta do cortiço, o fantasma de um homem, antigo morador, com seu caixão de defunto. São muitas as almas penadas que povoam a memória de contradições daquele recanto da cidade.

UM CAPITEL DO FORO ROMANO EM SÃO PAULO

NA PEQUENA PRAÇA NOSSA SENHORA DO BRASIL, meio escondido entre as plantas, até 2009, um capitel romano de mais de 2 mil anos, em mármore branco, encimava uma coluna de granito rosa. Por sua vez incrustado num bloco de pedra, sobre o qual um homem alado sobrevoava o Cruzeiro do Sul. *O Monumento aos heróis da travessia do Atlântico* celebra o chamado "Reide das Duas Américas", de 1927, quando os aviadores Francesco De Pinedo e Carlo Del Prete, e o mecânico Vitale Zacchetti, num hidroplano Savoia-Marchetti, estiveram no Brasil, num voo entre Roma, Cabo Verde, Fernando de Noronha, Rio de Janeiro, Buenos Aires, que foi terminar no Arizona, nos Estados Unidos. Em São Paulo, o avião pousou na Represa de Guarapiranga. Em 2010, o monumento voltou para o bairro de origem, à beira da represa, onde fora originalmente erguido.

Ottone Zorlini mal havia chegado a São Paulo e venceu o concurso, em 1927, para construir o monumento que celebraria o feito da aviação italiana. De uma família pobre, ele nascera em Treviso, na Itália, estudara pintura e escultura em Veneza e dedicara boa parte de sua atividade à escultura funerária. A inauguração do monumento, em 1929, ocorreu ainda no clima de emoção pela morte de Del Prete, no Rio de Janeiro, que em companhia de Arturo Ferrarin, em 1928, num hidroavião Savoia-Marchetti S.64, atravessara sem escalas o Atlântico, voando de Roma a uma praia de Natal, em pouco mais de 49 horas. Um triunfo da aviação. Poucos dias depois, Del Prete, fazendo reparos no avião, sofreu um acidente, teve uma das pernas amputada e acabou morrendo. No momento da inauguração, o nome de Carlo Del Prete era dado a ruas e praças de vários lugares do Brasil. No Cemitério do Araçá, junto ao sepulcro dos italianos caídos em guerra, que também celebra a memória dos italianos de São Paulo mortos na Primeira Guerra Mundial, um alto-relevo em bronze homenageia Del Prete, "*caduto nel cielo de Rio*", considerando-o, de fato, um combatente da italianidade.

Zorlini teve a tarefa de colocar no monumento, típico do estilo da pintura e da escultura dos anos 1920, o capitel milenar, encontrado pouco tempo antes nas escavações do Foro Romano e doado por Benito Mussolini aos italianos de São Paulo. Não era pouca a coincidência de ser Zorlini vêneto, como a maioria dos imigrantes italianos que vieram para São Paulo, especialmente para trabalhar como colonos nas fazendas de café do interior. Esse fora o motivo de sua decisão de imigrar para o Brasil. Vênetos eram também os povoadores dos núcleos coloniais de São Caetano, de Santana, de São Bernardo e da Glória, fundados pelo governo imperial, em 1877, na zona rural da capital, e muitos outros moradores da cidade. Participou do Grupo Santa Helena e pintou bairros e cenários das várzeas do Tietê, em que artistas daquele grupo se batizaram nas cores da Pauliceia.

A FUGA DE KIPLING PARA SÃO PAULO

EM 1927, O ESCRITOR anglo-indiano Rudyard Kipling, Prêmio Nobel de Literatura de 1907, planejou uma viagem particular ao Rio de Janeiro e a Buenos Aires, com a esposa, Carrie. Porém, mal desembarcaram no Rio, foram assediados pelos intelectuais radicados na capital federal e levados de Ceca a Meca. Ele foi apresentado ao presidente da República, no Palácio do Catete. Houve uma recepção na Academia Brasileira de Letras, em que foi saudado em português. Agradeceu com um discurso em inglês, fazendo de conta que havia entendido tudo que ouvira. Tivera na meninice, em Bombaim, uma babá de Goa, colônia portuguesa na Índia, e dela ouvia palavras em português. Mas isso não o fizera conhecedor da língua.

Escreveria, depois, um livro sobre o Brasil, que teria sofrível edição em inglês. Foi britanicamente simpático na coleção de gentilezas formais que distribuiu aos anfitriões. Mas na carta que daqui enviou à filha expressou seu incômodo com os exageros do acolhimento, sobretudo quando soube que os intelectuais do Rio haviam tomado a liberdade de escrever a seus colegas de Buenos Aires, pautando e programando sua visita àquela cidade. Finalmente, ele e a esposa embarcaram para a capital argentina. Mas, na escala em Santos, desembarcaram de mala e cuia, desistindo de prosseguir viagem. Fugiram. Em vez disso, foram trazidos para São Paulo pelos engenheiros canadenses da Light no trole do precário funicular que sobe a Serra, acompanhando as tubulações que levam a água da Represa Billings a Cubatão para movimentar a hidrelétrica Henry Borden, inaugurada em 1926.

Chegou a São Paulo no dia 10 de março e hospedou-se no Esplanada Hotel, atrás do Theatro Municipal. Também esteve numa fazenda do interior, Fazenda Pirapitinga. Ele e Carrie retornaram a Santos, no dia 15 de março de 1927, pelo trem da São Paulo Railway. Os engenheiros da ferrovia inglesa os acomodaram no luxuoso carro nº 7, uma confortável sala de estar, cujo fundo é de cristal, permitindo uma visão panorâmica da paisagem, durante toda a viagem, que fascinou o escritor. Encantou-o a obra de engenharia e os complicados equipamentos de subida e descida dos trens, na Serra, mais de 700 metros na distância de poucos quilômetros. Kipling era fascinado por máquinas e mecanismos. Para homenagear os engenheiros da SPR, registrou no livro de assinaturas dos passageiros ilustres dos carros especiais da ferrovia, de próprio punho, a modificação que fez no penúltimo verso da sexta estrofe de seu famoso poema "Os filhos de Marta", de 1907.[5] É um poema dedicado aos engenheiros das obras monumentais que trouxeram conforto e agilidade ao homem moderno. Com a modificação, quis homenagear os engenheiros da SPR. Marta labutava nos trabalhos da casa para o conforto de Jesus, mas foi a bajuladora piedade de Maria, sua irmã, que a Bíblia celebrou. Assinou a alteração do poema, seguida do nome da esposa, Carrie Kipling, escrito por ele mesmo.

Os três carros palacianos que restam da antiga São Paulo Railway, incluindo o nº 7, tiveram a restauração concluída em julho de 2009, na Lapa, onde estão abrigados.

5 Os versos originais do poema são estes: "*As in the thronged and the lighted ways, so in the dark / and the desert they stand, / Wary and watchful all their days that their brethren's / day may be long in the land*". [N. A.]

De próprio punho de Kipling, a modificação que ele fez durante a viagem de trem entre São Paulo e Santos, em 1927, em que alterou dois versos de seu poema *The Sons of Martha*.

O encanto romântico do centro se espalhou pela cidade, a seu modo, nos cinemas, no teatro dos bairros operários e do subúrbio, a cidade ganhando uma cara doméstica, entremesclando fábricas e moradias, vendas de esquina, botecos, igrejas. O espaço se diferençava. Além dos bairros de industriais e fazendeiros, com seus palacetes e jardins, bairros operários de casas até a beira da calçada, de cortiços e pensões. A cidade paria sua classe média, o poderoso indício da ascensão social possível. A arte invade a vida. Até para comer se passava pelo caminho da arte, no novo Mercadão da Rua da Cantareira, com seus maravilhosos vitrais celebrando o trabalho e a colheita de banana, de café. Colhia-se e colhe-se ainda hoje café num arco sobre a porta do Edifício Chavantes, na Rua Benjamin Constant. Colhia e colhe-se tudo nos incrivelmente belos vitrais de Antônio Gomide, na entrada do Parque da Água Branca, nas Perdizes.

Colhia-se revolução. Num massacre na esquina da Rua Barão de Itapetininga com a Praça da República, madrugada de 23 de maio de 1932, tiros na multidão que protesta contra o Governo Provisório da República, vários tombam, alguns feridos, quatro mortos. De seu sangue brota a sigla que levará São Paulo à Revolução Constitucionalista, no sábado, 9 de julho – MMDC, Martins, Miragaia, Dráusio e Camargo. São Paulo perderá a Revolução. Não será derrotado, deixará de brandir a espada da política para brandir o saber, com a criação da Universidade de São Paulo.

IV
A SÃO PAULO DA REVOLUÇÃO E DA VIDA COMUM

UMA COLHEITA DE CAFÉ NO CENTRO DA CIDADE

A MEIO CAMINHO entre a Catedral da Sé e a Faculdade de Direito, um grupo de colonos de pedra colhe, abana, ensaca e transporta café do cafezal para o terreiro da fazenda. A cidade cresceu, já é completamente outra, o café já não reina absoluto sobre nossas vidas, nosso imaginário, nossas esperanças, nosso modo de ser. A elite do café se dispersou pelos diferentes setores da economia. Os colonos já não moram nem mourejam nos cafezais imensos. Em seu lugar, os chamados boias-frias fazem a mesma coisa por muito menos. Muitos colonos, com a crise de 1929, migraram para os subúrbios operários de São Paulo, atraídos pela expansão fabril dos anos 30 do século passado. Outros se tornaram pequenos proprietários agrícolas, beneficiados pela crise e pela disponibilidade de terras. O sonho da ascensão social pelo trabalho, acalentado desde o começo do trabalho livre, como previra o artífice do fim da escravidão, Antônio da Silva Prado, tornou-se largamente possível na crise do café, quando muitos colonos se tornaram sitiantes.

Desde que a pressa desacostumou os paulistanos de olhar ao redor e olhar para cima, de prestar atenção nas muitas, belas e pequenas coisas do cenário de rua da cidade, aquela cena adormece no esquecimento. Entre cotoveladas e empurrões, aperto-me contra a parede da calçada oposta ao número 171 da Rua Benjamin Constant para admirar a porta do Palacete Chavantes. E vejo, então, o arco do tímpano que a arremata. É uma síntese visual da colheita de café. Mas não só café se colhia nos cafezais. O capital que fez o prédio também veio da cafeicultura.

Aquela alegoria tem tudo a ver com o edifício e o terreno. Ali existiu a casa de Francisco de Assis Peixoto Gomide, que nela morreu em 1906, quando se matou e matou uma das filhas para impedir que se casasse com o mulato Batista Cepelos. Além de fazendeiro de café e advogado, Gomide fora presidente do Senado estadual e governador interino do Estado no final do século XIX. Sua filha Guineza Gomide casou com João Baptista de Mello Peixoto Júnior, também fazendeiro de café, que foi prefeito do município de Chavantes, na região de Ourinhos, na época da expansão da fronteira agrícola rumo à divisa do Paraná. Daí o nome do edifício. Era o território dos índios Oti-Xavante, extintos em 1988, quando morreu Maria Rosa, culturalmente solitária, a última sobrevivente desse povo e a última falante da língua.

Foi esse genro quem mandou construir o Palacete Chavantes, de dez andares, pela firma Sampaio & Machado, Engenharia e Construtores, entre 1926 e 1930. No prédio bem preservado, o elevador ainda é o original elevador alemão. O pequeno vestíbulo conserva o revestimento de madeira entalhada nas paredes e o teto ainda contém os frisos originais. A crise do café, de 1929, alcançou a obra no meio, no quinto andar, o que acarretou simplificações na sua execução a partir desse pavimento. Ao entrar no prédio entramos num cenário do final da era de esplendor do café.

O alto-relevo alegórico sobre a colheita do café retrata o regime de colonato já adaptado à cultura cafeeira das zonas pioneiras, como a da Sorocabana, de pouco espaço entre os cafeeiros e só homens no cafezal. É um documento visual datado e imaginário sobre o trabalho nas fazendas da época, alegoricamente masculino. A lavoura de alimentos do colono já havia sido expulsa das leiras dos novos cafezais para outros terrenos da própria fazenda, aqueles impróprios para o cultivo do café. Até então, ao cuidar de sua roça e carpir o seu feijão e o seu milho, a família carpia ao mesmo tempo o cafezal do fazendeiro. Os alimentos ali produzidos e os excedentes vendidos barateavam a força de trabalho. Homens e mulheres, adultos e crianças, trabalhavam conjuntamente no cafezal. A tendência ao estreitamento do espaço entre as leiras do café tornou impossível a cultura intercalar de alimentos. O cafezal era num lugar e a roça passou a ser cultivada noutro. Duplicou-se a jornada de trabalho. Os homens ficaram com o trato do cafezal e as mulheres ficaram com o cultivo de alimentos. Ganhou sentido nessa mudança a bela canção de ninar que embalou o sono de muitos de nós: "Nana nenê que a cuca vem pegá/Mamãe tá na roça, papai no cafezá."

1932, A ESQUINA

QUANDO EU ERA MENINO, já havia uma pequena placa na calçada da Praça da República, diante da Rua Barão de Itapetininga, com os nomes dos que ali morreram na madrugada de 23 de maio de 1932. Houve também feridos. O sangue ali derramado desenhou no peito do povo as letras rubras de um acrônimo que se transformaria numa bandeira e numa causa: MMDC. Ali começara a Revolução Constitucionalista.

Foi do prédio em frente, ainda existente, da esquina da Praça da República com a Barão, que partiram os tiros de metralhadora e de revólver. Vieram do Partido Popular Paulista, ex-Legião Revolucionária, lá sediado, presidido pelo general Miguel Costa, um dos comandantes da Revolução de 1924, comandante militar da Revolução de 1930 e recentemente demitido do comando da Força Pública pelo governador Pedro de Toledo. Era o que restava do Tenentismo em São Paulo.

Morreram: Mário Martins de Almeida, de 31 anos, fazendeiro em Sertãozinho, em visita aos pais, na Rua Guaianases, na Luz. Euclides Bueno Miragaia, de 21 anos, morador na Rua Gomes Cardim, no Brás, auxiliar do cartório de um tio, estudante na Escola Álvares Penteado. Drausio Marcondes de Sousa, de 14 anos, nascido no Brás, auxiliar de farmácia do pai, na Rua Oscar Freire, no Jardim Paulista. Antonio Américo de Camargo Andrade, de 31 anos, comerciário, morador na Rua Caio Prado, na Consolação. Único não católico, no seu sepultamento, no Araçá, fez a oração fúnebre o reverendo Miguel Rizzo Jr., da Igreja Presbiteriana Unida. Eles deram seus nomes ao MMDC. Uma quinta vítima, Orlando de Oliveira Alvarenga, de 32 anos, escrevente de cartório, morador na Rua Maranhão, na Consolação, faleceria no dia 12 de agosto.

O acaso das balas reunira numa sigla a diversidade humana de São Paulo, gente comum que ganhou nome na morte antes do tempo. Os restos mortais de todos seriam, mais tarde, transladados para o monumento-mausoléu erguido no Parque do Ibirapuera, por Galileo Emendabili. Na pedra, o pranto identitário, o encontro e o retorno. Metamorfose da dor em memória.

Desde a tarde do domingo, dia 22, a multidão se reunira em protesto na Praça do Patriarca. Mobilizada pela retórica inflamada de um promotor público e brilhante orador, Ibrahim Nobre, colocou-se sob a direção política da Frente Única Paulista, que reconciliava o progressista Partido Democrático com o conservador Partido Republicano. Reação ao enquadramento e à sujeição política de São Paulo por Getúlio Vargas. Um dos vários tópicos da inquietação popular era o decreto federal recente de acerto de divisas, pelo qual São Paulo perdera território e população para Minas. A multidão perambulava. Já empastelara dois jornais. Muitos, portando armas de fogo, foram parar ali naquela esquina. De um lado e de outro, era matar ou morrer.

Multidão na Praça do Patriarca para o comício do movimento constitucionalista na tarde de domingo, 22 de maio de 1932, início da Revolução Paulista.

1932, A CASA VAZIA

EM 1965, EU FAZIA PESQUISA, em Amparo, quando o fazendeiro Jacinto Cintra me convidou para conhecer a fazenda de café que era de sua família há várias gerações. Como me entretivesse no terreiro, perguntei-lhe se era possível visitar a velha casa. Disse-me que sim, mas ele próprio não entraria. A sala ainda tinha o revestimento de papéis de parede muito antigos. O recinto não era tocado fazia muitíssimos anos. No centro da sala, o piso de madeira carbonizado tinha a marca ampla de uma fogueira. Na Revolução Constitucionalista de 1932, tropas vindas de Minas Gerais invadiram São Paulo e chegaram até Amparo. Ocuparam a fazenda e a residência da família. Sendo inverno, os soldados haviam feito uma fogueira dentro da casa para aquecer-se. A revolução terminou e os Cintra voltaram à sua fazenda, mas não à sua casa. Em justo e sofrido protesto contra a violação do que, para os antigos, era o lugar sagrado da família, nunca mais haviam entrado nela.

Naquele tempo, os paulistas ainda sentiam no peito o desapreço que, contra São Paulo, já se manifestara na Revolução de 1924 quando o presidente Artur Bernardes mandou bombardear a capital. Argumentou que, sendo seu Estado rico, os paulistas a construiriam de novo. Ali na fazenda dos Cintra a história fora interrompida. Era como se eu estivesse entrando naquela casa no dia seguinte ao do término da Revolução de 1932, as paredes ainda impregnadas das muitas amarguras da derrota. O cheiro do agressor ainda estava lá, mesclado com o do mofo das paredes e o do carvão em que se transformara aquele ponto do assoalho.

Na sequência, fui a Cunha, no Alto Paraíba. Acompanhado de pessoa de família antiga na região, visitei o velho cemitério. Queria conhecer o lugar em que fora sepultado Paulo Virgínio, um caboclo de velha cepa, herói mítico da Revolução de 1932, exumado e transladado para o Mausoléu do Soldado Constitucionalista, no Ibirapuera. Fora cruelmente torturado com água fervente e executado por tropa da Marinha, após cavar a própria sepultura, porque afirmara ser paulista e, mesmo sob tortura, se negara a dizer onde se encontravam os combatentes de São Paulo.

Meu guia contou-me, então, anedota alegórica que corre por aquelas serras sobre outro morador, caipira rústico, alheio a tudo, sem a bravura de Paulo Virgínio. Surpreendido na roça por tropa legalista e perguntado se era legalista ou paulista, declarou-se paulista. Imediatamente, foi ordenado seu fuzilamento. Nesse meio-tempo, avançaram os paulistas que, tendo visto o roceiro com a tropa inimiga, quiseram saber se era paulista ou legalista. Escaldado, declarou-se legalista, ouvindo, então, a sentença de que fosse fuzilado. Antes, porém, outro troço de legalistas fez os paulistas recuarem, caindo o caboclo novamente nas mãos de gente contrária. Perguntado se era legalista ou paulista, pensou um pouco e de supetão dependurou-se num galho da árvore sob a qual se encontrava:

– Iéu?! Iéu sô fruita, ó!

UM ARRANHA-CÉU DE JUÓ BANANÉRE

PAULO BOMFIM APERTA NO PEITO o volume das *Poésies*, de Sully Prudhomme, e sai das páginas do seu recente e belo *Janeiros de meu São Paulo* para flanar com o poeta francês pela cidade de sua ternura poética. Aqui, apresenta-lhe Álvares de Azevedo, o amado poeta da Faculdade de Direito. Ali, apresenta-lhe o satírico Juó Bananére, mal--amado pelos estudantes do Largo de São Francisco devido à paródia que fez de um poema de Olavo Bilac. Mostra-lhe o lado sério de Bananére, o Palacete Chavantes, por "Sampaio e Machado, engenheiros constructores". Machado era Alexandre Ribeiro Marcondes Machado, o próprio Juó Bananére, nascido em Pindamonhangaba, em 1892, criado em Araraquara e falecido em São Paulo, em 1933. Era sócio do engenheiro Otávio Ferraz Sampaio na empresa construtora.

Marcondes Machado fez o curso de Engenharia Civil na Escola Politécnica de São Paulo, de 1913 a 1917, tempos difíceis da Primeira Guerra Mundial, da carestia e da greve geral, de julho de 1917. O protesto operário tinha um sotaque, mistura de italiano e caipira, que Machado plasmaria no jornalismo e na literatura satíricos, numa língua que Monteiro Lobato definiu como "paulistaliano".

A literatura de Juó Bananére é antropofágica e antropológica. É construída de minúcias não só do falar cotidiano dos bairros operários da São Paulo dos anos 10 e 20 do século passado. É também um mapa da mentalidade popular da época. Seu pseudônimo já indica em nome de quem falava.

Juó era mesmo João com o sotaque napolitano do Brás e da Mooca. Bananére vinha da enorme importância alimentar e simbólica da banana na vida dos trabalhadores de então. Era comida dos pobres e sem recursos. Ainda nos anos 1950 havia o operário que almoçava meio filão de pão com duas bananas no meio. Ganhei meus primeiros trocados vendendo bananas aos trabalhadores na porta da Fábrica de Louças Adelina, em São Caetano, em 1950. Muitos acreditavam que o conde Matarazzo ficara riquíssimo fazendo economia com essa mesma dieta de pão-duro. Juó Bananére era o João Ninguém, a nova identidade do povo que convulsionara as ruas da Pauliceia nos dias frios de 1917.

Marcondes Machado, nessa figura, plasmava o homem simples das ruas da cidade, o novo tipo humano no vai e vem da Pauliceia. Em nome dele fazia crítica social e política, ironizava tanto os cultos quanto os políticos. Mas ironizava, também, as revoluções políticas e as esperanças político-messiânicas do povo. Afinado, cantava bem. Numa gravação do início dos anos 1930, começa com sua própria versão do *Sole mio*, que interrompe para fazer um discurso de barbeiro de bairro sobre o desencanto popular com a Revolução. Provavelmente a de 1924, expressão das necessidades do dia a dia nas impolíticas esperanças do povo. Marcondes Machado começou a fazer literatura satírica muito jovem, antes de entrar na Escola Politécnica. Sua ironia corrosiva dirigia-se a tudo que simbolizava o politicamente correto: a República, a literatura romântica e parnasiana, a grande cultura de uma elite que se perdia rindo na distância social representada pela nova humanidade de imigrantes e operários.

Contrapunha a pátria ingênua e bairrista da massa popular e estrangeira à pátria distante e idílica das paradas, da poesia formal, das rígidas lições da escola risonha e franca, do patriotismo palavroso e sem conteúdo de então. É sintomático que tenha sido colaborador de *O Pirralho*, o jornal satírico de Oswald de Andrade. Se os textos de Oswald ficaram circunscritos ao diletantismo da elite, os textos de Bananére foram dos mais significativos instrumentos literários de desconstrução do Brasil da elite e do povo, afogado tanto em formalismos quanto em esperanças ingênuas. Do desmonte sobraram as obras de engenharia de Marcondes Machado, seu *alter ego*.

A FARTURA NOS VITRAIS DO MERCADO PÚBLICO

HÁ MUITA COISA QUE FASCINA no Mercado Municipal de São Paulo, o Mercadão da Rua Cantareira, nº 306. É, provavelmente, o único lugar da cidade em que se entra caminhando, mas arrastado pelo nariz, pela boca e pelos olhos. Não há como resistir a um conjunto tão amplo de seduções. Pode-se fazer uma viagem pela história da alimentação, perambulando por aquele mar de especiarias: pimentas de todo tipo, temperos de toda ordem, embutidos de muitos sabores. Lugar de encontro de gourmets e chefs, gente que faz obras de arte na cozinha. O aroma daquela variedade imensa de coisas já é um alimento em si mesmo. Alimento que atiça a imaginação, faz adivinhar a mesa dos que sabem cozinhar, que esse é o segredo de qualquer mesa. O mercado é frequentado pelos sábios da culinária.

Um complemento é visitá-lo à noite, quando está fechado, os vitrais exuberantes iluminados, perambular ao seu redor, em meio aos muitos caminhões que trazem frutas do interior, aos feirantes e ambulantes que vêm buscar os produtos para a revenda na feira ou na rua. O Mercadão é um lugar de encontro de gente esforçada, trabalhadeira, que vara a noite para que tenhamos na mesa a fruta da manhã seguinte.

Não só de comida são os cheiros do Mercado. Gosto mesmo do pecado mortal do odor dos fumos de corda. Num dos boxes, todos os aromas. Na última vez em que estive lá, fiquei enrolando conversa com o dono só para sentir o perfume do tabaco, uma verdadeira viagem odorífica por muitos cantos do Brasil.

O Mercado Municipal começou a ser construído pouco antes da crise econômica de 1929 e foi inaugurado em 1933, no aniversário da cidade. Justamente por isso é marco de uma era que com ele terminava: a do esplendor do café. Naquele fim da nossa *belle époque* vivia-se a vida com estilo e desse viver marcadamente estético tem a cidade inúmeros testemunhos em praças e edifícios públicos.

Projetado por Felisberto Ranzini (1881-1976), que trabalhava no escritório de Ramos de Azevedo desde 1904 e foi professor na Escola Politécnica, o Mercado recebeu vitrais de Conrado Sorgenicht Filho. Ganhou, assim, certa aparência de catedral. E é: os vitrais são uma alegoria da fartura e do trabalho. Expressam a mentalidade dos paulistas de uma época, trabalhadores ou não, que pensavam o trabalho como fonte da abundância, como núcleo do bem, do bom e do belo.

Os seres humanos desses vitrais de Sorgenicht constituem a narrativa visual de um antagonismo cultural forte naquele tempo, em que Monteiro Lobato já havia consagrado sua imagem, injusta, aliás, do caipira doentio e preguiçoso. Em 1914, numa carta a *O Estado de S. Paulo*, em que pela primeira vez menciona o Jeca Tatu, escreveu: "O caboclo é uma quantidade negativa". De certo modo os vitrais expressam a ideologia da modernidade paulista e nela o "anticaipira". As cenas dos vitrais são de trabalho agrícola, de camponeses europeizados trabalhando em terra brasileira. Mas o cenário tem claros componentes da cultura europeia, bem diferentes do que era característico da agricultura paulista na época: carroções alemães, casas de madeira, galinhas mais bem instaladas do que os nossos lavradores de então.

A família de Conrado Sorgenicht, uma família de mestres-vitralistas, veio da Alemanha, da Renânia, para São Paulo em 1888 e aqui se estabeleceu. Muitas igrejas ganharam vitrais da Casa Conrado, além de edifícios públicos e palacetes, não só de São Paulo. Aparentemente, Conrado Sorgenicht Filho, além de executar os vitrais, também os desenhava. Mas sabe-se que artistas renomados fizeram desenhos para serem executados em vários de seus vitrais. O pintor modernista paulista Antônio Gomide (1895-1967) projetou e executou vitrais de igrejas para a Casa Conrado, de 1929 a 1945.

No Mercadão não há apenas o convite ao prazer da comida. Seus vitrais nos falam de uma sociedade que se deu o prazer de pensar o trabalho também como representação estética, a colheita como colheita de formas, cores e fabulações.

A NEGRITUDE PÓSTUMA DE RAMOS DE AZEVEDO

EM 1934, NA VÉSPERA DA INAUGURAÇÃO do monumento a Francisco de Paula Ramos de Azevedo (1851-1928), perto da Estação da Luz e na frente do Liceu de Artes e Ofícios e da Pinacoteca do Estado, o filho do engenheiro-arquiteto visitou a obra, ainda escondida pelos tapumes. Ao ver a escultura que representava seu pai sentado, vestindo guarda-pó sobre o terno, o que era bem próprio dos professores, com imensa folha de um projeto estendida sobre os joelhos, indignado quis saber do escultor Galileo Emendabili por que retratara seu pai "com beiçola de negro".

Quem conta a história é o professor Carlos Lemos, um dos melhores conhecedores da obra do arquiteto paulista. Outros autores relatam que Emendabili, surpreso, explicou-lhe que o retratara como ele era, pois o conhecera pessoalmente. De fato, se Ramos de Azevedo era branco pelo lado do pai, comerciante em Campinas, era de ascendência negra pelo lado da mãe. A família resolveu não comparecer ao ato inaugural no dia seguinte, que reuniu uma pequena multidão de curiosos, colaboradores e operários de suas obras e autoridades. Protestava contra a negritude póstuma do arquiteto, plasmada para sempre naquele conjunto escultórico.

Ramos de Azevedo vivera 77 anos sem que o estigma de raça perturbasse sua aceitação respeitosa pelos milionários de São Paulo, que foram seus grandes clientes. Naquela época, a origem na senzala era relevada em certas condições. Ramos de Azevedo tornou-se branco porque quem tivesse chegado à condição de padre, engenheiro, médico, advogado é porque atravessara legitimamente as malhas da interdição racial, não raro com patrocínio dos discutivelmente brancos da nobreza agrária. Apesar da origem relativamente modesta era, nesse sentido, necessariamente branco. Empresário, ao se tornar um homem muito rico, tornou-se mais branco ainda. Aqui, o estigma da cor é mais social do que racial.

Há mais de um século, Ramos de Azevedo preside a visualidade da vida e da morte do paulistano, brancos e negros. Ninguém caminha pelas ruas do centro expandido da cidade de São Paulo sem passar ao lado de uma obra do engenheiro-arquiteto ou de seus auxiliares. Do antigo Instituto Caetano de Campos ao Theatro Municipal, ao portal e à capela do Cemitério da Consolação, lá estarão obras dele. E se alargarmos a presença de sua pessoa na obra educativa da Escola Politécnica, que ajudou a fundar, dirigiu e onde lecionou, e do Liceu de Artes e Ofícios, que dirigiu, então será um nunca acabar de preciosas contribuições para definir a cara arquitetonicamente europeia que São Paulo veio a ter na República Velha, a república do café.

Nos anos 1970, com a construção do Metrô, o monumento a Ramos de Azevedo foi removido da Avenida Tiradentes e depois implantado na Cidade Universitária. Localizaram-no lá para ficar perto da sua Escola Politécnica, ali ao lado. Por coincidência, está bem diante do portão principal do IPT – Instituto de Pesquisas Tecnológicas. É que o instituto se originou do Gabinete de Resistência dos Materiais, da Poli. Para equipá-lo, chegou Ramos de Azevedo a nele investir dinheiro do próprio bolso. Dele recebeu o impulso para a autonomia, quando, em 1924, sendo diretor da escola, convidou o engenheiro Ari Torres para reorganizá-lo.

A obra de Ramos de Azevedo foi decisiva para dar a São Paulo a beleza eclética que bem corresponde à cidade social e culturalmente pluralista que é.

O VITRAL NOTURNO DE GOMIDE

APÓS TANTOS ANOS sem passar por ali à noite, aquele lampejo pelo canto do olho trouxe uma lufada de lembranças antigas e boas. Virei a cabeça para acompanhar o vitral que se distanciava, os painéis de Antônio Gomide. Foram executados pela Casa Conrado Sorgenicht e colocados em 1935 nas torres das edificações da entrada principal do Parque da Água Branca. Só podem ser vistos à noite, iluminados por dentro, como sol nascendo fora de hora, em tantas noites vistos nos três quartos de século em que ali estão. Manhã antecipada, ânsia de futuro, fome de mudança.

Gomide nascera em Itapetininga, em 1895, uma das regiões referenciais da cultura caipira, e fora muito jovem, em 1913, com a família para a Suíça, onde estudou arte. Frequentou, na Europa, estúdios de grandes nomes da pintura. Voltou para o Brasil em 1929, o ano da grande crise econômica, o ponto e vírgula da Pauliceia próspera, da *belle époque* paulistana, da vida mundana densa de estilo e de criação. Um tempo que os ausentes, como ele, lamentaram não conhecer. Não obstante os refinamentos estéticos assimilados nos longos anos de residência na Europa, a alma de Gomide permaneceu caipira no interesse pela cultura popular, na leveza da mão, na delicadeza do traço, na saudade dos temas, como congadas e cavalhadas, na busca da forma e da cor de roça.

Há naquele vitral uma explosão de modernidade, uma alegoria da abundância, nas formas cubistas que aglutinam fartura e trabalho, na figura de cavaleiro caipira pastoreando seu gado, o trabalhador de roça de cujo labor sai o pão nosso de cada dia. Moureja entre o gado e a planta, no meio de folhas viçosas de variadas cores, de variados amadurecimentos. É o anti-Jeca em toda sua intensidade. Gomide é o anti-Lobato que tira o caipira da margem da vida para colocá-lo no centro. Um caipira épico não só pelo porte, mas também, e, sobretudo, porque caipira da produção e da produtividade, o oposto do caipira esquálido e preguiçoso de Monteiro Lobato.

O vitral de Gomide é, nesse sentido, um dos marcos de ruptura com a tradição de um imaginário que, desde os tempos coloniais, ao mameluco estigmatizou com a falsa preguiça do índio.

Aquela é uma obra de arte que se via melhor do bonde que trepidava sua pressa ainda pouca pelos trilhos da Avenida Francisco Matarazzo em direção à Lapa, à Água Branca, à Vila Pompeia, os passageiros acompanhando com a cabeça, pensativos, as faces do painel colorido. Tempo em que muitos dos operários, que por ali passavam depois do escurecer, tinham nascido no interior e na roça e até pegado no cabo do guatambu. Iam sonhando as lembranças que aquelas plantações no vidro do mosaico colorido figuravam. Como dizia aquele verso popular antigo, da região de Campinas: "Ah, Nhanhã, mecê num sabe a dô que a sodade tem...".

MIRANTE DO JAGUARÉ

MUITA LOROTA JÁ SE CONTOU sobre o torreão do Mirante do Jaguaré. Quase encravado na imensa favela desse nome, ainda pode ser visto de vários pontos do Alto de Pinheiros, da Vila Leopoldina, do Butantã, das marginais do Rio Pinheiros e, é claro, do próprio Jaguaré. Dizem que a torre era farol que orientava a navegação dos barcos no rio, como os faróis que orientam navios em lugares perigosos do mar. Mas quando o torreão foi construído, com mirante e relógio, no loteamento iniciado em 1935, há muito já não havia navegação no Pinheiros.

O torreão tinha propósito meramente decorativo, na parte alta do antigo Morro do Jaguaré, na propriedade de 363 hectares do engenheiro agrônomo Henrique Dumont Villares, sobrinho de Santos-Dumont. Inspirado em complexos residenciais e industriais suburbanos que visitara em Manchester e Londres, na Inglaterra, e no Kansas e em Chicago, nos Estados Unidos, criou ele o projeto de um bairro baseado nas mais modernas concepções de uso urbano do solo. O projeto de Villares era também um projeto de inovação social. Defendia subsídios para que as classes trabalhadoras tivessem moradia adequada e não caíssem na promiscuidade de cortiços e favelas. Era contra apartamentos populares e a favor de casas populares com jardins e infraestrutura de serviços que libertasse a mulher da injustiça do trabalho doméstico penoso. Foi quem primeiro falou entre nós em "consciência social da casa".

As casas operárias que construiu no bairro eram chalés modernos, cercados de um terreno para jardim e horta. Várias dessas casas ainda estão de pé. Construiu restaurante e escola modernos. Previu um estádio e um centro de lazer. Foram plantadas 5 mil árvores. Terras foram doadas para a Congregação de Santa Cruz para implantar a Paróquia de São José do Jaguaré, em 1945.

Parte do antigo morro foi arrasada com jatos hidráulicos para nivelar o terreno para os lotes destinados a armazéns e fábricas, servidos por um leque de ramais da Estrada de Ferro Sorocabana, que margeava o Rio Pinheiros. Restos dos trilhos ainda estão por lá. Construiu o pontilhão de concreto armado sobre o rio, na Avenida Jaguaré. Desativado, é testemunha do sonho inconcluso. Villares doou 150.000 m² à prefeitura para a implantação de uma área de lazer. Nos anos 1960, porém, a área começou a ser invadida, surgindo ali a favela Nova Jaguaré, que tem hoje 10 mil moradores. Curiosamente, no plano de Villares havia uma crítica às habitações populares impróprias e insalubres. Previa habitações inspiradas nos famosos e idílicos subúrbios ingleses e americanos e nesse sentido projetou a parte residencial do bairro. A água de uso industrial viria do Ribeirão Jaguaré, limpa e sem necessidade de filtragem. Hoje é um esgoto fétido, documento do sonho urbanístico derrotado.

CAFÉ PARAVENTI

DE CELESTINO PARAVENTI conheci apenas o pôster do Café Paraventi que havia no quadro de avisos das estações ferroviárias da São Paulo Railway, a do trem de Santos a Jundiaí, para as conexões com a Bragantina, a Paulista e a Mogiana, de quando ia para o interior. Embora viciado no aroma do café e no próprio café, nunca provei o de Paraventi. Em casa, se tomava o Café Caboclo. Não havendo esse, era o Café Jardim, de Marino Mencarini, que em certa época trazia figurinhas. A preferência era ditada pelo fato de que minha mãe crescera no meio do cafezal, com os pais e irmãos na carpa ou na colheita, colonos de café de uma fazenda da região de Bragança Paulista. Na casinha branca de pau a pique de meus avós, os netos acordavam com o cantar do galo e o inesquecível aroma do café plantado, cuidado, colhido, secado, torrado e moído no pilão por minha avó. Da semente ao aroma, tinha ela o completo senhorio do café que se tomava em casa, adoçado com açúcar mascavo.

Meu avô materno, imigrante espanhol, no Brasil tornara-se afeito ao café, sempre disponível numa chaleira de ferro, tomado em canequinha de ágata. Já velhinho, ele passava o dia na roça, cuidando das parreiras de uva que sustentavam a família, com carinho de jardineiro. Tocava nas plantas como se fossem obras de arte e era capaz de perder um tempão admirando os cachos que se formavam a cada ano e que enchiam de um perfume doce sua casa e sua vida. A cada tanto tempo, voltava para casa, sentava em sua cadeira de palha de milho trançada e degustava o café de canequinha para depois fumar demoradamente o cigarro de palha, cujo preparo lhe tomava um tempo enorme.

Muitos se esquecem de que o café é a mais democrática das bebidas brasileiras. Se a cachaça segregou os homens na sociabilidade de botequim, o café criou uma civilizada sociabilidade doméstica e a ela incorporou as mulheres, trazendo o homem para dentro de casa, para o rito do cafezinho. Homens e mulheres podiam agora beber juntos, conversando amenidades. Mesmo na rústica casa de roça caipira.

Celestino Paraventi ficou rico com o café. Era cantor lírico, tenor. Deixou várias gravações. Foi o primeiro cantor a gravar, em 1930, *Tardes em Lyndoia*, de Zequinha de Abreu e Pinto Martins. Ao morrer, em 1986, tinha mais fama de capitalista excêntrico, porque comunista, do que de cantor. Ajudava financeiramente o Partidão e abrigou em sua casa de Santo Amaro, à beira da Guarapiranga, em 1935, Olga Benário e Luís Carlos Prestes, perseguidos pela polícia política. Por isso, Paraventi acabaria preso. Os anúncios do Café Paraventi alimentavam publicações oposicionistas e culturais, como O *Homem do Povo*, jornal de Oswald de Andrade e Patrícia Galvão. *O* Café Paraventi era, em suma, um café de esquerda, o primeiro e último café ideológico do Brasil.

Anúncio do Café Paraventi publicado no jornal
O homem do povo, nº 1, de 27.03.1931.

O DELATOR

EM MEADOS DOS ANOS 1980, quando fazia uma pesquisa sobre o subúrbio de São Paulo, estive às voltas com a falta de dados sobre um trabalhador de esquerda, o gráfico Manuel Medeiros, que morara no bairro de Monte Alegre, em São Caetano. Eu sabia que ele morrera na prisão, preso na onda de repressão de 1935-36. Tinha nas mãos o prontuário dele no Dops (Departamento de Ordem Política e Social), cujos documentos foram abertos à consulta pública pelo governo Franco Montoro. Morrera no improvisado presídio político da fábrica Maria Zélia, no Belenzinho. Um amigo me sugeriu que fosse conversar com Fúlvio Abramo, que estivera preso no mesmo lugar e na mesma época e que, de fato, estava entre as pessoas citadas no prontuário do preso. Fui procurá-lo em sua casa, no Butantã. Lembrava-se, sim, de Medeiros, que era trotskista como ele e que morrera na prisão, asfixiado, soltando lombrigas pelo nariz e pela boca. Os presos gritaram durante largo tempo, chamando o carcereiro, e não foram atendidos.

Abramo quis então saber como eu chegara até ele e ao caso do gráfico. Disse-lhe que os prontuários dos presos políticos já podiam ser lidos pelos interessados. O de Manuel Medeiros continha detalhados relatos de um alcaguete sobre reuniões dos trotskistas, com referências a vários participantes, como ele, Abramo, e Mário Pedrosa. Fui sumariando as reuniões denunciadas pelo espião e os lugares em que foram realizadas: uma gráfica clandestina em Pinheiros, uma chácara no Jabaquara, um encontro de vários com Mário Pedrosa em Campos do Jordão, que ali se encontrava em tratamento de saúde. Quando terminei o relato, Abramo estava devastado. Minha narrativa, sem que eu soubesse quem, tinha implícito o nome da pessoa de cuja delação resultara sua prisão. Havia uma só pessoa que sabia tudo aquilo, além dele. Olhando vagamente para o chão, comentou:

–Você confia cegamente numa pessoa a vida inteira, que é seu parente e a quem você tem como amigo, um primo. E é quem te denuncia à polícia. Eu estava escondido da polícia política na casa dele, na Casa Verde, quando fui preso. Um dia, alegando que precisava dar um pulo até a cidade, deixou-me sozinho. Da janela eu o vi indo pelo caminho que atravessava o descampado. Parou para conversar com um grupo de homens que vinha na direção contrária e seguiu adiante. Era a polícia que vinha me prender.

No arquivo pessoal de Getúlio Vargas, na coleção da correspondência enviada ao presidente da República, no Estado Novo, há cartas de pessoas que, espontaneamente, delatavam vizinhos e conhecidos como subversivos, denúncias repassadas à polícia política. Bajuladores que reorientavam sua lealdade política para a nova e poderosa figura simbólica do chefe da nação. Forma perversa de civismo a dos filhos bastardos de Silvério dos Reis.

O TREM COMETA

O ESQUELETO ENFERRUJADO de uma das três luxuosas automotrizes que a SPR – São Paulo Railway – importou em 1934, para as viagens entre São Paulo e Santos, descansa no que foi o pátio de manobras da Estação de Paranapiacaba, antiga Alto da Serra. Ali terminou sua última viagem. Eram o Cometa, o Estrela e o Planeta, com o tempo chamados genericamente de Cometa. Num deles, quase vazio, viajei em 1959. Os ônibus e a Via Anchieta lhe roubaram os passageiros e dos passageiros roubaram a poesia da viagem.

Naquela época, em 2 horas e 33 minutos, ia-se de São Paulo a Santos, em trens comuns, de madeira envernizada. Os carros de segunda classe tinham bancos de pinho-de-riga e os de primeira, bancos estofados, revestidos de palhinha trançada e encosto de cabeça coberto de capa de linho branco, limpa e lavada, trocada ao fim de cada viagem. O bilhete de segunda classe era de cartão verde e o de primeira de cartão bege, a data carimbada no verso. O bilhete e o carro do trem diziam qual era a classe social de cada um. Mas, por pouco menos do que o dobro do preço do de segunda classe, menos de um dólar, subia-se na vida e descia-se a Serra.

Na descida, entre Paranapiacaba e Piaçaguera, já perto de Santos, o trem levava uma hora. A composição era dividida, naquelas estações, os locobreques fazendo descer três carros de cada vez, que serviam de contrapeso para puxar três carros que simultaneamente subiam a Serra.

Desde o século XX, havia na Estação de Paranapiacaba bufê e restaurante para a vida social de meio de viagem. A pintora Tarsila do Amaral desenhou gravuras da Vila enquanto esperava a movimentação do trem. Rudyard Kipling visitou as máquinas. Anatole France almoçou. Antes da ferrovia, era costume o viajante ser acompanhado, em lombo de mula, por seus anfitriões ou parentes e amigos quando saísse da cidade. A viagem levava dois dias de São Paulo até Santos, por São Bernardo. Os acompanhantes iam até a Árvore das Lágrimas, que ainda existe, no Ipiranga, perto da favela de Heliópolis. Com o trem, já sem lágrimas, as despedidas dos muito próximos passaram para o Alto da Serra, dos menos próximos para Ribeirão Pires e dos pouco próximos para a Estação da Luz, que também tinha seu restaurante para banquetes. As pessoas daquela época tinham educação e, pelo visto, tinham muito tempo e muito apetite!

Já as automotrizes eram compostas por um carro de tração e dois carros de passageiros, com poltronas revestidas de couro. Entre São Paulo e Santos esse trem levava só 1 hora e 43 minutos, uma hora menos do que o trem comum. Empresários do café passavam o dia em seus escritórios de Santos e voltavam no fim do dia para São Paulo, para seus palacetes da Avenida Paulista, dos Campos Elíseos ou de Higienópolis. Quem pegou o Cometa, pegou. Quem não pegou, ficou.

O trem de luxo Planeta, da São Paulo Railway, no pátio de manobras da estação de Paranapiacaba. Fabricado na Inglaterra, entrara em serviço em 1934.

O TRENZINHO CAIPIRA DA JÚLIO PRESTES

NA CONTRALUZ DO VITRAL, a fumaça da locomotiva a vapor se dissolve entre o verde das plantações, os muitos tons de terra dos montes adiante e o céu azul. Tudo ali no antigo saguão da Estação Júlio Prestes. O sinal baixado dá passagem ao trem de carga. Na linha paralela, uma composição de passageiros se perde em direção ao interior, no mesmo rumo dos fios do telégrafo. Aquele vitral é uma viagem. Cristalizou nos vidros multicores um tempo que de muitos modos permaneceu na memória dos paulistas. O passado foi ficando ali, filtrado pela luz externa, enquanto a cidade se transformava, os passageiros partiam e não voltavam, o trem desaparecia e o sonho acabava. Obra do engenheiro Christiano Stockler das Neves, a estação fora inaugurada em outubro de 1938. A Sorocabana teve três sucessivas estações terminais na cidade de São Paulo. A mais antiga, pequena, perto da Estação da Luz. Foi demolida há alguns anos. No lugar há um barracão. Depois, outra bem maior, onde é hoje a Estação Pinacoteca, depois de ter sido a antiga sede do Dops. E, finalmente, o monumental edifício da Júlio Prestes, hoje abrigando a Sala São Paulo e a Secretaria de Estado da Cultura. As plataformas ainda recebem os trens do subúrbio.

Houve tempo em que dali saía o trem internacional, que ia até Montevidéu. Fazendo-se baldeação no Rio Grande do Sul, chegava-se a Buenos Aires. Havia trens entre São Paulo e a capital argentina três vezes por semana. Fiz um trecho dessa viagem quando a longa ligação ferroviária já estava mutilada, os carros e locomotivas já velhos, obsoletos e vagarosos trafegavam, quase vazios. O trecho em que a ferrovia acompanhava o Rio do Peixe, em Santa Catarina, atravessava uma das nossas mais belas paisagens. Corria, também, através da terra mítica que foi cenário da Guerra do Contestado, na insurgência messiânica dos pobres da terra, de 1912 a 1916. Ao longo do caminho ainda havia sinais daquele tempo, cemitérios abandonados de vítimas da guerra que se viam da janela do trem, estações que foram ficando, incrustadas no passado. Nomes poéticos que foram se perdendo: a estação de São João dos Pobres passou a chamar-se Matos Costa, em memória de oficial do Exército morto no conflito.

Da Júlio Prestes saía também o trem que ia a Bauru, onde se fazia baldeação para a Estrada de Ferro Noroeste do Brasil. Atravessava-se o Pantanal Mato-grossense no começo da noite, a lua brilhando sobre a água que se disfarçava sob o capim e as plantas. Ia até Corumbá, à margem do Rio Paraguai. Ali se fazia baldeação para a Estrada de Ferro Brasil-Bolívia, que ia até Santa Cruz de la Sierra. Só esse trecho de uns seiscentos quilômetros tomou uma semana inteira na viagem que fiz à Bolívia em janeiro de 1958.

A Sorocabana foi a única ferrovia paulista que não nasceu do café. Nasceu do algodão, em Sorocaba.

CACHORRO LOUCO

DEVO A VIDA AO INSTITUTO PASTEUR DE SÃO PAULO. Minha tia Sebastiana me dizia: "Ocê nasceu porque vossa mãe foi mordida por um cachorro louco". Minha mãe, ainda solteira, morava na roça, no bairro do Arriá, no Pinhalzinho, quando foi mordida por um cão hidrófobo, aí por 1936. Morto o animal a tiros, teve a cabeça cortada e colocada num saco de estopa. Meu tio Pedro desceu a Serra das Araras a cavalo, levando o embrulho e, em outro cavalo, minha mãe e sua irmã mais velha para que tomassem o trem em Bragança e viajassem para São Paulo. Da Estação da Luz foram para o Instituto Pasteur, na Avenida Paulista. Entregaram a cabeça do cachorro, para confirmar a hidrofobia.

Repetiam o que se tornara comum desde a manhã de 7 de novembro de 1903, quando o dr. Ivo Bandi, médico italiano, primeiro diretor do Instituto Pasteur, vacinou as duas primeiras vítimas de cães hidrófobos que, finalmente, podiam ser vacinadas aqui mesmo em São Paulo. Até então, eram enviadas de trem para tratamento no Rio de Janeiro. Quem não pudesse fazer a viagem acabava morrendo depois de atroz agonia. As vacinas foram aplicadas numa clínica na Rua Direita, nº 22. A primeira pessoa a recebê-la foi uma menina de 9 anos, Dina Preti, moradora na Rua Sólon, no Bom Retiro. A segunda foi o italiano Saverio Micalli, de 45 anos, procedente de Santa Eudóxia, em São Carlos do Pinhal.

O instituto nascera numa reunião, no Clube Internacional, no dia 6 de agosto, presidida pelo engenheiro Inácio Wallace da Gama Cochrane, com a presença de vários médicos. Seria uma instituição privada e sua fundação dependeria de donativos. Em três semanas foram angariados mais de 23 contos de réis, uma pequena fortuna. O dinheiro era para comprar o local de sua instalação e importar o material de que necessitaria. O dinheiro continuou chegando de paróquias católicas e de Câmaras municipais do interior. Fazendeiros, banqueiros, comerciantes, industriais enviaram contribuições.

Trabalhadores e pessoas de condições modestas subscreveram listas e enviaram doações. A Associação das Classes Laboriosas, que ainda existe, enviou uma quantia de dinheiro e prometeu fazer uma contribuição anual para manter o instituto. No dia 8 de novembro o Instituto Pasteur já estava instalado na Avenida Paulista, no prédio em que, com várias alterações na fachada, funciona até hoje. Em 1918, passaria para o Estado.

Como tivesse que permanecer lá até o término do tratamento, minha mãe conheceu outras pacientes. Dentre elas, minha futura tia Amábile, casada com um primo de meu pai, já quarentão. Foi quem arquitetou um almoço na casa de minha futura tia-avó, em São Caetano, para que meu pai e minha mãe se conhecessem. Em 1937, estavam casados e no ano seguinte eu nasceria. Era a bela trama da vida no Instituto Pasteur.

A *NATIVIDADE*, DE FULVIO PENNACCHI

O TALENTO SE FEZ CARNE E HABITOU entre nós. Chamava-se Fulvio Pennacchi (1905-1992) e faria cem anos dois dias depois deste Natal de 2005. Nele, o verbo se fez imagem e se fez vida e sonho.

Em 1942, reuniu ao redor do menino anunciado, o anjo e os pastores da Natividade no presbitério de uma nova igreja encravada ao pé da colina de Piratininga. Lugar em que viviam e vivem ainda os mais pobres moradores daquela ponta de várzea desgarrada do Brás proletário. Era para que testemunhassem novamente o nascimento do Filho do Homem, ali na Igreja de Nossa Senhora da Paz, na Rua do Glicério, nº 225, entre cortiços e casas em ruína, ruas que o tempo povoaria com moradores sem teto, os que não têm onde reclinar a cabeça, catadores de papel, recicladores de lixo, não raro tratados como dejetos eles próprios. Aqueles em cujos olhos já não há lágrimas, em cujo tempo já não há o consolo da esperança.

A Igreja da Paz é a igreja dos migrantes, dos que buscam um lugar no mundo, a igreja de São Paulo em que a Natividade é permanentemente celebrada e, no meio dos pobres, a vida anunciada, a esperança proclamada todos os dias nos belos afrescos de suas paredes. Nas outras, tem precedência o Cristo sofredor da Paixão cruenta. Na Igreja do Glicério, o Cristo dos simples não acusa a nossa consciência. Convida o coração, de quem crê e também de quem não crê, ou crê diferentemente, à comunhão e à paz. É o Cristo da conciliação e da inocência. É impossível não retornar ali para contemplar em silêncio aquele mistério.

Pennacchi não convocou os Reis Magos do Evangelho de Mateus, que vieram do Oriente trazendo incenso, mirra e ouro para o recém-nascido. Preferiu o Evangelho de Lucas, para encontrar ao redor de Jesus Menino, de Maria e de José os pastores da noite. Entre os que visitam o menino despojado que repousa sobre o nada do chão, está uma mulher com uma criança no colo. É a última dos últimos no mural, o lembrete da profecia de nossas folias do Divino, de que o rei nascerá do povo. Há no belo afresco um evangelho segundo Pennacchi. Esse inspirado toscano de Vila Collemandina, Lucca, Itália, veio para São Paulo em 1929 tentar a vida. Fora aluno do Real Instituto de Belas Artes, de Lucca. Em São Paulo, com irmãos, foi dono de dois açougues. Disso vivia. Seis anos depois, foi dos primeiros membros do Grupo Santa Helena. Compartilhou sala com Rebolo no edifício da Praça da Sé.

Sua obra contém símbolos precisos de sua concepção do povo brasileiro: a viola e o violeiro, o cachorro companheiro do caipira, as galinhas no terreiro, a bandeirola de um santo junino no mastro, onde por tradição se prende a espiga de milho da primícia, a primeira colhida, o primeiro fruto do trabalho e da terra, a oferenda. Um cachorro magro ouve atento o violeiro num detalhe dos afrescos do Hotel Toriba, em Campos do Jordão, apreciando seu naco de música. Pennacchi suavizou as cores e formas do Brasil para anunciar a beleza dos simples.

A RUA APA VISTA DA JANELA DO PINTOR

CURTA NO NOME E NA EXTENSÃO, a Rua Apa cruza a Avenida São João perto da Praça Marechal Deodoro, em Santa Cecília. Quase sumiu com a intromissão perversa do Minhocão. Mas a rua de outros tempos sobrevive na Pinacoteca do Estado, em bela e tocante pintura, de 1944, de Mick Carnicelli (1893-1967), com o título, justamente, de *Rua Apa*.

Aquele era um dos recantos encantadores da cidade, um bairro de classe média, entre a Barra Funda operária e simples e a Higienópolis rica e refinada. Um cenário europeu, que misturava estilos e visões do espaço, vindos de diferentes culturas. Era uma região bem paulistana.

Michele Carnicelli era italiano de Agropoli, província de Salerno. O pai era alfaiate. Sua família imigrara para o Brasil em 1899, quando ele tinha seis anos. Em 1909 foi para Veneza, estudar no Instituto de Belas Artes. Adotara o apelido de Mick, que era como soava o Michele abreviado do tratamento familiar.

Seus autorretratos, os interiores que pintava, seu modo de ver a cidade pela janela, a distância, as casas pelos fundos e cenários vazios, têm sugerido uma perspectiva derivada da solidão. Na tela *Porão com cadeira* o autor é atraído pela solidão interna dos escuros recintos inferiores das casas de então. Essa solidão era característica da situação dos trabalhadores mais pobres. Os porões altos dessas habitações da classe média paulistana foram ocupados por moradores de poucos recursos, não raro famílias de empregados domésticos dos palacetes próximos. Esse, porém, não era um confinamento solitário e pessoal.

Tampouco o é o traço forte da pintura de Carnicelli, no seu fascínio pelas exterioridades distantes, das casas vistas pelos fundos. Vários pintores paulistas, como Raphael Galvez e Francisco Rebolo, dedicaram-se à pintura de cenários de fundo. As ruas do centro cinzento, da modernidade, não tinham a beleza simples e colorida do seu entorno, dos bairros, uma outra parte da cidade, onde estava a crônica visual que fazia sentido para esses artistas oriundos do mundo dos artesãos e operários.

Carnicelli foi além na utilização desse código de inversões interpretativas. Descobriu a beleza plástica dos cenários opostos às tentações estéticas das fachadas. As partes laterais e posteriores das casas, que aparecem em várias de suas pinturas, eram uma referência afetiva importante para os paulistanos originados do sul da Europa. As casas da época eram voltadas para dentro, para a intimidade da família.

São cenários densos de humanidade, na dimensão indicial de paredes e muros, que falam com a intensidade visual dos tons escuros, de ocres, vermelhos e amarelos, sobre o sentido profundo do calor uterino da casa.

As janelas de Carnicelli vêm, tudo o indica, da cultura da janela nos bairros paulistanos de imigrantes vindos da Itália, de Portugal, da Espanha. Era, na muralha protetiva da casa, o vão da relação entre os de dentro e os de fora, a demarcação simbólica da intimidade e da centralidade da família na sociedade de então. Há uma força simbólica e um discurso nas janelas de *Rua Apa*. Há também dor e sofrimento nessas janelas que se abrem para o nada do silêncio da impessoalidade que, naquele momento, já privava os bairros paulistanos do seu *ethos* comunitário.

É inevitável debruçarmos nosso olhar na mesma janela da Avenida São João por onde Carnicelli via a Rua Apa. Janela que incorporou à sua pintura como a moldura de um olhar tranquilo e comunitário, de vizinho fascinado, capaz de ver além dos volumes e das cores das casas. Quase que certamente a mesma janela que lhe inspirara *A carrocinha*, de 1943, do padeiro, do leiteiro, do carniceiro, mercantil e transitória, tela fria nos tons claros e suaves de suas cores.

Ao mudar-se para a Avenida Paulista, Carnicelli levou consigo o olhar próprio dessa São Paulo anterior. Levou a janela cultural como perspectiva para meditar sobre as paredes crescendo no horizonte, criando distâncias verticais e solidões reais.

O ÚLTIMO BOCADO DE IÇÁ

Naquele 1948 em que fui matriculado no Grupo Escolar Pedro Taques, Guaianases era um povoado ao lado da estação ferroviária, as ruas iluminadas à noite por lampiões de querosene. No largo da estação terminava a estrada de terra que vinha da Fazenda Santa Etelvina. Era o meu caminho, dezesseis quilômetros batidos a pé, entre a ida e a volta, entre o casebre da roça e a sala de aula lotada, três alunos por carteira.

Éramos um bando de meninos e meninas que moravam para os mesmos lados. De pé no chão, nas manhãs de inverno os pés doíam muito. No caminho da roça, já no sol quente do meio-dia, íamos ficando pelos sítios e chácaras. Eu era o último. Chegava faminto em casa, para o invariável prato morno de arroz, feijão e repolho cru, temperado com óleo e sumo de limão-vinagre. Quando li *Os parceiros do Rio Bonito*, de Antonio Candido, entendi perfeitamente a referência àquela insaciável fome de carne tão característica do mundo caipira. Era a fome que eu sentia. Meu padrasto, quando tinha essa fome, pegava a espingarda e saía para caçar. Voltava com um tatu, um filhote de veado, alguma ave. Sinal de que a coisa piorava foi no dia em que caçou um ouriço, bicho feio. Foi difícil comer aquilo, a carne dura, escura e mal cheirosa. Mas fome é fome.

Um belo dia houve a revoada da içá, a fêmea da saúva, prenhe de ovos, que em minutos abre um buraco no chão e nele se afunda para estabelecer um novo formigueiro. Era preciso correr com a panela numa das mãos e um graveto na outra para separar-lhe o abdômen gorducho, antes que sumisse na terra. E correr de um lado para outro, para catar o maior número delas. Deram uma panelada de içá torrada, que meu padrasto, um mameluco, caipira de verdade, comeu com voracidade, com uma fome que eu nunca vira, fome ancestral, fome do índio que nele havia do tempo do deslocamento paulista na direção dos sertões de Minas. Ofereceu um pouco da iguaria a meu irmão e a mim, esperando que não aceitássemos. Aquele foi o meu limite na carência alimentar. Passo fome, mas não como formiga.

Curioso: ao mesmo tempo em que ali se prezava aquela raridade culinária, havia uma guerra contra a saúva que, voraz e com fome parecida, comia as plantas cultivadas com suado trabalho. De vez em quando era chamado o batalhão dos mata-formigas da Prefeitura de São Paulo, que chegava lá na roça para acabar com os formigueiros. Era um mundaréu de gente, munida de foles, na ponta dos quais havia um pequeno tambor de ferro em que punham brasas e sobre as brasas enxofre para colorir a fumaça e arsênico. Com o fole sopravam a fumaça amarela para dentro dos buracos. Alguns ficavam de olho para ver onde a fumaça ia sair. E tapavam cada saída. Saturavam os formigueiros com a fumaça letal. O requintado prato indígena estava condenado no que ainda não era a degradada periferia urbana de São Paulo.

LAÇOS INVISÍVEIS

SOBRETUDO NAS MANHÃS DE MAIO E JUNHO, e ainda nos primeiros dias de agosto, após as férias de julho, os pés doíam muito nos oito longos quilômetros de caminhos e estrada de terra que separavam minha casa de pau a pique e tábuas, chão de terra batida, do Grupo Escolar Pedro Taques. Era na Estação de Guaianases, na Estrada de Ferro Central do Brasil, município de São Paulo, onde é hoje o bairro de Cidade Tiradentes, na Zona Leste. Naquela encosta de morro em que minha família vivia, nessa época do ano as geadas castigavam sem dó. Descalço, calça curta, camisa de manga curta, desjejum de café preto com farinha de milho, aquele longo caminho era um sofrimento cotidiano para estar na escola às oito da manhã. Chegava com os pés encardidos e roxos de frio, para um turno de quatro horas que terminaria no sol quente e bem-vindo do meio-dia, sem merenda, sem nada.

Guaianases era um povoado rural de umas quatro ruas, iluminadas à noite por lampiões a querosene. O Grupo Escolar, na Rua da Estação, tinha quatro salas de aula. Levei seis meses para conseguir uma vaga na sala do terceiro ano, transferido de minha escola de origem em São Caetano, quando meu padrasto, analfabeto, resolveu sair da fábrica onde trabalhava para voltar à roça, num pequeno sítio em formação.

Ficava num canto da antiga Fazenda Santa Etelvina, dos tempos da escravidão, cujos velhos moradores ainda falavam de almas de escravos falecidos no cativeiro e de libras esterlinas enterradas por um senhor de escravos sovina e mau. Era lenda. Não era lenda o imenso latifúndio que pertencera ao paulistano Antonio Proost Rodovalho (1838-1913), comerciante, industrial, banqueiro, coronel da Guarda Nacional. Morava num palacete no bairro da Penha, onde faleceu. Seria sepultado no Cemitério do Araçá. Participara da construção, no século XIX, do que veio a ser a Estrada de Ferro Central do Brasil, à qual ligara sua fazenda, por uma linha de *tramway* de treze quilômetros para transporte da Mata Atlântica convertida em lenha para as locomotivas a vapor da ferrovia. Conheci o que restava da fazenda, a mata em grande parte já substituída por sombrias e extensas plantações de eucalipto.

Quando finalmente consegui vaga na escola, era numa sala de carteiras para dois alunos em que sentavam três, meio atravessados para não dar cotoveladas no peito do vizinho.

Nisso tudo, não havia nenhum encanto. A não ser nas tardes de neblina, já de volta, depois de duas horas de caminhada no meio de pastos, roças e fazendas, quando o primeiro silêncio do fim da tarde era quebrado pelo último canto do sabiá-laranjeira. Ouço-o até hoje, gravado em meu ouvido. Um canto profundo e triste, demorado, lindíssimo, que se perdia por entre as plantas do pomar de encosta que mal se via do terreiro naquelas horas do dia. Parecia um cântico de adeus ao dia na mata próxima, que na Quaresma ficava festivamente colorida pelas flores das quaresmeiras e dos manacás.

O outro encanto, gravado na memória, eram as aulas de um homem simples, bondoso e dedicado, hoje nome de rua no povoado que se transformou em periferia: professor Cosme Deodato Tadeu. Tinha sempre no rosto redondo um sorriso leve e acolhedor, que mal escondia uma tristeza profunda por um casamento desfeito, de que herdara um filho e o duplo papel de pai e mãe. O encanto de suas aulas pacientes àquele amontoado de crianças estava também num maravilhoso livro didático: *Uma história e... depois outras*, de Raphael Grisi, com pê e agá.

De certo modo, aquele livro que eu lia e relia atava a vida à escola. Era como se cada aluno fosse personagem de suas histórias, uma sequência de episódios distribuídos pelos quatro volumes, correspondentes às quatro séries, que contavam histórias de roça que se desenrolavam ao redor da crônica da família de um pequeno fazendeiro de café, também professor, viúvo, e seu casal de filhos, Lalau e Lili, e do cachorro, Lobo. Eram já os tempos em que só se falava na crise do café. Amigo dos filhos do professor, Pascoalzinho, filho de colonos, personificava os sonhos e trajetórias de milhões de pessoas, descendentes de imigrantes com o destino atado à agricultura de exportação, ao eito, às leiras do cafezal, às geadas adversas. Pascoalzinho cresceria e se tornaria administrador da fazenda.

Depois do término do primário, em 1949, voltamos a São Caetano: a roça não dera certo. Em pouco tempo, eu estava na fábrica, como aprendiz. Trabalhava de dia e estudava à noite. Num certo dia, decidi que queria ser professor primário na roça, onde ainda estava a maior parte dos meus parentes do lado materno, lá na Bragantina. Abandonei o emprego que, bem ou mal, garantia meu sustento e ajudava a família e fui viver de bicos para poder frequentar o Curso Normal matutino no excelente Instituto de Educação Américo Brasiliense, de Santo André. Boa parte dos professores vinha da USP. Lá me dividi entre a Sociologia e a História, motivado pelas respectivas professoras, de grande competência e erudição. Acabei optando por fazer o vestibular para Ciências Sociais na Faculdade de Filosofia, Ciências e Letras da USP e entrei na turma de 1961, no curso noturno.

Naquele tempo, o mundo já era muito grande. Mas a Faculdade de Filosofia era bem maior. Nossa faculdade tinha um grande projeto para o mundo, centrado na missão do educador, projeto saído da cabeça de gente como o professor Fernando de Azevedo, os professores da Missão Europeia, os primeiros alunos que se tornariam docentes, como Antonio Candido, Florestan Fernandes e outros muitos. De vários modos, em livros como o de Raphael Grisi e em aulas dos docentes por ela formados, a Faculdade de Filosofia chegava lá longe, formava uma corrente tão eficaz quanto a corrente de Santo Antônio. O projeto se materializava no subúrbio e na roça, muito além dos bairros chiques em que ainda se falava francês em certas ocasiões, como francês se falara em nossas salas de aula dos primeiros tempos.

Já no fim do bacharelado, fiz também a licenciatura, que não era obrigatória e era parte dos cursos que a faculdade oferecia. O olho ainda continuava no magistério. No dia da primeira aula de Didática Especial, entra na sala, no térreo lá da Rua Maria Antônia, o professor da disciplina, já de cabelos grisalhos, e se apresenta: Raphael Grisi, com pê e agá. Era também docente no Instituto de Educação Caetano de Campos, a escola da Praça. Esperei o fim da aula e fui procurá-lo. E perguntei: “E o Pascoalzinho?”. Ele me olhou entre espantado e sorridente: “Ué, você também o conheceu?!”.

UM ALFAIATE NA CRUZ

O TEATRO AMADOR, nos bairros e no subúrbio de São Paulo, fez época. Até os anos 40 do século passado ainda disputava preferência com o cinema. Ocupava salões de paróquias, de sindicatos, de sociedades de mútuo socorro, de clubes de fábrica. Alguns deles tinham até palco com cortina, caso do da Associação Auxiliadora das Classes Laboriosas, na Rua do Carmo. Os atores das chamadas sociedades filodramáticas aproveitavam, também, a passagem dos circos pelos bairros para neles se apresentarem. A Semana Santa era a melhor época. O circo era pra fazer rir, o que na Semana Santa ainda era pecado. Mas os grupos locais de teatro tinham no repertório peças religiosas, apropriadas para a ocasião. Se o cinema apresentava filmes sobre a Paixão de Cristo, como *O Rei dos Reis*, de 1927, de Cecil B. DeMille, e era todo ano a mesma coisa, sempre havia algo mais intenso no teatro de circo.

Fazia parte de um desses grupos teatrais, em São Caetano, com a esposa, desde os anos 1920, Otávio Tegão. Era um alfaiate magérrimo, bem talhado para representar a figura de Cristo na teatralização da Paixão. Quando voltava da escola primária, eu passava invariavelmente na porta de sua pequena alfaiataria. Lá estava ele, de cigarro pendurado no beiço, riscando ou cortando pano, ou costurando. Foi ele quem fez o primeiro *tailleur* de minha mãe.

Lembro bem dele porque estava na moda uma música de Luiz Gonzaga, que muitos repetiam: "Ai, que vida ingrata o alfaiate tem...". E lá vinha o refrão que grudava na memória da molecada: "Vai cortando o pano, vai cortando o pano...".

Contou-me um de seus conhecidos, Henry Veronesi, que numa das apresentações de Semana Santa, já estava ele preso à cruz, só de fralda, para representar a crucificação de Cristo. Continuava com o cigarro na boca, fumando, distraído. Começavam a abrir a cortina, quando, advertido pelo bom ladrão, cuspiu o cigarro que, em vez de cair no chão, caiu-lhe no cós da fralda folgada, indo parar-lhe no púbis, entre pelos e pele. O ator desempenhou-se bem, como sempre, nos primeiros minutos daquele que era o último ato da peça. Lancetado pelo soldado romano, marido de uma lavadeira de minha rua, que fazia a Verônica, começou a contorcer-se, tentando, com o movimento de uma perna sobre a outra, livrar-se do cigarro que o queimava. A multidão, de olhos arregalados, respiração contida, contemplava aflita a agonia do alfaiate, à espera do desfecho já sabido, vendo nele o ator realista e compenetrado no papel de Cristo. Mal conseguia reconhecer nele o vizinho da agulha e da tesoura fazendo ternos domingueiros para os moradores do subúrbio. Tegão, em desespero, e sem outra alternativa, para acelerar o fim do enredo e do tormento, revirou os olhos para o alto e gemeu com profunda dor: "Pai, em tuas mãos entrego o meu espírito". E pendeu a cabeça banhado em suor, as lágrimas escorrendo-lhe pelo rosto. A multidão delirava com o realismo de seu desempenho. Muitos choravam de emoção genuinamente religiosa. Fechada a cortina, Tegão foi desamarrado e livrou-se do cigarro. Reaberto o pano para os aplausos, foi ele ovacionado pelo povaréu em transe. Nunca, jamais, em tempo algum, um alfaiate desempenhara com tanta perfeição o papel de crucificado.

SEGURANDO VELA

A PRIMEIRA VEZ EM QUE FUI AO CINEMA do meu bairro, aos cinco anos, aí por 1944, foi para "segurar vela" para minha prima. Ela e o jovem do açougue, onde comprava carne para minha mãe, estavam "tirando linha". "Tirar linha" era a etapa mais preliminar do interesse recíproco entre homem e mulher. Creio que era expressão dos agrimensores que, olhando pelo teodolito, de longe, tiravam a linha de retificação de ruas e medição de terrenos. Era olhar a distância, dando a entender interesse pela outra pessoa, porém prudente e recatado. Era o telégrafo sem fio das paixões que nasciam.

O relacionamento visual podia evoluir até o namoro na porta da casa da moça. Ou acabar antes de começar. Era um processo demorado e sofrido, até que a donzela obtivesse do pai consentimento para alguma proximidade. Depois de um tempo, o namoro passava para dentro de casa, na sala de visitas, com alguém "segurando vela", geralmente a mãe, que disfarçadamente fazia tricô ou bordava. "Segurar vela" queria dizer que, mesmo não havendo vela alguma, a acompanhante tinha a função da vela bem acesa para o namoro "às claras". Nada de escurinho e privacidade.

O namoro não podia evoluir nem muito depressa nem muito devagar. Muita pressa significava que, apesar da vigilância, o moço avançara o sinal. A pressa era jeito da moça ainda casar vestida de branco, sem "dar na vista". Mentia-se "pelas costas", fazendo de conta que não se notava o ventre crescido, que chamasse a atenção de vizinhos e linguarudos. Fingimentos em nome da honra. E se o rapaz tardasse em formalizar o casamento, era namorado aproveitador, empatando o tempo da moça, tempo de "encontrar outro e melhor".

Intuí o básico dessas regras na mera tarde daquele domingo de minha primeira ida ao cinema. Quando o moço, que ainda não era namorado, veio buscar minha prima, meu pai disse-lhe que mandasse o rapaz entrar. Ela morava conosco e meu pai cumpria as funções do pai falecido. Estava muito bravo, ou fingia estar. Interpelou o donzelo, ralhando com ele. Ele saltara etapas do teatro da honra: fora diretamente do "tirar linha" para o "convidar a moça para o escurinho do cinema", sem respeitar as etapas intermediárias. Ansioso para resolver a coisa em tempo de ver o filme, o rapaz acabou numa promessa de namoro firme e até de casamento. Vestiram-me rapidamente o terninho de marinheiro, ridículo traje dos meninos da época. E lá fomos nós de mãos dadas para o primeiro filme de minha vida. Na verdade, para "segurar vela" para a prima. Na entrada, o moço comprou ainda balas para a namorada. Chegamos quando a sessão já havia começado. Passava o trailer de um filme em preto e branco: um homem carregava um menino nos ombros e cantava: "Upa, upa, cavalinho alazão!". Depois, o filme, um desenho animado: *Alô amigos*, de Walt Disney. Quando as balas acabaram, dormi. Sorte deles: a vela apagara.

O CINEMINHA DO PADRE

A MOLECADA DA MINHA RUA era quase toda frequentadora do cineminha do padre Ézio, na matriz nova de São Caetano. O subúrbio voltava a respirar aliviado depois das noites medonhas dos blecautes da Segunda Guerra Mundial, alcaguetes disfarçados de patriotas caçando furtivamente quintas-colunas pelas ruas escuras, os supostos espiões do Eixo.

Seu Sales, subdelegado de polícia, mesmo de dia, ao encontrar alguém na rua, especialmente os moleques, levava o indicador esquerdo ao olho e puxava a pálpebra inferior para baixo, num gesto típico da época, que queria dizer "estou de olho em você". Acabou a guerra, passaram-se os anos e o subdelegado, envelhecido e barrigudo, continuava com o gesto ameaçador. Castigara-o a contumácia: de tanto arregaçar a pálpebra, ela não voltara mais ao lugar, aquele olho arregalado, o róseo avesso exposto, deformando-lhe o rosto como testemunho pavoroso da ditadura, da guerra e da repressão.

Terminara, também, o miserê de pão, das longas filas para conseguir um filãozinho de pão de trigo com o cartão de racionamento. Filas demoradas, de crianças, pois os pais não podiam perder tempo. A criançada se animava a ir à padaria mais para sentir o aroma do pão quente, saindo do forno e matar a saudade e a fome de pão. Nos bairros, nos arrabaldes, no subúrbio os aromas eram monumentos olfativos que, com o tempo, a metrópole perderia. Eu podia cheirar o que não podia comer.

A molecada de minha rua chegara, também, à idade da primeira comunhão. Quem fosse à missa e comungasse recebia na porta da igreja um cartão carimbado que dava direito a ingresso no cineminha do padre Ézio, italiano de Trento, vigário da paróquia da Matriz Nova, na tarde do domingo. Muitas das crianças dos bairros operários de São Paulo e do ABC não tinham os tostões para pagar o ingresso nos cinemas de verdade. Mas algumas paróquias tinham o seu modesto cinema dos pobres de Nosso Senhor. Em silêncio e em nome de Deus, o padre disputava com os cinemas comerciais a alma pura das crianças. Era cinema mudo, de tela pequena, que projetava filmes antigos, em preto e branco, pequenas comédias do Carlitos, desenhos do Popeye, do Mickey. Filmes curtos, de poucos recursos, em que o maravilhoso dependia muito da imaginação de quem os via, distantes no tempo e antiquados em relação aos luxuosos filmes falados e coloridos.

Quase na metade do século XX, as crianças viam no cineminha do padre Ézio os filmes que seus pais e avós haviam visto no começo do século. O que dava uma sensação muito boa de que o mundo mudava, mas não mudava tanto. As gerações continuavam juntas. Sendo os mesmos filmes de antes da guerra, a guerra parecia apenas indevida intromissão, mero e descabido incidente na vida das gentes simples, que viviam do suor do próprio rosto para ter na mesa o pão nosso de cada dia.

DONA SANCHA

QUEM NÃO BRINCOU DE PEGADOR, de amarelinha com casca de banana, de passar anel com anelzinho de pedra de vidro que vinha preso numa daquelas balas de antigamente? Qual foi o moleque que não jogou fubeca, não bateu figurinha na calçada ou no pátio da escola, ou não rodou pião? Qual foi o moleque que não empinou papagaio feito caprichosamente pela irmã? Qual foi o moleque que não brigou na rua com o amigo de todos os dias, depois de fazer um risco no chão para separar os lados dos contendores e cuspir no lado do outro para provocá-lo e iniciar o confronto, os empurrões e os tabefes? Qual foi o moleque que não apanhou de cinto em casa quando o pai soube que já apanhara de tapa de outro moleque na rua? Ninguém podia voltar para casa vencido. Ou contar que apanhara.

Qual foi a menina que não ficou de mal com a amiga, entrelaçando os dedos das duas mãos, virados para a outra e soltos lentamente para simbolizar a ruptura? Qual foi a menina que não reatou a amizade enlaçando o dedo mindinho com o mindinho da outra para simbolizar o reatamento e dizer assim que o amor de todos os dias entre crianças é maior do que a raiva do instante? Quem não se lembra de histórias incrivelmente fantasiosas que as crianças inventavam e contavam, cada vez de um jeito, no teatro imaginário das reuniõezinhas de calçada, no começo da noite, sob a luz amarelada dos postes da Light? A cidade era uma xilogravura de Goeldi.

Os antigos e os não muito antigos já notaram o desaparecimento do lugar da criança na renovação da sociedade e na vida da cidade. A rua já não é da criança, é do carro. Ou é do crime, mesmo que esse pavor seja em grande medida falso, alimentado de propósito pelo rádio e pela TV para aterrorizar adultos e crianças. Já não se fala das coisas boas que acontecem todos os dias nas ruas da cidade: um concerto, um livro, uma poesia no poste. O noticiário homicida, desenraizado e alienado matou a cidade. Já foi o tempo em que o povo sabia das coisas pelo jornal, um de manhã e outro à noite, deixando para o afobado Repórter Esso as notícias de última hora.

Nos bairros, como o da Mooca, do Brás, do Belenzinho, de Santana, da Lapa, do Ipiranga, da Vila Prudente, à noite, os pais punham cadeiras na calçada para conversar com os vizinhos, apreciar o movimento que não havia ou acompanhar com os olhos um carro que eventualmente passasse, buzinando e espantando crianças.

As crianças brincavam de adivinha, de o que é que é, de cantigas de roda – *Senhora Dona Sancha vestida de ouro e prata; Pirulito que bate, bate, pirulito que já bateu, quem gosta de mim é ela, quem gosta dela sou eu; O cravo brigou co'a rosa debaixo de uma sacada; Se essa rua fosse minha, eu mandava ladrilhar, com pedrinhas de diamante para o meu amor passar.*

– Crianças venham pra dentro, está na hora, já é tarde. São oito horas!

OS SAPATOS DE SEU LAGANÁ

CONSOLATO LAGANÁ NÃO PASSARÁ à história de São Paulo pela coragem de um segundo casamento aos 101 anos de idade. Passará como o artesão dos sapatos anatômicos que calçaram os pés de mulheres e homens da São Paulo elegante por várias décadas. Mais do que interessado no sapato que os outros veem, o dono do pé é interessado no que seus pés sentem.

Para caminhar sem sofrer, os ricos lhe pagavam tributo e pedágio. Calo, joanete, unha encravada, tudo que faz o pé sofrer tinha solução na oficina em que Laganá fazia suas obras de arte. Criou uma pedestre "filosofia do pé" ao se insurgir contra o costume de que os pés devem se adaptar aos sapatos: os sapatos é que devem se adaptar aos pés.

Na São Paulo das primeiras décadas do século XX, ainda havia sapateiros remendões que também faziam artesanalmente calçados ajustados ao tamanho e aos defeitos dos pés de seus clientes. Mas aos poucos esses sapatos artesanais iam sendo preteridos, dada a preferência consumista por calçados industrializados, como os Clark, marca inglesa, fabricados também aqui em São Paulo, desde 1904. Os velhos sapateiros ficaram confinados no artesanato da meia-sola.

Mas as velhas oficinas eram uma instituição, concorrentes das farmácias, pois era ali que circulavam os fuxicos e intrigas locais e vicinais. Era ali que as grandes notícias do mundo eram mastigadas e reduzidas à compreensão que podia dar-lhes a lógica das crônicas de vizinhança. É verdade que os clientes falavam e o sapateiro apenas ouvia: a boca cheia de preguinhos de sapateiro, da qual tirava um a um para pregar a sola nova no sapato gasto. Não podiam falar os discípulos de São Crispim, sob risco de em vez de pregar sapatos pregar as próprias tripas.

Gente poderosa e agradecida, do prefeito ao governador, ia cumprimentar Laganá na oficina de segundo andar de um prédio da Praça da República, no lado oposto ao do Instituto Caetano de Campos.

Eram os donos de pés felizes. Laganá conhecia a intimidade dos pés de mulheres e homens da grã-finagem.

O segredo do sapateiro estava em literalmente esculpir os pés de seus clientes em moldes de madeira, que mantinha guardados e identificados. Quando o cliente precisava de um sapato novo, simplesmente o encomendava, não precisava levar os próprios pés até o sapateiro. Laganá entregava sapatos na casa do cliente, pagos na caderneta, como fazia o padeiro com o pão.

Consolato Laganá nascera em 1904, na Calábria, em Adami, uma aldeia idílica imortalizada em *Terra amada*, belíssimo livro de sua sobrinha, Liliana Laganá, professora de Geografia na USP. Chegou a Santos, em 1922, foi com o pai para fazendas de café do interior e finalmente veio para a cidade aprender o ofício de sapateiro. Fez a América a seu modo: a elite colocou os pés em suas mãos.

GUIA LEVI

O GUIA LEVI, NOS SEUS QUASE CEM ANOS, nunca perdeu o trem da informação ferroviária. Todos os trens do país circulavam em suas páginas. Delas constavam, até, as conexões com a rede ferroviária argentina. Três vezes por semana havia trem de São Paulo para Buenos Aires, saindo da Estação Júlio Prestes. Imigrantes italianos e espanhóis de cá e de lá visitando os parentes que o destino da emigração subvencionada para São Paulo separara dos que foram parar na Argentina, como se dizia.

Letras miúdas, nos espaços bem aproveitados, não havia detalhe que ficasse de fora em relação às estações percorridas. O Guia indicava se havia no trem carro pullman,[1] dormitório ou bufê, ou, em determinadas estações, bar ou restaurante, tempo de parada em cada uma, conexões, baldeações. O Guia Levi dava a impressão e a cálida segurança de que este era um país organizado. De certo modo, era.

Nas viagens longas, um vendedor, sacola pendente do pescoço cheia de garrafas de guaraná e de tubaína, segurando um tabuleiro, percorria os carros, anunciando comes e bebes. Havia quem levasse o frango recheado com farofa de farinha de milho, cebola, ovos e miúdos, comida de sustança, como diziam. Era o cúmulo da caipirice, mas bem melhor do que o pãozinho com uma única e miserável fatia de mortadela, oferecido aos passageiros da segunda classe por mais do que valia. Viagem de trem abria o apetite, especialmente da criançada.

Fui leitor do Guia Levi, viajando imaginariamente pelo Brasil. O trem chegava até o sertão do Nordeste e ao Sul. Troquei, nos anos 1970, uma viagem de avião por uma de trem para participar de um seminário em Joaçaba, pelo privilégio de percorrer o belíssimo trecho que ainda restava, em Santa Catarina, da antiga ferrovia que levara de São Paulo ao Rio Grande e do Rio Grande à Argentina. Na

1 Carro mais luxuoso do trem, fabricado pela Pullman Standard Car Manufacturing Company, Chicago, Estados Unidos. [N. E.]

Europa, a teriam transformado em lucrativa ferrovia turística. Aqui, foi transformada em sucata.

Um dia fui parar na Bolívia, baseado no Guia Levi. Embarquei na Estação da Luz, pela Companhia Paulista de Estradas de Ferro, às 12h05 do dia 4 de janeiro de 1958. Viajei no conforto de um carro pullman, poltronas individuais, serviço de bordo, rumo a Bauru. Depois de Jundiaí, vinha a onda verde das fazendas de café, os cafezais sumindo aos poucos no horizonte e na janela do trem. Desembarquei em Bauru no começo da noite e esperei quatro horas pelo trem da Estrada Ferro Noroeste do Brasil. Nele, na noite seguinte, atravessei o Pantanal do Mato Grosso, o reflexo da lua rebrilhando no espelho d'água, rumo à bucólica Corumbá, à beira do rio Paraguai. Dias depois, eu passava a fronteira para Puerto Suarez, numa viagem de seiscentos quilômetros até Santa Cruz de la Sierra, sete dias e noites no trem que trafegava em velocidade de burro de roça. De Santa Cruz a Cochabamba, não havia trem, só ônibus, para subir o frio dos Andes. Ali retornei a um trem para a viagem a La Paz e às ruínas pré-incaicas de Tiahuanacu, quase no Lago Titicaca e no Peru. De trem, eu chegara à Puerta del Sol, à própria alma da América pré-colombiana e mítica.

A LINGUAGEM DOS SINOS

QUEM CALOU OS SINOS DE SÃO PAULO? De quem é a autoria desse silêncio? Se tocam, já não são ouvidos porque seus dobres foram abafados pelas torres de concreto da cidade vertical, erguidas para tolher a brisa que os levava bem longe. Os sinos falavam. Falaram na torre da Igreja da Boa Morte para anunciar o nascimento da nação. Bateram compassadamente ao longo do tempo para anunciar as mortes dos moradores: se muitas vezes, morte de rico; se poucas vezes, morte de pobre. Ficou a expressão muito significativa: "pessoa muito badalada", para citar os sobrecarregados do apreço dos sinos. Criança, presenciei mais de uma vez manifestações de ressentimento porque o defunto de uns tivera menos badaladas do que o defunto de outros. Ah, os sinos! Tinham preferências. Mandavam recomendações daqui para a eternidade, para aliviar sofrimentos no purgatório, badalando méritos ao ouvido do Criador.

Os sinos de certo modo estiveram mais associados à tristeza do que à alegria. O sensível Erotides de Campos, paulista de Cabreúva, celebrou-os num clássico da nossa música, sua bela *Ave-Maria*. Lembro de Francisco Alves cantando-a no rádio: "Nesta hora de lenta agonia, quando o sino, saudoso, murmura badaladas da Ave Maria". No cair da tarde, os sinos chamavam para as rezas do fim do dia. Vez ou outra eu ia com minha avó à igreja para as preces do crepúsculo.

O planger dos sinos anunciava fins e finitudes. Mas anunciava também começos. Os sinos das igrejas atravessaram a noite badalando pelo Armistício de Maio de 1945: terminavam os terrores e apreensões da Segunda Guerra Mundial, era o começo do fim do racionamento, da escuridão do blecaute. Os sinos falavam, na alegria e na tristeza...

A linguagem dos sinos era codificada. Os sineiros eram verdadeiros músicos e telegrafistas do sagrado, traduziam na sonoridade do bronze os sentimentos do que de antigo ainda havia naquela sociedade de sessenta anos atrás. Muitas vezes, os sinos da torre de uma igreja pelejavam rancores de sineiros com os da torre de outra igreja.

Gerações atravessaram as eras ouvindo os anúncios dos mesmos sinos, como os da Igreja de São Bento, especializados em hora certa, mais cúmplices do repetitivo e do moderno do que escravos da tradição e dos rituais.

Os sinos também morrem. No Museu de São Caetano repousa o seu silêncio um sino que tinha um par, ambos fundidos em 1883 na Oficina Mecânica de A. Sydow, no bairro da Luz. Como parte do pagamento, os colonos deram um sino velho, que fora colocado pelos monges de São Bento na torre da antiga capela de São Caetano, na segunda metade do século XVIII. O velho sino, que ritmara a vida de escravos, já não servia. Mas um dia o novo sino também envelheceria e seria calado. Lembro de suas lentas badaladas de aldeia em minhas manhãs e meus começos de noite.

O NATAL DE PENNACCHI E EMENDABILI

DAS VÁRIAS E BELAS REPRESENTAÇÕES do Natal que há na cidade de São Paulo, a simbolicamente mais densa é a do belo afresco de Fulvio Pennacchi no presbitério da Igreja de Nossa Senhora da Paz (Rua do Glicério, nº 225), na Baixada do Glicério, erguida de 1939 a 1944. Cuidada pelos padres da Pia Sociedade Missionária de São Carlos, aquela é a igreja de referência dos migrantes e imigrantes. Muitos deles estariam condenados ao desânimo do desenraizamento e do desamparo, cidadãos de lugar nenhum, no vai e vem da vida, se não tivessem ali o seu caminho de Belém e nele a cálida pousada do espírito e a manjedoura do acolhimento.

Pennacchi concebeu a natividade de Jesus sem os reis magos e suas ricas dádivas, que tornariam suspeito aquele advento num lugar de sofrimento e de privação. Tampouco quis ele antecipar-se à não menos suspeita exaltação dos pobres de ficção, como se houvesse virtude e santidade no descabido castigo da pobreza e da fome, da solidão e do silêncio. Como se a bondade divina tivesse que se manifestar na crueldade maligna. Enganos e enganações tão pouco teológicos. Muitas vezes há mais teologia numa obra de arte do que no sermão-comício do afã de poder, desprovido de engenho e arte, populista e antiprofético.

Ao chegar ao mundo, o *Menino Jesus* de Pennacchi foi cercado pelas famílias dos que trabalham e trabalham no campo, dos que colhem com o suor do rosto os frutos da terra, símbolos telúricos da eternidade da vida, do que não acaba, na dádiva do que não tem preço. Nascimento mediador que supera as mediações da coisificação do homem e inaugura o tempo possível da paz, da fartura e da alegria, o tempo da libertação. Contraponto, questionamento, desafio que enche de imaginação e de graça aquele canto sem graça da cidade. O artista tinha, aliás, intensa ligação cultural com o mundo camponês, tanto na Itália quanto aqui. Os camponeses foram seu tema frequente, como nos murais do Hotel Toriba, em Campos do Jordão, dedicados ao nosso caipira.

Na mesma perspectiva, no próprio cenário do nascimento de Cristo, o artista situou a crucificação cruenta e libertadora, a contradição da morte no momento da vida, o sacrifício derradeiro que instituiu a eternidade da esperança. Pediu a Galileo Emendabili (1898-1974) que esculpisse para o altar, para colocá-la diante do próprio crucificado, uma de suas mais belas e delicadas obras, a terna Madonna da Paz, que aperta sobre o peito um simbólico ramo de oliveira, diante da qual caminha o Jesus criança em direção à congregação dos fiéis, conjunto escultórico em pedra alvíssima, tocante, inesperada.

Pennacchi chegou a São Paulo em 1929 e Emendabili em 1923. Eram tempos difíceis. Os dois artistas foram dádivas da imigração à cultura paulista. Presentes do Natal eterno.

Na São Paulo da segunda metade do século XX, a cidade já não é mais apenas e tão somente o que se vê, mas também o que se viu e ficou em imagens e o que não se viu na imaginação plasmada em monumentos, pinturas, fotografias. Os cemitérios conservam uma memória do diálogo entre a vida e a morte, na Consolação, no Araçá, no São Paulo, testemunho de como os paulistas mortos gostariam de ser vistos e lembrados. Ah, vale muito a pena visitá-los com calma e reverência de Dia de Finados! Mas não só nos cemitérios. As esculturas estão por toda parte, de Oliani, de Fraccaroli, de Galvez, de Brecheret, pinturas de Di Cavalcanti, de Portinari, de Clóvis Graciano, de Mick Carnicelli, Francisco Rebolo, Alfredo Volpi, Tomie Ohtake. E Alexandre Orion que vê a cidade com o olho crítico do seu grafite. As fotografias de German Lorca imortalizaram a São Paulo dos anos 1950, em preto e branco, e em arte e alma, reverência e admiração. E quantos mais, como ele, da geração fecunda do Foto Cine Clube Bandeirante, Thomaz Farkas, Geraldo de Barros, Madalena Schwartz. E, mais tarde, da Universidade de São Paulo, Cristiano Mascaro. O imaginário paulistano da poesia de Paulo Bomfim. O acolhimento da Livraria Francesa, o chope gelado da Salada Paulista, o chocolate quente da Leiteria Americana, o cheiro caipira da batata-doce assada na brasa, o ruído do bonde da Avenida Duque de Caxias, o trem da São Paulo Railway, o *Adeus*, de Chico Alves, cinco letras chorando no Largo da Concórdia numa tarde de sábado. O tudo da São Paulo de sempre.

V
A SÃO PAULO IMAGINÁRIA

Último adeus, de Alfredo Oliani, no túmulo de Antonio Cantarella e sua mulher Maria, imigrantes italianos do ramo imobiliário.

O ÚLTIMO ADEUS, DE ALFREDO OLIANI

AQUELE BEIJO JÁ DEU O QUE FALAR. O conjunto escultórico *Último adeus*, de Alfredo Oliani, no Cemitério São Paulo, é a mais comentada obra de arte cemiterial da cidade de São Paulo. Muitos a consideram uma proclamação de erotismo estético, até mesmo uma ousadia profana e indevida na arte funerária paulistana. Enganam-se. Está localizada logo à direita de quem entra pelo portão principal do cemitério, na Rua Cardeal Arcoverde. É inevitável que o visitante logo a veja, seja pelo volume seja pelo tema. Um portão lateral menor dá quase na frente da bela obra. Ali é o túmulo de Antônio Cantarella, falecido na antevéspera do Natal de 1942, com 65 anos, e de sua esposa, Maria Cantarella, dez anos mais moça.

Ela faleceria muitos anos depois do marido, em 1982. A inscrição na pedra do túmulo, quando do seu falecimento, diz que "aqui repousa Maria Cantarella ao lado de seu inseparável e amado esposo...". Quando da morte do marido, mandara ela própria esculpir na pedra fria estas palavras calorosas e apaixonadas: "Ó Nino, meu esposo, meu guia e motivo eterno de minha saudade e de meu pranto. Tributo de Maria". É como se ela fizesse questão de apresentar aos passantes anônimos o homem de sua vida, apresentando-se a si mesma assim tão exposta na imortalidade de seu amor.

Os dois escritos vão muito além da maioria dos textos em memória dos mortos de nossos cemitérios. Especialmente, o da própria Maria, uma intensa e direta palavra de amor, uma recusa em reconhecer o tenebroso abismo da morte. Tanto a palavra de Maria quanto a própria obra de arte enchem de luz aquele recanto do cemitério. A escultura de Oliani é sem dúvida uma das nossas mais finas e mais belas representações da dor da separação, porque a nega na intensidade carnal do encontro entre um homem e uma mulher.

O motivo principal do conjunto escultórico de Oliani é uma comovente expressão do sentido do amor na vida dos dois. Um homem atlético, nu, reclina-se apaixonadamente sobre o corpo de uma mulher jovem e bela para beijá-la. Ela está morta. A esposa, sobrevivente do casal, pede ao artista uma escultura que celebre abertamente o sentido profundo de sua união com o marido, reconhecendo-o ainda vivo em sua vida, depois dele morto, e ela própria morta sem a companhia dele. Não reluta na confissão de sua paixão. De fato, há um expressivo componente erótico nesse monumento funerário. Muito mais expressivo, porém, porque está contido numa relação invertida: a viúva declara-se morta e declara o marido de seu imaginário conjugal ainda vivo e no seu pleno vigor de homem. A extraordinária beleza do túmulo do casal Cantarella está na eloquente recusa da anulação do corpo e da sexualidade pela morte, na eloquente declaração de amor sem disfarce, de Maria por Antônio, o Antonino, o Nino.

Alfredo Oliani, filho de italianos, nascido em São Paulo, em 1906, e aqui falecido em 1988, tinha como característica de suas obras, várias das quais localizadas ali no Cemitério São Paulo, a sensualidade e a beleza femininas e o nu, como neste conjunto do sepulcro dos Cantarella. Estudara aqui mesmo, na Academia de Belas Artes de São Paulo, com Nicola Rollo, que também deixou nos cemitérios paulistanos obras emblemáticas, como *Orfeu e Eurídice*, no Cemitério da Consolação, a celebração da imortalidade do amor do casal mítico. Foi aluno, ainda, de Amadeu Zani, autor do *Monumento à Fundação de São Paulo*, no Pátio do Colégio, e do conjunto escultórico em memória de Giuseppe Verdi, no Vale do Anhangabaú. Na Itália, na Academia de Belas Artes de Florença, estudou com Giuseppe Graziosi, fotógrafo, pintor e escultor, que recebera influências de Rodin.

Antônio Cantarella veio da Itália já casado com Maria. O amor dos dois é lendário na família. Antônio imigrou rico e se estabeleceu em São Paulo como comerciante e proprietário. Se deixou bens, não sei. Ele e Maria deixaram mais que isso, a lenda de sua paixão sobrepondo-se à própria morte.

O BRECHERET QUE ESTÁ NAS RUAS

MEU PRIMEIRO ENCONTRO COM BRECHERET ocorreu em 1950 e seria a coisa mais estranha se eu fosse adulto. Mas eu era criança e tinha, portanto, a liberdade de ficar na ponta dos pés para olhar por um pequeno buraco do tapume batido pelo tempo e ver o que havia do outro lado. Várias vezes eu tentara encontrar um jeito de espiar lá dentro. A Praça Princesa Isabel era linda, mas aquele tapume feio destoava das árvores antigas, plátanos, creio. Eu vinha do subúrbio duas vezes por semana para as aulas de inglês e datilografia na escola de uma aristocrática senhora alemã que vivia num palacete, antigo e bem conservado, na esquina da praça com a Rua Guaianases. Finalmente consegui ver algo, era de bronze, parecia o peito de um cavalo. Ou a anca? Só fui ver o monumento inteiro quinze anos depois, já estudante da USP, quando passei casualmente por lá. Era mesmo um cavalo e nele montado o Duque de Caxias. Mas o cavalo era imponente, muito mais ducal do que o duque.

Só mais tarde fiquei sabendo que duas esculturas de mulheres nuas que vira ocasionalmente, desde pequeno, na Galeria Prestes Maia, também eram de Brecheret. Foram as primeiras mulheres que vi nuas, metálicas, num belo colorido de bronze, quebrando a correria e a rotina dos pedestres da cidade. Vistas pelo canto do olho dos apressados, diziam aos desumanizados pela pressa que gente é gente.

Um dia, atravessando pela calçada errada o Largo do Arouche, vi fascinado, no meio das plantas, *Depois do banho*, mulher nua, de bronze, repousando sob fingido sol, na São Paulo ainda fria e garoenta.

O *Monumento às Bandeiras* eu conheci através dos postais que o difundiram pelas papelarias e bancas de jornais na época do IV Centenário da cidade. Achei-o feio, visto desse modo. Esquisito mesmo. Só uns quinze anos depois, quando fui morar no Planalto Paulista, pude vê-lo diretamente, de vários ângulos, de perto, em diferentes dias e noites em que por lá passei. Pude entender os versos de Paulo

Bomfim: "Mestre-de-campo Victor Brecheret comanda seus mamelucos de granito". Bem mais tarde associei o monumento à descrição da expedição de Teotônio José Juzarte ao Mato Grosso, no século XVIII. Com certeza os cavalos estão a mais, são excessivos, num tempo em que cavalos não eram usados nessas viagens de conquista. Mas é compreensível que estejam ali na celebração do épico, animais épicos que são. Como aqueles cavalos em relevo, do mesmo Brecheret, na fachada do Jockey Club, que passei a ver desde quando a USP se mudou para a Cidade Universitária e o roteiro de minha ida ao trabalho também mudou.

No meio-tempo, desenvolvi a mania de levar meus alunos aos cemitérios, para estimulá-los a "ler" a cidade em que vivem. Os mortos têm muito a dizer. Fui descobrindo outros Brecheret: no da Consolação, a comovente alegoria da dor e da separação no túmulo de dona Olívia Guedes Penteado, mecenas das artes, uma das mais belas esculturas do cemitério e de São Paulo. No Araçá, o triunfo alado da poesia no túmulo da poetisa Francisca Júlia da Silva, escultura que o senador Freitas Vale, também mecenas, mandara erguer, com patrocínio do Estado. Foi a obra que garantiu a Brecheret a bolsa de longos anos de estudo em Paris.

Uma última descoberta foi quando me mudei para a Vila São Francisco, na divisa de Osasco, literalmente fundos da USP, no início dos anos 1970. Ali perto, onde é hoje a Chácara da condessa, morara Santos-Dumont. Numa caminhada de reconhecimento pelas ruas do bairro, enveredei pela Rua Martin Luther King, uma rua de terra. Em frente ao São Francisco Golf Club, um casarão no fundo de um gramado tinha no meio uma escultura de bronze. Não conseguia distinguir bem a figura pelo portão apenas ligeiramente aberto. Mas já podia dizer que parecia ser um Brecheret. Só há pouco tempo fiquei sabendo que era: *Vendedora de flores*. Brecheret morou naquela casa. Sua filha contou-me que dentro há afrescos do artista.

Brecheret foi o maior jardineiro de São Paulo: semeou esculturas por toda parte, como plantas de um imenso jardim do espírito.

CHEIRO DE BATATA-DOCE

QUAL É O DOCE MAIS DOCE que o doce de batata-doce? Até hoje, não sei, pois a criançada do meu tempo preferia comer o doce e a batata-doce antes de pensar no assunto. Depois da comilança, a pergunta já havia sido esquecida. Mas que eram doces a batata e o doce, isso eram.

Quando menino, minha mãe achou num jornal o anúncio de curso de inglês e de taquigrafia que uma senhora alemã, dona Paulina, dava em antigo e belo palacete na esquina da Rua Helvétia com a Rua Guaianases. E nele matriculou-me. Na Praça Princesa Isabel, ainda com os plátanos antigos, havia um tapume por cujas frestas eu espreitava o cavalo e o Duque de Caxias, de Brecheret, ainda desmontados, descansando.

Faltava muito para que o cavalo imponente se erguesse sobre as patas para levar o duque, de espada desembainhada e bigode aparado, para as alturas do pedestal, onde pudesse ser visto por todos. General que, aliás, não deixou em São Paulo boas lembranças. Foi ele quem comandou um ataque do Exército às tropas rebeladas do futuro Brigadeiro Tobias e do padre Feijó na Revolução Liberal do frio mês julho de 1842.

Foi ao pé do Morro do Butantã, no que é hoje a entrada da Cidade Universitária. Deixou por ali seis ou sete mortos, segundo o historiador paulista mais eruditamente caipira e mais versado em nossa cultura popular, o cônego Castanho, de Sorocaba, terra do levante. Fez estragos, ainda, no que é hoje Osasco.

Minhas aulas eram sempre no começo da noite, hora em que se espalhava por ali o aroma delicioso que vinha das cozinhas das casas das redondezas do Palácio dos Campos Elíseos.

Eu chegava à Luz de trem, vindo de São Caetano, e só jantaria quando voltasse para casa, tarde para os horários de minha fome, o que refinava meu olfato. Melhor ainda era o aroma das batatas-doces assadas na hora nuns fogareiros improvisados em grandes latas. Eram vendidas nas carrocinhas de tabuleiro ao longo da Avenida Duque de Caxias. Cópia de costume antigo que ainda há em Portugal, na Espanha, na Itália, de vender castanhas assadas nas ruas e praças.

Como a castanha aqui era luxo reservado aos dias de Natal, a batata-doce veio fazer-lhe a vez, com vantagem, especialmente nos dias frios de junho e julho. Ao fundo, o som dodecafônico das conversas e dos murmúrios interrompidos pelo barulho dos bondes que passavam.

Mas tudo tem seu tempo e hora. Na civilizada Europa ainda se vende castanha assada em praças e esquinas, como as que comi na Piazza Navona, em Roma, ou no Chiado, em Lisboa.

Aqui, já faz tempo que não sinto o cheiro da batata-doce nas ruas de São Paulo. Provavelmente banida por normas e regulamentos que não se pode comer nem cheirar. Zelo pela higiene e pela saúde pública e desleixo e desprezo pela história, pelos costumes tradicionais do povo e pela memória coletiva.

O TREM DAS 7H40

QUANDO VIAJÁVAMOS PARA A CASA de meus avós maternos, no Arriá, bairro rural do Pinhalzinho, em Bragança Paulista, o trem sempre saía da Estação da Luz no mesmo horário: 7h40 da manhã. Na ansiedade da viagem, de madrugada já começavam nossas férias de começo e de meio de ano. Tomávamos o trem em São Caetano aí pelas seis horas, para estar na Luz às 6h30. O trem para Jundiaí partia da plataforma da Rua Mauá. Nervosismo, excitação, disputa para achar um lugar junto à janela. E a São Paulo urbana ia raleando até a Lapa, os bairros e subúrbios românticos e calmos fugindo ao olhar na pressa do trem, agarrados à cauda de fumaça da locomotiva a vapor. Da Lapa em diante começava o interior, cheiro de capim-gordura, casas esparsas, roças aqui e ali, vacas pastando, anúncios do Café Paraventi nas estações isoladas. Lá longe, o Pico do Jaraguá viajando em sentido contrário.

Depois de Belém (hoje Francisco Morato) vinha Botujuru, estações muito antigas. Adiante, o túnel, vidros levantados às pressas para evitar que as fagulhas da locomotiva a vapor queimassem a roupa domingueira dos viajantes. O bilheteiro passava, cantando: "Próxima estação, Campo Limpo! Baldeação para a Bragantina!".

Campo Limpo era um lugar ermo, apenas a estação e umas poucas casas de empregados da Ferrovia. Lindas manhãs de roça, mato e neblina, cheiro de café coado de pouco. O trem da Bragantina saía dez minutos depois da chegada do da São Paulo Railway. Dava tempo para um cafezinho no bar da estação, um pastel, um doce. Se tempo não desse, havia o sanduíche de mortadela e a tubaína, refrigerante do interior, vendidos no trem por um empregado uniformizado. A locomotiva era antiga, do século XIX, que tinha nome, "Dr. Luiz Leme", em enorme placa de metal. Hoje ela descansa sob um telheiro junto ao local em que houve a Estação do Taboão, que era antigamente a Estação de Bragança. Na praça fronteira as folhas largas dos plátanos amarelavam e caíam com a passagem do tempo e da vida.

O trem chegava a Bragança às 11h07. Do outro lado da rua, à porta da Pensão Brasil, parava a jardineira dos Granatos, que ia para Socorro e Thermas de Lindoia. Subia devagar a Serra das Araras. No meio do caminho parava para que os passageiros tomassem a água de uma bica, que vinha do meio da mata e lá do alto. Do lado debaixo, um extenso cafezal, de velha fazenda, cuja sede e cujas tulhas eram pintas brancas no verde distante. Pouco adiante, na Rosa Mendes, descíamos. Depois, era uma caminhada de dez minutos até a casinha branca de pau a pique de meus avós, e o feijão com farinha de milho, do almoço, o aroma do café plantado, colhido, secado, pilado, torrado, moído e coado por minha avó. Um aroma que se sentia de longe. No meio do caminho uma velha araucária, que talvez ainda exista carregada de pinhões e de saudade.

CRISTO, DE VOLPI, ESPERA OS OPERÁRIOS

O POVO DA VILA BRASÍLIO MACHADO, no Alto do Ipiranga, queria apenas uma igreja dedicada a Santo Antônio. Mas quando chegou o frei João Batista Pereira dos Santos (1913-1985), dominicano, em 1950, deixou o povo contrariado, dando-lhe uma capela de Cristo Operário. O salão de uma antiga mercearia ganhou presbitério e torre e foi transformado em capela modesta e não em suntuosa e rica igreja, que era a aspiração dos trabalhadores e dos pobres.

O frade tinha ideias próprias a respeito do que era o operariado e, sobretudo, do que a Igreja queria que o proletariado fosse. Tinha sido padre-operário na França. Ligara-se ao movimento Economia e Humanismo, do padre Lebret, na linha da Ação Católica por uma terceira via entre o comunismo e o capitalismo, a revolução tranquila. Tinha a simpatia e o apoio de empresários e, por meio de um deles, Ciccillo Matarazzo, convidara artistas para que fizessem da velha venda uma capela.

Alfredo Volpi (1896-1988) – nascido na Itália, imigrado para São Paulo com um ano, pintor de paredes que se ligara aos artistas plásticos do Grupo Santa Helena, os artistas-operários –, além de fazer os desenhos dos quatro evangelistas para os vitrais, pintou os murais das três paredes do presbitério. À esquerda, São José carpinteiro trabalha ajudado por Jesus menor de idade, como faziam tantas crianças da época. Nossa Senhora dona de casa contempla ternamente, de uma janela, sua família de artesãos. Na parede oposta, Santo Antônio faz uma concessão aos moradores do bairro, pregando aos peixes. Na parede do fundo, Cristo abre os braços, acolhedor. Atrás dele, um pavilhão industrial de grande indústria, com chaminé, aponta a distância histórica com aquela Sagrada Família artesã, ali ao lado, e com o projeto social e religioso pré-capitalista do frei João.

Um dos pontos de referência do progressismo católico de então era a luta contra a alienação do trabalhador no processo fabril, uma revolução na vida cotidiana. Essa ideologia combinava ideias do personalismo de Emmanuel Mounier, o leigo católico que dirigia a revista Esprit, e ideias do marxismo crítico, que ganhava corpo na obra de autores como Henri Lefebvre.

Na ação do frei João, ganhará substância a criação da Unilabor, em 1954, uma cooperativa de trabalhadores, nos anexos da capela, que se dedicará à produção de móveis modernos, com design do fotógrafo e artista plástico Geraldo de Barros (1923-1998). Buscava ele a forma pura e sem ambiguidades, o que, filosoficamente, convergia para a intenção católica do personalismo e também para a crítica marxiana à dominação do sujeito pelo objeto. O arquiteto Mauro Claro virou e revirou essa história.

O núcleo duro da Unilabor foi um grupo de 23 trabalhadores de marcenaria e serralheria, seis deles de uma mesma família e ao menos um deles originário da Ação Católica. A experiência durou longos treze anos porque envolvia profissões artesanais e pré-modernas. A indústria moveleira ainda estava na fase da manufatura, longe do padrão alienante da chamada grande indústria. A experiência era, pois, um tanto postiça porque propunha a desalienação do operário em profissões em que a alienação resultava primariamente da comercialização dos produtos do trabalho e não da sua produção.

Havia, porém, outra dimensão da alienação que a Igreja não enfrentava: o sacerdote como autoridade da força incontornável da religião. Não só o frade impusera à comunidade a devoção política contra a popular, como também o cardeal, ao visitar a capela, determinara a remoção de duas esculturas de Bruno Giorgi, uma Nossa Senhora, porque sensual, e um São João Batista, porque deformado. Finalmente, o próprio frade e os próprios trabalhadores, com disputas relativas ao reinvestimento dos lucros, descapitalizaram o empreendimento e o levaram ao fim, em 1967. A experiência não suprimiu a alienação dos trabalhadores. Mas o *Cristo* de Volpi ainda espera os operários de braços abertos.

PAULO BOMFIM

SÃO PAULO É UMA DAS CIDADES brasileiras que não podem ser conhecidas sem a poesia que dela faz parte. Os guias nos levam a lugares que não se pode deixar de visitar para conhecer suas belezas, que são muitas. Mas são os poetas que nos guiam até a alma da cidade. Paulo Bomfim é o poeta da imensa alma brasílica de São Paulo, a alma bandeirista dos tempos da invenção do Brasil. Poeta do que fica no coração e na mente.

Eu era adolescente, morava e trabalhava no subúrbio, estudava à noite. Em casa, o progresso chegava tardiamente: a duras penas, minha mãe conseguiu comprar uma rádio-vitrola de mesa, quando nossa vizinha já estava comprando sua primeira televisão. Girando o botão de sintonia, pra cá e pra lá, fui descobrindo estações e programas e montando uma programação própria. Acabei me concentrando na Rádio Gazeta, que era então uma emissora de seleta transmissão cultural. A Gazeta tinha sua própria orquestra sinfônica, regida pelo maestro Armando Belardi (diretor do Palmeiras!), e até seu corpo de ópera, em que se destacava a soprano Josefina Spagnolo. Seus programas de música popular eram afinados com a composição multicultural de São Paulo: "Mensagem musical da Itália" trazia o melhor das vozes e da canção italiana, sob patrocínio da fábrica de móveis de vime de Anselmo Cerello. Aos domingos, "Cantares ibéricos" apresentava músicas de aldeia e de bailados populares, da Espanha e de Portugal. Lembro de uma delas: "Ó Rosa arredonda a saia...".

Fernando Soares, professor de português no Instituto Feminino Padre Anchieta, no Brás, e o poeta Paulo Bomfim apresentavam a "Hora do Livro". O programa começava com o "Oh! Bendito o que semeia livros... livros à mão cheia... e manda o povo pensar! O livro caindo n'alma é gérmen – que faz a palma, é chuva – que faz o mar...", de Castro Alves.

No começo das noites de sábado, o programa era exclusivamente de poesia. Do fundo dos tempos, a brasilidade paulista falava na cadência dos poemas de Paulo Bomfim. Estávamos entre as comemorações do IV Centenário de São Paulo, em 1954, e as comemorações dos 25 anos da Revolução Constitucionalista de 1932. Foi um tempo de muitas celebrações na cidade, tempo de reavivamento da memória e da nossa identidade coletiva. "Bandeira da minha terra, bandeira das treze listas, são treze lanças de guerra cercando o chão dos paulistas!", dizia Guilherme de Almeida. Não era raro que o poeta alagoano, Judas Isgorogota, também dissesse seus versos: "Vocês não queiram mal aos que vêm de longe, aos que vêm sem rumo certo, como eu vim. As tempestades é que nos atiram para as praias sem fim...".

Mas é a voz de Paulo Bomfim que, desde então, canta São Paulo em meus ouvidos: "Ruas morrendo em mim, cheias de infância. Árvores mortas com raízes na alma, deitando folhas verdes na distância...".

LITURGIA DA ARTE NA CAPELA DO HC

TRÊS GRANDES ARTISTAS BRASILEIROS contribuíram para compor o recolhido silêncio da capela do Hospital das Clínicas, no 11º andar do Instituto Central, na Avenida Dr. Enéas Carvalho de Aguiar: Victor Brecheret, Fulvio Pennacchi e Di Cavalcanti. Inaugurada em 1945, sua idealização veio de d. José Gaspar (1901-1943), arcebispo de São Paulo. Mas a capela é ecumênica, pois instalada em recinto público, a Faculdade de Medicina da Universidade de São Paulo. Atende a diversidade religiosa dos aflitos que nela se recolhem nos momentos de apreensão e dor, que são também momentos de esperança.

Esse ecumenismo está intensamente presente nas obras de arte que fazem da capela um dos mais densos espaços artísticos da cidade e dos mais visitados por pessoas que não frequentam os museus. Ali as obras de arte são mais de veneração do que de admiração, mediações da esperança em que a densidade simbólica do belo dá forma visível a crenças e sentimentos. Obras em que os artistas assumem a função sacerdotal associada aos objetos litúrgicos. Coisa que, usualmente, não acontece nos museus.

A simbologia da capela está centrada no tema da esperança. A começar do *Divino Espírito Santo* de Fulvio Pennacchi, que espraia sua luz dourada sobre a vigorosa escultura de um Cristo crucificado de Victor Brecheret. Um dos vitrais, baseados em desenhos de Di Cavalcanti, retoma o tema do Espírito Santo.

Se combinaram ou não, não se sabe. Mas, a seu modo, a capela celebra a fortíssima tradição joaquimita do catolicismo popular brasileiro, a das Folias do Divino, herança da utopia da esperança na fartura e na alegria, da teologia de Gioacchino da Fiore (1132-1202), monge cisterciense que viveu na Calábria na época de São Francisco (1182-1226). Formulador da concepção trinitária da História, que através da obra de Auguste Comte e de Hegel teve sua influência na formação da USP, na Faculdade de Filosofia. Não é casual, porque

Pennacchi é o autor de algumas das mais belas concepções do santo de Assis na pintura brasileira.

O tema se desdobra. O *São Paulo* de bronze de Brecheret, no fundo da capela, pacifica com a mão esquerda a espada da sua degola e com a mão direita alçada repete o gesto do Cristo triunfante da Ressurreição. Dois afrescos de Pennacchi negam suavemente o sofrimento e a morte: o anjo da Anunciação dissemina vida no aposento da *Escolhida*; e o *Ressuscitado* vence o banal do cotidiano de uma estalagem do caminho de Emaús. Mas é na sucessão das catorze estações da *Via crucis*, de Brecheret, originalmente em terracota, hoje de bronze, que tem sentido o fluir da vida dos que estão no limite, nas quedas de Cristo e na fraterna solidariedade dos que o amparam, o sofrimento do eu vencido pela ternura do nós.

PORTINARI NA GALERIA CALIFÓRNIA

FICA NA RUA BARÃO DE ITAPETININGA, nº 255, um atalho torto que vai dar na Rua D. José de Barros, quase no meio do quarteirão. É a Galeria Califórnia. A transformação da Barão em calçadão desencostou os pedestres da parede, libertou-os do refúgio da calçada e roubou-lhes o encanto das vitrinas e das galerias. A linha reta dos calçadões enquadra e amansa a sutil resistência cultural do caipira paulista que ainda existe na nossa opção pelos atalhos.

Pois foi justamente um caipira de Brodowski, um filho de colonos de café, além do mais comunista, que graças a Deus um dia pintara santos na capela da Nonna, um certo Candinho Portinari (Cândido Portinari, 1903-1962), o convidado a fazer um arremate pra lá de moderno na galeria sinuosa. Era um adorno no igualmente moderno edifício projetado por Oscar Niemeyer (1907-2012), construído na década de 1950 e inaugurado em 1951, numa das ruas da São Paulo que ainda gostava de ter estilo. Niemeyer, como Portinari, também era (e foi sempre) comunista. Estavam resolvidos ambos a fazer nas artes a revolução que não conseguiam fazer na política. Mas revolução é assim mesmo. Ocorre onde e quando menos se espera. Não se dá aos trancos, como querem os apressados. Mas se insinua em ritmo próprio, no desigual desenvolvimento da sociedade, a arte caminhando mais depressa do que os cotidianos pedestres, lentos e distraídos, cujo desencontro mostra-lhes a contradição de sua demora e os desafia para os avanços da superação e da mudança.

Na parede da direita de quem entra na galeria, Cândido Portinari plasmou um mural abstrato, de pastilhas vitrificadas, de 250 m^2, em preto, vermelho e cinza. Infelizmente, a vibração da obra se perderia com o tempo, naquele canto que ficou meio escuro com o fechamento do Cine Barão, não raro com algum traste encostado, a obra de arte tratada com o desprezo de mera parede. Já ninguém desce a rampa da entrada do cinema, dos tempos em que se ia à cidade para ver um bom filme.

Saindo da galeria, atravessava-se a rua para, no nº 262, subir a escada do edifício de 1913, em que ficava a Confeitaria Vienense, onde escritores e artistas, como Mário de Andrade e Lygia Fagundes Telles, muitas vezes tomaram o chá da tarde e entretiveram conversas cultas. Também eu me lembro do cenário da *belle époque*, os móveis antigos, o piano.

Vizinha à Galeria e no fim de um comprido corredor, no nº 275, sobrevive a Livraria Francesa. Nos meus tempos de estudante, na Faculdade de Filosofia da USP, era lá que lia transversalmente, sem poder comprá-los, livros de História e de Ciências Sociais e exemplares recentes dos *Cahiers du Cinéma*. Para os estudantes duros, como eu, Paul Monteil mantinha um canto confortável e aconchegante em que se podia ler em paz as últimas novidades da França culta e erudita.

DI CAVALCANTI E O PÉ DE JATOBÁ

LUCIANO, ESTUDANTE DE ARQUITETURA, contou para sua professora Fraya Frehse, que foi minha aluna, que me contou no começo da noite da véspera do aniversário da cidade, em 2005. Tem um Niemeyer no coração de São Paulo. Encontrei minha amiga no Pátio do Colégio. Íamos fazer uma excursão fotográfica noturna, ver a cidade um tanto vazia na hora quase morta, todos partindo para algum lugar. Primeira parada, o Viaduto Boa Vista. O olhar para ali em baixo, na horta da encosta do Outeiro, dando para a Ladeira General Carneiro, em terreno dos mais caros metros quadrados do país.

Ficamos ali entretidos, debruçados, tentando identificar as plantas. Lá adiante uma plantação de milho, aqui um chuchuzeiro desiste do caramanchão insuficiente e se espalha pelo chão, acolá um pé de couve, ali uns pés de almeirão. Um pé de boldo, duas touceiras de capim-cidreira e um esparramado de poejo são uma farmácia caipira bem ali onde há 451 anos a cultura caipira começou a nascer com uma missa. O fio de uma antena de televisão na ponta de uma vara fincada no meio da horta vai se esconder em baixo do viaduto. Sinais de gente. Cenário de periferia.

Uma senhora que ia na direção do ponto de ônibus também para. Também se debruça sobre o anteparo do viaduto para ver melhor. Sorri para as plantas. Começa a falar, para quem quisesse ouvir, sobre o prazer que lhe causava todos os dias, na volta do trabalho, olhar aquela roça ali, bem no coração da cidade. Entramos na conversa dela com ela mesma. Juntos, fomos identificando plantas. Nesta cidade, somos todos caipiras, não há dúvida, nessa memória que insiste em ficar apesar de tudo nela parecer transitório.

– Vocês sabiam que tem um pé de jatobá aí na praça?

Fomos até lá, com ela. Bem ao lado da cabine da Polícia Militar, um exuberante pé de jatobá, plantado num quadrado de terra no meio do piso de pedra, está carregado. Dentro de uns meses a fruta estará no ponto de ser colhida, a casca dura quebrada, a fruta deliciosa e fedorenta pronta para ser lambida, que é como se saboreia essa fruta caipira de nome tupi, que eu encontrava no mato, quando morava na roça. A senhora diz adeus e corre para seu ônibus que vem chegando.

Minha amiga quer me mostrar um prédio bem no centro da cidade, a poucos metros dali, três quarteirões de distância. É um dos primeiros edifícios projetados por Oscar Niemeyer. Disso lhe falara o aluno. É o Edifício Triângulo, construído em 1953. As bordas de cada piso completamente desbeiçadas pela falta de conservação. Deve ter havido lenta chuva de pequenos pedaços do reboco sobre a calçada, ao longo dos anos. A deterioração transformou o prédio moderno numa construção pós-moderna. Continua destoando, naquele centro eclético que ainda conserva belos edifícios da Primeira República e as primeiras construções modernas.

Damos a volta ao redor do prédio. Paramos na porta que tem o nº 24, na Rua José Bonifácio. A porta de aço está baixada e no meio dela a porta de acesso está aberta. Dá para uma escadaria que vai para os baixos do edifício. Na fachada não muito larga, ao pé da calçada, começa um belíssimo mural de Emiliano Di Cavalcanti que ondula para dentro do prédio e acompanha a escada. Trabalhadores braçais labutam na construção da cidade, em belo traço de pastilhas azul-marinho sobre um painel de pastilhas brancas. É uma alegoria do trabalho, uma persistente imagem da Pauliceia, desvairada, mas não tanto. Está espremida entre as portas de uma lojinha e de uma casa de mate gelado. Uma palmeira plantada num vaso de cimento enfeita a porta, enfeia e encobre a obra de arte. No canto inferior, quase ao lado da assinatura do artista, o reboco de um remendo cobre um trecho cujas pastilhas caíram.

Que pena! É minha opinião conformista de transeunte que nunca havia parado ali nas muitíssimas vezes em que tinha por lá passado em várias décadas. Um Di Cavalcanti a alguns metros da teimosa horta dos fundos do antigo Colégio de Piratininga!

UM ESTRANHO JARDIM

É UM JARDIM MUITO ESTRANHO. Tanto pela localização, quanto pelo desenho e pela visão que dele se pode ter a partir dos inúmeros ângulos e distâncias de que pode ser visto. É concepção e projeto de Emiliano Di Cavalcanti para o pátio interno do Edifício Califórnia, na Rua Barão de Itapetininga, nº 255. O Califórnia, se não foi cantado em verso, foi cantado em prosa, como um marco no advento da arquitetura moderna em São Paulo. Marco não só da originalidade criativa de Oscar Niemeyer, mas também do seu originalismo, um certo exagero provocativo no questionamento da linha reta e da arquitetura tradicional. Aquele é um edifício arquitetonicamente desconstrutivo, porque, na época de sua edificação, enfrentava e desafiava também a estética das construções vizinhas. Algumas das quais ainda estão lá, ostentando antiquada beleza, dos tempos da São Paulo da garoa, do bonde, dos passeios na Praça da República, das mocinhas uniformizadas da Escola Normal Caetano de Campos.

O edifício de Niemeyer discrepava, naqueles meados de 1950, dos pesados remanescentes do formalismo que expressara a mentalidade sisuda e solene da época da República Velha. O Califórnia questionava a arquitetura de imitação, que tentara reproduzir aqui a Paris que não éramos, colagens que expressavam o que queríamos ser, modo de gastar o dinheiro gordo que nos vinha do café.

O Edifício Califórnia não só expõe o atrevimento criativo de Niemeyer. O arquiteto agregou à sua obra um painel de cores paulistas de Cândido Portinari, logo na entrada da galeria, cuja tortuosidade amenizava as retidões de trajetos dos pedestres. Contrapunha-se, com seu traçado de roça, à linha reta das ruas e ao ângulo reto da esquina que alongavam caminhos. Há meio século corta caminho, jeito de atravessar espaços de que tanto gostam os brasileiros em geral. No seu tempo, era o painel a visão inevitável, contrapontística, de quem parasse para saborear um aromático café no lado oposto.

Além do painel de pastilhas, Niemeyer agregou ao edifício o jardim de Di Cavalcanti sobre a laje do pátio interno, que o eventual curioso espia de qualquer janela dos corredores de circulação que vão do primeiro ao último andar. Foi o modo de livrar a fachada posterior do prédio da feiura em que se expressa a mentalidade de que o belo fica confinado àquilo que se vê, à frente. O lado de trás dos edifícios é quase sempre um nojo visual. No fundo, por fora bela viola, por dentro pão bolorento. O jardim de Di Cavalcanti quebra essa tendência, mesmo que poucos olhem para ele. Suas sinuosidades brancas, pretas, cinzas e vermelhas seriam quando muito as de um piso a mais, talvez excêntrico, não fosse o verde exuberante das plantas que se intrometem no desenho dando uma alegria de orla marítima à tristeza do concreto.

SEDUÇÃO NA BIBLIOTECA MÁRIO DE ANDRADE

APÓS UM CURTO TEMPO NA PEQUENA FILA, consegui a ficha para entrar. Mal atravessei a porta da parede envidraçada de acesso ao saguão, meus olhos dirigiram minha insegurança de primeira vez para os pés dourados e delicados da mulher imensa. A timidez me empurrava de volta para a rua. Mas o desejo me empurrava para dentro. Inexperiente, fiquei ali abobalhado, coisa de quem está começando. Meu olhar foi subindo, agarrado à sua túnica, até encontrar o seu rosto lá em cima, suavemente situado na profundidade do recinto muito alto e muito solene. Apresentava-me, sem nada dizer, um imenso livro aberto, em descarada proposta, assédio ao adolescente que eu era. Aquele gesto impunha respeito. Descobri, com o passar do tempo, dos meses e dos anos, que a dama ali se achava para seduzir jovens como eu, para o prazer daquele quase silêncio da Biblioteca Municipal. Vi que tinha um nome: *A leitura*, e era criatura de um senhor que se chamava Fraccaroli. Luís Francisco Carvalho Filho, que foi diretor da Biblioteca, explicou-me que uma jovem, de conhecida família de São Paulo, posara para o escultor.

Para quem levara uma surra por ter comprado um livro infantil, o primeiro livro, aos sete anos de idade, com o dinheiro destinado à compra de um livro didático, ganho com muito suor por minha mãe numa fábrica, aquela biblioteca era um paraíso. Na Mário de Andrade bem iluminada, limpa e silenciosa, cadeiras estofadas e largas, mesas grandes compartilhadas com outro leitor, eu me sentia em casa, a casa que eu não tinha. Não só solicitava aos bibliotecários os livros de que mais necessitava para estudo. Também pedia poesia, os olhos de vez em quando desgrudando do livro para percorrer devagar a sala imensa. Era muito bom.

A leitura era diferente das imagens de igreja que eu conhecia. Seu autor era o imigrante italiano Caetano Fraccaroli, nascido em Verona, em 1911, e falecido em 1987. Estudara na Escola de Belas Artes de sua cidade e, depois, com o professor Helio Justi, em São Paulo. Foi professor na Faculdade de Arquitetura da Universidade de São Paulo. *A leitura* alertava a minha consciência para as formas do novo.

Bem-amada ou mal-amada, *A leitura* acabou sendo a síntese simbólica do edifício da biblioteca, que teve como arquiteto Jacques Pilon. Fundada em 1925, na Rua 7 de Abril, teve a biblioteca o seu adequado edifício inaugurado em 1942, na Rua da Consolação, nº 94. Em 1960, recebeu o nome de Biblioteca Municipal Mário de Andrade, em homenagem ao escritor que a amava como tantos de nós. Abriga mais de 3 milhões de itens.

Em meados dos anos 1950, quando comecei a frequentá-la, chegava-se até lá guiado por informações de jornal, notícias de palestras, cursos e conferências. Mas também por um programa da Rádio Gazeta, que se chamava "A hora do livro". Era dirigido e apresentado pelo professor Fernando Soares, docente de Português no Instituto de Educação Padre Anchieta, no bairro do Brás. Ele entrevistava autores, falava de livros novos. O rádio era uma escola gratuita e interessante para os desprovidos de meios e de outras fontes de informação cultural, como eu. O lema do programa era um trecho de poesia de Castro Alves: "Oh! Bendito o que semeia livros, livros à mancheia, e manda o povo pensar, o livro caindo n'alma é gérmen que faz a palma, é chuva que faz o mar".

Os poetas povoavam as estantes e os espíritos, leitores silenciosos mergulhados em páginas imortais. Como Judas Isgorogota, autor do inesquecível "Os que vem de longe". Ou Guilherme de Almeida: "Bandeira de minha terra, bandeira das treze listas. São treze lanças de guerra cercando o chão dos paulistas." Era assíduo Paulo Bomfim. Impossível não amar seus versos, a alma paulista de suas rimas. o épico como identidade da gente de Piratininga, a invocação das origens, o mar, as bandeiras: "Venho de longe, trago o pensamento/Banhado em velhos sais e maresias;/ Arrasto velas rotas pelo vento/ E mastros carregados de agonia. (...)/ Venho de longe a contornar a esmo,/ O cabo das tormentas de mim mesmo."

OS ANJOS DO OPERÁRIO GALVEZ

JÁ ESTÁVAMOS DE SAÍDA DO CEMITÉRIO DO ARAÇÁ, quando uma das alunas pediu para "voltar lá". "Preciso ver aqueles anjos mais uma vez", explicou. Voltamos todos, arrastados pelo mesmo fascínio, e ficamos ali ainda por um tempo diante daqueles dois anjos enigmáticos e belos. Eles guardam a entrada da capela da família de José Cutrale. Foram esculpidos por um dos mais completos artistas paulistanos, Raphael Galvez (1907-1998), pintor, escultor e desenhista. Cada um com sua trombeta repousada verticalmente ao lado do corpo. Pedem reverência e silêncio. Não são anjos apocalípticos, cujas trombetas anunciam crivos, separações e banimentos do Juízo Final, Deus apontando o dedo salvador apenas para os seus escolhidos, aqueles cujas virtudes lhes deram o privilégio e a certeza de se apresentarem diante do trono divino e contemplarem para sempre a face do Senhor.

Os anjos de Galvez, como todos os anjos, são anunciadores e mediadores, voltados para a transitoriedade do homem, elos entre o terreno e o celestial. Talvez por isso não é casual que sejam, como é próprio dos anjos, seres andróginos, liminares, as imensas e comoventes asas abertas e protetoras para formar o pórtico da passagem dos mortais para a eternidade. Terna e suave acolhida em face das incertezas do tenebroso transe.

Há muitas e maravilhosas obras de arte no velho cemitério construído em 1897. Se o Cemitério da Consolação é predominantemente o cemitério dos antigos fazendeiros paulistas que se modernizaram na segunda metade do século XIX, ampliaram seus negócios, tornaram-se industriais e banqueiros, o Araçá é o cemitério dos imigrantes. Nele, obras de arte documentam a mentalidade da nova burguesia, de origem, sobretudo italiana, que no final do século XIX mudava a paisagem humana de São Paulo. Muitos eram os novos ricos, devotados trabalhadores que, no limiar do mundo profissional de talentosos artesãos, se tornaram industriais e enriqueceram com o trabalho. Ou comerciantes. O túmulo da família de Antônio Lerário, ali perto dos Cutrale, proclama numa sequência de painéis de bronze uma história pessoal que vai desde a despedida da pátria e da família, passando pela viagem e pelo trabalho precoce na terra adotiva, até o cume da sociedade como atacadista de cereais. São documentos visuais que confirmam na história de alguns a legitimidade da ideologia da ascensão social pelo trabalho árduo, uma ideologia que na verdade das biografias de muitos nem sempre se confirmou.

O Cemitério do Araçá é também uma aula sobre as inquietações estéticas dos imigrantes novos ricos. Muitos quiseram acrescentar à vida, no seu momento derradeiro, a força simbólica da obra de arte, a dimensão do belo, universal e eterno, a ponte entre a terra e o céu. Sobretudo os italianos, que vinham de uma sociedade em que a arte atravessa cotidianamente a vida de todos, mesmo de quem não é rico. Encheram o cemitério de vida e beleza, fizeram dele um lugar de privilegiada interação entre vivos e mortos no comovente legado de esculturas e monumentos, um verdadeiro museu de arte a céu aberto. Um lugar de encontro entre a história e a arte, entre o efêmero e o eterno. Galvez passeia por ali e sorri.

Ele nasceu e viveu na Barra Funda, filho de espanhol e italiana. Foi amigo e vizinho de Mário de Andrade, na Rua Lopes Chaves. Cursou o Liceu de Artes e Ofícios, uma escola de operários-artesãos. Fez parte do Grupo Santa Helena. Suas pinturas retratam cenas dos então bairros semirrurais da baixada do Tietê, como o Canindé, a Freguesia do Ó, a Casa Verde, Santana, Vila Maria. Algumas de suas esculturas podem ser encontradas na Pinacoteca do Estado e várias nos cemitérios da Consolação e do Araçá. Deixou São João Batista e São João Evangelista no átrio da Igreja de Nossa Senhora do Brasil. E faça sol ou faça chuva, Miguel de Cervantes está sempre sentado numa poltrona no jardim da Biblioteca Mário de Andrade, distraído, com um livro nas mãos.

O *SEMEADOR* DA RUA 7 DE ABRIL

NA RUA 7 DE ABRIL, quase em frente à Rua Conselheiro Crispiniano, um homem de bronze, robusto e decidido, semeia. O torso nu, com a mão esquerda ampara a patrona que tem as sementes e com a mão direita faz o gesto de semear. É um tipo de semeador raro no Brasil, onde geralmente se semeia de cova.

Aquele é o semeador bíblico, do capítulo 4, do Evangelho de Marcos, o semeador da parábola: "Eis que saiu o semeador a semear...". No gesto de atirar as sementes, algumas caíram à beira do caminho, outras nos pedregais e outras no meio dos espinhos. Nenhuma vingou. Brotou e produziu unicamente a semente lançada sobre a boa terra. A semente é a palavra de Cristo, que só frutifica e rende almas para a salvação se calculadamente lançada em terra fértil. Muitos embates teológicos podem nascer dessa parábola.

Embora sem identificação, aquela escultura tem um autor e uma história e trata de um tipo de semente que pode frutificar até mesmo no asfalto, entre os transeuntes da calçada e os habitantes da cidade.

O escultor é o brasileiro Luiz Morrone (1906-1998), autor de obras espalhadas pela cidade e pelo interior. Esculpiu monumentos conhecidos, como o *14-Bis*, na Praça Campo de Bagatelle, na Zona Norte, em homenagem a Santos-Dumont, e o *Pedro Álvares Cabral*, no Parque do Ibirapuera, em frente à Assembleia Legislativa.

A escultura do semeador foi concebida e encomendada por Paulo Abreu (1912-1991) para ser colocada na fachada da sede do seu Banco das Nações. Expressaria o mote de sua vida. É, provavelmente, a única obra de arte particular exposta numa rua da cidade. Naur Martins ajudou-me a decifrar o mistério daquela escultura de calçada. Sobre a porta principal do edifício ainda se lê Banco das Nações, que já não existe, incorporado pelo Bamerindus, que acabaria incorporado pelo HSBC.

O semeador de Morrone expressa menos o ponto de vista de Jesus e do artista do que o do banqueiro. As sementes de sua patrona e de sua mão são moedas, com o cifrão em destaque. Ao pé da escultura uma legenda revela o espírito da obra: "Poupar, semear, prosperar". É uma leitura calvinista da parábola do semeador. A escultura nos fala da escolha racional no semear, na responsabilidade do semeador, que não deve desperdiçar a semente, mas calculadamente escolher o campo do seu trabalho para ter a certeza da colheita farta.

Multiplicar e prosperar confirmam o dever da semeadura, da colheita e da prosperidade. Aquela escultura é um monumento à ética protestante e sintetiza o que o sociólogo alemão Max Weber definiu como espírito do capitalismo.

Paulo Abreu era protestante, presbiteriano, calvinista, portanto. Sua história pessoal é a confirmação do mandato da parábola do semeador, o trabalho e o enriquecimento como missão. Nasceu em Araras, teve só a educação elementar, trabalhou em loja de tecidos. Aos 24 anos, em 1936, fundou sua própria tecelagem, a Pabreu – Tecidos Finos, em Itatiba. Formou um grande patrimônio imobiliário.

Foi deputado federal entre 1951 e 1975. Suplente de senador por São Paulo, assumiu o mandato de 1957 a 1959 com o falecimento do titular. Teve um desempenho político discreto, marcado pelo combate ao fumo e ao álcool e pela defesa dos plantadores de algodão, um setor diretamente ligado aos seus interesses econômicos.

Era do Partido Trabalhista Nacional, dissidência do Partido Trabalhista Brasileiro, fundada por Hugo Borghi, que ficou rico com o algodão e famoso pelo movimento do Queremismo, em 1945, da Constituinte com Getúlio no poder.

A escultura de Morrone lembra muito *O semeador*, de Caetano Fraccaroli, que existiu no Parque D. Pedro II e foi cartão-postal da cidade. Está hoje na Praça Apecatu, perto do Ceagesp.

Nas duas esculturas, o semeador é atlético, o torso nu de vigoroso esportista, conforme o imaginário do Estado Novo, que concebia o trabalhador como atlético construtor da nação, personagem da maratona do Brasil do futuro. Esse imaginário perdurou muito além da ditadura de Vargas, como se vê.

A PAZ NUMA FACHADA DA PAULISTA

ENCOSTO-ME NUM GRADIL da beira da calçada e fico olhando o belo painel de cerâmica policromada que Clóvis Graciano pintou, em 1959, para a fachada do Edifício Nações Unidas, na Avenida Paulista, 648. Os pedestres passam apressados entre mim e a obra de arte, quase sempre olhando para o chão, voltados para dentro de si mesmos. O que pode haver de tão interessante naquela "pintura" ladeada por um anúncio de óculos e pela placa de entrada do estacionamento do prédio para que alguém pare para olhá-la?

O Edifício Nações Unidas foi dos primeiros grandes prédios da avenida, nos anos 1950. Era o começo do fim da era de esplendor e de riqueza que levara para aquela rua fazendeiros, industriais e banqueiros, europeizados ou de origem europeia, que iam fincando raízes e demoras no espigão e na cidade, entre temporadas largas em Paris e outras grandes cidades da Europa. Banhavam-se nas águas da modernidade. Na Paulista caíam os respingos da civilidade, desde o modo de morar até o de transitar, de conviver, de ver, de pensar, de querer e de mandar.

Não me lembro de ter visto esse edifício nascendo. Naquele tempo a avenida, mais estreita, ainda era um belo bulevar de palacetes e jardins lindíssimos. O bonde dançava suavemente no espaço amplo e de pouco movimento, parecendo embalo de berço. O edifício foi construído no terreno em que existira a vila do conde Egídio Pinotti Gamba, industrial, dono dos Moinhos Gamba, êmulo de Francesco Matarazzo, concorrente e vizinho que morava ali perto. Ficara rico produzindo a farinha do pão dos pobres.

O projeto é de Abelardo de Souza (1908-1981), do grupo de arquitetos formados pela Escola Nacional de Belas Artes, que veio para São Paulo nos anos 1950 e se juntou aqui aos arquitetos modernistas que mudavam a fisionomia arquitetônica da cidade. Já Clóvis Graciano nascera em Araras, em 1907 (faleceria em São Paulo, em 1988). Ainda menino, trabalhara numa oficina pintando em carroças e charretes aqueles característicos frisos de flores e riscos. Trabalhou na Estrada de Ferro Sorocabana, pintando placas e avisos. Considerava-se ferroviário.

Graciano foi um autodidata. Veio para São Paulo, em 1934, tempo das grandes migrações das fazendas e do interior para a indústria, decorrente da crise do café. Conheceu Cândido Portinari, passou a frequentar o ateliê de Waldemar da Costa, cursou desenho na Escola Paulista de Belas Artes e, em 1937, instalou-se no Palacete Santa Helena, na Praça da Sé, integrando o chamado Grupo Santa Helena.

Clóvis Graciano já participara de outra obra do arquiteto Abelardo de Souza, na Rua João Lourenço, em 1955, com um painel para a fachada. De certo modo, sua arte agregava leveza e delicadeza contrapontísticas aos novos e estranhos volumes e formas da arquitetura moderna. A professora Lisbeth Rebollo Gonçalves, do Museu de Arte Contemporânea da USP, afilhada de Clóvis Graciano, explica-me que o "Alabarda" ao lado da assinatura do artista, naquele painel, não é título da obra, é crédito da Cerâmica Alabarda, de Giuliana Giorgi, pintora e escritora, esposa de Bruno Giorgi.

Clóvis Graciano deu um sentido profundamente alegórico ao painel que adorna o edifício que é homenagem às Nações Unidas. A obra é constituída de quatro conjuntos de quatro entes cada um. Num canteiro de quatro plantas, no lado esquerdo, cada planta tem uma flor e cada flor tem uma cor que sugere as quatro "raças", branca, negra, amarela e vermelha, os quatro troncos das nações contemporâneas. Mas as raízes dos quatro arbustos se entrelaçam como trama de uma raiz única. Transfiguradas em quatro figuras centrais femininas que, de braços dados, formam uma unidade compacta, desdobram-se num grupo masculino, num extremo, e num grupo feminino no outro, este numa atitude de louvor ao sol, em cuja esfera central está desenhado o símbolo do átomo indiviso e a energia vital que contém. Um delicado manifesto visual contra a Guerra Fria e em favor da união dos povos.

QUEM CEDO MADRUGA

NOSSA MEMÓRIA ESTÁ REPLETA DE MONUMENTOS que não foram esculpidos na pedra nem fundidos no bronze. Cada um tem os seus, aquela coleção das coisas e dos fatos memoráveis, do que foi suprimido dos cenários e da vida, mas permanece gravado na mente e nas lembranças. É nesse sentido que minha memória me pede para trazer aos olhos uma bela e significativa fotografia desse grande criador de uma estética da imagem fotográfica da nossa vida cotidiana, particularmente da cidade de São Paulo, que é German Lorca.[1] É a foto de dois homens lendo o *Diário Popular*. A sombra da luz oblíqua do sol matutino introduz na imagem a dimensão do tempo miúdo das horas e minutos, o tempo do cotidiano, que é por isso o tempo da modernidade, das coisas fugazes, do temporário e breve, do que é pequeno e insignificante. Lorca, que nasceu no Brás operário, em 1922, filho de imigrantes, conhecia perfeitamente o significado da fotografia que ia fazer na manhã em que a fez.

Nos anos 1950, o *Diário Popular* era um jornal maçudo, de ralo conteúdo, lido não pelo que noticiava, mas pelos empregos que veiculava em anúncios minúsculos. Expressava a grande mudança que estava ocorrendo no mercado de trabalho. Desde o início da industrialização, no final do século XIX, os empregos do proletariado que nascia eram conseguidos por ouvir dizer, frequentemente através da intermediação de parentes e conhecidos. As empresas preferiam dar emprego a alguém já ligado a algum de seus empregados, não raro de uma mesma família. O mercado de trabalho era, assim, atravessado pelas regras da moral de família. Disfarçado meio, aliás, de controle social sobre as chamadas classes perigosas.

Com o tempo, surgiu a placa do "Precisa-se" nas portas das fábricas, com espaços para encaixe das tabuinhas com os nomes

1 Ver *A São Paulo de German Lorca*, German Lorca e José de Souza Martins, São Paulo: IMESP, 2013. O fotógrafo recebeu o Prêmio Governador do Estado para a Cultura, em 2015. [N. E.]

das profissões. Sempre uma pequena multidão na porta das empresas, com a carteira de trabalho na mão para ser recolhida e examinada pelo encarregado da seção de pessoal. Que, aliás, tinha curiosos critérios para decidir a quem recrutar. Prestava atenção em gestos e posturas dos candidatos ali na rua. Não recolhia a carteira de quem estivesse encostado na parede, sinal de gente cansada, comodista, dizia a improvisada psicologia dos recrutadores.

Lorca, nessa fotografia, fez um instantâneo expressivo da vida dos paulistanos que dependiam do suor do rosto para ganhar o pão nosso de cada dia. A dos que corriam logo cedo para as portas do jornal para conseguir um dos primeiros exemplares, pois Deus ajuda quem cedo madruga. Depois, de bonde ou de trem, disparavam para a porta das empresas que haviam divulgado vagas nos minúsculos anúncios do jornal. Quem chegasse primeiro tinha mais chance de conseguir o emprego do que quem chegasse por último. Os últimos serão os primeiros? Banana, macaco!

À procura de emprego, 1948

Diario Popular
"AUMENTA A BRECHA ENTRE

O LARGO DA CONCÓRDIA

CHICO ALVES VIERA A SÃO PAULO para apresentar-se em programas da Rádio Nacional. Naquele sábado, 27 de setembro de 1952, acompanhado de Rago e seu Regional, cantou no Largo da Concórdia alguns de seus muitos sucessos. Era homenagem a seus fãs do bairro do Brás. A caminho da Via Dutra, no retorno ao Rio, o cantor fez ali uma parada para o show, às duas da tarde.

O Largo da Concórdia tivera feira de mulas, no século XIX, abrigara circo e parque de diversões. Era agora um lugar de concentrações populares, porque perto das movimentadas estações do Norte e do Brás. Mutilado pela construção do Viaduto do Gasômetro, em 1949, perderia aos poucos a nobreza dos tempos áureos do bairro. Mas ainda estava lá o Teatro Colombo, onde Pietro Mascagni regera uma de suas óperas em tempos idos. O Brás mantinha a aura da época das serestas e da composição famosa de Alberto Marino, *Rapaziada do Brás*. Não estavam longe os corsos de carnaval na Avenida Rangel Pestana. O bairro vivia seus últimos tempos de bairro italiano e operário, das cadeiras na calçada para as conversas das famílias depois do jantar.

Já existia aí por 1850. No fim de 1865, dera-lhe a Câmara Municipal o nome de Largo da Concórdia, tributo à cidade argentina onde se concentraram e de onde partiram para a luta as tropas brasileiras na Guerra do Paraguai, meses antes. Continua da Concórdia apesar da discórdia, há alguns anos, com os camelôs que o haviam ocupado.

A apresentação de Chico Alves foi um evento de fim de época, além de ser o seu próprio último evento: ele morreria carbonizado, horas depois, na Via Dutra, em Pindamonhangaba, quando seu carro, ao se chocar com um caminhão que vinha na contramão, pegou fogo. Significativamente, cantou o fim de épocas. Gravara anos antes, *Seu Julinho vem*, apologia de Júlio Prestes, presidente eleito da República. Seu Julinho não veio, cassado antes da posse pela Revolução de Outubro de 1930, que levou Getúlio Vargas ao poder. Um ano antes de morrer, Chico Alves gravara *Bota o retrato do velho* ("bota no mesmo lugar") para celebrar o retorno de Vargas ao poder, em 1950, cujo suicídio, em 1954, daria início ao fim da Era Vargas.

Começou sua despedida de São Paulo no Largo da Concórdia cantando *Caminhemos*: "Não, eu não posso lembrar que te amei, eu preciso esquecer que sofri." Naquela época de amores impossíveis, ou ao menos difíceis, amava-se sofrendo. Nem o Carnaval escapava. Em *Confete*, que Chico Alves também cantou naquela tarde, a ausência estava lá, poeticamente: "Confete, pedacinho colorido de saudade".

Em seu enterro, no Rio de Janeiro, o povo cantou *Adeus*: "Quem fica, também fica chorando, com um lenço acenando, querendo partir também." Em São Paulo, dois dias antes, sem o saber, Chico cantara o réquiem do antigo Largo da Concórdia, o largo do povo do Brás.

A PENSÃO MARIA TERESA

O PRÉDIO ANTIGO AINDA ESTÁ LÁ, remoçado e mantido, como um belo e estranho vizinho que vive fora de seu tempo, entre altos edifícios cinzentos e sem graça. Lembrete de quando aquele trecho da Avenida Duque de Caxias ainda era a Rua Maria Teresa. Num mapa da Companhia Cantareira e Esgotos, de 1881, já aparece como Rua de Dona Maria Thereza. Paulo Bomfim me esclarece que o nome foi dado à rua em homenagem ou a Maria Teresa Rodrigues de Moraes que, em 1791, em segundas núpcias, se casara com o marechal José Arouche de Toledo Rendon (1756-1834), dono da chácara que ali havia, onde cultivava chá. Ou, então, em homenagem à própria mãe do marechal, Maria Thereza de Araújo Rendon (1725-1764). Lugar de residências dos que viviam a meio caminho entre os palacetes dos Campos Elíseos e o não menos nobre centro da cidade.

O nome primitivo da rua sobreviveu na Pensão Maria Teresa, que ali existiu por mais de meio século. Chamava-se antes Pensão da Dona Adélia e era do final dos anos 1920. Salvatore Fiora comprou-a em 1945 e a família a manteve até 1996. O casarão da Avenida Duque de Caxias nº 108, pertencia à família Moraes Dantas e é hoje a sede própria da Federação dos Trabalhadores em Transporte Rodoviário.

As pensões familiares, como eram e ainda são chamadas, não raro regradas por uma disciplina conventual, foram personagens da história social da cidade, verdadeiras instituições, microcosmos de uma sociabilidade peculiar e marcante, a dos que estão chegando. Lugares de um modo de vida. No Brasil, foi tema literário desde *Casa de pensão*, de Aluísio Azevedo, e de um poema de Manuel Bandeira, até uma novela de Érico Veríssimo, *Clarissa*. *Clarissa* foi justamente a observadora da humanidade que vivia nesse pequeno mundo. Em São Paulo, a pensão familiar tem sido o lugar do primeiro arrimo, até mesmo de famílias, daqueles que chegam sem ter ainda onde ficar definitivamente. E vão ficando. Os hóspedes gravitam em torno do cotidiano da família do dono.

As pensões de São Paulo foram verdadeiras comunidades de paisanos. Marcaram um longo período da história paulistana. Vários autores mencionam que pessoas da mesma nacionalidade, como alemães, espanhóis ou italianos, já chegavam à cidade com o endereço da pensão de um patrício e o nome do dono. Do mesmo modo, os que vinham de outros cantos do país e do interior, também se hospedavam nas pensões onde estavam seus conhecidos e conterrâneos.

Mesmo os sem vínculos eram acolhidos. Morou na Pensão Maria Teresa Senor Abravanel, um jovem camelô vindo do Rio de Janeiro cuja vida São Paulo mudou completamente e mudou-lhe também o nome para Silvio Santos.

A pensão acabava sendo o primeiro lar de muitos novos moradores da cidade. E não raro o último. Marcos Fiora, sucessor do avô na Pensão Maria Teresa, tem boas lembranças de antigos hóspedes, vários dos quais ali viveram por longos anos e ali morreram. Seu avô comprou a pensão quando muitos italianos, nos difíceis tempos do pós-guerra, decidiram vir para cá. Um deles, Francesco Leone, fez da pensão a sua casa. Era vendedor, homem culto, veterano de guerra. Sozinho, acabou se integrando na família de Salvatore Fiora. Tomava as refeições com a família e participava de suas celebrações. Quando ali morreu de enfarte, nem na morte ficou desamparado. Foi sepultado no túmulo dos Fiora, no Consolação. A pensão deu-lhe uma família na solidão de desterrado.

SALADA PAULISTA

NO COMEÇO DOS ANOS 1960, quando entrei na Faculdade de Filosofia da USP, um lugar de eventual passagem e parada era a Salada Paulista, na Avenida Ipiranga, em frente à Praça da República. Menos pela salada e mais porque ali ao lado havia o Palácio do Livro, uma das grandes livrarias de São Paulo. Juntava-se as duas coisas. Embora eu gostasse mais da Livraria Brasiliense e mais ainda da Livraria Teixeira, pequena e antiga, cheia de livros sobre o Brasil, e da Livraria Francesa, livraria de gente muito culta, nossa janela para a França culta e influente. Uma Paris nos trópicos. Ainda existe, acolhedora. Mas o Palácio do Livro tinha encantos. Era o único lugar de São Paulo em que se podia encontrar clássicos das ciências sociais em formato de livro de bolso, importados dos Estados Unidos. Além disso, não havia vendedores grudados no calcanhar do cliente, com aquela pergunta incômoda, forçando a compra:

– Precisa de ajuda?

Ali o interessado pegava o livro que quisesse comprar e ia ao caixa fazer o pagamento. O Palácio do Livro adotava o estilo do supermercado que já existia, o Peg Pag. Como acontecia nas outras livrarias, entrava-se com a bolsa ou a sacola, pois ainda era o tempo em que frequentador de livraria era supostamente honesto. Havia catracas na entrada, que abriam de um lado só, para que o cliente não deixasse a livraria sem passar no caixa. Um modo sutil de confiar na honestidade do cliente, desconfiando.

Mas já surgia nos subterrâneos das universidades, também importada da França culta, a cultura de que o capitalismo é um saque. Portanto, roubar era revolucionário. Na Paris dos tempos que precederam a revolta estudantil de 1968, a juventude revolucionária frequentava a Livraria Maspero, especializada em livros de esquerda, especialmente livros de ciências humanas. Tudo ia bem até que François Maspero descobriu que era melhor fechar a livraria, pois os bravos revolucionários a saqueavam em nome da revolução. Poupavam as livrarias "de direita", na classificação tola que então alguns faziam. Os prejuízos o forçaram não só a fechar a livraria, mas também a fechar a Editora do mesmo nome, que publicava livros de autores de esquerda. Burrice ideológica e cultura nunca combinam.

No Palácio do Livro houve um primeiro episódio desse tipo. Uma jovem estudante universitária, imaginando-se protegida pelo "à vontade" de ir às estantes, folhear os livros, demorar-se no exame de cada um e então decidir pela compra, escondeu um livro na bolsa e levou outro nas mãos. Mas um atento vendedor a vigiava de longe. Ao passar pelo caixa, foi perguntada pelo livro que ocultara. Ficou indignada.

– Você me viu roubando o livro e não me disse nada antes que eu chegasse ao caixa? Só para me envergonhar diante dos outros? Só para me humilhar? Você não tem respeito pelas pessoas?

O pobre vendedor metera-se com uma revolucionária dos novos tempos. Quando roubam, têm razões políticas para roubar e justificativas cidadãs para fazê-lo.

Depois da passagem pela livraria, era quase automático entrar na Salada Paulista e pedir a salada de batatas com duas salsichas e um chope claro ou escuro, sempre bem tirado. Mas era possível, também, pedir um salsichão no lugar das duas salsichas, ou linguiça, que era a famosa de Bragança, diziam. O balcão imenso, em formato de ferradura, já era feito para facilitar a vida dos apressados, a de comer e ir embora. Não era lugar para formar grupo e ficar batendo papo.

A Salada Paulista não existe mais. O sócio principal se retirou e inviabilizou a continuidade do estabelecimento. O Palácio do Livro, por outras razões, também desapareceu.

O BONDE 14

QUANDO VEJO, na TV, propaganda de caros aparelhos que fazem o corpo tremer, o traseiro rebolar e a banha derreter fico com a impressão de que chegamos a um modelo de sociedade em que vivemos sob a ilusão de que vamos para a frente ficando no mesmo lugar. O bonde já chacoalhava, com a vantagem de que ia pra frente, por muito menos: cinquenta centavos ou aquele passe amarelo da CMTC (Companhia Municipal de Transportes Coletivos), que se podia comprar em cartela. Sacolejava-se à vontade. Ainda guardo um passe que sobrou do acervo de passes de minha mãe, esperando o bonde voltar. Vi o retorno do bonde em Roma, muito bom. Em Milão, senhoras de casaco de pele iam de bonde ao Teatro alla Scalla, para a ópera, quando lá estive. Em Amsterdã, o motorneiro parou o bonde bem na porta da casa em que ia me hospedar, para que desembarcasse e não me perdesse. A civilidade viajava de bonde.

Aqui, também. O bonde 14, em 1961, era um bonde aberto, dos antigos, que nem as jardineiras da roça. Subia a Consolação, entrava na Rua Maria Antônia e seguia adiante até o fim da Avenida Higienópolis. Naquele tempo, rico ainda tomava bonde e pobre também, acotovelando-se uns nos outros. Os automóveis mal começavam a separar de fato as classes sociais, isolando os ricos e a classe média.

O último bonde voltava para a cidade pouco depois das dez horas da noite, para passar na frente da Faculdade de Filosofia, Ciências e Letras da USP, no nº 1 289, na hora em que terminassem as aulas dos cursos noturnos. O motorneiro sempre se adiantava, com segundas intenções. Parava bem na porta da Faculdade, travava o veículo e o largava ali. Ia para o bar do seu Antonio, na esquina da Rua Dr. Vila Nova, tomar um cafezinho, à espera dos estudantes que saíam atrasados. Sobretudo os do professor João Cunha Andrade, comunista e poeta, que se estendia além do horário em suas aulas de História da Filosofia, bajulando Sócrates e desancando Platão. Não ouvia o sinal.

Ou se fingia de surdo, empolgado com as ideias de gente tão antiga, ditas para gente tão moça.

Na Xavier de Toledo, perto do Theatro Municipal, desciam os últimos passageiros. Vários de nós ainda tinham uma caminhada pela frente, para pegar outros bondes e ônibus para os bairros e o subúrbio, nos Correios ou no Parque D. Pedro. Ainda dava tempo para um último bate-papo e uma xícara pequena de chocolate quente na antiga Leiteria Americana. Por ali, era frequente encontrar Lívio Xavier, colaborador semanal do *Suplemento Literário* do *Estadão*, que morava em frente. Ou Henrique L. Alves, meu conhecido, autor de livros sobre poetas negros, como Cruz e Sousa e Batista Cepelos, tradutor de autores poloneses para o Clube do Livro, de Mário Graciotti. Na Leiteria terminava cedo a boemia literária dos passageiros de bondes. As ruas da cidade ainda tinham um cheiro caipira de batata doce assada.

AS LENDAS DO CENTRO MARIA ANTÔNIA

O BATE-PAPO COM O SEGURANÇA foi sobre o prédio de fachada solene da Rua Maria Antônia, nº 294, onde estávamos. Ali fora a Faculdade de Filosofia, Ciências e Letras da USP. Hoje é o Centro Universitário Maria Antônia. "Aqui já foi cadeia, muita gente torturada e morta, enterrada por aí mesmo", explicou-me. Assim nascem as lendas e os mitos. Fatos ocorridos em cantos dispersos pela cidade, foram imaginariamente reunidos ali e sintetizados numa lenda tenebrosa.

Explico-lhe isso e tento legitimar minha fala dizendo-lhe que fui estudante e professor naquele prédio e o frequentei diariamente durante oito anos, que nada daquilo acontecera ali. Mas ele insistia. "Os da noite escutam corpos rolando, gemidos. E juram que viram coisas."

Os gemidos só podem ser da Maçã Dourada,[2] apropriado codinome da espiã do Dops, a polícia política, que, com o principal dirigente do movimento estudantil, rolava nos sofás da sala da diretoria da faculdade, no 3º andar, durante a ocupação política do prédio, em 1968. O imprudente Adão revolucionário, que era da Faculdade de Direito da PUC, mordia a maçã envenenada da Mata Hari do Largo General Osório e lhe passava os segredos do movimento, entre ais e uis, dizendo-lhe o que só saberíamos depois da polícia já saber de tudo.

O primeiro fantasma foi um tenente-coronel do Exército, arquiteto, ex-aluno da USP, que apareceu por lá algum tempo depois do golpe de 1964. Ia fazer um inquérito e identificar os professores subversivos para processo ou cassação política. Tinha um esquema para identificar comunistas. Intimou quatro professores separadamente. Cada um deveria descrever a bandeira nacional. Errar na cor das letras do lema "Ordem e Progresso", que é verde, já era indício de que

2 Codinome de Heloísa Helena Magalhães [N. E.].

se tratava de meio-comunista. E não saber cantar o Hino Nacional indicava o comunista inteiro.

Ao professor Cruz Costa, o maior especialista brasileiro em positivismo, perguntou o militar se sabia o que queria dizer o lema – positivista – "Ordem e Progresso". Na hora do Hino, disse-lhe o professor com sotaque caipira e patriótica modéstia: "Se o coronel acompanhar, eu canto!"

O professor Florestan Fernandes nem cantou: pôs logo sob o nariz do oficial uma carta de protesto contra sua presença na escola. Foi preso no ato. Naquela noite a luz do prédio foi cortada para que o coronel pudesse fugir a salvo no meio da escuridão. Uma multidão de estudantes entupia o saguão, esperando por ele.

A derrota do movimento estudantil, em 1968, levou vários para a militância clandestina contra a ditadura, para a prisão, a tortura e a morte. Muitos passaram pelo saguão histórico, que fervilhava de gente e de boatos. "Os operários de Osasco estão preparando um levante" – sussurrava uma conhecida minha. Mas logo depois do golpe, nos primeiros dias de abril de 1964, um cético já havia escrito na porta do banheiro masculino do primeiro lance de escada: "Em terra de cego, quem tem um olho, emigra." Olho e dinheiro. Quem não tinha, ficava por aqui mesmo, para ver a banda passar ou para resistir e mesmo morrer.

Aquele prédio é um marco da revolução educacional iniciada nos anos 1930, que criou a sólida base de ensino e pesquisa da USP. Ali se produziu uma consciência científica do que é o Brasil. Desde lá, o país nunca mais foi o mesmo.

Na escadaria de entrada do prédio, em plena ditadura, testemunhei um fato insólito. O comandante de um agrupamento da Guarda Civil do Estado de São Paulo alinhou seus homens nos degraus, todos em seus impecáveis uniformes azul-marinho, e lhes fez uma preleção: "Vocês estão aqui para manter a ordem e proteger o patrimônio público. Lembrem-se de que daqui sairão os futuros dirigentes da nação." Aquela serena confiança cívica, num momento de grave incerteza política, me comoveu. Daquele prédio, desde então, saíram vários dirigentes do país: um presidente da República, ministros, deputados, senadores, diplomatas, além de sábios, cientistas, pensadores. Tinha razão Olavo Bilac: "Criança! Não verás nenhum país como este!".

NOSSA CASA, NOSSA MÃE

EM NOSSA TRADIÇÃO, a casa de família é um ente vivo, demarcada por significados, tanto do lado de dentro quanto do lado de fora. Além de sua arquitetura física, a dos traços presentes na mente e nos projetos dos arquitetos e dos mestres de obra, a casa tem também uma arquitetura simbólica, a da mente de seus moradores. A começar dos jardins e das plantas escolhidas para compô-los. Tive oportunidade de discorrer extensamente sobre isso e a importância simbólica das cores e dos cheiros em meu livro sobre *A aparição do demônio na fábrica*.[3]

Já existentes nos quintais, os jardins se disseminaram na frente das casas paulistanas a partir do fim do século XIX para começar a desaparecer na segunda metade do século XX. As novas construções reguladas pelo primado da especulação imobiliária tornaram-se avessas ao diálogo com as flores, as plantas e os símbolos da tradição popular. A especulação e a garagem do automóvel acabaram ditando a morte dos jardins domésticos. Sobraram alguns por aí.

Mesmo nas casas que já não têm jardim, pode-se sempre encontrar alguns vasos de plantas, não raro a guiné, a arruda, o alecrim, a espada-de-são-jorge, a venenosa comigo-ninguém-pode, plantas mágicas, carregadas de poderes invisíveis. Elas erguem uma muralha simbólica e protetiva contra o mau-olhado, o azar, a inveja, o maligno. Podemos já não acreditar nisso, mas por sim ou por não...

Além das plantas mágicas, os belíssimos jardins que durante tanto tempo existiram diante dos palacetes da Avenida Paulista, como os pequenos, mas não menos belos, jardins das residências da Vila Pompeia, das Perdizes, do Ipiranga, do Belenzinho, da Lapa, acrescentaram um cômodo colorido, odorífico e simbólico à frente das novas residências. Era o começo da difusão da mentalidade da vida privada, do distanciamento entre a casa e a rua, de um certo isola-

3 São Paulo: Editora 34, 2008.

mento doméstico na individualidade e na privacidade da família e de cada um.

Mas o lado de dentro da casa de família (ou do apartamento!) também tem a sua arquitetura simbólica. Luís da Câmara Cascudo explicou esse lado da casa brasileira nos cuidados relativos à morte e aos mortos. A ordem na disposição da cabeceira e do pé da cama é fundamental para afastar o perigo da morte. O pé da cama deve estar na direção oposta à saída principal da casa, porque essa é a direção de saída do corpo do defunto, os pés para fora e a cabeça para dentro. O oposto da posição de nascimento: a cabeça do bebê para fora do corpo da mãe e os pés para dentro. A casa, em nossa cultura popular, é uterina, negação da morte. A referência simbólica de sua arquitetura é o corpo da mulher, o corpo sagrado da mãe, o lugar de origem da vida. A casa é, para nós, o monumento do imaginário matriarcal que rege nosso modo de ser e nosso destino.

PORÕES DA PAULICEIA

ELES SE DIFUNDIRAM QUANDO a São Paulo colonial que sobrevivia no fim do Império começou a despregar-se de seu chão antigo e a cidade começou a perder o cheiro de terra dos dias de chuva. A arquitetura de cópia vinha ocupar o lugar das casas de taipa, de paredes barreadas com a alvura da tabatinga recolhida nos brejos do Tamanduateí. Surgiram as casas de tijolo e de porão, de eira, beira e tribeira para que o passante soubesse quem era quem, gente de meia pataca ou gente de contos de réis. Tempos novos dominados pela mentalidade velha do tradicionalismo, dos que queriam mudar para permanecer, prudência de mamelucos que sabiam muito bem qual era a diferença entre ser e parecer. Quem vê cara não vê coração, diziam os velhos. Isso é para inglês ver, diziam os novos e céticos.

Os porões das novas casas do fim do Império e início da República não eram todos iguais. Havia porões para moradia dos ínfimos e na Rua Florêncio de Abreu ainda restam casas de porões que foram senzalas ou que abrigaram os serviçais que eram brancos por fora e negros pelo ofício. Gente que servia os que moravam nos cômodos de cima. Os novos ricaços, que colhiam o ouro verde em pés de café, no tempo em que o dinheiro dava em árvore, apenas começavam a edificar os palacetes portentosos dos Campos Elíseos e da Avenida Paulista. Já os que não tinham tanto dinheiro, mas tinham nome, os que ficaram na periferia da nova riqueza, zelavam pela pose e mantinham a aparência, apesar do declínio sabido e comentado.

Nas casas geminadas da Rua Helvétia ou da Rua Maria Antônia, os porões tinham sua função: abrigavam inquilinos que agregavam preciosos mil-réis ao haver das contas domésticas, quase sempre beirando o vermelho da coluna do deve. Não faz muito mais do que meio século e os passantes ainda podiam sentir o bafio que saía das janelinhas rentes à calçada, vindo dos porões habitados. Cheiro de humanidade, diziam. Em cima morava quem podia e embaixo quem precisava. No refúgio dos porões, vidas foram salvas nos dias sangrentos da Revolução de 1924.

Num desses porões da Maria Antônia, de casas geminadas, do lado de quem ia da Rua da Consolação para a Faculdade de Filosofia, instalou-se o Archimede, italiano, com a mulher como cozinheira, gorda e atarefada. Moravam nos cômodos de cima. Ele cuidava das mesas. Montou um restaurante nas saletas apertadas. Não havia mesas individuais. Quem chegava ia sentando onde houvesse lugar. E lá vinha ele perguntar:

– Zuppa? Pasta?

A zuppa era sempre a mesma. A pasta era o melhor espaguete à bolonhesa de São Paulo e a melhor autoridade nisso era a fome dos estudantes da Filosofia. Depois do primo prato vinha o bife à milanesa. E o copo de vinho ruim, que para o Archimede era alimentação, como na tradição de sua terra. Quem não pode, finge.

A PORTA DA FRENTE

A ARQUITETURA DAS MORADIAS POPULARES e mesmo das da classe média vem sofrendo transformações, sobretudo depois que migrou da mente dos velhos pedreiros construtores para a prancheta dos arquitetos. Em favor do primado da forma, a casa foi perdendo o conteúdo simbólico das portas, das janelas, dos cômodos, do lugar dos móveis. Foi deixando de ser lugar dos moradores situarem-se na trama simbólica do mundo. Foi dela desaparecendo a dimensão do sagrado, a poderosa dimensão mística a ela associada como lugar de fecundação e nascimento.

Nos bairros operários e no subúrbio, situadas em terrenos baratos e relativamente grandes, construídas à beira do passeio, as casas conservaram por muito tempo um corredor lateral para as flores. Até passarem pela fase, relativamente breve, dos anos 1940 e 1950, do frontispício recuado e do pequeno jardim de acesso, cheio de roseiras, dálias, margaridas, cravos, rainhas-margaridas, cristas-de-galo, violetas. Foi quando a entrada da casa deixou de ser pela cozinha, lá nos fundos, para ser por uma porta de frente que dava acesso à sala e interditava a intimidade da casa aos visitantes e, portanto, aos estranhos. A arquitetura da casa tornou-se a arquitetura das distâncias sociais.

Foram deslocadas do corredor lateral para o jardinzinho da frente as plantas dotadas de poderes mágicos, que erguiam muralhas invisíveis contra o mau-olhado dos invejosos, antes que entrassem na casa: arruda, guiné, espada-de-são-jorge, comigo-ninguém-pode, planta, aliás, venenosa. Várias delas eram usadas em defumações para espantar de dentro de casa os invisíveis malefícios invasores de visitantes nem sempre bem-vindos.

Por sim ou por não, um pavoroso elefante vermelho de louça descansava sobre o móvel principal da sala. Prevenia contra maus-olhados e invejas que não tivessem sido filtrados pelas plantas da entrada. E ainda por cima, alguma figa em lugar visível. O poder simbólico da figa vinha do fato de que é uma representação do coito, da fecundação e da vida contra a morte trazida pelo mau-olhado e pela inveja. Sem contar a ferradura, com as pontas viradas para cima, pregada em lugar bem visível do cômodo de entrada.

Mas a porta da frente enfrentou as resistências poderosas do costume e da tradição. Quem fosse convidado a entrar por ali ficava ofendido, pois o gesto indicava que era considerado "de fora" e não "de dentro". A porta da frente não acolhia, repelia. Não é estranho, portanto, que era porta aberta no mais das vezes nos raríssimos dias de velório para que por ela saísse o defunto, os pés voltados para fora e a cabeça para dentro, o inverso da posição de nascimento. Como as camas: os pés nunca voltados para a porta de saída. A casa era uterina e a porta, na significação invertida, acabava simbolizando a morte.

A CEIA DOS AUSENTES

SÃO DE GALILEO EMENDABILI dois comoventes conjuntos escultóricos alusivos à morte, para dois túmulos: um, no Cemitério da Consolação, e outro, no Cemitério São Paulo. São representações do lugar social da mãe de família na vida e na simbolização da dor da separação trazida por sua morte, a mãe que não perece, a mãe como centro e referência dos que vivem ao seu redor e ao redor de sua memória.

Na escultura do Cemitério São Paulo, o pai está sentado à cabeceira de uma mesa, propositalmente longa para convidar quem vê a obra a compreender o vazio da morte na ausência de comensais, os filhos que não nasceram, a solidão dos que ficaram. Há no gesto de suas mãos semiabertas em direção ao comprido da mesa a atitude patriarcal com que tem início simbolicamente a refeição na presença invisível e imaginária de uma protagonista ausente. É o que dá sentido ao ritual de renovação cíclica da vida, alimentada pela memória. Gesto de partilha, da comunhão cotidiana em família. Sobre a mesa há um pão que nos fala da ceia da família como Eucaristia e sacramento. À direita do pai, um menino reclina a cabeça em desamparo sobre os braços na mesa apoiados, num gesto de resignada espera na solidão daquela hora litúrgica.

A ceia dos ausentes, de Galileo Emendabili, não se destina a saciar os famintos, mas a anunciar a fome de presença dos que se foram antes do tempo, sem dizer adeus. Nela, o artista não nos fala propriamente dos mortos, mas da vida no débito cotidiano da saudade dos que partiram. Emendabili preferiu não falar da morte como o êxtase do último suspiro, da ruptura que há em tantos monumentos funerários. Antes, preferiu representar a morte como ausência cotidiana dos que amamos, a ausência como carecimento do que nos faz inteiros e humanos.

Já na obra do Cemitério da Consolação, ele nos põe diante de uma representação da morte que completa a obra anterior, mas dela difere. Ali, um pai de família ampara uma menininha com a mão direita e, com a esquerda, à altura do coração, faz um gesto de despedida. A menina, de mãos juntas, pede a bênção à mulher que se distancia. Num outro bloco, que sugere lonjura, de mármore travertino, em alto-relevo, uma mulher jovem, os cabelos soprados pelo vento, faz um gesto de adeus com a mão direita. Ela está no meio do caminho entre os seus, de um lado, e uma Madona dourada com o menino, que no mesmo bloco se situa no lado oposto da trajetória. A direção do vento no cabelo da jovem mulher indica que o alento dos mortos vem dos que ficam. Na fina sensibilidade dessa composição o artista representa a travessia como ato de amor.

Nas representações funerárias da arte de Emendabili não há ruptura. Antes, morte e vida se completam numa bela e imensa ternura, a arte proposta como liturgia da esperança.

NETAS DE UMA ROSEIRA ANTIGA

A PORTA DA COZINHA DA CASA de pau a pique, branquinha e de chão de terra batida, de meus avós maternos, dava para uma passagem lateral de um terreiro que terminava numa cerca de varas. Da cerca para lá ficava a nascente de água fria, cristalina e doce de que se serviam. A cerca era em si bonita, como toda cerca de varas, tão própria dos sítios caipiras ali do bairro do Arriá, no Pinhalzinho, encravado na serra entre Bragança Paulista e Socorro. A beleza suprema, no entanto, era a das rosas claras de uma roseira rústica agarrada à cerca, que floria o ano todo. Tinham um perfume suave, mas insistente, que nem sempre se pode sentir nas outras rosas. Cheguei até a pensar que minha avó sofria menos quando, às cinco da manhã, se levantava e saía para o lado de trás da casa para rachar a lenha que seria usada no seu fogão de taipa durante o dia. É que nas úmidas e frias manhãs da roça se podia sentir mais facilmente esse perfume, como se o dia e a movimentação de gente e de animais o espantasse de volta para o refúgio das pétalas delicadas.

Desde menino, acostumei-me a esse perfume de rosas que, junto, com o cheiro de terra do terreiro em dia de chuva e o cheiro de tabatinga das paredes de barro da casa, era o cheiro da casa de minha avó. O tempo me mostrou que a memória é também memória dos odores que ficaram em nossas narinas para sempre. Porque também sentiu a falta desse perfume, minha mãe procurou e achou uma descendente daquela roseira na casa de parentes no Pinhá. Senti um dia que vinha do quintal de sua casa, aqui no subúrbio de São Paulo e longe da roça, aquele perfume conhecido e ancestral. Fui ver e lá estava uma filha da roseira de minha avó. As flores também migram com os afetos que as cercam. Colhi um galho e o plantei no quintal de minha casa aqui em São Paulo: o neto de minha avó ainda sente, na neta de sua roseira, o mesmo perfume suave, carregado de histórias de várias gerações. E no outro dia, meu neto, que é trineto dessa avó, já sentia o aroma dessas rosas. E ria.

Indagando aqui e ali, soube que se trata da bisneta de uma roseira que foi plantada um dia por uma velha escrava da Fazenda Velha, uma espécie de madrinha de todos, conhecida por Nhá Florinda, que minha mãe conheceu quando era menina. E a quem me levou, logo que nasci, para que me pegasse no colo e me conhecesse, meio século após o fim da escravidão. Na beira do terreiro que foi de sua casa, eu mesmo conheci imenso e florido cacto plantado por ela.

As rosas dessa velha roseira já nos tempos de antigamente perfumavam a vida de cativos e colonos de café, os humilhados e ofendidos, os que nasceram para os espinhos da terra e que dela tiraram também as perfumadas flores da vida. Fecundas contradições da esperança.

O HORTO MEDICINAL DE SEU VALDECY

QUANDO, HÁ MEIO SÉCULO, o historiador Paulo Florençano dirigia a Casa do Bandeirante, no Butantã, casa bandeirista do século XVIII, mandou fazer ali uma pequena horta de ervas medicinais. Baseado em pesquisas, recriou a farmácia caseira dos paulistas antigos, do tempo em que os médicos usavam sanguessugas e faziam sangrias para curar quase tudo. Tempo em que açúcar branco e aguardente do reino eram caríssimos e vendidos na botica. Naquela época se achava que o que era caro era medicinal.

Havia, no entanto, uma contramedicina caseira a que recorriam os escravos e os pobres, e até os médicos e os ricos, a dos chás, emplastros e benzimentos, que toda avó conhecia. No século XVIII, o próprio abade do Mosteiro de São Bento mandou um dia dar umas patacas a um negro velho, feiticeiro, escravo da Fazenda de São Bernardo, em pagamento de ter tirado o banzo de seus escravos. Ainda estávamos longe do nascimento da psicologia e da psiquiatria.

Banida pelos cimentados de quintal, a medicina caseira, no entanto, trava uma luta silenciosa contra o desaparecimento. As farmacinhas dos terrenos de fundo foram encontrar refúgio nos lugares mais surpreendentes da cidade. Aqui e ali, podem-se identificar essas plantas sorrateiramente semeadas por improvisados agrônomos de roça que as migrações trouxeram para a cidade. Na favela do Jaguaré, de barracos espremidos uns contra os outros, cheguei a ver uma minúscula horta dessas. Caminhando um dia pela Mooca, parei para admirar um limoeiro plantado como árvore de rua. Do portão em frente, um senhor idoso me explicou: "Essa árvore foi plantada por minha saudosa esposa". Dele recebia cuidados, mas fornecia seus limões para os chás de limão com mel nos casos de incômodas gripes de toda a vizinhança.

Na Rua Dr. Bianchi Bertoldi, altura do nº 40, em Pinheiros, seu Valdecy, que foi trabalhador rural em Pernambuco, há 35 anos em São Paulo e há dezesseis anos manobrista do mesmo restaurante e no mesmo lugar, não suportou o vazio daquele menos de um metro quadrado de terra nua ao redor da árvore da calçada. Plantou boldo para o fígado dos pinguços e comilões, melissa para acalmar os nervos dos aflitos, manjericão para tempero da comida, quebra-pedra para cálculo renal. De quebra, azaleia para os olhos dos passantes. E para que não digam que seu horto farmacêutico é incompleto tem também guiné para afastar mau-olhado dos invejosos e despeitados. Uma farmácia popular completa para os males do corpo e da alma, onde vizinhos e passantes, quando carecem, vêm recolher folhas para os chás terapêuticos. É o nosso mais completo minifúndio, orgulho do Valdecy Felício de Melo que, como Pero Vaz de Caminha, sabe que neste país, em se plantando, tudo dá. Uma exemplar reforma agrária entre a calçada e o asfalto.

Seu Valdecy era manobrista do Restaurante Rei do Bacalhau, que mudou para a Rua Mário Ferraz. Pouco tempo depois, em agosto de 2013, devido ao falecimento repentino da proprietária, o restaurante fechou. Seu Valdecy tornou-se, então, manobrista de uma alfaitaria em frente. Ainda não conseguiu reconstituir por ali o seu horto de rua.

OS ÚLTIMOS PÉS DE ARAÇÁ

NUM CANTO DA CIDADE DE SÃO PAULO, num bairro dividido com Osasco, o Parque dos Príncipes, podem ser encontrados os últimos pés de araçá da metrópole. Há pouco mais de trinta anos, aquilo era uma fazenda de criação de búfalos, dos Matarazzo. Na bela Praça José do Nascimento Machado, debruçados à beira da calçada da Rua Milton Vieira, há três anos havia uma colônia de três ou quatro desenvolvidos pés da frutinha agridoce e deliciosa que na primavera ficavam alvejados de flores.

Numa das manutenções do jardim, a ignorância meteu a foice nos arbustos. Na praça ainda restam dois ou três desanimados pés de araçá, ameaçados pelo gosto estético de roçadores urbanos, cuja cultura botânica, presunçosamente moderna, semeia violência contra as plantas e a história. Essa botânica do asfalto e do concreto contém uma classificação maldita para as plantas desconhecidas, que é a de "mato". Tudo que a ignorância botânica não consegue identificar e definir vai para a categoria "mato", território da foiçada limpadora e da jardinagem meia-boca. A memória do araçá, que já foi muito disseminado pelos campos da Pauliceia, ficou reduzida ao cemitério desse nome, onde há mais de cem anos era o Morro do Araçá. O terreno da fruta quase morta foi legado aos mortos. No próprio cemitério já não há um único pé de araçá entre as tantas plantas que o embelezam. Um "planticídio" seletivo.

Quando morava na Fazenda Santa Etelvina, em Guaianases, no final dos anos 1940, e batia a pé dezesseis quilômetros por dia para ir ao Grupo Escolar Pedro Taques e voltar, na Rua da Estação, a molecada da qual eu fazia parte, atravessando sítios, chácaras e fazendas, tinha o olho treinado para identificar as frutas comestíveis: o araçá, o maracujá-roxo, o juá-manso, a amora e até o cascudo jatobá. Abundavam pelos campos e pelos remanescentes da Mata Atlântica. Frutas do mato, como dizíamos, para distingui-las das cultivadas. Havia entre aquelas crianças uma convenção civilizada que as impedia de colher frutas verdes, todas aguardando pacientes o tempo certo de colhê-las e saboreá-las, de preferência juntas, que é onde está a graça. Havia certa sabedoria popular nos conhecimentos botânicos das crianças da roça. Quando entrar no mato e colher o maracujá-roxo todos sabiam, porque roxo ficava e da estrada se via. Com o araçá era mais complicado porque, maduro, continua verde. Um verde que muda de tom para um verde ligeiramente amarelado. E aí entrava a cultura cromática das gentes da roça, capazes de distinguir uma imensa variedade de verdes no que a ignorância urbana define apenas como verde, o verde abstrato e genérico. A própria escola se incumbe de difundir a cultura redutiva que, ao matar palavras, mata saberes e sabores e, ao matar saberes, mata memória, história e identidades.

O GRAFITE VIVO DE ALEXANDRE ORION

QUEM É O CAVALO? Quem é o carroceiro? Quem leva quem? Eis a questão que Alexandre Orion nos propõe num de seus eloquentes grafites numa parede de rua da cidade. Aquele cavalo grafitado nos fala dos contrários que constituem a armadura da metrópole, a referência das ilusões da nossa modernidade urbana. A arte de Orion nos diz o que o carroceiro-cavalo nunca nos dirá. O grafite e a fotografia desse autor, combinados, são instrumentos de consciência social: fazem da carroça uma metáfora das inversões que nos coisificam na dura e anônima luta pela vida. Aquele cavalo de mentira é verdadeiro na sua interação com o carroceiro que passa e com o transeunte que observa. Ele faz um discurso político, fala pelo trabalhador silencioso que anda de um lado para outro da cidade, catando coisas, no trabalho sem sentido da pessoa substituta do animal. Todos nós estamos ali naquela representação das nossas contradições urbanas.

Alexandre Orion é artista plástico e fotógrafo. Expôs na Pinacoteca do Estado e no Itaú Cultural. Tem exposto em outros países. Sua arte pode ser encontrada em muros e paredes da cidade: na Rua Girassol, na Rua Amaro Guerra, na Rua João Moura. Pode ser vista na internet: www.alexandreorion.com. Ele pinta e depois tocaia os transeuntes com sua câmera. Daí nasce a composição fotográfica de sua obra, na combinação criativa do vivido e do representado. É o modo original de sua intervenção na rua, na interação entre a arte e o público, na ruptura do repetitivo através do riso e do espanto.

Sua obra é uma elaboração do espírito sobre a cegueira coletiva e o silêncio social e político do homem urbano. A sociedade e a cidade se expressam por meio de um artista assim, decifrador de silêncios, "desconstrutor" de aparências. Orion propõe a compreensão da invisibilidade que nos atormenta, dos mistérios próprios da vida cotidiana na metrópole.

Num de seus grafites, a pintura, que é a cidade, grita com o megafone diretamente para o ouvido do morador de rua que dorme numa calçada. Como se a pobreza o privasse do direito à privacidade, mesmo na rua, o direito ao respeito por sua solidão. O riso que a imagem provoca é o de um remorso questionador.

Nenhum de nós confundirá a linguagem visual de Alexandre Orion com as pichações, as palavras ilegíveis e sem sentido que machucam os olhos e os sentimentos dos moradores da cidade. A pichação é fascista, totalitária, intolerante. Quem consegue ler aqueles rabiscos vê apenas palavras de poder e prepotência, privatização visual do horizonte público, arame farpado da visão de todos. É a escrita dos sem palavra, a expressão enigmática da alienação dos muitos jovens que foram privados da própria língua e da própria inteligência. A linguagem de rabiscos não emancipa o outro nem humaniza o pichador. Na sua melancólica pobreza é um clamor por justiça, direitos, igualdade. O pichador é uma vítima que quer falar, mas não sabe o que dizer.

Há no desencontro entre pichadores e grafiteiros uma guerra e um confronto de mentalidades. Estes tentando transformar lugares abandonados e arruinados da cidade em lugares da palavra com sentido, da crítica visual do abandono. Aqueles tentando destruir a possibilidade da expressão visual da crítica, ocupando com a mudez dos rabiscos o espaço que poderia ser da eloquência de imagens e palavras.

Henri Lefebvre, sociólogo e filósofo, estudioso do espaço, do urbano e das ruas, diria que é guerra surda entre usuários da cidade e consumidores da cidade.

Orion proclama a necessidade visual da arte viva, que fala aos transeuntes, que clama no deserto de ideias e de crítica das ruas. O grafite de Alexandre Orion nos desperta, nos convida à reflexão como usuários da cidade. Convida-nos a lutar por nossa humanidade individual e coletiva, corroída pelo ácido da barbárie que dissolve em nós e na cidade o sentido emancipador do monumento, do belo e da arte. Põe aquilo que nos diz quem somos no lugar daquilo que nada nos diz.

O OSSÁRIO URBANO DE ORION

ALEXANDRE ORION BATE À PORTA da nossa consciência, com seu refinado grafite, para expor a morte oculta na vida vibrante da cidade de São Paulo. No túnel, entre a Avenida Europa e a Avenida Cidade Jardim, numa paciente e resoluta intervenção, Orion descobre para os olhos dos passantes o ossário que impregna as paredes do túnel. Caveiras se amontoam. Das cavidades dos olhos de tantos mortos a obra contempla os vivos, interroga os que por ali passam, interpela em silêncio a nossa omissão, o nosso conforto poluidor, o nosso "não sabia de nada".

Orion cria essas imagens descolando seletivamente daquelas paredes a película da negra fuligem que ali se depositou no curto tempo de existência daquele orifício da modernidade. Vai esculpindo caveiras na camada de fumo ali depositada pelo escapamento dos carros, até encontrar a cor natural das paredes. Retira a sujeira que nelas adere, que gruda na nossa pele, nos nossos pulmões e nos nossos olhos para, no contraste entre o limpo e o sujo, trabalhar a sua criação, construir o seu discurso visual cidadão, gritar a sua liberdade no silêncio dos mortos. As imagens nascem da fuligem que fica. Arranca das paredes, nessa busca estética, a fuligem da nossa consciência urbana amortecida. Dá visibilidade à poluição solerte, dissimulada, traiçoeira. A poluição que mata.

Aquelas imagens nos falam de amor e de ódio. O amor pela cidade em que vivemos, o amor pela cidade que ela pode ser, o amor da utopia urbana, da cidade que é de todos e não só de alguns, o amor dos que, habitando a cidade, fizeram-na também habitante do próprio coração e da própria consciência. Quando não se ama o lugar da vida, não se vive, apenas se está ou se passa. Ódio, porque há consumo predatório da cidade por aqueles que a sujam, que nela cospem, que jogam lixo pelas ruas, que atiram papel no chão, saquinho de pipoca, copinho de sorvete, bitucas e maços de cigarro vazios, lata de cerveja e de refrigerante. Os que acham que são espertos porque se apropriam do que não lhes pertence, que pertence a todos. A condição humana não se expressa nessas manifestações de egoísmo. Alexandre Orion limpa pacientemente o negror da fuligem que mata, expelida pelos carros na brancura da nossa liberdade e da nossa vida. Nas trevas da fuligem da incivilidade, sua obra é um manifesto esteticamente fino e belo.

Artista plástico e designer, o paulistano Orion há dez anos semeia suas obras de arte nas paredes abandonadas da cidade. Nessas intervenções questiona o que a cidade faz consigo mesma, questiona o incivilizado desprezo pelo lugar em que vivemos. Expõe-se nas madrugadas frias para fixar por um momento o efêmero do seu grafite, para fazer a sua arte do instante, para revelar a delicadeza do que se despreza, para valorizar o que se deprecia. Fotógrafo, a fotografia preserva sua obra de rua, ameaçada pela fragilidade de muros e paredes, pela vulgaridade que a cerca. Sua obra é uma das vivas expressões da modernidade, artística e efêmera ao mesmo tempo, duradoura no significado e passageira na materialidade. Nos lugares em que pode ser vista, é vista num lampejo.

Tesouros da cidade não são apenas as obras que atravessaram o tempo, que até mesmo atravessaram a névoa densa do desamor pelo lugar do nosso dia a dia. Tesouros são também as muitas manifestações da criação humana sem o destino seguro da durabilidade e da permanência, como as dos museus e das praças. Deles nos lembraremos porque o belo e o que tem sentido os inscreveram na nossa memória. É nela que o efêmero se perpetua.

Falarão às próximas gerações através das nossas lembranças. Diremos aos nossos netos que um dia, no nosso tempo, alguém saiu pela cidade proclamando a beleza da vida, para que eles pudessem ter o seu tempo e o tempo de seu sonho. E eles nos invejarão por não terem tido o privilégio de ver a obra de arte nascendo e ficando nessa que é a mais duradoura das galerias, aparentemente perdida nas ruínas do tempo que flui.

GARATUJA DESAFIA PEDESTRES NA SÉ

A *GARATUJA* AMARELA, DE 1978, do escultor paulistano Marcello Nitsche, retorce-se entre o gótico das torres da Catedral de São Paulo e o cinzento retilíneo da Estação Sé do Metrô. Descansa entre a igreja com estilo e a falta de estilo da estação, esvaziada de conteúdo estético pela prevalência da sua funcionalidade: parada dos trens que trazem e levam gente. Em boa hora aquele fragmento de um rabisco imaginário, de um acaso estético, descansou sua tranquila casualidade naquele ponto entre a superfície e a profundidade. Agasalhada por um belo jardim, que esparrama seu verde informal pelo chão e pela parede, buscando a luz lá de cima e a umidade lá de baixo, a *Garatuja* articula visualmente esses desencontros e propõe aos povoadores transitórios daquele lugar de apressados o átimo de uma pausa. Tanto aos que se afundam em busca das plataformas, quanto aos que emergem das profundezas em busca da praça e ruas. Há sempre uma vintena de pessoas que descansam no comprido banco de concreto, limite do jardim e da escultura. Namorados, conhecidos, amigos, gente que convencionou que aquele é um bom lugar para marcar encontros no meio da passagem. É o reconhecimento popular de sua diferença.

Lá em cima, a Praça da Sé, que engoliu a Praça Clóvis Beviláqua, está semeada de esculturas modernas, tentativas de povoar com a singularidade da arte o cotidiano de repetições, do caminhar, da pressa e do apressado, sempre as mesmas idas e vindas, a banalização do olhar no desinteresse por tudo e por todos. Mas a praça é, também, o amplo cenário de uma humanidade que não vai a lugar nenhum, que se deixa ficar por ali o dia inteiro. O destino está escrito nas plataformas: Jabaquara, Tucuruvi, Barra Funda, Itaquera. Lá em cima estão os sem destino. Perco-me por ali, de vez em quando, visito esculturas, cenários e pessoas. Puxo conversa. Aprendo. É um dos raros lugares de São Paulo em que há sempre alguém disposto a bater um papo.

Um dia de manhã encontrei ali um pequeno grupo de hóspedes de um albergue que secava a roupa nas saídas de ar do Metrô, camisas e calças infladas pelo vento lá de baixo, corpos ausentes, roupas lavadas no espelho d'água da praça. Jeito de se manter limpo e manter o decoro, respeito pelos outros, resistência à degradação. Refinamento de quem perdeu tudo, mas não perdeu a dignidade. Vão ficando. Esperam o almoço disponível num dos refeitórios de uma entidade religiosa ali perto. Não podem ficar nos albergues durante o dia, obrigados a sair para a rua, perambular. Usam o banheiro dos bares nos momentos de menor movimento. Têm com os donos um trato de recíproco respeito, a diplomacia por baixo do silêncio.

Numa outra vez, encontrei um velhinho tímido, vestido de maneira muito simples, sentado num dos bancos do jardim. Todos os dias vinha lá dos lados da Praça da Árvore para ficar ali sentado apreciando o movimento. Trazia um saquinho com farelo de pão para alimentar os pombos. As aves rodeavam esse São Francisco da Pauliceia, arrulhando, bajuladoras.

Muita gente vai para lá, mesmo os chamados moradores de rua, porque é uma praça, tem lugares para sentar. Sua modernidade não disfarça as funções de pracinha da matriz de cidade do interior. É também a sala de visitas e o jardim dos que não têm onde morar. Ali se pode bater um papo, tomar sol, rir com a pressa alheia, ver a cidade. Esse povo da rua tem uma sensibilidade particular para descobrir, compreender e usar os recantos da cidade que os demais tratam com desprezo. Eles são os que ficam, em vez de simplesmente passar, os que tratam esculturas de rua com a intimidade do parentesco.

Marcello Nitsche com sua solitária *Garatuja*, de cor vibrante sobre metal soldado, faz a crítica da vida cotidiana, confronta os opostos, expõe contradições, propõe a busca da unidade do diverso. Deixa um recado irônico no canto do olho do passante, intriga, desafia, rabisca nossa consciência costumeira com as contorções do traço amarelo.

SACILOTTO

DIANTE DA GALERIA QUE DÁ PARA a Rua Monte Casseros, em Santo André, *Concreção 005*, de Luiz Sacilotto, uma escultura em aço carbono pintado, de quatro metros, desdobra-se com a leveza de um origami. Pichações intimidadas pelo diferente da obra, panfletos de anúncios reticentes em face da mensagem muda das cores e formas, bundas de transeuntes que acomodam seu cansaço entre vãos incômodos da escultura não tiram da obra maltratada a beleza de sua incógnita. Desencontros de esquina que nos falam de ocultos encontros, do operário que arrancou do produto industrial conformado a forma leve da obra artística inconformada.

Sacilotto nasceu na Santo André operária em 1924 e morreu na São Bernardo operária em 2003. Fez do seu concretismo um meio de desconstrução da opressão que há no produto que se desumaniza no repetitivo dos atos mecânicos da linha de produção industrial. E também da alienação do trabalhador que se entrega ao seu produto e que nessa entrega não se vê como autor e ator, como rebelde desfazedor de coisas e, nesse movimento, escultor do humano na forma artística insubmissa. Sacilotto arrancou o belo de dentro do funcional e inexpressivo, o inconformismo da forma artística de dentro dos gabaritos e conformações do mero produto. A obra criativa da culta e sensível inteligência saindo de dentro do que é a prisão mercantil para o produto do trabalho. A humanidade do homem que trabalha está na arte de que suas mãos são capazes.

Sacilotto é a melhor expressão da revolta suburbana. A revolta da lucidez dos que podem ver e plasmar a "sobrecoisa" que há na coisa, como nessa escultura de esquina, que espera os passantes que não a esperam, mas com ela se incomodam. Os que tentam transformá-la em banco de jardim que não é, em parede que tampouco há de ser. Seu ruidoso silêncio convida o homem comum à dúvida.

Como tantos adolescentes de seu tempo, no subúrbio operário, Sacilotto foi estudar na Escola Profissional do Brás, que logo seria a Escola Técnica Getúlio Vargas, na Rua Piratininga, cujo centenário neste ano se celebra. A escola formava operários qualificados. Era o tempo em que ainda não se diferençava no trabalhador industrial o operário do artista. Artista porque artesão que a indústria ainda não transformara em passivo repetidor de gestos. Uma coisa se via que a todos admirava: um operário fazia e outro operário criava. Na tensão de uma pessoa só, a do operário que ainda não sucumbira ao imaginário da linha reta. O artista-operário que havia em Sacilotto se expressava na imaginação criativa das "desocultações" e desvendamentos que há na beleza de sua obra. Nas suas *Concreções*, a linha reta se move, ondula, vive, é polissêmica, em rebeldia contra a unicidade da retidão linear. E desdiz o aparente, ao desvelar a poesia que há no trabalho.

CADEIRA DE BARBEIRO

SEU CHIQUINHO VILLANO TEM 99 ANOS e há oitenta e sete é barbeiro no mesmo lugar, na Rua França Pinto, hoje nº 617. A Vila Mariana passou e ele ficou, rejuvenescendo-se todos os dias, já de tesoura em punho às sete horas da manhã de cada dia. Recebe os clientes com a calma de fígaro antigo, a conversa pausada e bem-humorada. Ouvi suas histórias, suas anedotas de barbearia, com a pudica recomendação de não publicá-las.

Já trocou de cadeira umas seis vezes, sempre na fábrica do velho Genaro Ferrante, que conheceu, outra instituição das barbearias brasileiras, uma fábrica do Cambuci. Sobre a bancada, um velho rádio está permanentemente sintonizado em emissora que transmite música clássica. Lembra com saudade da velha Rádio Gazeta, a emissora de música erudita, que tinha sua própria orquestra sinfônica.

Cheguei até Seu Chiquinho por meio do dr. Tito Costa, seu admirador. Cadeira de barbearia já foi o mote de programa da Rádio Tupi, nos anos 1950, "Cadeira de barbeiro", com Aloísio Silva Araújo, como barbeiro, e Manuel de Nóbrega, como cliente. Ali se metia a tesoura na vida de todo mundo, sobretudo nas manhas dos políticos. A cadeira de barbeiro é, neste país, uma das mais poderosas instituições de formação da opinião pública: uns sessenta milhões de homens maduros nela se sentam ao menos uma vez por mês e ali expressam livremente o que pensam sobre todos os assuntos. Quando cheguei, metiam o pau na Câmara paulistana pelo aumento do IPTU. "Cadeira de barbeiro" é a única e verdadeira tribuna livre do povo, único lugar da crítica social e política aberta.

Seu Chiquinho teve clientes famosos. Foi barbeiro de Prestes Maia, duas vezes prefeito de São Paulo, a quem admirava, porque não usava carro oficial, usava o bonde. Maia recusou democraticamente aos ricos Matarazzo, originários da mesma terra do pai de Seu Chiquinho, Castellabate, na italiana província de Salerno, a permissão para que construíssem um portão particular no Cemitério da Consolação, na Rua Mato Grosso.

Na Revolução de julho de 1924, a Vila Mariana foi cenário de combates e bombardeios, muita gente morreu e muita gente fugiu. De carroça, seu pai, Afonso Villano, levou a família, a mulher, Philomena, e as crianças, para a casa do tio Gustavo, um parente que tinha armazém de secos e molhados na Barra Funda. E lá ficaram refugiados durante o mês dos combates nas ruas de São Paulo, dormindo no chão. Os meninos voltaram a pé para casa, na Rua Humberto I, a mãe na carroça, com criança pequena. Caminharam a manhã inteira. A criançada acabaria se divertindo com os resquícios da guerra: arrancava das paredes as balas incrustadas, para guardá-las como lembrança.

A cultura da cadeira de barbeiro é a rica cultura do cotidiano, da memória sem escrita, da vida sem arquivo nem papel, do que não importa, importando muito.

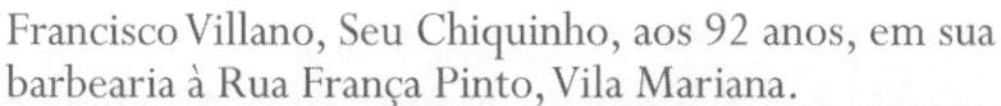

Francisco Villano, Seu Chiquinho, aos 92 anos, em sua barbearia à Rua França Pinto, Vila Mariana.

LORCA, POETA DA IMAGEM

MALANDRAGEM, DE 1949, é uma das mais evocativas fotografias de German Lorca, feita num botequim da esquina da Rua Almirante Barroso com a Rua Bresser, no bairro do Brás. Ele, já casado, morava quase ao lado. Debruçava-se na janela de sua casa, à noite, com a esposa, para ouvir Nelson Gonçalves. O cantor havia morado na Almirante Barroso antes de mudar para o Rio. Ocasionalmente, voltava para visitar o barbeiro, ali vizinho, de quem fora cliente e era amigo. Ia para o boteco bater papo e deixava-se ficar. Então, a pedidos, soltava a voz: "Boemia, aqui me tens de regresso... (...) voltei para rever os amigos, que um dia eu deixei a chorar...".

Fui rever *Malandragem* na retrospectiva da obra de Lorca em preto e branco, que se realizou no Museu de Arte Moderna, no Ibirapuera. Embora a mostra reunisse fotos feitas em diversas localidades e até fora do Brasil, a cidade de São Paulo é a grande personagem do imaginário poético e afetivo de Lorca. Se em algumas vezes ele cria a situação que lhe permita fotografar na perspectiva do que para Henri Cartier-Bresson é o momento decisivo, a armadilha visual para capturar o sujeito da imagem, em outras ele faz expressivas fotografias de um repórter, que se deixa capturar pelo momento decisivo que o chama. Lorca é o mestre da estética da imaginação e da oportunidade. Justamente, *Revolta dos passageiros*, de 1947, é a foto de um inesperado bonde em chamas, cercado pelos bombeiros, nas proximidades do Gasômetro. Lorca trabalhava no centro da cidade. Ao ver a fumaça, saiu correndo pela Rangel Pestana abaixo para fazer em tempo uma das mais notáveis fotografias de rua de São Paulo, na moldura esfumaçada do protesto popular. A mesma prontidão de *Cortiço no Brás*, na ternura de um garotinho descalço, que olha para o lado, atraído pela presença do inesperado fotógrafo.

O olhar de Lorca passeia pelas ruas, na preferência pelos dias de chuva, os olhos postos no reflexo das poças d'água, do pedestre tão urbano. E quando se ergue, retém as linhas retas invasivas e frias, como em *Fábrica de asfalto* e *Telhados*. Ele explora com sensibilidade a janela de sua casa, no Brás, em dias de sol e dias de chuva. Garimpa as criações dos reflexos, as deformações eloquentes em detalhes, como em *Reflexo na janela*. O confinamento doméstico nas horas de descanso empurra o inquieto artista na direção da busca de tesouros visuais em minúcias que só ele pode ver. Inquieto até hoje, nos seus belos e monumentais 93 anos, que discorre com uma memória invejável sobre os momentos e inspirações de cada uma de suas fotos.

Lorca mantém viva a tradição modernista, inventiva e criativa do Foto Cine Clube Bandeirante, de que foi destacado membro na mesma geração de Thomaz Farkas e de Geraldo de Barros.

German Lorca, 2008.

VIOLÕES DE PEDRA

É MUITO ESTRANHO PENSAR uma São Paulo desprovida de poesia, justo temor em face do impoético dos dias que correm, o belo e o lírico refugiados em recantos esquecidos da cidade. Esperam no abandono os românticos, os que têm memória. Aqueles em cujo peito ainda pulsam sentimentos, os que nas ruas veem mais do que indiferença e pressa.

Nos meus tempos de adolescente e de estudante era impensável entrar numa livraria e não encontrar prateleiras alagadas por métricas e rimas e mesmo pela musicalidade de poesias cujos versos não rimavam nem seguiam o ritmo próprio da métrica de convenção. A poesia não estava nas medidas, mas sobretudo no pensamento e em nossa busca de cada dia.

Era impensável abrir um jornal no sábado e no domingo e não encontrar sonetos e poemas, suaves contrapontos de notícias sisudas e de análises densas. Lembro da imensa surpresa que tive um dia ao ver no *Suplemento Literário* do *Estadão* um belo poema de Bento Prado Júnior:

Quem grava, assim, meu fado no horizonte
e instala, no penhasco, aquela ponte
que a mim me liga, a mim e à minha fonte?
Que mão gentil desenha em traço ardente
a chama dessa frase incandescente
que de repente me une ao horizonte?

Ele era meu colega na Faculdade de Filosofia da USP, professor de Filosofia, autor de livros eruditos, mas sabê-lo poeta foi tão bom quanto sabê-lo sábio. Na faculdade, tive um professor de História da Filosofia, João Cunha Andrade, um anticlerical ranheta e divertido, que, descobri casualmente, era também poeta. Cometera suas poesias, como se dizia, nas páginas da revista do Grêmio da Faculdade. Reuniu-as mais tarde num livrinho precioso, *A árvore da montanha*.

Nos meus tempos de adolescente, nos anos 1950, havia poesia também no rádio, em programas de literatura, como na Rádio Gazeta. E era Judas Isgorogota um dos poetas que lá diziam seus versos:

Vocês não queiram mal aos que vêm de longe, rasgados, famintos de dar compaixão... os olhos na terra... os pés doloridos... pisando saudades calcadas no chão...

Mas era, sobretudo, Paulo Bomfim que nos falava do Antonio Triste que somos:

Esguio como um poste da Avenida
Cheio de fios e de pensamentos,
Antônio era triste como as árvores
Despidas pelo inverno,
Alegre, às vezes, como a passarada
Nos fins da madrugada. [...]
Não era velho
Nem era moço,
Não tinha idade
Antônio Triste.

A melancolia bonita da cidade da garoa e dos dias e noites de neblina, dos invernos paulistanos, pulsava e pulsa suavemente na poesia desse poeta maior de todos nós que é Paulo Bomfim. Sua poesia nos faz descendentes simbólicos de antepassados que vagaram um dia por ermos e sertões em busca do Brasil que ainda não éramos. Mais do que ninguém, ele canta a alma dos paulistas há mais de oitenta anos, com a juventude que nos renova a cada poema. Em que concilia os tempos que nos separam de nós mesmos e que teimam em nos distanciar dos marcos de nossa vida:

E, à noite, este infinito que ainda medra:
A voz dos passos numa esquina calma,
A serenata nos violões de pedra.

VIOLAS E VIOLEIROS

ACABO DE VER E PERCORRER atentamente a fotografia de agora há pouco do globo terrestre, feita por um satélite. Essa foto é atualizada durante as 24 horas do dia. Pode-se ver a noite avançando em direção ao Oeste e o dia amanhecendo no Leste. Cliquei o zoom para ver melhor São Paulo à noite. Um brilho intenso ao lado de outro, que é o Rio de Janeiro, e um rastro de luzes acesas que vai em direção ao interior de São Paulo, a Goiás e ao Mato Grosso do Sul.

Esse imenso foco de luz, soma de milhões de lâmpadas acesas, milhões de casas, milhões de pessoas concentradas num espaço determinado. É o urbano. É estranho que até hoje ninguém tenha definido o urbano como o lugar de um intenso brilho numa fotografia de satélite. O rural é a escuridão, o que não se vê.

Mas essa luz do urbano, é claro, ofusca. Quanta coisa acontecendo lá! Até eu aqui no meu micro olhando-me naquele brilho sem me ver. Quanta coisa que não se vê e quanta coisa que não se sabe!

Poucas horas antes, num ponto do que seria dali a pouco um enorme brilho, peguei um táxi no Shopping Iguatemi para voltar para casa. Motorista um pouco arredio, vim sentado ao seu lado, tentando puxar conversa. Tenho procurado fazer de minhas ocasionais viagens de táxi um instante pedagógico, em que aprendo e ensino. Puxo um assunto que possa interessar e vou desdobrando-o, tentando fazer meu ouvinte falar. Geralmente dá certo. Com isso me livro ou daquele silêncio servil que me incomoda ou de uma sequência de anedotas grosseiras, cheias de palavrões, numa conversa geralmente incômoda para os meus vinte e muitos anos.

A conversa de hoje acabou na viola caipira. Puxei o assunto dos males que vêm para bem, para justificar o bairro em que moro, onde não tinha a intenção de morar. Meu colega de viagem disse que entendia muito bem o que eu dizia, pois com ele havia acontecido algo semelhante. Disse-me que gosta muito de viola caipira, do som da viola. É fiel ouvinte do *Viola minha viola*, de Inezita Barroso, na

TV Cultura. Mora em Cotia e achou por lá um dos raros professores desse instrumento de preciosa sonoridade. Tentou comprar uma viola, mas teve dificuldades, pois queria uma verdadeira viola caipira, aquelas de cintura fina. A que mais se aproximava de seus desejos era uma viola elétrica, que acabou comprando. Mas um tanto infeliz por não ter achado o preciso instrumento que buscava.

Um dia, na Avenida Faria Lima, no Jardim Europa, um dos bairros mais chiques e mais urbanos de São Paulo, perto do local onde faz ponto, viu um desses puxadores de carrinhos que catam coisas reaproveitáveis nas latas de lixo: cadeiras, pedaços de metal, móveis quebrados. Do monturo sobressaía o que parecia ser o braço de um violão. Ele também tem um violão, que estava com algumas cravelhas quebradas (tem aula de violão uma vez por semana e uma de viola também uma vez por semana). E viu que aquela seria a oportunidade de obter as cravelhas por quase nada. Desceu do táxi e perguntou ao homem que puxava a carrocinha quanto queria por aquilo. "Dez contos!", respondeu o outro. "Te dou cinco", disse o taxista. O sujeito cedeu e puxou o braço do instrumento musical que era na verdade uma viola caipira inteira, de cintura fina, com as cordas e tudo, cujo braço descolara. Tão feliz ficou o meu companheiro de viagem que deu logo os "dez contos", isto é, dez reais, para o catador de lixo. Mandou consertar o instrumento, que é hoje aquele com que aprende a tocar a divina violinha de São Gonçalo.

Falei-lhe da *Missa do Violeiro*, que é tocada e cantada por mais de cem violeiros de Osasco, no subúrbio de São Paulo, na Catedral de Santo Antônio, todo dia 13 de junho. Falei-lhe, também, dos violeiros de Mauá, algumas dezenas, que se apresentam em conjunto. Dos de Taubaté, dos de Campinas. Se pra cada viola caipira da região metropolitana de São Paulo houvesse uma lâmpada azul bem acesa, tenho certeza de que ia mudar a cor do brilho paulistano na foto do satélite!

Contei-lhe, então, a história de São Gonçalo. E, ao chegar em casa, dei-lhe um CD de Fernando Deghi e outro de Ivan Vilela, dois abençoados descendentes do santinho farrista e violeiro de Amarante, pura viola caipira.

Nessa viagem de táxi o urbano revelou a sua ruralidade. Viola caipira num bairro da elite? Tem muita escuridão e muito caipira enrustido nessa São Paulo de Piratininga! Quem teria se desfeito daquela viola? Foi uma prosa roceira e boa, dessas prosas ao pé do fogo, café de chaleira, cigarrinho de palha.

A PELEJA DE PAPAI NOEL

Os Reis Magos perderam para Papai Noel a disputa pelo imaginário das crianças. A cada dezembro que passa, isso fica mais claro. Há aí, também, a derrota de uma visão de mundo em que, durante séculos, apoiou-se o nosso imaginário popular e nossa concepção de esperança. Vejo esse declínio no Papai Noel urbano minimizando os Magos rurais em cidades como São Paulo. É do fim do século XIX a mais antiga notícia que dele conheço por aqui. Com a prosperidade trazida pela economia do café, os fazendeiros usavam seus créditos no exterior para comprar as novidades úteis, mas também muita quinquilharia de ocasião ou da moda. O pai da pintora Tarsila do Amaral tinha diariamente no seu jantar sopa liofilizada importada da Europa, menosprezando a verdurinha daqui mesmo. Papai Noel trouxe consigo até neve artificial. No fundo, um ente para lamentarmos o que não somos.

Aqui se comemorava de modo civilizadamente caipira a festa dos Santos Reis, no dia 6 de janeiro, precedida da peregrinação da Folia de Reis, com seus tocadores de viola e adufe. A folia chegava à porta das casas e cantava o *Deus te salve casa santa*, pedia pouso e se demorava na cantoria devota diante do presépio. Tempo das crianças se regalarem (e os foliões também!), com sequilho, biscoito de polvinho, bolo de fubá e café em tigelinha de louça, sem asa.

A folia saudava no nascimento do Menino, a epifania, a revelação, o anúncio do tempo novo, do recomeço, que tem na criança o seu símbolo. Ainda há cinquenta anos, nos bairros e no subúrbio de São Paulo, as crianças saíam de casa logo de manhãzinha no dia 1º de janeiro para bater à porta dos vizinhos e desejar-lhes feliz ano-novo. Recebiam em troca uma moeda de reciprocidade pelo augúrio. Essa troca amarrava relacionamentos, refundava simbolicamente a sociedade. Cabia às crianças, e apenas a elas, a função litúrgica de renovar os laços sociais. Entre italianos e seus descendentes, na Mooca, no Brás, no Bexiga, no Belenzinho, na Lapa, a função dos Magos no dia 6 era desempenhada pela Befana. A fada trazia para as crianças bem-comportadas vários doces; para as que se comportaram mal durante o ano, o "carbone", o carvão de "liquirizia", um doce escuro, sinal de advertência aos desobedientes.

A função mercantil de Papai Noel foi proposta desde o início em conflito com a função profética e renovadora do Menino e do presépio. O velho barbudo foi usurpando o lugar ritual e renovador do recém-nascido, expulsando-o do imaginário natalino. Hoje o presépio sobrevive residualmente em algumas famílias. Resquício do tempo em que a sociedade renascia liturgicamente na inocência das crianças.

O CORAÇÃO DA CIDADE AINDA BATE

QUANDO ERA CRIANÇA ouvi muitas vezes, dos adultos, esta indignada declaração: "Quem ele pensa que sou? Vaquinha de presépio?". O que as simpáticas vaquinhas de presépio têm a ver com as complicações dos marmanjos? Certamente, nada. Com alguma explicação, foi fácil entender o que queriam dizer. Minha família tinha ido visitar, na Galeria Prestes Maia, num Natal dos anos 1940, um movimentado presépio mecânico. Mais exibição dos incríveis talentos do artesão que o fizera do que propriamente a celebração do nascimento de Jesus. O Menino era apenas disfarçado coadjuvante daquilo tudo.

Recordo bem do fascínio dos visitantes, e meu também, por dois carpinteiros em miniatura, como tudo ali, cada um de um lado de enorme serra, serrando laboriosamente um tronco. E claro, a vaquinha estava lá ao lado da manjedoura, balançando a cabeça afirmativamente, aquecendo o recém-nascido com seu bafo quente e acolhedor. A vaquinha dava a impressão de estar dizendo "sim" todo o tempo.

"Isso é uma presepada", já ouvi também de indignados adultos em relação a espetáculos e acontecimentos, mesmo os de natureza política, grotescos e de mau gosto, que pecam pelo rebuscamento e pelo exagero. Uma expressão elitista, sem dúvida, uma repugnância pelo barroquismo dos presépios, que cativou tão facilmente a mente dos simples, em particular das crianças. Um barroquismo que aparentemente humanizou a ideia do nascimento de Cristo. Mas isso não tira dos presépios a arte que eles contêm. Muitos são lindíssimos, mesmo os rústicos presépios do nosso Vale do Paraíba, moldados no barro por caprichosos figureiros.

O interesse dos paulistanos pelos presépios tem duas fases claras: antes e depois do Presépio Napolitano, que Ciccillo Matarazzo adquiriu em 1949 e depois doou à cidade de São Paulo. É um presépio real, do século XVIII, lindíssimo, que se encontra no Museu de

Arte Sacra. Composto de 1.620 peças e de cerca de trezentas figuras humanas, cada detalhe é em si uma obra de arte. Uma bela alegoria da inserção do menino Jesus na vida cotidiana do povo comum, como se fosse um nascimento dentre muitos. Deus estava lá e eles não sabiam. O presépio celebra esse mistério.

Mas a igualdade dos homens, no século XVIII em que o presépio foi concebido e construído, era uma quimera ainda. Pode-se compreender nos detalhes do presépio o caráter profundamente hierárquico da distribuição social das pessoas. Todos estão lá, mas o *punctum* da cena, mais do que Jesus, é a proximidade que em relação a ele têm os de alta casta, exceção dos animais do estábulo em que o nascimento se deu. A topografia do terreno, ao contrário do que se diz, não é necessariamente a topografia de uma aldeia italiana. É muito mais a topografia da sociedade, os simples condenados a ignorar o grande acontecimento que acaba de ocorrer.

A monumentalidade comovente do presépio napolitano não anula outras manifestações natalinas da cidade. Há celebrações vivas e tocantes do nascimento do Menino. Há dois anos, na noite de Natal, estranhei muitíssimo o som de viola caipira que vinha da rua de minha casa, não muito longe dos fundos da Cidade Universitária. Saí para ver o que era: uma Folia de Reis batia à nossa porta e ao ver que a porta se abria entoou o *Deus te salve casa santa*... Era um grupo de foliões de Reis, moradores de um bairro vizinho e pobre, de migrantes do interior, que na sua perambulação se extraviou, entrou sem saber pelos fundos do condomínio fechado e saiu cantando de porta em porta. Não resisti e chorei. O coração da cidade ainda bate.

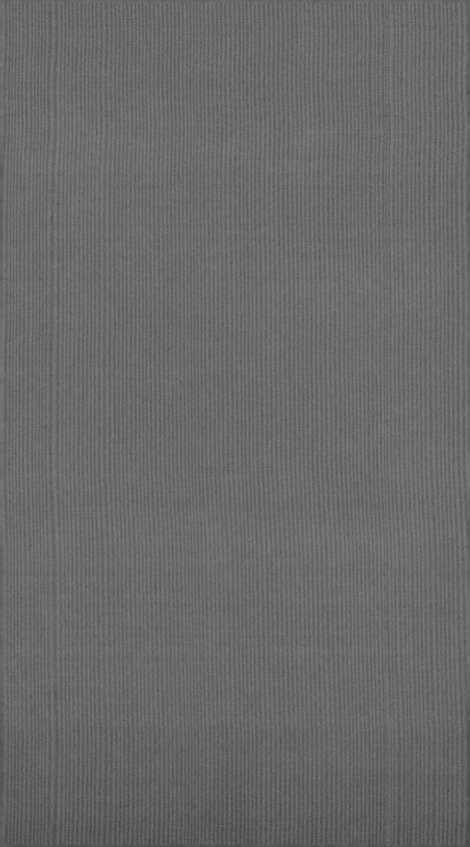

JANEIROS DO POETA DE PIRATININGA

GUARDO A POESIA de Paulo Bomfim no arcaz da sacristia da memória como paramento simbólico da liturgia de renovação cíclica da identidade paulista. Nos 25 de janeiro, gosto de ler *Armorial* debruçado na janela de meu quarto, sussurrando seus versos ao meu silêncio, pavimentando de poesia o áspero Caminho do Mar, a triste Estrada das Lágrimas, a descida da Rua da Tabatinguera, sempre em busca do Tamanduateí ancestral, no rumo do Anhembi decisivo. Rua que não muda de nome há quatrocentos anos, pronunciado ainda na língua nheengatu daquela primeira missa no Pátio do Colégio, à beira da escarpa recoberta de visões e lembranças. No terreiro ainda se ouvem as invocações da litania, de sotainas batidas pelo vento, de Anchieta, Nóbrega e Manuel de Paiva que balbuciam, no latim nativo e sertanejo de Tibiriçá, as palavras sagradas daquela primeira hora de todos nós. Átrio a que fomos trazidos pela vida um dia, na demora dos séculos, coração do Planalto de Piratininga.

A alma de índios de muitas nações, de ibéricos de feição muçulmana, de mamelucos de pele azeitonada e zigomas salientes vagam pelos sertões da poesia de Paulo Bomfim nessa busca incessante, nessa conquista de si mesmos, nesse entrecruzar de gentes que nos fez o que somos, nessa espera longa de seus versos, dedicados a seus "antepassados que ainda não regressaram do sertão...". Vagam pelos rios, trilhas e veredas das terras do sem fim. Procuram, procuram-se. Busca que não é estranha aos versos épicos de Camões, escritos na contrafolha do testamento de um bandeirante morto de uma flechada nos confins do Brasil de então. Dores e culpas, preços da invenção da pátria:

Meus remorsos são flores esculpidas
no muro das guaíras que queimei...

A poesia de Paulo Bomfim entretece os fios do lirismo de nossas travessias. Desde a lonjura dos começos, marco das origens, no soneto *Transfiguração*:

Venho de longe, trago o pensamento
banhado em velhos sais e maresias;
arrasto velas rotas pelo vento
e mastros carregados de agonias.
[...] *Venho de longe a contornar a esmo,*
o cabo das tormentas de mim mesmo.

Até a eternidade dos retornos, desse chegar sem partir do Pátio do Colégio do nosso encontro:

O pião do dia roda entre destinos,
estranhamente vão se abrindo as portas
e somos novamente esses meninos!

Pensamos a memória histórica da cidade e da pátria paulista quase sempre na limitação física da arquitetura, na petrificação dos monumentos esculpidos em pedra ou bronze, como tantos, maltratados aliás, de nossas praças. Ou no engano de nomes de rua errados, como o que nos diz que os sofridos índios Caiuá são os Kaiowaas. Mas a nossa memória está muito mais no sensível do que no tangível, nos versos do poeta que nos lembra:

Ao longe, uma chuva fina / molha aquilo que não fomos.

RODAPÉ BIBLIOGRÁFICO

SEMPRE QUE ME PERGUNTAM o que ler para conhecer a São Paulo que conheço, vou diretamente à biblioteca fundamental e decisiva:

ANTONIO EGYDIO MARTINS (1863-1922) publicou *São Paulo antigo 1854-1910,* em 1911-1912, livro que teve várias edições. Era funcionário da Repartição de Estatística e colaborador do *Diário Popular.* Seu livro, ainda que um tanto errante na orientação geral, é uma preciosa garimpagem de informações históricas e também de lembranças e testemunhos pessoais, o que lhe dá um colorido único.

Dentre os vários trabalhos de AFFONSO A. DE FREITAS (1868-1930), há o seu livro mais conhecido e mais reeditado, *Tradições e reminiscências paulistanas.* (Editora Monteiro Lobato, São Paulo, 1921). Mas agrego às minhas recomendações, o seu *Diccionario historico, topographico, ethnographico illustrado do municipio de São Paulo* (Graphica Paulista Editora, S. Paulo, 1930), do qual infelizmente se publicou apenas o Tomo I, correspondente a letra A. Já velhinho, morando sozinho em sua biblioteca na Rua Líbero Badaró, contou-me o historiador João Baptista de Campos Aguirra que Freitas deixara prontos outros volumes do Dicionário para envio ao prelo. Morreu antes disso. Sem saber do que se tratava, os originais foram usados pela família como papel de embrulho.

NUTO SANT'ANNA (1889-1975) foi o mais prolífico dos historiadores que elegeram a cidade de São Paulo como seu tema, embora fosse ele de Itirapina (SP). Morava no bairro de Santana, onde o visitei quando fui buscar o prefácio que escrevera para meu primeiro livro, em 1957. Eu já o conhecia do Arquivo Histórico Municipal, de que ele era diretor. Nessa função, durante anos teve contato direto com milhares de documentos originais sobre os mais diferentes aspectos da história paulistana. Poeta, romancista e jornalista, foi sensível aos temas da vida cotidiana. O mais referencial de seus livros é *São Paulo histórico*, em seis volumes, publicado pelo Departamento de Cultura da Prefeitura de São Paulo, entre 1937 e 1944. Deixou vários inéditos.

São Paulo de outrora, de PAULO CURSINO DE MOURA (1897-1943), cuja primeira edição é de 1932, da Editora Melhoramentos, é um livro bonito e romântico, livro de anfitrião que fala sobre o passado da cidade com a sensibilidade de um neto vaidoso discorrendo com carinho sobre uma avó amada. O livro já teve várias edições, as mais bem cuidadas das quais foram as da Livraria Martins Editora.

ERNANI SILVA BRUNO (1912-1986) publicou pela Livraria José Olympio *História e tradições da cidade de São Paulo,* em três volumes, para comemorar o IV Centenário de São Paulo, em 1954. Silva Bruno conseguiu aliar a minúcia dos fatos e acontecimentos com o seu significado propriamente histórico numa narrativa precisa e leve, de um íntimo da história narrada. Quando o livro já estava esgotado há muito, tive o privilégio de recomendar sua reedição à Editora Hucitec, que a fez, o que me valeu o autógrafo generoso do autor na nova edição.

FRAYA FREHSE, com grande competência e devotado interesse, tem se dedicado a desvendar o protagonismo de pedestres e transeuntes nas ruas de São Paulo, personagens não convencionais da história. É o lado vaivém da metrópole moderna e pós-moderna. Vale a pena ler seus livros *O tempo das ruas na São Paulo de fins do Império* (Edusp, 2005) e *Ô da rua! – O transeunte e o advento da modernidade em São Paulo* (Edusp, 2011).

De PAULO BOMFIM destaco o belíssimo livro organizado por ANA LUIZA MARTINS, *Insólita metrópole: São Paulo nas crônicas de Paulo Bomfim*, Ateliê Editorial, São Paulo, 2013 e, também, *Janeiros de meu São Paulo* (Book Mix Comunicação, São Paulo, 2006). Autor que conhece a história de São Paulo de memória e a conhece, além do mais, como nosso maior poeta e com a intimidade afetiva de seu extenso parentesco com os mais ilustres troncos paulistas, sua narrativa poética é a de uma testemunha apaixonada pela cidade que conhece, viu e vê como se fosse ela um ser vivo.

FONTES DE REFERÊNCIA

Crônicas publicadas em *O Estado de S. Paulo*

PARTE I | A SÃO PAULO COLONIAL

O espírito de São Paulo, 25.01.2010, p. H11. *Pátio do Colégio, memória*, 19.01.2009, p. C6. *O Jaraguá do ouro que acabou*, 05.08.2006, p. C8. *O último pouso de Fernão Dias*, 01.07.2006, p. C5. *Da Mooca para El-rei*, 06.06.2011, p. C10. *Você fala nheengatu?*, 09.04.2012, p. C6. *Cama e poder*, 03.01.2011, p. C4. *Feminino e masculino na Casa do Bandeirante*, 04.02.2006, p. C9. *O Cristo agonizante de São Bento*, 26.03.2005, p. C5. *O vizinho que enganou o diabo*, 13.04.2009, p. C6. *O culto fálico a São Gonçalo*, 02.03.2009, p. C6. *A viagem sem fim*, 08.06.2009, p. C8. *Igrejas de pretos*, 01.02.2010, p. C8. *O III centenário da cidade*, 04.07.2011, p. C6. *O Largo da Misericórdia*, 29.03.2010, p. C6. *O Porto Geral*, 21.12.2009, p. C8. *Listas de casamento*, 25.05.2009, p. C6. *Mostrando a cara*, 14.03.2011, p. C6.

PARTE II | A SÃO PAULO DO SÉCULO DA INDEPENDÊNCIA

A mais bela praça da cidade, 21.01.2006, p. C7. *O Campo da Forca*, 09.05.2011, p. C8. *A Santa Cruz dos Enforcados*, 13.08. 2005, p. C8. *O Solar da marquesa de Santos*, 03.12.2005, p. C9. *O enjeitado da Rua da Freira*, 11.04.2011, p. C6. *A Rua Nova de São José*, 06.12, p. C10. *O obelisco do professor Júlio Frank*, 04.11.2006, p. C8. *O combate do Butantã na Revolução de 1842*, 11.11.2006, p. C14. *Funerais de anjinhos*, 25.10.2010, p. C6. *No tempo de Álvares de Azevedo*, 24.05.2010, p. C6. *Loucos de antigamente*, 15.04.2013, p. C6. *O hospício do poeta da liberdade*, 15.10.2005, p. C9. *A figueira dos viajantes (Árvore das Lágrimas)*, 12.11.2005, p. C7. *Árvore das Lágrimas*, 30.08.2010, p. C6. *O Rosário dos Pretos*, 02.08.2010, p. C8. *Mãe preta de sinhozinho branco*, 22.10.2005, p. C7. *Seios de aluguel*, 30.07.2012, p. C8. *Nhanhãs*,

01.03.2010, p. C6. *A Rua do Pocinho,* 13.02.2012, p. C8. *São Jorge, preso e cassado*, 12.08.2006, p. C11. *São Jorge caiu do cavalo*, 21.11.2011, p. C8. *As flores da Rua Joly,* 04.03. p. C8. *A Rua da Palha*, 18.06.2012, p. C6. *O Violeiro, de Almeida Júnior*, 26.11.2005, p. C9. *Viola caipira*, 01.04.2013, p. C6. *Consolação, o refúgio do avesso*, 05.11.2005, p. C7. *O palacete proibido de dona Veridiana*, 16.08.2010, p. C6. *A casa do primeiro sonho*, 04.06.2005, p. C9. *O portão*, 13.08.2012, p. C6. *O conto do vigário*, 18.03.2013, p. C8. *Um monumento ao pai do guaraná*, 22.04.2006, p. C5. *Do tempo dos almanaques*, 18.02.2006, p. C9. *O memorial presbiteriano da Vila Buarque*, 25.03.2006, p. C6. *A enchente da Várzea do Carmo, em 1892*, 22.01.2005, p. C5.

PARTE III | A SÃO PAULO ROMÂNTICA

O espírito das casas, 28.03.2011, p. C6. *Personagem de Eça repousa aqui*, 02.12.2006, p. C14. *Uma tragédia paulistana*, 21.06.2010, p. C6. *Anatole em São Paulo*, 24.09.2012, p. C6. *Sacomã, tantas histórias*, 12.04.2010, p. C8. *Operárias da Mariângela*, 27.02.2012, p. C6. *Casa da Boia, a estética da ascensão social*, 18.06.2005, p. C7. *O poste*, 05.11.2012, p. C8. *O Viaduto de Santa Efigênia*, 12.10.2009, p. C6. *Um quadro imigrante na Pinacoteca*, 08.04.2006, p. C8. *A fonte monumental de Nicolina de Assis*, 16.07.2005, p. C7. *O chapéu e a cabeça*, 13.09.2010, p. C6. *A tragédia de Orfeu e Eurídice no Consolação*, 11.02.de 2006, p. C6. *Dona Yayá, opressão e loucura*, 19.11.2005, p. C7. *O pranto de Euterpe pelo maestro Chiaffarelli*, 29.05.2006, p. C8. *O incêndio do Auditório das Classes Laboriosas*, 10.02.2008, p. C7. *Ah, o Brás do "Romão Puiggari"*, 10.12.2005, p. C6. *O grande ladrão*, 15.03.2010, p. C10. *Rapaziada do Brás*, 14.09.2009, p. C8. *Aviõezinhos de antanho*, 10.09.2012, p. C6. *O centenário do Biotônico*, 10.05.2010, p. C6. *Virado à paulista*, 11.10.2010, p. C6. *A mulher do telegrafista*, 14.02.2011, p. C6. *As três letras que restam*, 31.12.2005, p. C5. *No Anhangabaú, Verdi e a liberdade*, 01.04.2006, p. C7. *Angélica, esquina da Sergipe*, 17.01.2011, p. C8. *Na dor de mãe, um monumento à música*, 14.05.2005, p. C8. *Cadê o baleiro?*, 19.12.2011, p. C12. *Os verdes jardins da Independência*, 06.05.2006, p. C8. *O beijo eterno e os estudantes das Arcadas*, 08.07.2006, p. C6. *O enigma de Paim Vieira*, 21.04.2007. *A nau dos sírios e libaneses na 25 de Março*, 19.03.2006, p. C8. *O mais antigo arranha-céu de São Paulo*, 07.10.2006, p. C11. *A Revolução de 1924*, 06.07.2009, p. C8. *O aeroplano de Eduardo Gomes*,

18.01.2010, p. C6. *Tatu subiu no pau*, 07.05.2012, p. C8. *Joaquim Távora*, 27.09.2010, p. C 8. *Da Mooca para o cangaço,* 16.01.2012, p. C6. *Um capitel do Foro Romano em São Paulo,* 17.08.2009, p. C10. *A fuga de Kipling para São Paulo,* 20.07.2009, p. C8.

PARTE IV | A SÃO PAULO DA REVOLUÇÃO E DA VIDA COMUM

Uma colheita de café no centro da cidade, 27.05.2006, p. C9. *1932, a esquina,* 02.07.2012, p. C6. *1932, a casa vazia.* 19.07.2010, p. C6. *Um arranha-céu de Juó Bananére*, 25.11.2006, p. C16. *A fartura nos vitrais do Mercado Público*, 05.03.2005, p. C5. *A negritude póstuma de Ramos de Azevedo*, 16.12.2006, p. C8. *O vitral noturno de Gomide*, 01.08.2011, p. C6. *Mirante do Jaguaré*, 04.06.2012, p. C6. *Café Paraventi*, 30.12.2012, p. C6. *O delator*, 27.04.2009, p. C6. *O trenzinho caipira da Júlio Prestes*, 03.08.2009, p. C8. *Cachorro louco*, 04.02.2013, p. C8. *A Natividade, de Fulvio Pennacchi*, 24.12.2005, p. C5. *A Rua Apa vista da janela do pintor*, 17.06.2006, p. C5. *O último bocado de içá*, 15.02.2010, p. C10. *Um alfaiate na cruz*, 30.01.2012, p. C6. *Segurando vela*, 26.03.2012, p. C6. *O cineminha do padre*, 02.01.2012, p. C6. *Dona Sancha*, 14.01.2013, p. C6. *Os sapatos de seu Laganá*, 05.12.2011, p. C10. *Guia Levi*, 12.03.2012, p. C8. *A linguagem dos sinos*, 24.10.2011, p. C8. *O Natal de Pennacchi e Emendabile*, 20.12.2010, p. C12.

PARTE V | A SÃO PAULO IMAGINÁRIA

O Último Adeus, de Alfredo Oliani, 28.10.2006, p. C12. *O Brecheret que está nas ruas*, 23.10.2004, p. C7. *Cheiro de batata-doce*, 20.06.2011, p. C10. *O trem das 7h40*, 27.08.2012, p. C6. *Cristo, de Volpi, espera os operários*, 10.03.2007, p. C12. *Paulo Bomfim*, 08.12.2008, p. C8. *Liturgia da arte na capela do HC*, 08.11.2010, p. C6. *Portinari na Galeria Califórnia*, 22.11.2010, p. C8. *Di Cavalcanti e o pé de jatobá*, 12.02.2005, p. C5. *Um estranho jardim*, 29.08.2011, p. C6. *Sedução na Biblioteca Mário de Andrade*, 14.10.2006, p. C6. *Os anjos do operário Galvez*, 24.09.2005, p. C5. *O Semeador da Rua 7 de Abril,* 09.12.2006, p C14. *A paz numa fachada da Paulista,* 18.11.2006, p. C16. *Quem cedo madruga,* 12.09.2011, p. C8. *O Largo da Concórdia,* 16.07.2012, p. C6. *A Pensão Maria Teresa,* 17.12.2005, p. C8. *O bonde 14*, 19.11.2012, p. C8. *As lendas do Maria Antônia,* 14.01.2006, p. C7. *Nossa casa, nossa mãe*, 25.04.2011, p. C8. *Porões da Pauliceia*, 10.10.2011, p. C8. *A porta da frente*, 08.10.2012, p. C8. *A ceia dos ausentes*, 07.11.2011, p. C8. *Netas de uma roseira antiga*, 23,05.2011, p. C8. *O horto medicinal de seu Valdecy*, 10.11.2008, p. C6. *Os últimos pés de araçá*, 26.10.2009, p. C6. *O grafite vivo de Alexandre Orion*, 15.04.2006, p. C5. *O ossário urbano de Orion*, 23.09.2006, p. C9. *"Garatuja" desafia pedestres na Sé*, 04.03.2006, p. C7. *Sacilotto*, 15.08.2011, p. C6. *Cadeira de barbeiro*, 07.12.2009, p. C8. *Lorca, poeta da imagem*, 23.04.2012, p. C6. *Violões de pedra*, 26.09.2011, p. C6. *A peleja de Papai Noel,* 05.01.2009. p. C6. *O coração da cidade ainda bate,* 18.12.2004, p. C7.

Janeiros do poeta de Piratininga, 31.01.2011, p. C6.

Crônicas publicadas na *Folha de S. Paulo*

PARTE III | A SÃO PAULO ROMÂNTICA

1924, o silêncio
Mais! (*Folha de S. Paulo*), 11.07.2004, p. 4-6.

Crônica distribuída a um grupo de amigos em 11.07.2008.

PARTE II | A SÃO PAULO DO SÉCULO DA INDEPENDÊNCIA

Mudança da Corte para São Paulo

Crônica publicada no *Informe* (Informativo da Faculdade de Filosofia, Letras e Ciências Humanas – USP), Nova Série, Nº. 36, dezembro/2002, p. 3.

PARTE IV | A SÃO PAULO DA REVOLUÇÃO E DA VIDA COMUM

Laços invisíveis

Crônicas inéditas

PARTE II | A SÃO PAULO DO SÉCULO DA INDEPENDÊNCIA

O carnaval de 1856

O pé de Castro Alves

O juramento dos caifases

O Imperador e a caixa d'água

A vida breve de Alexandre Levy

Saint-Saëns em São Paulo

PARTE III | A SÃO PAULO ROMÂNTICA

O Belenzinho de Lobato

Na Rua do Bucolismo

Rua Vautier nº 27, a conspiração

A cruz de dom Duarte

PARTE IV | A SÃO PAULO DA REVOLUÇÃO E DA VIDA COMUM

O trem Cometa

PARTE V | A SÃO PAULO IMAGINÁRIA

Salada Paulista

Violas e violeiros

ÍNDICE ONOMÁSTICO

A

B

C

D

E

F

G

H

I

J

K

L

M

N

O

P

Q

R

S

T

V

W

X

Y

Z

CRÉDITOS DAS IMAGENS

PP. 18-19 Núcleo do Acervo Bibliográfico | Arquivo Histórico de São Paulo | **P. 24** Acervo do Museu Paulista da Universidade de São Paulo | Foto Hélio Nobre e José Rosael | **P. 26** Foto Militão Augusto de Azevedo | Igreja do Colégio de Piratininga | 1860 | Acervo Fotográfico do Museu da Cidade de São Paulo | **P. 55** Foto Militão Augusto de Azevedo | Igreja da Misericórdia e chafariz do Largo da Misericórdia | 1870 | Acervo Fotográfico do Museu da Cidade de São Paulo | **PP. 41, 64, 76-77, 84, 146, 182, 186, 195, 220, 290, 322, 387** José de Souza Martins | **P. 79** Foto Aurélio Becherini | Casa da Rua da Freira, atual Senador Feijó | 1910 | Acervo Fotográfico do Museu da Cidade de São Paulo | **P. 95** Acervo Biblioteca Mário de Andrade | **P. 111** Foto Militão Augusto de Azevedo | Igreja de Nossa Senhora dos Remédios, no então Largo da Cadeia, atual Praça João Mendes | 1887 | Acervo Fotográfico do Museu da Cidade de São Paulo | **P. 119** Fotógrafo desconhecido | Antiga Rua do Pocinho, hoje Avenida Dr. Vieira de Carvalho | 1939 | Acervo Fotográfico do Museu da Cidade de São Paulo | **P. 130** Foto Militão Augusto de Azevedo | Ao fundo, Largo do Piques, atual Largo da Memória. A rua que sobe é a Rua da Palha, atual 7 de Abril | 1860 | Acervo Fotográfico do Museu da Cidade de São Paulo | **P. 142** Foto Guilherme Gaensly | Palacete de dona Veridiana Valéria da Silva Prado, na Avenida Higienópolis | c. 1901-1910 | Acervo Fotográfico do Museu da Cidade de São Paulo | **PP. 158-159** Acervo do Museu Paulista da Universidade de São Paulo | Foto Hélio Nobre e José Rosael | **P. 163** Autor desconhecido. Publicada em *A Cigarra*, nº 75 Anno IV, S. Paulo, 18.09.1917. Coleção do Arquivo Público do Estado, São Paulo | **PP. 189, 353, capa e orelha** German Lorca, respectivamente 2005, 1948, 1953 e 2010 | **P. 205** Autor desconhecido. Publicada em *A Cigarra,* nº 71 Anno IV, S. Paulo, 26.07.1917, p.4 | **P. 210** Autor desconhecido | **P. 229** Cristiano Mascaro, 1975 | **P. 242** Secretaria da Justiça e de Segurança Pública de São Paulo 06.08.1924 | **P. 248** Arquivo Público Mineiro. Fundo Arthur Bernardes. Fotógrafo desconhecido | **P. 250** Coleção Álvaro de Oliveira Valle | **P. 272** Foto Cleo Velleda | Revista *A Cigarra,* nº 425 XIX, 1ª quinzena - agosto de 1932. Acervo do Memorial'32, Centro de Estudos José Celestino Bourroul | **P. 286** Publicado no jornal *O homem do povo*, nº 1, de 27.03.1931 | **P. 389** José Henrique F. Lorca, 2008.

NOTA

Não foi possível identificar algumas imagens, seja pela origem de seu acervo, datação ou autoria. Se o leitor atento puder contribuir nesse sentido, a informação completa integrará uma próxima edição.

AGRADECIMENTOS DOS EDITORES

Cristiano Mascaro
Ernandes Evaristo Lopes
Francisco Villano
German Lorca
Henrique Siqueira
Ilda Villano do Carmo
Joana Moreno de Andrade
José Henrique F. Lorca
Paulo Bomfim
Victor Brecheret Filho

Biblioteca Mário de Andrade
Instituto Victor Brecheret
Museu Paulista

Tipologia | Perpetua
Papel capa | cartão triplex 250 g/m²
miolo | pólen soft 80 g/m²
Formato | 13.5 x 22.5 cm
Páginas | 432
Tiragem | 2000

Biblioteca da Imprensa Oficial do Estado

Martins, José de Souza (1938-).
O coração da pauliceia ainda bate / José de Souza Martins.
São Paulo: Imprensa Oficial do Estado:
Editora Unesp 2017.
432 p. il.

ISBN 978-85-393-0641-1 (Unesp)
ISBN 978-85-401-0152-4 (Imprensa Oficial)
I. Crônicas brasileiras II. São Paulo (Estado) –
História III.Personalidades ilustres – São Paulo (Estado) IV. Título.
CDD B869

Índice para catálogo sistemático:

I. Crônicas brasileiras B869
II. São Paulo (Estado): História 981.611

Foi feito o depósito legal
na Biblioteca Nacional
(Lei nº 10.994, de 14.12.2004)
Grafia atualizada segundo o Acordo
Ortográfico da Língua Portuguesa de 1990,
em vigor no Brasil desde 2009.

Impresso no Brasil, 2017.

Fundação Editora da Unesp (FEU)
Praça da Sé, 108
01001-900 – São Paulo – SP
Tel.: (0xx11) 3242-7171
Fax: (0xx11) 3242-7172
www.editoraunesp.com.br
www.livrariaunesp.com.br
feu@editora.unesp.br

Imprensa Oficial do Estado
Rua da Mooca 1921 Mooca
03103 902 São Paulo SP Brasil
SAC 0800 0123 401
www.imprensaoficial.com.br

Editora afiliada

IMPRENSA OFICIAL
DO ESTADO

CONSELHO EDITORIAL

PRESIDENTE
Carlos Roberto Campos
de Abreu Sodré

MEMBROS
Carlos Augusto Calil
Cecília Scharlach
Eliana Sá
Isabel Maria Macedo Alexandre
Lígia Fonseca Ferreira

COORDENAÇÃO EDITORIAL
Cecília Scharlach

PREPARAÇÃO
SUPERVISÃO DA IMPRESSÃO
Andressa Veronesi

PROJETO GRÁFICO
Andressa Veronesi
Cecília Scharlach

ASSISTÊNCIA EDITORIAL
Francisco Alves da Silva

TRATAMENTO DE IMAGENS
Tiago Cheregati

ASSISTÊNCIA À EDITORAÇÃO
Marli Santos de Jesus

IMPRESSÃO E ACABAMENTO
Imprensa Oficial do Estado S/A – IMESP

GOVERNO DO ESTADO
DE SÃO PAULO

GOVERNADOR
Geraldo Alckmin

SECRETÁRIO DE GOVERNO
Saulo de Castro Abreu Filho

IMPRENSA OFICIAL
DO ESTADO

DIRETORA-PRESIDENTE
Maria Felisa Moreno Gallego